新潮文庫

鏡影劇場

上巻

逢坂剛著

新潮社版

11723

鏡影劇場

上巻

〈編者識語〉

好奇心豊かな読者諸君。

編者はここに、三・五インチのフロッピディスクに記録された、ある原稿をお目にかけようとする。

フロッピディスクは、今やＵＳＢメモリー、ＳＤカード等の新しい記録メディアに取って代わられ、絶滅同然の存在になってしまった。

だが、二十一世紀の声を聞くとともに生産停止となった、あのワープロを今なお愛用する文筆家は、決して少なくない。

かくいう編者もまた、その一人である。

ワープロは、上記のような新しい記録メディアに対応しておらず、基本的にフロッピディスクしか、使えない。逆にいえば、フロッピディスクはそうしたワープロ愛用者にとって、まことに貴重な記録メディアなのである。

編者は、問題のフロッピディスクが宅配便で届いたとき、正直なところ困惑した。

発送人を確かめたところ、依頼主の欄に〈新潮社総務部〉とあったので、なんの疑いもなく開封したのだった。

宅配便には、フロッピディスクとともに、〈逢坂　剛先生　侍史〉とおもて書きされた、手紙が添えられていた。

あけてみると、実際の発送人は〈本間鋭太《ほんまえいた》〉と称する、未知の人物と判明した。

どうやら〈本間鋭太〉氏は、宅配便が未開封のまま処分されないように、依頼主に新潮社の名前を、借用したらしい。

一応、先方の連絡先は書いてあったものの、ただちにアクセスできる電話番号や、メールアドレスのたぐいは、書かれていなかった。

手紙には、おおむね次のようなことが、したためてあった。

まず、フロッピディスクに記録された原稿を、ぜひ編者に読んでほしいこと。

もし、編者において出版する価値ありと判断したときは、しかるべき編集者なり出版社なりに、推薦してほしいこと。

幸いにして出版が決まった場合、条件や手続きはすべて編者に一任すること。

もし、手直しが必要と思われる箇所があった場合は、編者の考えどおりに手を入れてもらって、かまわないこと。

読み終わって、編者もさすがに当惑した。

勝手に原稿を送りつけてきた上、かかる頼みごとをそっけない手紙ですませる、一面識もない送り主の神経には、首をひねらざるをえなかった。

そもそも、原稿をフロッピディスクで送ること自体、時代遅れもはなはだしい。常識的には、先に挙げたような新しい記録メディアを、使用するはずだ。それとも、編者がワープロの愛用者だと承知の上で、送ってきたのだろうか。

ついでながら、フロッピディスクの記録内容を、パソコンに取り込むための変換ソフトは、これまた絶滅寸前とはいえ市場に残っており、ネットを利用すればまだ入手が可能、と思われる。

したがって、取り込んだデータをパソコンの画面に呼び出し、通読するのはむずかしいことではない。それに、接続したプリンターに送信すれば、印字することもできる。

ただ忙しい編者としては、勝手に送りつけられた原稿を読む余裕は、時間的にも心理的にも、ほとんどない。

たとえ読んだにせよ、時間のむだにならなかった、と思える佳作に出会うことは、めったにないのだ。

編者は、ひとまず手紙に書かれた連絡先に宛《あ》てて、フロッピディスクを受け取ったことと、多忙のためすぐには読む時間がないこと、読んだとしても期待にそえるかどうか、かならずしも約束できないことなどを、丁重に書き送った。

こうした場合、多くの作家や出版社は送られてきた原稿を、黙殺するか廃棄するのが常だから、編者の対応は一応礼を尽くしたもの、といっていいだろう。

言い訳めいたことを、くどくどとここに書き連ねたのは、ほかでもない。

編者はこの原稿を、ついつい手持ちのパソコンに取り込み、ごていねいにも印字したあげく、読んでしまったのである。

それも、結果として非常に興味深く読んだことを、正直に告白しなければならない。

時間に追われる編者が、海のものとも山のものともつかぬこの原稿を、ともかくも読んでみる気になったのは、それなりの理由がある。

まず、『鏡影劇場《きょうえいげきじょう》』なる不思議なタイトルに、興を引かれたこと。

さらに、そこに添えられた〈ある文学者、音楽家、画家にして判事の、途方もなく深刻な悩みについて〉という、長たらしい上によく分からぬ副題に、なんとなく興をそそられたこと。

この二つである。

副題から察するに、これは音楽関係の評論か。

それとも小説、随筆等の文学書のたぐいか。

あるいは、美術名画の案内書か。

はたまた、ただの法律家の回想記か。

いずれにせよ、時好に投じるタイトルでないことは、確かである。

とはいえ、映画や演劇、音楽、文学、絵画など、芸術一般に深い関心を持つ編者としては、無視することのできないもののように、思われた。

まずもって、プロローグの部分に目を通したところ、編者のよく知るスペインのマドリードで、物語が始まることを知った。しかも、内容は評論でも回想記でもなく、一応小説と判断できるものだ。

作者はどうやら、編者の性癖や嗜好《しこう》を知った上で、送りつける相手に選んだらしい。

となれば、もう先へ進むしかない。

しかるに、本作品を読了した編者はまったく予想外の、感銘を受けることになった。

そこで編者は、ただちに社名を勝手に使われた、新潮社と連絡をとった。

その結果、識語なり解説なりを書くという条件で、新潮社から出版の承諾を得たのである。

もっとも、編者の評価が当を得たものかどうかは、好奇心豊かな読者諸君の判断に、ゆだねられよう。

あらかじめ申し上げておきたいが、この小説はいささか複雑な入れ子の状態に、構成されている。そのため、オリジナルのままでは読者諸君に、多少の読みにくさを感じさせるかもしれない。

そこで、編者は原作者の手紙の指示に従い、つながりの悪い箇所や、分かりにくい部分などについて、若干の手入れや変更を行なった。

それでもまだ、読者に忍耐をしいるものがあるとすれば、どうかがまんしつつ読み進んでくださるよう、お願いするしかない。編者としては、そのがまんが価値のあるものだった、と読者に感じていただけるように、ひたすら祈るだけである。

最後に、この作品の作者について、もう一度確認しておく。

同梱《どうこん》された手紙によれば、前述のとおり作者は本名か筆名かはともかく、〈本間鋭太〉となっている。一応、年配の男性と思われるが、年齢は不詳。

出版の仲介をするにあたり、条件その他の話し合いを申し出た編者の手紙に対して、作者は無条件で出版手続きを編者にゆだねる旨《むね》、返事をよこした。

ただ、面会や電話、メールによる連絡の要請には、いっさい応じなかった。やむなく、版元と作者とのあいだの交渉、ゲラ等のやり取りはすべて、編者が代行した。

作者の職業も不明だが、この小説のテーマ、内容からしてドイツ文学の研究者、ないしは古典ギターの演奏家、あるいは研究家ではないか、とも推察される。しかし、それはあくまで推察であって、確たる証拠は何もない。

覆面作家は、これが最初というわけではないし、むろん最後でもないだろう。何か事情があるのかもしれず、単なる話題作りを狙《ねら》っただけかもしれない。

いずれにしても、編者はその理由を作者に問うのを、控えることにした。それはこの小説の本質と、関わりのないことだからである。

そうしたわけで、作者に関する編者へのお問い合わせには、応じられないことをお断りしておく。

編者はただ、好奇心豊かな読者諸君の手に、この作品をゆだねたいと思う。そして、編者と同様興味深く読んでくださることを、心より望んでいる。

さいわいにして、その願いが少しでもかなうものならば、編者の苦労も報いられることになる。

編者・逢坂　剛　識

鏡影劇場

――ある文学者、音楽家、画家にして判事の、途方もなく深刻な悩みについて――

本間鋭太・作
逢坂　剛・編

プロローグ

マドリードの、初夏の夕暮れどき。

プエルタ・デル・ソル（太陽の門）広場から続くアレナル街は、パセオ（散策）を楽しむ夫婦連れや家族連れ、恋人同士や学生仲間等の群れで、たいへんな人出だった。

とはいえ、それは昨日今日始まったことではない。

たそがれどきのパセオは、すでに何十年、いや、おそらくは何百年も続いてきた、スペイン人に欠かせぬ習慣の一つ、といわれている。

差し当たり、ドミンゴ・エステソのギターを後生大事に抱えて、人とぶつからないように歩くのが、精一杯だった。

そのエステソは、一九二一年に製作された年代ものだが、所有するギターの中で特別古い、というわけではない。もっと古いギターを、何本か持っている。

ちなみに今は、アレナル街と交差するボルダドレス街にある、ビセンテ・サグレラスのピソ（マンション）へ、向かう途中だった。

サグレラスは、マドリード王立音楽院の元ギター科教授で、退職した今も自宅でギターの個人レッスンを、行なっている。

そのレッスンを受けるため、ちょうど三カ月前マドリードに、やって来たのだ。

この日は、マドリード滞在の最終日にあたるので、別れの挨拶《あいさつ》をしに行く約束になっていた。

腕に抱いたエステソは、サグレラスが若いときに愛用していた逸品で、今回のマドリード留学中にようやく、譲り受けることに成功したものだった。

マドリードへ来るたびに、そのエステソを譲ってもらえないかと、口がすっぱくなるほど、懇願し続けてきた。

にもかかわらず、これまでは一度も色よい返事を、もらえなかった。

その望みが、なんと今回の留学中にようやく、叶《かな》ったのだ。

支払いがすむのを待って、サグレラスはまだどこか気の進まない様子で、ギターを引き渡してくれた。

案の定、エステソへの未練が断ち切れぬとみえて、マドリードを発《た》つまでにもう一度、愛器を弾かせてもらえないか、と泣きついてきた。

その願いにこたえるため、最終日にわざわざペンションから、持ち出して来たわけだ。

実のところ、このエステソはこちらが専門とする、いわゆる十九世紀ギター（一八〇〇年代初頭から半ばくらいまで使われた、古いタイプのギター）ではない。

それどころか、クラシックギターですらない。

一般に、フラメンコギターと呼ばれる、裏板と横板にシープレス（糸杉）を使った、軽めのギターだった。クラシックギターの場合は、おおむねハカランダ（ブラジル産ローズウッド）が、使われるのだ。

このエステソが製作された時代は、現在のようにクラシック用、フラメンコ用という具合に、まだ明確に用途が分かれていなかった。定かではないが、単にシープレスの方が安上がりにできる、という程度の違いしかなかったらしい。

サグレラスは、このエステソを師匠から受け継いだ、と言っていた。

師匠は、今ではだれも覚えていないような、無名のギタリストだった。サグレラスは、ただエステソを譲り受けるだけのために、習い続けたのだそうだ。

もっとも、サグレラス自身はギター界のみならず、クラシック音楽全体の世界でも、よく知られた存在だった。だれもが、サグレラスを優れた弾き手、と認めている。自分としても、ギターを譲ってもらうだけのために、習っていたわけではない。

このエステソは、フラメンコギターの中でも小ぶりで軽く、さして大きな音では鳴らない。しかし、十八世紀から十九世紀にかけての古典ギターの曲を弾くと、えもいわれぬ実にいい音を出すのだ。

サグレラスを説得するのに、毎回レッスン時間の三分の一以上を費やした、といっても過言ではない。

いつものように、最初は頭から相手にされなかったのだが、辛抱強く説得するうちに少しずつ、耳を傾けてくれるようになった。

やがて、自分もそろそろ引退していい年になったし、プロのギタリストを目指す二人の孫に、今の時代に通用するいいギターを、買ってもやりたい。

そんな本音を漏らすようになり、サグレラスは最終的にこちらの説得を聞き入れ、譲渡することを決めたのだった。

価格はあえて言わないが、日本の口座からサグレラスの銀行に振り込ませるのに、少々時間がかかる額であったことは確かだ。

いわゆる十九世紀ギターは、一八〇〇年代後半にギターの名工、アントニオ・デ・トレスが出現したことで、衰退を余儀なくされた。

トレスは、従来の小ぶりな十九世紀ギターの構造を改良し、大型化してこの楽器に画期的、ともいうべき変化を与えた。音量の点でも音質の点でも、それまでのギターを根本から、変えてしまった。トレスを、ギターにおけるストラディバリと呼ぶのも、むべなるかなというべきだろう。

ともかく、現在流通しているギターは多かれ少なかれ、トレスのギターの流れを汲《く》むもの、といっても間違いではない。

しかし、かならずしも大型のギターがよく鳴る、とはかぎらない。遠達性の点で、トレス以前のギターの方がすぐれている、という場合もある。

バロックから古典派をへて、浪漫派までの古典ギター、楽曲の研究と演奏が、当方の専門だ。十九世紀半ば以降の、新しい楽器と楽曲の研究と演奏は、他のギタリストに任せている。

サグレラスは、そうしたこちらの志向をよく理解し、辛抱強く教えてくれた。

どこかで鐘が鳴り、午後七時を告げる。

約束の時間は七時半だから、その前にいくらか腹を満たしておこうと、早めに出て来たのだった。

サン・ヒネス教会の脇《わき》まで来たとき、派手な絵をプリントしたTシャツ姿の、筋骨隆々としたモヒカン刈りの男が三人、奇声を発しながら前方からやって来た。

家族連れ、子供連れは関わるのを恐れて道の端に逃げ、男たちをやり過ごした。

こちらも同様に、教会の横手の引っ込んだ裏道にまぎれ込み、トラブルを回避した。

エステソに、万が一のことがあっては泣くに泣けないし、どのみちサグレラスのピソに行くときは、その抜け道を利用することが多いからだ。

そこは、パサディソ・デ・サン・ヒネス（サン・ヒネス裏小路）と呼ばれる抜け道で、そのわずかなスペースに小さな古書店が、店を出している。

といっても、本が並ぶのは吹きさらしの二つの平台と、壁をくりぬいて作った書棚だけで、それもたいした量ではない。

奥の建物に、ひさしのついた狭い勘定場が見え、そこに髪も髭《ひげ》も白くなった眼鏡の老人の、ぽつんとすわる姿があった。

老人は、ときおり上目遣いに売り場に目を向け、不心得者がいないかどうかを、チェックする。それだけが仕事のごとく、あとはおおむね居眠りをしている。

そのたたずまいが、いかにものんびりしたスペインを象徴するようで、いろいろな角度から何度も繰り返して、写真を撮ったものだった。

実のところ、この店にはたまに音楽関係の古書が出るので、通りかかるたびに平台をのぞくのが、ならいになっていた。

とはいえ、この日はサグレラスを訪れる前に、軽く食事をする腹づもりだったから、立ち寄る気はなかった。

店の横を抜けて、ボルダドレス街の方へ向かおうとした。

ところが、ふと壁の書棚に気にかかるものを見て、足を止めてしまった。

それは、ひどく古めかしい茶色の紙袋に包まれた、何かだった。

かつて、イギリスのヘイ・オン・ワイの古書店で、それとよく似た紙袋にはいった、貴重な古楽譜を見つけたことがある。

ギターとは直接関係のない、十九世紀前半の室内楽の楽譜だったが、予想よりかなり安い値段だったので、つい買ってしまったのを思い出す。

帰国後、それをギター・トリオ用に編曲して、十分にもとを取った。

そんな具合に、古書店にはときどき予想外の価値を持つ、古い楽譜が流出することがある。パブロ・カサルスもとある古い楽器店で、バッハの〈無伴奏チェロ組曲〉の楽譜を、発掘したではないか。

体を横にして、斜めになった平台のあいだを抜け、壁の書棚のところへ行った。

エステソを、持ち逃げされぬよう目の前に置いて、書棚のいちばん下に押し込まれた、紙袋を抜き出す。

古い紙袋だが、補強用の繊維でも編み込んであるのか、どこにも破れはない。

糸でくくられた、開き口をていねいにほどいて、袋の中身を取り出す。

見るからに時代がかった、ごわごわした固めの紙の束だった。

かなりの量のように見えたが、それはどうやら紙の厚みのせいらしく、実際にはせいぜい百枚くらいのものだろう。一枚の大きさは、Ａ４を一回りか二回り上回るが、Ｂ４よりは小さい。

薄い焦《こ》げ茶に変色しているので、作られてから百年以上たっているのではないか、と思われた。

紙束を、ギターケースの縁に載せて、一枚ずつ点検する。

残念ながら古楽譜ではなく、ただの古文書らしい雰囲気だった。羽根ペンか何かで書かれた、直筆もののように見える。いわゆる手稿、というやつだろう。

右斜めに傾いた癖字だが、いかにも流麗な筆致で書かれているので、達筆と呼んでいいかもしれない。

しかし、単語一つ読み取れない状態では、お手上げだった。

英語とスペイン語なら、なんとか見当をつける自信があるが、この文書はいったい何語なのか、いっこうに分からない。

とにかく、古楽譜ではないかという期待は、はずれてしまった。

あきらめて、紙束を袋にもどそうとしながら、なにげなく一番上の紙をめくり、裏をのぞいて見た。

驚いて、手が止まる。

いきなり、五線譜に書かれた楽譜らしきものが、目にはいったのだ。

あわてて、もう一度紙束を調べ直す。

すべての紙ではないが、ところどころ同じような楽譜が裏に書かれた、十数枚の紙が見つかった。全体の、十分の一というところか。

どの楽譜も、ゆがんだト音記号つきの五線譜ともども、手書きされている。

とりあえず、その楽譜が書かれた紙だけを抜き取り、あらためてチェックした。

楽譜は、万国共通の言語といってもよい。

それは、ト音記号のみで書かれていることや、あちこちにつけられた符号からみて、ギターかリュートの楽譜のようだった。

ページの終わりと頭をつなげながら、楽譜を順序どおりに並べ換えてみる。

思わず、ため息が出た。

最初の曲の上部に、曲名と作曲者名が書いてある。

フランス語らしいが、日本でも何度となく目にした覚えがあるので、なんとか読み取ることができた。

〈Introduction et Variations sur un Thême de Mozart ..... Leipzig, au Bureau de Musique de Peters.〉

作曲者名は、〈Fernando Sor〉となっている。

少し、手が震えた。

どうやら、ライプツィヒのさる音楽出版社から出た、フェルナンド・ソルの『モーツァルトの主題による序奏と変奏』の楽譜を、だれかが手書きで写したものらしい。もっと詳しくいうなら、それはソル作曲の『モーツァルトの〈魔笛〉の主題による序奏つき変奏曲』として知られる、古典ギターの定番ともいうべき名曲の、楽譜だった。

通覧したところ、その楽譜は現今市場に流布《るふ》している楽譜と、異なる部分が何カ所かある。むろん、曲想が変わるほどの大きな違いではないが、比較検討したくなる程度の相違はあった。

その曲だけで八枚が費やされ、ほかの八枚に同じくソルの小品とみられるものが、いくつか続いている。

それらの曲にも見覚えがあり、確か作品番号六の〈十二の練習曲〉のうちの、何曲かと思われた。

もしや、これらの楽譜はソルが出版社に渡したときの、自筆の原稿ではないか。

そう思って、一瞬胸を躍らせた。

いやいや、と思い直す。

そんな貴重なものが、このようなマドリードの裏道の古書店の店頭に、出回るはずがない。

気持ちを落ち着け、〈魔笛〉の変奏曲につけられたタイトル文字を、よくよく眺めた。それから、紙を裏返して表に書かれた例の癖文字と、丹念に見比べる。

字の傾き具合、線の延び具合や曲がり具合から推察して、表の手稿と裏の古楽譜の書き手は、同一人物のように思われた。

だれとも知れぬ書き手は、ひとまずまとまった長い文章を紙の表に書き散らし、そのあとどういう風の吹き回しか、裏にソルのギター曲を書き写したらしい。

理由は分からないが、そうとしか考えられない。

ともかく、ソルが〈十二の練習曲〉を作曲したのは、ナポレオン戦争のあおりで一八一三年、パリへ亡命した直後のことだった、と記憶する。

一八一五年、ソルはさらにロンドンへ拠点を移して、八年間イギリスで活動した。モーツァルトの『魔笛』は、一八一九年にロンドンで大評判をとった、とどこかで読んだ覚えがある。それに触発されて、ソルがその主題による変奏曲を作曲したとすれば、同じ年か一八二〇年、ないし二一年のことだろう。楽譜が出版されたのも、そのころだと承知している。

それを書き写した人物は、いったいだれなのだろうか。

フェルナンド・ソルは、記憶によれば一七七八年にバルセロナで生まれ、一八三九年にパリで死んだ、偉大なギタリストであり、作曲家だった。その偉大さは、〈ギターのベートーヴェン〉と呼ばれることからも、ある程度想像できる。

むろん、ベートーヴェンとは比すべくもないが、ソルはギターの世界ではそれほどに敬愛される、際立《きわだ》った存在なのだ。

ふと視線を感じて、勘定場の方に目を向ける。

例の白髪の老店主が、いかにも頑固そうに唇を引き結んで、こちらを睨《にら》んでいた。

やむなく、ただのひやかしではないことを示すために、紙袋に貼られた値段シールを確かめる。

千ユーロとなっている。日本円にして、軽く十万円を超える値段だ。思ったより、はるかに高い価格に少なからず、腰が引けた。

正直なところ、裏に楽譜が書かれた以外の古文書には、用がない。とりあえず、楽譜を袋にもどす。

肚《はら》を決めて、その紙袋とエステソのギターを取り上げ、勘定場に行った。

とっかかりに、老人に尋ねてみる。

「この手稿の書き手は、だれだか分かりますか」

老人は紙袋に目をやり、黙って首を振った。

さらに質問する。

「では、これがどういう種類の、あるいはどんな内容の文書か、分かりませんか。書簡とか小説とか、日記とか演説原稿とか」

老人は、また首を振った。

「分からんね。宛《あ》て名がないから、書簡じゃあるまい。日付がないから、日記でもあるまい。タイトルがないから、小説でもないだろうな。そもそも、どこの国の言葉か分からんのだから、見当のつけようもないわけさ」

あっけらかんと言うので、思わず笑いそうになる。

それでよく、古書店をやっていられるものだ。

「しかし、内容も分からず書き手も分からない反故《ほご》に、千ユーロとはいい値段をつけましたね」

老人は、肩をすくめた。

「なんといっても十九世紀初頭、今から二百年も前の文書だからな」

書かれた時代だけは、把握しているようだ。

「古いというだけでは、たいした価値はありませんよ。これが、ナポレオンの起草した歴史的文書だ、というなら話は別でしょうけどね」

「そうかもしれんじゃないか」

老人は抜けぬけと、そう言った。

ギターを舗道に置き、紙袋から裏に楽譜が書かれた例の十数枚の紙だけを、取り出す。

「わたしが手に入れたいのは、裏に楽譜が書かれたこの反故だけなんです。ものは相談ですが、この分だけ一枚当たり十ユーロで、別売りしていただけませんか」

老人の目が、計算高い光を帯びる。

紙束を引ったくるように取り、指に唾《つば》をつけて数え始めた。

数え終わると、顔を上げて厳粛に言う。

「十六枚あるな」

「ええ。トータルで、百六十ユーロになりますが」

日本円にして、二万円前後だ。

実のところ、駆け引きで三百ユーロくらいまでは、出してもいいと思った。安いとはいえないが、全部買う場合の出費を考えれば、まだ救いがある。

老人は、少しのあいだ考えていたが、やがてぐいと腕を伸ばすなり、こちらの手から紙袋を奪い取った。

てこでも渡すまいというように、しっかりと膝《ひざ》の上に抱え込む。

「その取引には、応じられんな。この種の文書は、全体で意味を持つものだ。一枚欠けても、値打ちがなくなる。まして、十六枚をばら売りしてしまったら、まったく価値が失われる。そうは思わんかね」

「その文書が、実際に価値のあるものなら、おっしゃるとおりでしょう。しかし、ただ古いだけでどんな内容か分からない、そういう反故を店ざらしにしておいても、しかたがないじゃありませんか。こう見えても、わたしはプロのギタリストです。この楽譜が手にはいれば、わたしの仕事にきっと役に立ちます。少なくとも、ここでほこりをかぶっているよりは」

老人は、足元に置いたギターケースにちらり、と目をくれた。だめを押すように、ゆっくりと首を振る。

「確かにわしは、この文書がどんな内容のものか知らんし、調べてみたこともない。しかし、きちんとそろっているかどうかで、文書の価値に大きな差ができることは、よく承知している。こいつは、もう三年も壁の書棚にさらされたままだが、あと十年でも待つつもりだ。そう、わしは信じとるんだよ。この文書を必要とする人間が、いつかかならず現れる、とな」

願望を込めた口調だ。

少しのあいだ、考えた。

そもそも、その文書が全部そろっているものかどうか、疑わしい気がする。それ自体、もっと長い文書の一部ということも、ありうるではないか。

ためしに提案してみる。

「それでは、あなたの後ろにあるコピー機で、この楽譜の部分だけ複写していただく、というわけにいきませんか。現物と同じ、百六十ユーロをお支払いしますから」

老人は、鋭い目で睨んできた。

「わしの商売では、売り物の商品をコピーして金を取るのは、道義に反する行為だ。あんたも、それくらい知らぬわけではあるまい」

冷や汗をかく。

おそらく、赤面したに違いない。

それにしても、ここまで頑固なおやじ、とは思わなかった。

こうなったら、最後の賭《か》けに出るしかない。

さんざん、未練がましい表情をこしらえたあげく、ギターケースを取り上げた。

「残念ですが、あきらめるしかありませんね。今度、いつマドリードに来られるか分かりませんが、それまでその文書が売れないことを、心から祈っています。来ると決まったときは、今度こそお金を用意して来ますから」

老人に背を向け、アレナル街の方へゆっくりと歩き出す。頑固とはいえ、老人にもいくらかの商売気があるはずだ、と期待しながら。

案の定、平台の横を通り抜けたとき、後ろから声がかかった。

「お若いの」

そう呼ばれるほど若くはないが、老人に比べれば息子ほどの年齢だ。

振り向いて、老人を見る。

そのとき、周囲にほかの客や通行人は、途絶えていた。

老人は言った。

「ばら売りはできんが、あんたがこの文書に目をつけたのも、何かの縁だろう。八百ユーロに、まけてやるよ」

十万円前後に、値が下がった。

また、少し考えるふりをしてから、首を振る。

「いや、とてもそんなには、出せません」

老人は、肩をすくめた。

向きを変え、ふたたびアレナル街への出口へ、足を運ぶ。

もう一度、声がかかることを期待したが、老人はもう呼び止めなかった。

アレナル街に出て、人込みの中をボルダドレス街に向かう。

すぐに足を止め、ゆっくり十を数えた。

それから、もう一度パサディソ・デ・サン・ヒネスに、引き返す。

老人は、まるでそれを予測したかのごとく、こちらを見ていた。

そばに行って、いやいやながら尋ねる。

「クレジットカードは、使えますか」

老人の頰が、わずかに緩んだ。

「使えるとも」

そう応じたきりで、さらにまけてやろう、とは言わない。

観念して、カードを取り出した。

決済手続きが終わるのを待って、領収証をもらう。

老人は愛想笑い一つせず、ぶっきらぼうに言った。

「ギターの楽譜もだいじだが、この手稿が何かを調べるのも、一興だろう」

つい、苦笑が出る。

「そうしてみます」

実のところ、日本に帰ったら楽譜の部分だけ複写を取り、手稿は洋書専門の古書店にでも持ち込んで、処分するつもりだった。

たとえコピーでも、譜面があればそれでいい。

楽譜も含めて、もとの手稿そのものには、興味がない。

*

ビセンテ・サグレラスは、胡麻塩《ごましお》の豊かな髪をオールバックになでつけた、端正な顔立ちの男だ。

七十六歳という年相応に、顔には深いしわが刻まれている。しかし色艶《いろつや》はよく、染《し》み一つ見当たらない。

どんなときでも、かならずスーツとネクタイに身を固め、靴もぴかぴかに磨き上げている。いかにも、学者然とした物静かな人物で、細い銀縁の眼鏡がその印象を、いっそう引き立てる。

妻のマリア・ルイサと二人暮らしで、四人の子供は全員独立していた。

ピソの居間は広く、壁にかかった絵もサイドボードに載った皿も、時代がかった趣味のよいものだ。

サグレラスは、ギターの名器のコレクターとしても知られ、パノルモ、ラコート、アントニオ・デ・トレス、マヌエル・ラミレス、サントス・エルナンデスなど、所持する名器は枚挙にいとまがない。いずれも、十九世紀前半から百年ほどの間に製作された、貴重なギターばかりだ。

その中にあって、譲り受けたドミンゴ・エステソは、すでに百年近い年月がたっているとはいえ、比較的新しい部類に属する。

サグレラスは、ケースから出したそのエステソを膝に載せ、いとおしそうになでさすった。

それを見ているうちに、サグレラスがエステソを手放したくなくなり、譲渡を白紙にもどすと言い出しはしないか、といういやな予感がしてきた。

しかし、すでにサグレラスの銀行口座には、金を振り込んである。今さらなかったことにしよう、と言われても挨拶に困るだけだ。

さりげなく、サグレラスの気を紛らせようとして、テーブルの上に例の紙袋を置いた。

「実はここへ来る途中、珍しいものを見つけましてね。先生にも、ぜひ見ていただきたいのです」

サグレラスは、紙袋にちらりと目を向けただけで、すぐにギターに視線をもどす。

「このエステソは、わたしが所有するギターの中でも、一二を争う名器だった。十九世紀ギターでもなく、クラシックギターでもない異端の楽器だが、とにかく浪漫派時代の曲には、ぴったりの音質といってよい」

「それは、わたしもよく承知していますよ、先生。ただ、どんなによい楽器でも、それに見合うだけの楽曲がなければ、宝の持ち腐れになります。わたしはさっき、そういう古い楽曲の楽譜を、見つけたのです」

紙袋から、手稿の束を引き出して、テーブルの上に広げる。

サグレラスは、その紙の色の古さから興味を抱いたらしく、ギターを隣のソファにそっと置いて、テーブルにかがみ込んだ。

ハンカチを取り出し、ていねいに両手をふく。

ギターー以外のものに触れるとき、サグレラスがそんなことをするのを見るのは、初めてだった。

「いちばん上の十六枚の、裏側を見てください」

サグレラスは、律義に紙を数えてきちんとそろえ、くるりと裏側に引っ繰り返した。

「おう」

口から嘆声が漏れ、サグレラスはあわただしい手つきで、楽譜を繰り始めた。

それから、残った手稿の束を取り上げ、裏を確かめる。

「残念ながら、ほかの紙には何も書かれていません。裏側に、手書きの楽譜が書いてあるのは、その十六枚だけなのです」

サグレラスは、ほとんど呆然《ぼうぜん》とした様子で、楽譜に目をもどした。

「それにしても、十九世紀初頭のソルの作品の楽譜とは、驚いた。まさか、自筆の楽譜ではあるまいな」

「それはない、と思います。同時代の、ギタリストか作曲家か分かりませんが、とにかくギターや器楽に素養のある人物が、写譜したものだと思います」

サグレラスは顔を上げ、食い入るようにこちらを見た。

「こんな貴重な楽譜を、どこで手に入れたのかね」

そう聞かれて、サン・ヒネスの裏道の古書店でそれを見つけ、多少の駆け引きのあと購入したいきさつを、詳しく話して聞かせた。

聞き終わると、サグレラスは感に堪えない様子で首を振り、興奮した口調で言った。

「言っておくがね、きみ。この楽譜だけでも、十分に千ユーロの価値がある。八百ユーロで買ったのなら、安すぎてばちが当たるくらいだ」

「そうでしょうか。古い楽譜には違いありませんが、そこまで貴重なものかどうか」

「この、『モーツァルトの〈魔笛〉の主題による序奏つき変奏曲』のオリジナルは、一八二〇年代にライプツィヒで、出版された楽譜だ。だれかは分からぬが、写譜するときに自分なりに手を加えて、悪く言えば改竄《かいざん》した可能性がある。少なくともわたしは、このようなバージョンの楽譜を、見たことがない」

「だれが写譜したにせよ、表の文書の筆跡と細かいところが、よく似ています。書いたのは同一人物、と見て間違いないんじゃないでしょうか」

サグレラスは眉根《まゆね》を寄せ、裏面の楽譜と表に書かれた原稿の筆跡を、何度も見比べた。

「楽譜〈魔笛〉のタイトルは、フランス語で書かれている。しかし、表の原稿はフランス語ではない。達筆なので断言はできないが、あるいはドイツ語ではないか、という気がする。ナハト（夜）、クリーク（戦争）といった、なんとか読めるドイツ語の単語が、出てくるのでね」

「先生は、ドイツ語がお分かりになるのですか」

「分かる、というほどではない。若いころ、モーツァルトやベートーヴェンを学んだときに、多少かじっただけさ。きみは、ドイツ語をやらなかったのかね」

しかたなく、肩をすくめる。

「英語とスペイン語以外は、ほとんどゼロに等しいんです。どちらにしても、その書き文字では、判読できませんしね」

サグレラスは、文書の束をテーブルに置いた。

楽譜の部分だけを取り上げ、遠慮がちな口調で言う。

「差し支えなければ、この楽譜だけコピーを取らせてもらえんかね。手持ちの楽譜と、比べてみたいのだ」

その言葉は、予想していた。

「もちろん、かまいませんよ。無理をお願いして、だいじなエステソを譲っていただいたのですから、それくらいのお返しはしないと」

サグレラスは、ほっとしたように頰を緩めた。

「ありがとう」

すぐに立ち上がり、サイドボードの上に置かれた、小さなコピー機に向かう。

一枚ずつ、ていねいに原紙を手でセットするのと、コピー機の速度がのんびりしているせいで、全部複写するのに少々時間がかかった。

ソファにもどると、サグレラスはオリジナルの楽譜を手稿に重ね、紙袋にしまった。

「時間があればこの文書も、コピーしたいくらいだ。同時代のドイツ人が書いた、ソルに関する思い出やエピソード、ということもありうるからね」

確かに、その可能性もないではない。

とはいえ、写譜した人物がたまたま、手近にあった文書の裏を利用しただけ、と考えるのが妥当だろう。

サグレラスは、こちらの考えを読んだように眉を寄せ、人差し指を立てた。

「その文書を、粗末にしないようにな。ちゃんと、日本に持ち帰って、ドイツ人かドイツ語に堪能《たんのう》な日本人に、解読してもらうがいい。もし処分する気なら、それからでも遅くなかろう」

笑ってごまかす。

やはりサグレラスには、お見通しのようだった。

1

古閑沙帆《こがさほ》は、テーブルに置かれたものを見つめた。

それは、二センチメートルほどの厚さの、いかにもごわごわした紙の束だった。

一見して、手書きと思われる横文字がびっしりと、書き連ねてある。

紙は茶色に変色しており、ところどころ染みが浮き出ていることから、かなり長い年月をへたものだ、と分かる。

その厚さからして、ざっと百枚ほどもありそうだ。

沙帆は手を触れず、向かいの椅子《いす》にすわる倉石学《くらいしまなぶ》に、目をもどした。

「見てほしいものがある、とおっしゃったのはこの紙の束のことですか」

倉石は、いくらかぎこちないしぐさで、肩をすくめた。

「まあ、そんなところです。女房の錆《さ》びたドイツ語じゃ、とても歯が立たない、と分かったものでね」

紙の束に、もう一度目を落とす。

「これ、ドイツ語なんですか」

「確信はありません。女房も含めて、多少ドイツ語の素養のある人たちが、そう言っているだけで」

そのとき、ドアが開いて倉石の妻麻里奈《まりな》が、リビングにはいって来た。

話が聞こえたらしく、すぐにあとを続ける。

「そう、たぶんドイツ語。卒業してから、わたしはドイツ語とすっかり縁が切れてしまったし、ここは専門家の沙帆に頼るしかない、と思ったわけ」

そう言いながら、紅茶のカップを三つ載せたトレーを、テーブルに置く。

麻里奈は、ベージュの麻のシンプルなワンピースを、身に着けていた。

聖独大学に在籍していたころから、ファッションのセンスに関する限り、沙帆は麻里奈にかなわなかった。

ただ、ドイツ語に関しては麻里奈の言うとおり、沙帆が上をいっていた。

卒業後、麻里奈はドイツ語とは直接関係のない、一般企業に就職した。

一方、沙帆は初志を貫徹してドイツ語の勉強を続け、今は修盟大学文学部の独文科で、ドイツ語の准《じゅん》教授をしている。

これまで、ドイツ文学の翻訳もいくつかこなしたから、まずまずのキャリアといえた。

紙の束を、そっと取り上げる。

乱暴に扱うと、ぼろぼろに崩れてしまうのではないかと思ったが、紙質は意外にしっかりしていて、簡単に破れることはなさそうだ。

一枚目を見ると、タイトルも章立てもない横文字の文章が、いきなり始まっている。

羽根ペンで書かれたらしい、いかにも時代がかった癖のある文字で、すぐには読むことができない。

ただ、そのページは文書の始まりではなく、中途の部分だと見当がついた。

念のため、二枚目以降もめくってみる。

意味ははっきりしないが、なんとなく文章がつながらない印象がある。おそらく、順序どおりに重ねられていないのだろう。

沙帆も、フラクトゥール（亀甲文字《かめのこ》）ならなんとか読めるものの、古いドイツ語の手書き文字となると、正直なところ自信がない。

フラクトゥールは、〈ひげ文字〉〈亀甲文字〉などと呼ばれる活字文字だが、それでさえ読みこなすまでに、ずいぶん苦労したものだ。

ともかく、今手にしている文書がドイツ語らしいことは、断片的に頭にはいる冠詞や前置詞、いくつかの単語から想像がつく。

とはいえ、すらすらと内容を読み取るまでには、いたらない。

沙帆は、紅茶にミルクだけ入れ、一口飲んで言った。

「確かに、これはドイツ語のようだけれど、わたしの手にも負えないわ。そもそも、こんなかびくさい文書をどこで、どうやって入手なさったんですか」

その問いに、倉石が応じる。

「先月末に、短期留学で行ったスペインからもどる直前に、マドリードの古本屋で見つけたんですよ」

「どういう内容の文書か、倉石さんはご存じなんでしょう」

「残念ながら、まったく分かりません」

ちょっと驚く。

「でも、古本屋さんでどんな文書なのか、お聞きになったんじゃ」

そこで言いさすと、倉石はまた肩をすくめた。

「聞いてはみましたが、古本屋のおやじ自身がどういう文書か知らない、と言うんだからどうしようもない」

沙帆は笑った。

「だったら、そんなものをなぜ、なんのために、お買いになったんですか」

「買った理由は、頭の十数枚をめくって裏側を見ると、分かりますよ」

そう言って、倉石は沙帆が持つ紙の束に、うなずきかけた。

沙帆は、文書の最初の何枚かを、裏返してみた。

するとそこに、やはり読みにくい癖のあるタッチで、楽譜が書かれているのが見えた。

五線も音符も記号も、すべて手書きだ。

倉石が続ける。

「それは、フェルナンド・ソルというギタリストが作曲した、『モーツァルトの〈魔笛〉の主題による序奏つき変奏曲』と、いくつかの練習曲の楽譜なんです」

「フェルナンド、ソルですか」

沙帆が繰り返すと、倉石はうなずいた。

「そう。十八世紀の末から、十九世紀前半にかけて活躍した作曲家、兼ギタリストです。ギター曲に関するかぎり、ベートーヴェンやモーツァルトに匹敵する大作曲家、といわれています」

沙帆は、文書をじっくり調べた。

裏に、手書きの楽譜が書かれているのは、最初の十六枚だけにすぎない。残りの文書の裏は、すべて空白だった。

倉石が、読めもしない文書を買った理由は、この楽譜を手に入れたかったからだ、と察しがつく。

倉石は、クラシックギターの演奏家であり、中学生以下の子供たちにギターを教える、ギター教室の主宰者でもあった。

沙帆自身、以前は倉石と麻里奈が現在居住する、ここ文京区本駒込《ほんこまごめ》のマンション〈オブラス曙《あけぼの》〉に、住んでいたのだ。

しかし一年半ほど前に、夫の古閑精一郎《せいいちろう》を心臓病で失ったため、息子の帆太郎《はんたろう》を連れて夫の父母が住む、北区神谷《かみや》のマンション〈パライソ神谷〉に、移り住んだ。この春先、一周忌をすませたばかりだった。

義父の古閑信之輔《しんのすけ》は、JR目白駅に近い目白通りで日本料理の店、〈しんのすけ〉を経営している。

夫精一郎は生前、コンピュータ関係の企業に勤める、技術者だった。

一人息子の帆太郎は、倉石夫婦の娘由梨亜《ゆりあ》と小学校が同級で、その縁もあって倉石にギターを習っていた。

小学校を卒業したあと、由梨亜は四谷にある私立五葉学園にはいり、帆太郎は地元神谷の区立中学に、進学した。

しかし、ギターだけは続けたいと言い張り、いまだに倉石のもとにかよっている。どちらの住まいも、同じ地下鉄南北線の沿線にあるので、かようのに不便はない。

倉石が続ける。

「ギターのベートーヴェン、といわれるソルの古い楽譜と出会ったら、見捨ててはおけない。まして、わたしのような十九世紀ギターの研究者、というか愛好家となるとね」

沙帆はわれに返り、楽譜を文書の山にもどした。

「これは、そのソルという作曲家の、自筆の楽譜なんですか」

「いや、自筆ではない、と思う。もちろん、断言はできませんがね。ただ、楽譜に添えられた注釈の字体から、表の文書の書き手と同一人物だろう、と推測される。文書の書き手が、どういう風の吹き回しか知らないけれども、その裏に写譜してしまったんでしょう」

「逆に言うと、かりにこの楽譜がソルの自筆だとしたら、表の文書もソルが書き残したもの、ということになりますね」

沙帆が指摘すると、倉石はいくらか虚をつかれたように、唇を引き締めた。

「まあ理論的には、そういうことになる。しかし、そこに写譜された曲はすでにソルが、それより前に作曲したものだ、と思います。それを、自分であらためて反故紙《ほご》に書き写すことは、まずないでしょう」

そう言って、紅茶を飲む。

隣にすわった麻里奈が、同じように紅茶に口をつけて、おもむろに言った。

「それで、どうなの。沙帆のキャリアをもってしても、この手書きのドイツ語には歯が立たない、というわけ」

挑発するような言い方に、少しむっとする。

学生時代からの、麻里奈の悪い癖だ。

「まったく歯が立たない、とまでは言わないわ。でも、解読するにはそれなりの知識と経験と、時間が必要よ。わたしは、そのうちのどれにも恵まれていないし、安請け合いするわけにいかないわ」

麻里奈は腕を組み、思慮深い目で沙帆を見た。

「もちろん沙帆に、ただ働きをさせるつもりはないわ。このばらばらの文書を、順序どおりにきちんと並べ直して、解読する仕事をお願いしたいの。そうしたら、それなりの翻訳料を、お支払いするわ」

沙帆は、首を振る。

「あなたとは高校時代、大学時代を通じての長いお付き合いだわ。ざっと二十年よね」

「ええ。それがどうしたの」

「そういう、気心の知れたお友だちと、お金がからむ仕事をするのは、気が進まないの。それで仲がこじれた、という人を何人も見てきたから」

麻里奈が、心外だというように首をかしげて、言い返す。

「でも、人さまの能力と時間に見合う謝礼を払うのは、友だちであろうとなかろうと、関係ないと思うわ」

沙帆は手を上げ、麻里奈をさえぎった。

「待って。翻訳料を払う用意があるのなら、話は簡単だわ。わたしより、ずっとこの仕事にふさわしい専門家を、知っているの。その人に、ビジネスとして翻訳をお願いしたら、どうかしら。安くはないかもしれないけれど」

麻里奈は眉を寄せ、疑わしい目になった。

「信用できる人なの」

「ドイツ語の解釈、という点においてはね。でも、それで十分でしょう。別に、個人的にお付き合いするわけじゃないし、わたしが責任をもってあいだを取り持つから」

倉石が、口を挟む。

「古閑さんがそこまで言うなら、そういう専門家に任せてみてもいい、と思うな」

沙帆は、倉石を見た。

「一つだけ、お尋ねしてもいいですか」

倉石は、とまどった顔で、沙帆を見返した。

「いいですよ。なんですか」

「この文書に、倉石さんのご専門に役立つような、十九世紀ギターの情報が眠っている、ということですか」

「いや。そんなことは、分からない。少なくとも、期待はしていませんよ」

「それじゃ、なぜお金を払ってまで翻訳してもらおう、という気になったんですか」

沙帆が突っ込むと、倉石より先に麻里奈が応じた。

「翻訳してほしい、と思っているのは彼じゃなくて、わたしなの」

驚いて、麻里奈に目をもどす。

「どういうこと。ドイツ語とは、縁が切れたと言ったじゃないの」

「ドイツ語とは切れたけれど、ドイツ文学に対する興味は途切れずに、続いているわ。ことに、浪漫派の文学についてはね」

それを聞いて、沙帆は顎《あご》を引いた。

にわかに、記憶がよみがえる。

沙帆と麻里奈は、聖独大学独文科でドイツ写実主義文学の、ゼミにはいった。

実際には、二人とも後期浪漫派の作家、作品群が主たる関心領域だったが、ほかにそのテーマに近いゼミが、なかったせいもある。

そんなわけで、二人はゼミのテーマと微妙に重なる、後期浪漫派の研究に力を注いだ。

それもあって卒論のテーマは、沙帆がアデルベルト・フォン・シャミッソー、麻里奈がE・T・A・ホフマンになった。

担当教授は、十九世紀後半の写実主義、自然主義の文学が専門だったことから、むろんいい顔はしなかった。

教授からは、せめてフリードリヒ・ヘッベルか、オットー・ルートヴィヒを取り上げたらどうか、とアドバイスされた。

しかし沙帆も麻里奈も、後期浪漫派に属するシャミッソーやホフマンが、その後の写実主義と自然主義の先駆になった、という位置づけをかたくなに維持し、そのテーマで論文を構成した。

おかげで、教授はしぶしぶながらなんとか、及第点をくれたのだった。

沙帆は言った。

「この文書が、ドイツ浪漫派と何か関係がありそうだ、という口ぶりね」

「大ありよ」

麻里奈は、テーブルの上から文書の束を取り上げ、ぱらぱらと紙を繰った。

その中から一枚を抜き取り、沙帆に向けて差し出す。

「ここを、見てごらんなさい。わたしも、なんとなく紙をめくっていて、ふっと気がついたんだけど」

麻里奈の指す箇所を、沙帆はのぞき込んだ。

体の奥が、じわりと熱くなる。

いかにも分かりにくいが、〈ＥＴＡ〉と読み取れる崩れた書き文字が、そこに認められた。

その前後にも目を通したが、やはりドイツ語の手書き文字の読解能力が、圧倒的に不足していることを実感しただけで、文脈をたどることはできなかった。

麻里奈が続ける。

「その〈ETA〉が、この文書のあちこちに、出てくるのよ」

沙帆は、麻里奈を見た。

「それが、あのホフマンを指している、というの」

「ええ。ETAといえば、E・T・A・ホフマンのこと以外に、考えられないじゃないの」

決めつけるような口調だ。

確かに、それには一理あった。

ホフマンの本名は、エルンスト・テオドル・ヴィルヘルム・ホフマンという。頭文字で書けば、名前はE・T・Wになる。

しかし後年、アマデウス・モーツァルトに心酔したホフマンは、その名にちなんでサードネームのヴィルヘルムを、アマデウスに変えてしまった。

その結果、〈E・T・A・ホフマン〉が筆名になった、と承知している。

そばから、紅茶を飲み干した倉石が顔を突き出し、からかうように言った。

「ETAは、ホフマンとは限らないぞ。スペインのバスクで、独立運動をやっていた過激派グループも、ETAと呼ばれていた。エウスカディ・タ・アスカタスナ（バスク祖国と自由＝Euskadi Ta Askatasuna）の略だが」

麻里奈が、わずらわしげに眉根を寄せて、倉石を睨《にら》む。

「この文書が、スペイン語かバスク語だ、とでもいうの」

「そうは言わないよ。ただ、ドイツ語と決めつけるのはどうか、と思っただけさ」

「たとえ読めなくても、これがドイツ語だということくらい、見当がつくわよ。それに、バスクの過激派が活動を始めたのは、二十世紀にはいってからでしょう。この文書は、そこまで新しいものじゃないわ」

「そのとおりだ。たぶん、一八二〇年前後のものだろう」

しれっとして言う倉石に、麻里奈はあきれたように首を振った。

「知ってるんだったら、まぜ返さないでよ」

麻里奈の言葉には、どことなくとげがあった。

また倉石には、そんな麻里奈の反応を楽しんでいる、といった風情《ふぜい》がうかがわれる。

麻里奈は沙帆に目をもどし、あらためて言った。

「それで、沙帆が仲立ちしてくれるという専門家は、どこのどういう人なの」

沙帆は、一呼吸おいて答えた。

「名前は、本間鋭太。日本の本に、間が悪いの間、それに鋭く太いと書いて、本間鋭太。わたしたちが在籍していた、聖独大学のドイツ語の先生よ。ただ、わたしたちが入学する前に、中途退職してしまったから、習ったことはないけれど」

麻里奈が、視線を宙に泳がせる。

「本間鋭太、本間鋭太。ええ、わたしも名前だけは、聞き覚えがあるわ。なんでも、伝説的なドイツ文学者だ、という話だったわよね」

「そう。ドイツ浪漫派の専門家で、今度のテーマにはぴったりの先生だ、と思うわ」

「でも、沙帆もわたしも本間先生とは入れ違いで、会ったことないでしょう」

「実はわたし、卒業したあと一年ほどかしら、個人教授を受けたことがあるの、本間先生に。修盟大学に奉職する前に、ドイツ語をもう少し勉強しておきたかったから。ゆくゆくは、ドイツ文学の翻訳もやってみたかったし、そのための特訓も受けたわ」

沙帆の説明に、麻里奈はぽかんとした。

「ほんとに。全然、知らなかったわ。だれに本間先生を、紹介してもらったの」

「別に、だれにも。聖独大学の事務局で、先生の住所と電話番号を教えてもらって、押しかけただけ」

「相変わらず、いい度胸してるわね」

麻里奈は、あきれたように笑ったが、すぐに真顔にもどって続けた。

「それで、どんな先生なの」

沙帆はちょっと、言いよどんだ。

「ドイツ浪漫派については、一家言を持っている人よ」

「それは、もう聞いたわ」

急いで、付け加える。

「ドイツ語の素養も、半端じゃないわ。会話も読み書きも、ネイティブそこのけよ。それに、日本語力がすごいから、翻訳のときにいつも助けられるの。ドイツ語の構文って、文章が長くて読みにくいでしょう。それをすらすらと、読みやすい日本語に訳すのが得意でね。ちょっと、まねができないわ」

麻里奈は、少しうんざりした顔になり、手を小さく動かした。

「ドイツ語の能力は、よく分かったわ。わたしが聞きたいのは、本間先生の人となりよ」

沙帆は、紅茶を飲み干した。

「ドイツ語の能力だけで、十分じゃないの。人となりなんて、二の次だわ。どうせ、わたしが中継ぎをするんだから、お付き合いする必要はないし」

黙って聞いていた倉石が、からかうような口調で言う。

「古閑さんの話を聞いていると、本間先生はドイツ語とドイツ文学の権威らしいが、どうも人間的に問題がありそうな、そんな口ぶりですね」

沙帆はためらい、あいまいに手を振った。

「別に、問題があるわけじゃないんですけど、ちょっとした変人であることは、認めざるをえませんね」

倉石が、ぴくりと片方の眉を動かす。

「ほう、変人ね。夜中に突然、第九を歌い出すとか」

「まさか。ただ、ドイツ語やドイツ文学にのめり込むあまり、自分はドイツ人作家の生まれ変わりだ、と言ったりするんです。もちろん、本気じゃないんですけど」

「ドイツ人作家って、だれですか。ゲーテですか、シラーですか」

「いいえ、そんな文豪じゃありません」

「じゃ、だれなんですか」

倉石の無邪気な追及に、少し気分が悪くなる。

嘘《うそ》をつくわけにもいかず、沙帆はしかたなく答えた。

「ホフマンなんです」

それを聞くと、麻里奈は背筋を伸ばした。

「ホフマンですって。E・T・A・ホフマンのこと」

「ええ」

麻里奈は腕を組み、思わぬ朗報を聞いたというように、うなずいた。

「それじゃ、本間先生はこの文書に出てくるETAに、興味を示すに違いないわね」

心なしか、目が妙に輝いている。

「そのETAが、ほんとうにホフマンのことだ、としたらね」

沙帆が釘《くぎ》を刺すと、麻里奈は軽く首をかしげた。

「本間先生に見てもらえれば、そのあたりのことがはっきりするかもね」

「ええ。少なくとも、わたしより適任であることは、確かよ」

半分やけ気味に言ったとき、来客を告げるチャイムの音が響いた。

倉石が腕時計に目をくれ、あわてて立ち上がる。

「おっと、生徒が来たようだ。それじゃ、よろしくお願いします」

リビングの隣に、ギターのレッスン室があるのだ。

沙帆は、急いで言った。

「この文書、お預かりしていいんですか。裏に、楽譜が書いてあるものが、混じったままですけど」

「ああ、かまいません。楽譜の部分は、もうコピーを取りましたから」

「この文書そのものも、コピーの方をお預かりした方が、いいんじゃないかしら。貴重な文書のように、見えますし」

「枚数が多いし、コピーするのはめんどうだから、そのまま持って行ってください。本間先生とやらも、オリジナルの文書を見た方が、やる気が出るでしょう。それじゃ、失礼」

倉石はそう言い残し、そそくさとリビングを出て行った。

麻里奈は、ほとんど心ここにあらずという様子で、倉石に目も向けなかった。

2

奇矯がそのまま、人の形をなしたような男だ。

初めて本間鋭太に会ったとき、古閑沙帆は直感的にそう思った。

半白の豊かな髪は、一度も櫛《くし》を入れたことがないように、もじゃもじゃのまま。同じ色合いの、もつれにもつれた長いもみあげが、ほとんど口の脇《わき》まで届いている。

背丈は、せいぜい百五十五センチあるかないかで、体つきもいたって華奢《きゃしゃ》だ。まだ、古希を迎えてさほど間がないはずだが、それにしては額や目尻《めじり》のしわが深く、八十歳近くに見えたりもする。

記憶をたどると、沙帆が初めて会ったときからそうだった、という印象がある。もともとが、老《ふ》け顔なのだ。

今、新宿区弁天町《べんてんちょう》にある本間のアパートに来て、玄関脇の一風変わった洋室で当人を待ちながら、沙帆はそんなことを考えていた。

奥の方から、ピアノの音が漏れてくる。

本間が、CDならぬ古いレコードを、聴いているのだろう。

二日前、電話で本間から面会の許可を取りつけ、やって来たところだった。

玄関には鍵《かぎ》がかかっておらず、勝手にとっつきの洋室に上がり込んだ。それが、本間を訪ねるときの、いつものやり方なのだ。

老け顔とはいいながら、本間の表情や体の動きに年寄りじみたものは、まったく感じられない。

一本の線に等しい薄い唇は、黙っているとき常に強く引き結ばれたまま、微動だにしない。それは、意志の強さを物語るというよりも、意志そのものといった風情だ。

話すときには、その唇のあいだからいかにもしっかりした、象牙色《ぞうげ》の歯がちらちらとのぞく。自前の歯に違いなく、入れ歯や義歯とは無縁だろう。

優雅に、弓形の弧を描く半白の眉毛は、それ自体が別の生き物のように、活発に動く。

その下に、漆黒の瞳《ひとみ》を擁する驚くほど大きな目があり、それがじっとこちらを見据えてくる。

多くの者が、その強い視線をまともに受け止め切れず、目を伏せてしまう。沙帆も慣れるまでに、ずいぶん時間がかかったものだ。

本間は、ほかのどんな職業の人間に見えたとしても、ドイツ文学者には見えなかった。

ことに、E・T・A・ホフマンの研究家には、見えなかった。

むしろ、ホフマンその人に見えた。

そう、本間はホフマンの研究に没頭するあまり、ホフマンその人になってしまった、という気がする。

沙帆は、何かの本でホフマンが描いた自画像を、一度だけ見たことがある。

それは、本間を三十歳か四十歳若くした顔と、そっくりだった。

本間が、ホフマンについて驚くほど詳しいのを知ったのは、沙帆が本間にドイツ語を習い始めて、だいぶたってからのことだ。

教材の中に、ホフマンの『Die Genesung（治癒）』という短編小説があり、沙帆はその解釈に四苦八苦した。入り組んだ構文を、どう日本語に訳したらいいか分からず、たびたび立ち往生した。

なんでも、ホフマンが死ぬ直前に口述した短編の一つで、発表されたのは死後だというから、文脈がだいぶ乱れているに違いないと思った。

ところが、苦労して手に入れた英訳本を読んだところ、なんと問題なく理解できる。

そこで、英語から訳したものをパソコンで打ち出し、あたかもドイツ語から訳したように装《よそお》って、本間に提出した。

すると、本間は一目でそのからくりを見破り、ドイツ語を冒瀆《ぼうとく》した罪で沙帆を破門にする、と宣言した。

入門したつもりはないので、別に破門されてもどうということはなかったが、さすがに悔しかった。

本間自身が、その複雑な構文をどういう日本語にするのか、興味もあった。

沙帆は、しおらしく本間にわびを入れ、破門を取り消してもらうとともに、模範解答を示してほしい、とせがんだ。

本間がよこした解答は、沙帆にはとても読み取れない悪筆で書かれており、なおさら辟易《へきえき》する結果になった。

本間が、いまだにワープロの愛用者であることは、よく知っている。

しかし、ドイツ語やドイツ文学に関する論文、エッセイ等を書くときは、かたくなに手書きを守る。

本間は、そういう頑固な男だった。

しかたなく、その悪筆をなんとか解読してみると、あっけにとられるほど流麗な日本語訳が、そこに出現した。

本間は、ドイツ語だけでなく日本語にも堪能だ、ということがあらためて分かった。

もっとも、本間がホフマンについて語ることは、めったになかった。

論文、エッセイの類《たぐ》いを書いてはいるようだが、それを紀要や専門誌に発表した、という話は絶えて聞かない。

そんなこんなで、沙帆は親しく本間の謦咳《けいがい》に接しながら、ホフマンについて特に教えられることもなく、今日にいたっているのだった。

沙帆が知る限り、ホフマンは『悪魔の霊液』『黄金宝壺』『牡猫《おすねこ》ムルの人生観』、あるいは『くるみ割り人形とねずみの王様』といった幻想小説、童話等で知られるドイツ浪漫派の作家だ。

また、作曲家としてもオペラ『ウンディーネ』のほか、交響曲やピアノ・ソナタなどを作曲し、モーツァルトの焼き直しといわれながらも、そこそこの評価を得ている。

さらに、カリカチュア(戯画)風のスケッチ画も、よくするという。

本格的な絵画ではないが、素人《しろうと》の手慰みというには惜しいほどの、なかなかの腕前だったらしい。

酒場で描き散らしたもの、あるいは知人への手紙に描き添えたものなど、少なからぬ戯画が残っている、と聞いた。

つまりホフマンは、文学、音楽、絵画と、表現芸術一般に通じた人間、つまりきょうびでいうマルチ・タレントだったのだろう。

しかし、それだけではない。

実のところ、ホフマンはもともとが法律家で、一八二二年六月に死ぬまでのおよそ六年間、ベルリンの大審院に判事として勤務し、法律問題の処理を日常の仕事としていた。その完璧《かんぺき》な判決文に、だれもが舌を巻いたという。

要するに、ホフマンが小説や作曲に精を出したり、絵を描いたりしたのは判事の仕事と隔絶した、あくまでも時間外の営みだったのだ。

本間の話によれば、ホフマンは夜になるとだいたい市内の酒場で、知人友人と飲んだくれていたらしい。

そうした生活習慣から考えると、いったいいつ執筆や作曲をしていたのか、と首をかしげたくなる。

そんな人間に限って、いわゆる器用貧乏のせいでどれも大成せず、中途半端に終わることが多い。

しかしホフマンの場合、曲がりなりにも文学の分野で後世に名を残したわけだから、どこからも後ろ指を差されることはないだろう。

ちなみに、一七七六年一月生まれのホフマンは、死んだときわずかに四十六歳だった。時代が違うとはいえ、これは早死にの部類に属する。

かつて、沙帆が倉石麻里奈に聞かされたところでは、ホフマンは人並み以下の小男で、容貌《ようぼう》も見栄《みば》えも決してよい方ではなかった。

といえば控えめな方で、むしろかなり見劣りがしたらしい。

ただ、信じられないほど頭の回転が速い上に、才気煥発《かんぱつ》な話術ではだれにも負けなかった、という。

麻里奈がホフマンに傾倒したのは、作品だけでなく一風変わったそのキャラクターに、引かれたからに違いない。

だとすれば、豊富な知識にいろどられたホフマンの研究者で、外見もホフマンを彷《ほう》彿《ふつ》とさせる本間と出会ったら、麻里奈はどんな反応を示すだろうか。

そんなことを考えるのは、自分でもおかしいと思う。

むろん、麻里奈がホフマンに入れ込んでいるのは確かだが、だからといって本間に関心を抱く、とは限らない。

ただ、沙帆が本間を麻里奈に引き合わせるのを避け、仲立ちするだけにしようと考えたのは、二人の反応にいくばくかの危惧《きぐ》があったからだ。

もし引き合わせれば、本間はホフマンに傾倒する麻里奈に興味を抱き、麻里奈は麻里奈で本間の深い学識に打たれて、親密な関係に発展する可能性がある。

男女間の問題ではまったくなく、沙帆は本間の目が自分から麻里奈に移ることに、本能的な不安を覚えるのだ。

とはいえ、一度仲立ちの約束をしてしまったからには、逃げるわけにいかない。

沙帆にしても、倉石と麻里奈から預かった古文書を、本間に解読翻訳してもらうことには、大いに興味がある。

ましてや、自分からそれを言い出した以上は、きちんとけりをつけなければならない。

そう考えたとき、外の廊下に乱れた大きな足音が響き渡り、洋室の引き戸ががたぴしと音を立てて、勢いよく開いた。

われに返った沙帆は、あわてて立ち上がった。

戸口から、濃緑色の絹のシャツに黒いチョッキ、同じく黒のスパッツを身につけた本間鋭太が、踊るような足取りではいって来た。

相も変わらぬ、奇矯そのもののいでたちだ。

「すまん、すまん。たまたま、ホフマンのピアノ・ソナタを聴いていたら、つい時間を忘れてしまってね」

そう言いながら、スプリングが飛び出しそうな向かいのソファに、どさりと体を沈ませる。

背が低いので、爪先《つまさき》が板の間から浮き上がるのが、見てとれた。

本間は、世俗のことにあまり関心を示さず、夜間でも家に鍵をかけない。

この日のように、面会や訪問の約束さえ取りつけておけば、客はたとえ夜なかでも勝手に上がり込み、洋室で待つことができる。

しかし、約束なしに訪れる者があったときは、本間はたとえ在宅していても、相手にしない。

気安く来意でも告げようものなら、驢馬《ろば》追いの鞭《むち》で叩《たた》き出されるのがおちだ。

沙帆はすわり直して、しおらしく応じた。

「どうぞ、お気遣いなく。そんなに長く、おじゃまするつもりは、ありませんので」

本間は、片方の眉をぴくり、と引き上げた。

「遠慮することはないよ、きみ。残念ながら、きみのドイツ語とドイツ文学の理解度は、まだ六十パーセント程度にすぎん。きみが、ドイツ語の准教授だなどと聞くと、膝《ひざ》の裏がこそばゆくなるわい」

「でも、一応口頭で修業証書をいただいた、と認識しておりますが」

本間は唇をねじ曲げ、指を振り立てた。

「わしのドイツ語に、修業証書などというばかげたものは、ないんじゃよ」

今どき、自分のことを〈わし〉と称したり、話の語尾に〈じゃ〉とか〈わい〉とか〈のう〉をつける老人に、東京でお目にかかることはめったにない。

本間は、その数少ない例外の、一人だった。

「きみは、ホフマンに興味がないから知らんだろうが、ホフマンがいちばんなりたかったのは、作家でも画家でもなく作曲家だったんじゃ。しかし後世に残ったのは、皮肉にも小説だけよ。ホフマンの心中、いかばかりであったかのう」

本間は、そう言って顔を上向かせると、親指と人差し指で目頭を押さえた。

そんな芝居がかったしぐさを、なんのてらいもなくやってのけるのだ。

「でも、先生がさっきお聴きになっていたのは、LPですよね。レコードの時代に、ホフマンのピアノ・ソナタが出ていたとすれば、それなりの評価があった、ということでは」

本間は肩を落とし、さも悔しそうな表情になった。

「いや、あれはレコードではない。いまいましい、CDじゃよ」

「あら。CDプレーヤーを、お買いになったのですか」

「ああ、買った。近ごろになって、ホフマンのオペラや交響曲やピアノ曲が、やたらとCDで出回るのさ。CDは、レコードより使い勝手がいいし、慣れたらやめられんのだ」

沙帆は苦笑した。

さすがの本間も、世の中の動きには勝てないらしい。もっとも、何十年か遅れてはいるが。

本間が腕を広げ、周囲をなで回すようなしぐさをする。

「ところで、この部屋をどう思うかね、きみ」

沙帆はあらためて、部屋の中を見回した。

六畳ほどの広さだが、置かれているサイドボードやチェスト、ライティング・デスクといった調度品は、いかにも時代がかったものばかりだ。

「一口で言えば、レトロ調のインテリアのようですけれど、それとはちょっと違うモダンな味わいも、感じられます。正直言って、よく分かりませんが」

「まあ、分からんだろうな。これは、ビーダーマイヤー様式といってな、一八〇〇年代前半によく見られた、質素単純にして明快優雅な雰囲気を、基調としておる。その、チェストの上の人形にしても、いわゆるフランス人形とは、趣を異にしておろうが」

「はい」

その、顔の表面がつるんとした人形は、どうやら上半分が陶器でできているようだ。

ドイツ文学を専攻した以上、ビーダーマイヤー時代の文化については、知らないでもない。

卒論で選んだシャミッソーも、その時代まで生き延びている。しかし、生活様式の詳細までは、調べが及ばなかった。

本間は続けた。

「壁にかかった絵は、ジャック・カロの複製画だ」

「ジャック・カロというと、ホフマンの『カロ風幻想作品集』のタイトルになった、画家のカロのことですか」

沙帆が聞き返すと、本間はソファの肘掛《ひじか》けを二度、三度と叩き、体を激しく上下させてうなずいた。

「そう、そのカロじゃよ。それを知っているとは、きみもいくらかホフマンのことを、調べたようじゃないか」

興味がなくても、それくらいはビーダーマイヤー様式と同様、聞きかじっている。

要するに、ホフマンは十七世紀前半のフランス人画家、ジャック・カロの絵にぞっこん惚《ほ》れ込み、それをイメージした小説集を書いた、というだけのことだ。

「先生と、これだけ長くお付き合いしていれば、いくらかは知識が身につきますよ」

沙帆はそう言って、本間の虚栄心をくすぐった。

本間は、ますますうれしそうな顔になり、ソファの上でぴょんぴょんはねた。

最後には、勢いよくソファから飛びおりて、部屋の隅のサイドボードに駆け寄る。

観音開きの扉をあけると、中から小さな書物を何冊か取り出して、うやうやしく運んで来た。

本間はそれを、そっとテーブルに置いた。

「これがなんだか分かるかね、きみ」

「拝見してよろしいですか」

「いいとも。本来なら、白手袋をはめてもらうところだが、特別に素手で見ることを許可しよう」

沙帆は、本間のまねをしてうやうやしく、書物を取り上げた。

それは、四巻ものの革装の小型本で、ほぼ新書判と同じ大きさに見える。厚さは、どれも一・五から二センチ、というところだ。保存状態はよい。

いちばん上の、第一巻を開いてみる。

遊び紙を二、三枚めくり、扉のタイトルを読んで驚いた。

ハープを弾く若者のイラストの上に、例のフラクトゥールが並んでいる。

なんとか読み取ろうと、印字に視線を食い込ませた。

Fantasiestücke
in Callot's Manier.
Blätter aus dem Tagebuche
eines reisenden Enthusiasten.

苦労したあげく、どうにか〈カロ風幻想作品集／旅する一熱狂者の日記帳より〉、と読み取った。

しかもその下に、〈ジャン・パウルの序文つき〉とある。

ジャン・パウルは、ホフマンよりだいぶ年長の上に、当時はるかに名の売れた作家だった。

その下には、〈バンベルク、１８１４〉と出版年度が表示され、さらにいちばん下には〈Ｃ・Ｆ・クンツ〉なんとか財団と、版元らしきものが刷り込んである。

沙帆は、本間の顔を見た。

本間が、さも得意げに目をきらきら輝かせて、沙帆を見返す。

「これは、ホフマンの『カロ風幻想作品集』の、原書ですね」

沙帆の問いに、本間はしかめつらをした。

「ただの原書ではないぞ、きみ。出版年度を見ただろう」

「はい。一八一四年、バンベルクとなっています。復刻版ということでしょうか」

それを聞くと、本間は顔の部品がばらばらになるほど、表情を変えた。

「復刻版だと。ばかを言いたもうな。そいつは正真正銘、本物の初版本さ。それも、初刷りの珍本だよ、きみ」

その見幕に、たじたじとなる。

本間は続けた。

「詳しくいえば、第一巻から第三巻までは一八一四年に、そして第四巻だけが翌一五年に、刊行された。版元は、ホフマンのバンベルクでの友人でもあり、ワインの販売業と貸本業を兼ねていた、カール・フリードリヒ・クンツという男だ。クンツは、ホフマンの最初の作品集を出版した人物、ということになる。覚えておくがいい」

沙帆は、それほど価値のあるものかと思い、また書物に目をもどした。

確かに、天金革装の小じゃれた書物には違いないが、おそらくどこかの金持ちが買ったあとで、装丁し直したものだろう。

中身は初版にせよ、最初からこんな金のかかった装丁で売り出された、とは考えられない。買い手が買ったあと、専門の職人に装丁のし直しを頼むのが、当時の習慣だったと聞いたことがある。人手に渡るたびに、装丁もやり直されたらしい。

本間が、少し冷静になってソファにもたれ直し、うなずきながら言った。

「きみが何を考えているか、わしにはよく分かるぞ。そう、きみが考えるとおり、その装丁は後世のものだ。しかし、中身はぱりぱりの初版初刷りに、間違いない」

沙帆は、顎を引いて四巻本をつくづく見直し、さも感心した表情をこしらえた。

「すごいですね、こんな希覯《きこう》本をお持ちになっていらっしゃる、なんて。ちなみに、おいくらくらいするんですか、これは」

本間は、いかにもさげすむような目をして、また指を振り立てた。

「値段など、つけられやせんよ。たとえ、目の前に一千万円積まれても、わしはこれを売る気はない。手放したら、二度とお目にかかれない、しろものだからな」

さほどのものとは思えなかったが、いわばホフマン教の信者たる本間にとっては、それだけの価値があるのだろう。

本間は、腕を伸ばして四巻本をていねいに取り上げ、サイドボードに収め直した。

ソファにもどって言う。

「きみが卒論で、シャミッソーを取り上げたことは、承知しておる。写実主義、自然主義のゼミで、牧村《まきむら》がよく通したものよのう」

牧村謹吾《きんご》は、沙帆と麻里奈が受けたゼミの教授で、本間の後輩に当たる。

「シャミッソーは、ホフマンと並ぶ後期浪漫主義の代表的作家ですが、写実主義にも影響を与えたはずですから」

本間はうなずいた。

「そのとおりだ。あの卒論は、なかなかよく書けていた」

沙帆はびっくりして、本間の顔を見直した。

「あの、わたしの卒論を、お読みになったのですか」

「うむ。牧村に頼んで、コピーを読ませてもらった」

卒論に、シャミッソーを選んだことは話した覚えがあるが、まさかそれを本間が読んでいたとは、きょうのきょうまで知らなかった。

「先生も、お人が悪いですね。今までずっと、黙っていらしたなんて」

「きみが、わしのところへ入門したいと言ってきたから、どの程度のレベルか知ろうと思って、読ませてもらっただけさ」

入門、入門としつこく言うのが、気に障《さわ》る。

「あれはもう、とうに処分してしまいましたから、何を書いたか覚えていません」

それは、嘘ではなかった。

「まあ、読み直さぬ方がいいだろうな。欲をいえば、シャミッソーとホフマンの付き合いを、もう少し書き込んでほしかった」

「確かホフマンは、シャミッソーの『影を売った男（ペーター・シュレミール奇譚《きたん》）』に触発されて、何か短編を書きましたよね」

「うむ。『大晦日《おおみそか》の夜の冒険』だ」

「ペーター・シュレミールは、悪魔に影を売り飛ばしましたけれど、ホフマンの主人公は確か鏡に映る、自分の映像を魔女に与えてしまったんでしたね」

「そうだ。しかし、あの作品に関するかぎりホフマンは、シャミッソーに及ばなかった」

「もともとホフマンは、あちこちの本からエピソードを勝手に引いて、自分の小説に転用することが多かった、と聞いています。例の『悪魔の霊液』にも、ネタ本があったのでしょう」

それを聞くと、本間は露骨にいやな顔をした。

「あの時代には、そういう例が珍しくなかったのさ。それより、きょうきみが訪ねて来たのは、こんな無駄話をするためではあるまい。さっさと、用件を言いたまえ」

にわかに、その話題と口調が事務的になったのは、機嫌をそこねた証拠だ。

考えてみれば、あまり無駄話をしている時間はない。

沙帆は、脇に置いたトートバッグの中から、例の古い手稿を取り出した。テーブルで、とんとんときれいにそろえ直し、一度膝へもどす。

「わたしの知り合いが、先日スペインへ行ったおりに、マドリードの古書店でこんな古文書を、購入して来ました。十九世紀の初めごろに書かれた、ドイツ語と思われる手書きの文書なんです。これを先生に、解読していただけないかと思って、おじゃましました」

沙帆がしゃべっているあいだに、向かいにすわる本間の顔が徐々に引き締まり、目が爛々《らんらん》と輝き始める。

本間は、最下位でゴールインした長距離ランナーのように、息を切らしていた。大きな瞳が、沙帆の膝の上に乗った紙の束を見据えて、今にも顔から飛び出しそうだった。

中身も見ないうちに、急激に変化した本間の様子に不審を覚え、沙帆は顔をのぞき込んだ。

「先生、だいじょうぶですか。お水でも、お飲みになったらいかがですか」

本間は、手稿から目をそらさなかった。

「だいじょうぶじゃ。そんなことより、早くその文書を見せてくれんか」

声が少し、かすれている。

手稿の束を見ただけで、そんな反応を示す本間を目にすると、自分の判断が正しかったのかどうか、不安になる。

本間は、沙帆が差し出した束を引ったくるように受け取り、もどかしげに中身をあらため始めた。

3

一言も口をきかず、古い手稿をめくり続ける。

ふだんからは考えられない、そうした本間鋭太の異常な反応に、古閑沙帆は当惑した。

倉石学、麻里奈の夫婦から託された、ドイツ語の古い手書きの文書に接して、本間がこれほど興奮するとは、想像もしなかった。

長年の付き合いから、沙帆は本間がにわかに饒舌《じょうぜつ》になったり、頭や手足を激しく動かしたり、椅子《いす》の上でぴょんぴょん跳ねたり、そこらじゅうを駆け回ったりするとき、実は見た目ほどの興奮状態にないことを、よく承知している。

ほんとうに興奮すると、本間は極端に口数が減る。

目がすわって、異様な光を帯び始める。

さらに、鼻孔が広がったりすぼまったりして、しだいに鼻息が荒くなる。

こうした状態に陥った場合、本間の興奮が収まるまでにはかなり時間がかかり、二十分や三十分はすぐに過ぎてしまう。

そんなとき、はたにいる者がへたに声をかけたりすると、本間は手近にある湯飲みやグラス、菓子鉢などをいきなり投げつけてくる。

つまり、自分の思考の邪魔をする者に対しては、容赦なく痛棒を食らわすのだ。

今、まさに本間はその症状を呈しており、沙帆は黙って様子を見守るしかなかった。

ひととおり目を通し終わると、本間は手稿を几帳面《きちょうめん》にそろえ直し、あらためて一枚目から、チェックし始めた。

本間のことより、沙帆は自分の方が強い喉《のど》の渇きを覚えて、そっと唇をなめる。

無性に、水が飲みたくなった。

しかし、今何か声を発すると、火矢が飛んで来そうな、いやな予感がある。

沙帆は、さりげなく長椅子を立って、戸口へ向かった。

そばをすり抜けるとき、手稿に集中している本間の姿を、横目でちらりと見る。

本間は、沙帆がこの部屋にいることさえ忘れたように、ひたすら手稿をじっと見つめるだけで、身じろぎ一つしなかった。

もし、目にある種の熱を発する力があるとしたら、手稿の表面に穴があいたに違いないほど、揺るぎない視線だった。

まるで、彫像になったようといいたいところだが、手稿を持つ両手が小さく震えているので、その表現は当たらないだろう。

沙帆は洋室を出て、狭い廊下を奥のキッチンへ向かった。

この住まいの間取りは、すっかり頭にはいっている。

古くて汚いアパートだが、なぜか部屋数だけはたくさんあって、一人暮らしには十分な広さだ。一つひとつの部屋は狭いものの、今風にいえば3DKプラス納戸《なんど》、ということになる。

すべての部屋に、多かれ少なかれ書斎の趣が漂っているのは、どの部屋にもふぞろいの書棚が並び、その隙間《すきま》や隅の死角にところかまわず、本が詰め込んであるからだ。

沙帆はキッチンにはいり、傷だらけの食器戸棚からグラスを二つ、取り出した。

とりあえず先に喉を潤《うるお》したあと、テーブルに積まれた洋書を片側にずらし、南部鉄の急須に水を満たして、グラスと一緒に盆に載せる。

それを持って、洋室にもどった。

本間は、さっきとまったく変わらぬ姿勢で、手稿の点検に余念がない。

沙帆は、本間の前のテーブルに、盆を置いた。

急須から、二つのグラスに水を注ぐ。

「先生。お水をどうぞ」

必要最小限の言葉をかけると、本間は顔も上げずに手稿から左手を離して、沙帆の方に突き出した。

その手へ、グラスを持たせてやる。

本間はそれを口に当て、一息に飲み干した。

飲みながらも、手稿から目を離そうとしないので、最後には上を向く角度が足りなくなり、口元から水がこぼれ落ちる。

本間は、あわてて手稿を横へどけたが、黒いチョッキの胸に水がしたたって、染《し》みを作った。

沙帆は、急いでハンカチを取り出し、チョッキをふいてやった。

本間は、そのあいだも手稿から目を離さず、されるままになっている。

「コップ」

本間に言われて、沙帆は目の前に突き出されたグラスを取り、盆にもどした。

それから、本間の向かいにすわり直す。

本間は、手稿を慎重な手つきで膝にもどすと、ソファの背に身をうずめた。

沙帆を見て、おもむろに言う。

「きみの知り合いとやらは、この手稿をマドリードの古書店で手に入れた、と言ったそうだな」

「はい。ただし、彼はその文書が何語で書かれたものか分からず、内容を判断することができませんでした。また古書店の主人も、どういう種類の文書なのか分からない、と正直に言ったそうです」

本間の右の眉《まゆ》が、ぴくりと跳ね上がる。

「そんなわけの分からぬものを、その知り合いは何ゆえに高い金を出してまで、買ったのかね」

沙帆は、唇を引き締めた。

倉石には、手稿をいくらで買ったのか、聞かされなかった。したがって本間にも、価格の話はしていない。

それなのに、なぜか本間はその手稿を高いものだ、と決めつけた。

「先生は、どういう理由で値段が高かっただろう、と推察されたのですか。わたし自身、彼がその手稿をいくらで買ったのか、聞かされていないのに」

本間が、投げやりなしぐさで、手を振る。

「古書店というのは、自分でも価値の分からぬ本に対して、屑《くず》のような安い値段をつけるか、逆に途方もない高値をつけるかの、どちらかと決まっておる。買った場所がスペインとなれば、目の玉が飛び出るほどの大金を、吹っかけられたに違いあるまい。わしは、その男がこんな読めもしない汚い反故《ほご》の束に、なぜ大金をはたいたのか興味がある。ぜひとも、理由を教えてもらいたい」

沙帆は手稿に、うなずいてみせた。

「そのわけは、手稿のいちばん上から十六枚目までの裏に、手書きの楽譜が書いてあったからです」

本間は急いで、手稿の裏をあらためた。

しばらく眺めたあと、独り言のように言う。

「ふむ、なるほど。これは、フェルナンド・ソルの曲だな」

沙帆は驚いて、聞き返した。

「先生は、ギター音楽にも、お詳しいのですか」

そんな話は、これまで聞いたことがない。

本間はそれに答えず、勝手に話を先へ進めた。

「となると、これを買った男はギタリストか、希少楽譜の収集家だな」

沙帆は、息を整えた。

「おっしゃるとおりです。その手稿の買い手は、十九世紀ギターの研究家であり演奏家でもある、知り合いのギタリストなんです」

本間の喉が、胃でもせり上がってきたかのように、大きく動く。

「すると、きみはそのギタリストに頼まれて、これをわしに解読してもらおうと、やって来たわけだな」

少しためらったが、しかたなくうなずく。

「はい。実をいえば、そのギタリストの奥さんがわたしの友人で、もし先生に解読していただけるなら、翻訳料をお支払いする用意がある、と申し出ています」

本間の目が光った。

「その奥さんとやらは、何ゆえ亭主が買った反故紙なんぞの解読に、金を出す気になったのかね。むしろ、ばかな買い物をしてくれたと、怒るのがふつうだろう」

さすがに、核心をついてくる。

「正直に言いますと、実際に解読を望んでいるのはそのギタリストの、奥さんの方なんです」

「奥さんの方だと」

「はい。彼女は、わたしの大学時代の古い友人で、同じ独文のゼミの同期生でした。今はもう、ドイツ語から離れてしまいましたけれど、浪漫派の小説にはまだ興味があるようです。ご主人が、楽譜目当てに買った古文書の記録を見て、ドイツ語らしいと分かったものですから、わたしに相談する気になったと言っています」

当面、麻里奈の卒論のテーマがホフマンだったいきさつは、言わずにおくことにする。

本間が、またも担当教授だった牧村謹吾に手を回して、麻里奈のリポートを読む気になったら、めんどうなことになるからだ。

本間は、グラスに残った水を飲み干し、いきなり言った。

「ところで、翻訳料はいくらかね」

むきつけに聞かれて、ちょっとたじろぐ。

「翻訳料は、わたしと先生の交渉に任せる、と言われています。それで考えたのですが、その古文書一枚あたりの翻訳料を千円、ということでお願いできないでしょうか。ギタリスト夫妻に、あまり負担をかけたくないので」

恐るおそる言うと、本間は白目をむいて考えた。

「かりに、この手稿が百枚あるとすると、十万円だな」

「はい。お安くて、すみません」

「きみのマージン込みかね」

あわてて、首を振る。

「友人の頼みごとですから、マージンはいただきません」

「そうか」

本間はうなずき、少しのあいだ考えてから、また口を開いた。

「それでは、こういう条件でいこう。翻訳料はいらんから、解読を終えた文書の原稿と引き換えに、この手稿をわしに無償で譲り渡す、というのはどうだ。その夫婦も、手稿の内容さえ分かれば、現物に用はなくなるはずだ」

予想外の申し出に、沙帆はとまどった。

「わたしの一存では、なんともお答えいたしかねます。ご夫妻の意向を確かめるあいだ、ご返事を保留させていただけませんか」

本間は、肩をすくめた。

「いいとも。しかし、この手稿を手放したくない、あくまで翻訳料を金で払いたいというなら、やむをえまい。その場合は、一枚当たり一万円がとこ、頂戴《ちょうだい》することになる。百枚なら、百万円という計算だ。そのご夫妻とやらに、どっちが得かよく考えるように、言っておきたまえ」

「分かりました」

沙帆は、自分の水を飲んだ。

本間は、この手稿に並なみならぬ興味を示し、翻訳料と引き換えに現物を手に入れたがっている。

それにしても、翻訳料として百万円払えとは、吹っかけたものだ。

そんな大金を、一介のギタリストが右から左へ払う余裕など、あるとは思えない。

それを見越した上での、駆け引きに違いあるまい。

そうまでして、この手稿を手に入れたい理由は、いったい何なのか。

沙帆の顔色を見て、本間は薄笑いを浮かべた。

「これは言いたくないことだが、きみだから特別に教えてやろう。そのギタリストが、古書店のおやじにいくら支払ったにせよ、この手稿が持つ価値はおそらく買値の十倍、へたをすると五十倍の値打ちがあるだろう」

沙帆は、危うく水をこぼしそうになり、グラスを置いて本間を見た。

「この文書は、それほど価値のあるものなのですか」

「少なくとも、わしにとってはな」

沙帆は、居住まいを正した。

「参考までに、その手稿の内容はいったいどういうものなのか、教えていただけないでしょうか。日記とか書簡とか、論文とか小説とか、いろいろあると思いますが」

本間は、手稿を慎重にテーブルの上にもどし、あらためてソファにもたれた。

指先を突き合わせて言う。

「きみも、わしについてドイツ語を学んだくらいだから、ずぶの素人《しろうと》ではない。ざっと目を通せば、少しくらいは見当がつくだろう」

「わたしには、まだ古い手書きの亀甲文字を、すらすら解読できるほどの力は、ありません。まあ、日記でも書簡でもなさそうだ、くらいは見当がつきますけれど。見たところ、順序がばらばらに乱れている上に、通しナンバーも打たれてないので、とてもわたしの手には負えないと思います」

沙帆が正直に応じると、本間は満足そうな笑みを浮かべた。

「うむ。率直でよろしい」

「ただ、その手稿の中に〈ETA〉という記号が、よく出てくるのに気づきました。それで、もしかするとその文書は先生のご専門の、E・T・A・ホフマンと関わりがあるのではないか、という気がするんです」

それは、麻里奈が指摘したことだったが、黙っていた。

本間は、そろえた指先を伸ばして唇に当て、思慮深い目で沙帆を見た。

「ふむ。きみも、いくらか目端がきくようになったようだな。確かにこれは、ホフマンに関わりのある記録だ。それも、相当貴重な記録、といってよかろう」

沙帆は緊張を隠し、微笑を浮かべてみせた。

「つまり、先生が翻訳料を返上してでも手に入れたい、とお考えになるほど貴重な記録、というわけですね」

本間は、短い足の爪先《つまさき》を床に下ろして、わざとらしくすわり直した。

「きみが、この記録の価値をありていに伝えれば、そのギタリスト夫婦はこいつを手放したくない、と言い出すかもしれん。それが、ちと心配じゃ」

また〈じゃ〉が出てくる。

「少なくとも、裏に楽譜が書かれた部分だけは渡せない、と言うかもしれませんね」

そう言ったものの、倉石がそこまで手書きの楽譜にこだわる、とは思えなかった。倉石は、楽譜さえ残ればたとえコピーでもいい、と考える男だろう。

しかし、麻里奈の方がどのような反応を示すか、予断を許さぬものがある。

麻里奈は、ドイツ語と縁が切れたといいながら、卒論で選んだＥ・Ｔ・Ａ・ホフマンについては、まだ興味を失っていないようにみえる。

とにかく、本間の意向を伝えるだけは、伝えてみよう。

本間が、探るような目で、見てくる。

「念のため聞くが、この手稿はわしが手元に預かっても、差し支えないだろうな。コピーでは、解読に力がはいらんのだよ」

「差し支えありません。ご夫妻からも、オリジナルをお渡しするように、と言われていますので」

麻里奈のことだから、かならずコピーをとったはずだ。

本間は、相好を崩した。

「そうか。おかげで、やる気が出てきたぞ」

「どれくらい、お時間がかかりますか」

沙帆が聞くと、本間は厳しい表情にもどった。

「それは、やってみなければ分からん。わしも、これぱっかりにかかずらっとるわけに、いかんからな。飯を食うためには、売れないドイツ文学の翻訳もやらねばならんし、ドイツ語学習のテキストの原稿も、書かねばならん」

沙帆は、少し考えた。

「それでは、一週間に一度解読原稿を取りにうかがう、ということでどうでしょう。そのときに、できただけの原稿を頂戴していく、というのでは」

「一週間では、たいしてはかどらんぞ。せめて、二週間に一度にしてもらおう。そうすれば、そのつど二枚か三枚、渡せるかもしれん」

二週間で、たったの二枚か三枚か。

しかし、沙帆はその不満を顔に出さぬように努め、しおらしくうなずいた。

「分かりました。その時点で、できたところまでいただければ、けっこうです。では、とりあえず二週間後の今日、おじゃまさせていただくことにします。翻訳料をどうするかは、できるだけ早く結論を出すようにします」

本間は、壁にかかった時代物の掛け時計に、目を向けた。

「よろしい。それでは二週間後を皮切りに、一週おきの金曜日の午後三時に、取りに来てもらうということで、作業を進めよう」

「承知しました。ちょっと、これを片付けてきます」

沙帆は、テーブルから急須とグラスを載せた盆を取り上げ、キッチンへ行った。

グラスを洗って片付け、洋室へもどる。

本間はまた、手稿と睨《にら》めっこをしていた。

すわり直し、思い切って質問する。

「先生。もしかしてその文書は、ホフマン自筆のものでしょうか」

本間は顔を上げ、驚いたように沙帆を見た。

「だとしたら、わしがこれほど冷静にしている、と思うかね」

自分でもおかしくなり、沙帆は笑ってごまかした。

「そうですね。もし自筆の原稿だとしたら、マドリードなんかの古書店に出ることは、ないですよね」

本間が眉根を寄せ、重おもしく言う。

「ホフマン当人ではないが、おそらくホフマンのきわめて身近にいた人間が、書き残したものだ。すでに知られている人物か、未知の人物かはよく読んでみないと、分からん。とにかく、順序正しく並べ直すところから、始めねばなるまい。見たところ、前後の文書が欠けているようだし、あいだも何枚か抜けているかもしれん。まあ、二週間後にはそのあたりもいくらか、明らかになっているだろうが」

「分かりました。今日はこれで、失礼させていただきます」

沙帆は長椅子を立ち、トートバッグを取り上げた。

本間が、すわったまま顔を上げ、質問してくる。

「差し支えなければ、依頼主のギタリストの名前を、教えてくれんかね」

倉石からも麻里奈からも、別に口止めされたわけではないが、沙帆は少し躊躇《ちゅうちょ》した。

あくまでこの一件は、本間と自分のあいだのこととして、処理したかった。

わずかに間があいたことで、本間の表情がいくらか硬くなる。

「名前を明かしてはいかん、とでも言われたのかね」

あわてて、首を振った。

「いいえ、そんなことはありません。ギタリストの名前は、倉石学といいます。倉敷の倉に石垣の石、学問の学と書きます」

それを聞くと、本間の目がかすかに揺れた。

「クライシ・マナブか。それで、奥さんの方は」

「倉石麻里奈。リネンの麻に山里の里、それに奈良の奈でマリナ、と読みます」

本間の瞳《ひとみ》の色が、変わったように感じられる。

「子供はいるのかね」

「はい。娘さんが一人います。名前は由梨亜。理由の由に果物の梨、大東亜戦争の亜と書きます」

本間は、一瞬とまどったような顔をしたが、すぐに笑ってごまかした。

「名前までは、聞いておらんよ。それに、大東亜戦争の亜と言ったところで、今の若い者には分からんだろう」

それから、すぐに真顔にもどって続けた。

「そうか、由梨亜というのか」

何か、感慨深げな口調だった。

「もしかして、倉石さんのご一家をご存じなんですか」

本間は、あっさり首を振った。

「いや、知らんよ。ただ、倉石学の名前はどこかで見たか、聞いたような気がする」

「それは、あるかもしれませんね。倉石さんは、ギターの専門誌などにときどき寄稿したり、インタビューを受けたりしていますから」

本間は、なるほどというようにうなずいたが、あまり耳にはいっていないようだった。

また、独り言のように、つぶやく。

「なるほど。由梨亜というのか」

どうやら、娘の名前に気を奪われたようだ。

4

倉石学が、麻里奈に言う。

「カード払いとはいっても、あの手稿にはすでに八百ユーロ、つまり十万円前後の金を、つぎ込んでるんだ。これ以上は、舌も出したくないね。翻訳料と引き換えでいいなら、ぼくは喜んであれを本間先生とやらに、進呈するよ」

麻里奈は眉を曇らせ、古閑沙帆を見た。

「でも、本間先生はあの手稿の書き手を、ホフマンゆかりの人物じゃないかって、そう言ったんでしょう。だとしたら、かなり価値のある、貴重な記録に違いないわ。それを、翻訳料のかわりによこせだなんて、ちょっと虫がよすぎるわよ。そう簡単に、引き渡すわけにいかないわ」

沙帆は、小さくため息をついた。

案の定だ。

倉石はともかく、麻里奈がすなおに交渉に応じるとは、思っていなかった。

倉石が、沙帆に目を向ける。

「それにしても、翻訳料に百万とは吹っかけたもんですね、その先生も。したたかなところは、マドリードの古本屋のおやじ以上だ」

沙帆は苦笑した。

「そうですね。確かに、百万は高いですよね」

麻里奈が割り込む。

「つまり、こちらの足元を見すかして、吹っかけたわけよ。本間先生が、そこまでして手に入れたいとすれば、あの手稿にはかなりの値打ちがある、ということだわ。それを、ちょっとした翻訳の手間で手に入れようなんて、先生も相当の古狸《ふるだぬき》ね」

くどく繰り返すと、倉石が首を振って言った。

「きみも、なかなかの女狐《めぎつね》じゃないか」

これには沙帆も、当の麻里奈も笑ってしまった。

倉石が、真顔にもどる。

「とにかく、これ以上あの古文書に金を遣うのは、ばからしいよ。解読が終わったら、翻訳料のかわりに先生に進呈しても、かまわないんじゃないか」

麻里奈は、頑固に首を振った。

「わたしは、反対だわ。くどいようだけど、あの手稿は間違いなくホフマンに関する、貴重な記録だと思うの。だとしたら、本間先生には翻訳料を別にお支払いした上で、正当な価格で引き取っていただくのが、筋じゃないかしら」

そう言って、同意を求めるように、沙帆を見た。

沙帆は考えた。

麻里奈の提案が、別に理不尽なものでないことは、よく理解できる。

しかし、本間鋭太がそうした交渉に応じるかどうかは、別問題だ。

倉石が、麻里奈を見て口を開く。

「かりに、あれがホフマンに関する貴重な記録だとして、きみはそれをどうするつもりなんだ。だいじに、床の間に飾っておくのか。それとも、洋書専門の古書店へ持ち込んで、ひともうけしようというのかい」

麻里奈は、むっとしたように顎《あご》を引いた。

「まさか。お金もうけしようなんて気持ちは、これっぽっちもないわ。ただ、貴重な記録と分かっているものを、みすみす人手に渡すのはいかがなものか、と思うだけよ」

「しかし、本間先生はE・T・A・ホフマンの、権威なんだろう。むしろ、そういう人の手元にあった方が、古文書が生きるんじゃないかな」

倉石に反論されて、麻里奈は唇を引き結んだ。

「だったら、コピーを進呈すれば、それでいいんじゃないの。コピー代くらいは、こちらが持つから」

なんとなく、険悪な空気になりそうになったので、沙帆は割り込んだ。

「それじゃ、もう一度本間先生のご意向を、確かめてみます。かりに、翻訳料をお金で支払う場合、どれくらいまでなら許容できるか、聞かせてもらえないかしら」

麻里奈は、ちらりと倉石を見てから、眉根を寄せて言った。

「相場がいくらかは知らないけれど、かりにあの手稿が百枚あるとして、一枚当たり千円がいいところね」

最初に沙帆が、本間に申し出た額だ。

それを聞いて、倉石が口を挟む。

「十分の一の付け値じゃ、その先生もうんと言わないだろう。せめて半値、片手くらいは出さないと」

「だったら、一枚二千円。それ以上は、出せないわよ」

倉石は、沙帆がどう思うか探るように、目を向けてきた。

沙帆は答えあぐね、さりげなく目を伏せた。

麻里奈が続ける。

「その線でまとまらなければ、別の先生に頼むしかないわ。古文書を読めるのは、別に本間先生だけじゃないでしょう」

倉石が指を立てて、沙帆に言った。

「たとえば、本間先生には手書きの文字を解読して、それを活字体に打ち直す作業だけ、お願いできませんかね。でき上がったものを、古閑さんに日本語に翻訳してもらえば、問題ないんじゃないかな」

麻里奈の顔が、明るくなる。

「そうだ、それがいいわ。沙帆も、活字体なら古いドイツ語でも、翻訳できるわよね。わたしはもう、だめだけど」

沙帆は、わざとらしく、首をかしげてみせた。

「まあ、時間さえあればなんとかなる、とは思うけれど。でも、あの手稿は本間先生の手元に置いてきたし、今さらこの話はなかったことにしてください、とは言いにくくいわ」

麻里奈が、いらいらした口調で言う。

「なしにするわけじゃないわ。主人が言ったように、活字体にしてもらうだけは、してもらうのよ。それだったら、そんな法外な料金を要求しないでしょう」

「それだけの作業を、引き受けてくださるかどうか、説得する自信がないわ」

「それなら、わたしから直接お話ししてもいいのよ。沙帆の口からは、言い出しにくいでしょうし」

沙帆は、唇の裏を嚙《か》んだ。

麻里奈を、直接本間に引き合わせるのは、どうも気が進まない。

「分かったわ。今の提案を、本間先生に伝えてみます。了解してくださるかどうか、なんとも言えないけれど」

きっぱり言うと、麻里奈が乗り出した。

「もし、それじゃいやだということなら、すぐに手稿を回収してね。コピーでも取られたら、あまりいい気持ちがしないし」

倉石は、苦笑した。

「コピーくらい、いいじゃないか。あれを、研究論文の素材として使うなら、死んでいた資料が生きることになる。それくらいの功徳《くどく》は、施してあげなくちゃ」

麻里奈が、不満げな顔をする。

「そうかしら。本間先生は、ホフマンの権威かもしれないけれど、これまでまとまった本を書いた、という話を聞かないわ。せいぜい、大学の紀要か何かに寄稿するだけの、デモシカ学者じゃないかしら」

その辛辣《しんらつ》な口調に、沙帆もさすがに気分を害した。

「それは、言いすぎよ。本を書くだけが、学者の評価基準じゃないと思うわ」

「でも、本を書かない学者先生は、索引も書誌もない学術書と同じで、学界では低い評価しか、与えられないでしょう」

倉石が、口を開く。

「かもしれないが、どうも古閑さんの話から察する限り、本間先生はそうした俗事に関わるものと、あまり縁のない人物のような気がするな」

沙帆は、苦笑まじりにうなずいた。

「おっしゃるとおりですね。まわりの評価には馬耳東風で、自分の好きなことだけこつこつやる、というタイプなんです」

そのとき、玄関のドアが開閉する音が、耳に届いた。だれかが、はいって来たらしい。

ほどなく、リビングの戸口に倉石夫婦の一人娘、由梨亜が姿を現す。

麻里奈は顔を振り向け、声をかけた。

「お帰りなさい」

「ただいま」

由梨亜はそう言ってから、沙帆に気づいて続けた。

「いらっしゃい、古閑のおばさま」

「おじゃましています。遅くまでたいへんね」

「今日はちょっと、図書館で調べものをしてきたんです」

学校帰りで、チェックのブレザーに紺のスカート、といういでたちだ。

確か音楽部に所属しており、なぜかギターでなくフルートをやっている、と聞いた。

由梨亜は四谷の進学校、五葉学園にかよう中学一年生で、体はまだ子供の域にとどまっているが、顔は母親に似て目をみはるほどの、美少女だった。

髪を引っ詰めに、ポニーテールに結っているせいで、利発そうな広い額が全部見える。

由梨亜は、通学用のバッグとフルートらしい細長い袋を置き、スマホを取り出した。

「お父さん、古閑のおばさまと一緒の写真、撮ってくれる。中学にはいってから、一度も撮ってないし。いいでしょ、おばさま」

今どき、人からおばさまなどと呼ばれることは、めったにない。しかし、由梨亜の口から出るといかにも自然で、胸が温かくなる。

「いいわよ。そのかわり、わたしのスマホにも転送してね」

「分かりました」

由梨亜は、スマホを倉石に渡して撮り方を説明し、沙帆のそばにやって来た。

心なしか、麻里奈があまり愉快そうでないように見え、沙帆は緊張した。

由梨亜とは、そうのべつ顔を合わせるわけではないが、お互いに話が合うとでもいうのか、気の置けないあいだ柄だった。

反抗期かどうか知らないが、父親とはともかく母親との関係は、かならずしも仲がいいとは、いえないように見える。

写真を撮り終えると、由梨亜は沙帆におおげさに手を振り、リビングを出て行った。

倉石が言う。

「由梨亜は、古閑さんと気が合いそうですね」

麻里奈は、肩をすくめた。

「沙帆はやさしいから、だれとでも気が合うのよ。由梨亜ったら、反抗期なのかしら。わたしの言うことなんか、馬の耳に念仏なんだから」

投げやりな口調で言うのを、沙帆はさりげなくいなした。

「母親と娘の関係って、一時期ぎくしゃくすることがあるって、どこかで読んだことがあるわ。わたしの場合は、息子だからよく分からないけれど」

「由梨亜は、父親っ子でね。わたしとは、よく気が合うんですよ」

倉石が口を挟んだが、麻里奈はそれを無視して言った。

「話をもどしましょう。できるだけ早く、本間先生の意向を聞いてほしいわ。話が折り合わなければ、手稿を返してもらわなくちゃいけないし」

沙帆は背筋を伸ばし、立ち上がる姿勢になった。

「分かったわ。今日にでもお電話して、そのあたりを確かめます」

案の定、めんどうなことになった。

マンションを出て、地下鉄南北線の本駒込駅の方へ歩きながら、思わず知らずため息が出た。

以前は、ほとんど感じたことがなかったのだが、このところ倉石夫婦と一緒にいると、なぜか疲れを覚える。

駅についたとき、スマホの着信音が鳴った。

開いてみると、由梨亜が写真を送ってくれたのだった。

くったくのない、由梨亜の美しい笑顔になんとなく胸を打たれ、沙帆は少しのあいだ階段の上に、立ち尽くした。

その夜。

古閑沙帆が、電話で倉石麻里奈が提示した条件を伝えると、本間鋭太は受話器をかじらぬばかりの勢いで、言いつのった。

「これほどの貴重な記録を、ドイツ語にイッテイジもないやからが、物置の奥に死蔵しよう、というのかね。それとも、古本屋に高値で売り払って、小遣い稼ぎをするつもりか。そんなことをしたら、日本だけでなく世界のドイツ文学研究の、一大損失になる。かかる貴重な資料は、わしのように真に価値を知る者こそ、持つにふさわしい人間じゃ。そうは思わんかね。翻訳料百万と聞けば、恐れをなして差し出すだろうと思ったが、そんなこざかしい取引に出るとは、なかなか小知恵の回る夫婦じゃないか」

糾弾の毒舌は、さらにしばらく続いた。

しかし、最初のイッテイジという言葉が理解できず、沙帆はしきりにその意味を考えていたので、長広舌は途中から耳にはいらなくなった。

「聞いとるのかね、古閑君」

本間に呼びかけられて、はっとわれに返る。

「あ、はい。ちゃんと、聞いています」

「だったら、きみの意見を聞こうじゃないか」

「ええと、そうですね。あの手稿が、どれだけ貴重なものかを、正直に話したのがいけなかったかもしれません。でも、それを言わずにすませるのは、フェアでないと思ったものですから」

「そのことは、かまわんよ。それを知った上で、かかる貴重なドイツ文学の資料は、わしのような人間に託すのが正しいことを、理解してもらわねばならぬ。きみはその点を、強調しなかったのかね」

「もちろん、しました。実を言うと、そのギタリストの奥さんは、大学時代からホフマンの小説を愛読していて、それが今も変わっていません。ドイツ語とは縁が切れたのに、ホフマンに対する愛着だけは途切れずに、続いているようなのです。というわけで、あの手稿は古書店に売り払わずに、手元に置いておくと思います」

少し間があく。

「倉石麻里奈、とかいったな」

「はい」

「ふむ。ホフマンには、一度引きつけた者を一生離れさせぬだけの、魔性のようなものがあるから、無理もないだろう。しかし、それとこれとは別問題だ。手稿そのものより、そこに何が記録されているかの方が、はるかにだいじとは思わんかね」

「はい。わたしは、そう思います」

「わしが解読し、翻訳した日本語を二行でも三行でも読めば、途中でやめることはできまいよ。そもそもこのドイツ語を、筋の通った日本語に翻訳できる者は、わしのほかにおらん。言っておくが、活字体にするだけで仕事は終わった、と思ったら大間違いだぞ。このドイツ語は、きみら風情《ふぜい》の手に負えるような、生やさしいしろものではない」

きみら風情、ときたか。

「それは重々、承知しております。いずれにしても、倉石ご夫妻はお手元の手稿を、翻訳料のかわりに差し出す気持ちは、今のところないようです。もし、活字体にしていただくだけでは、気が進まぬということでしたら、やむをえません。このお話は、白紙にもどさせていただきます」

自分でも吐き気を覚えながら、事務的な口調でそう言ってのける。

受話口の向こうが、しんとなった。

何か雑音のようなものが始まったが、どうやら本間がぶつぶつとこぼしているらしい、と分かった。

沙帆は続けた。

「もし、倉石さんの出した条件で、折り合わないようでしたら、残念ながらお預けした手稿を、引き取らせていただかなければなりません。ただし、コピーをお取りになるかどうかは、わたしのあずかり知らぬことですので、念のため申し上げておきます」

大風が吹いたような音が、受話口から流れてきた。

本間が、ため息をついたらしい。

「やむをえん。翻訳料の一枚一万、という方は撤回しよう。ともかく、解読した上で翻訳するという、当初の約束は果たさねばならぬ。翻訳料、あるいは手稿そのものをどうするかは、そのときにあらためて、相談しようではないか」

「かりに翻訳していただいても、倉石夫人が先生に手稿を引き渡す気になる、とは思えないのですが」

「どうしても手放したくない、というならしかたがあるまい。そのときは、あらためて翻訳料の相談を、しようじゃないか」

「はい。できるだけ、お安くしていただけるように、祈っています」

「わしの方は、そのこちこち頭のホフマニアンの奥方が、せいぜい気持ちを変えてくれるように、祈っとるよ」

電話を切ったあと、倉石の家にかけ直す。

由梨亜が出てきた。

「ああ、由梨亜ちゃん。写真を送ってくれて、ありがとう」

「どういたしまして、おばさま。今度から、季節の替わり目ごとに写真、撮りませんか。できたら、帆太郎君も一緒に」

「いいわね。帆太郎にも、そう言っておくわ。お母さん、いらっしゃる」

「はい。ちょっとお待ちください」

麻里奈が出てくるまでに、しばらく間があいた。

たかだか三十秒ほどかもしれないが、じっと待つ身にはけっこう長い時間だ。

「お待たせ。本間先生に、電話してくれた」

「ええ。麻里奈の意向を伝えたわ」

本間とのやりとりを、かい摘まんで報告する。

聞き終わると、麻里奈は猜疑心《さいぎしん》を含んだ口調で、問い返した。

「まさか本間先生、なしくずしに自分のものにしよう、というつもりじゃないわよね」

「それはないわ。変わった先生だけれど、人さまからの貴重な預かりものを、返せと言われて返さないほど、非常識な人じゃないもの」

「だといいけど。とにかく、あの手稿については沙帆が責任をもって、回収してよね。あいだに、立ってくれた以上はね」

その言い方に、内心かちんときたものの、沙帆は冷静に応じた。

「分かったわ。再来週の金曜日の夕方に、最初の翻訳が上がるはずなの。よければ、翌日の土曜日に、持って行くわ」

「だったら、土曜日のお昼過ぎはどう。うちで、何か取ってもいいし」

「お昼ご飯は、食べて行くわ。二時でどうかしら」

「了解」

電話を切ったあと、沙帆は背中にいやな汗をかいているのに気づき、ため息をついた。

5

【E・T・A・ホフマンに関する報告書・一】

（前段不明）――によれば、ETAは一八〇三年の十月一日から日記を、つけ始めたという。

あなた（ホフマン夫人ミーシャ）は、ときどきそれを盗み読みしていたものの、ポーランド生まれだからドイツ語が不得手で、またラテン語を含む見慣れぬ外国語が多出するために、よく内容が理解できなかった、と言った。

だからこそ、あなたはETAが自分がいないところで、だれと何をしているのか知りたい、とわたしに漏らしたのだろう。

それでわたしも、ETAが自分と一緒にいるとき、どこでだれと何をしていたかを、ときどきあなたに報告してさしあげよう、と考えたわけだ。

わたしが、自分でそう決めたことだから、あなたが気に病む必要はない。

わたしの字も、あなたにとっては決して読みやすくないだろうが、できるだけ分かりやすく書くことにする。

＊

ＥＴＡは一八〇四年の三月、判事として在勤したプロックから、転勤命令を受けてあなたとともに、ワルシャワへ転任した。

同じ年の十二月には、ナポレオンがフランス皇帝の座に就いたが、ＥＴＡにとってこの〈ちびの英雄〉は、自分の生活を乱すおそれのある困った存在、としか映らなかっただろう。

同じくこの月、クレメンス・ブレンターノが台詞《せりふ》を書いたジングシュピール（歌芝居）、『陽気な楽士たち』にＥＴＡが曲をつけた。

そのとき、ＥＴＡはスコアの表紙に署名するに当たって、第三洗礼名である〈Wilhelm（ヴィルヘルム）〉のかわりに、初めて〈Amadeus（アマデウス）〉を使った。すなわち、

〈Ernst Theodor Amadeus Hoffmann〉と署名したのだ。

むろん、モーツァルトを敬愛するあまりだろうが、それがいつしか〈E.T.A. Hoffmann〉として、世に行なわれるようになった次第だ。

ETAが、モーツァルト（一七五六～一七九一年）に心酔したのは、神童と呼ばれたその音楽的才能に、惚《ほ》れ込んだだけではない。

おそらくモーツァルトが、自分に劣らぬ短軀《たんく》の持ち主で、あまり見栄《みば》えのしない男だったことに、親しみを覚えたためと思われる。もともとETAには、そういう志向があった。

実を言えば、わたしもETAも、モーツァルトの四つの洗礼名の中に、〈アマデウス〉がはいっていないことを、承知していた。

現に、モーツァルトが書類や楽譜、手紙などにみずからの手で、〈アマデウス〉と署名したことは、生涯に一度もなかった、と聞く。

それなのに、なぜ〈アマデウス〉が通り名になったのか、そのいきさつはよく分からない。

ただモーツァルトは、洗礼名の一つであるテオフィルスを、ラテン語形のアマデウス、あるいはイタリア語形のアマデオとして、遣ったことがある。それがいつの間にか、通り名になってしまった、という次第らしい。

もっとも当人は、〈アマデオ〉と自署することはあったものの、〈アマデウス〉と自署したことは、一度もないという。

どちらにせよ、ETAにすれば、〈E・T・A〉と表記するかぎり、アマデオでもアマデウスでも同じだということで、こだわらなかった。

ちなみに、ブレンターノの『陽気な楽士たち』は、翌一八〇五年の四月にワルシャワのドイツ劇場で、初演された。

しかし、たいして評判にもならず、可もなく不可もなしという、平凡な評価しか得られなかった。

ETAにとっては、さぞ不満な結果だったに違いない。なにしろ、音楽家としてひとかどの存在になりたい、というのがETAの最大の望みだったのだから。

それとほぼ同時期に、ベートーヴェンの交響曲〈英雄〉が、初めて公開演奏された。この曲が最初、ナポレオンをたたえるために作られたことは、あなたもご存じだろう。

そしてまた、ナポレオンが皇帝の座についた、と聞いたベートーヴェンが、憤激のあまり献辞を抹消《まっしょう》したことも、すでに広く世に知れ渡っている。

ETAにはその気持ちが、よく分かったはずだ。

同じ年の五月に、フリードリヒ・シラーが若くして、帰らぬ人となった。あの、シラーと親しかったゲーテも、ショックを受けたことだろう。

その月の末、ETAらの奔走によってワルシャワに、〈音楽協会〉が設立された。音楽振興のためという名目だが、その目的にETAがどの程度、貢献するところがあったかは、怪しいものだ。検事総長のモスクヴァを会長に据え、ETA自身は副会長に収まったものの、さしたる成果を上げたようにはみえなかった。

ただ七月に、あなたとETAのあいだに女児ツェツィリアが生まれたのは、ワルシャワ時代の最大の慶事だった、といえよう。

そして翌一八〇六年の春、あなたとETAはツェツィリアとともに、市内のフレタ街からセナトルスカ街へ、移転したのだった。家も広くなって、少しは暮らしやすくなったはずだ。

ツェツィリアが一歳になった七月には、ETAは満を持して〈交響曲変ホ長調〉を、書き上げた。

翌月、〈音楽協会〉発足記念のコンサートに当たり、ETAはみずからこの曲を指揮して、披露に及んだ。この日はまた、プロイセン国王フリードリヒ・ヴィルヘルム三世の、誕生日にも当たっていた。

わたしもその場に居合わせたが、正直なところETAの敬愛するモーツァルトが、ひどく体調の悪いときに書いた交響曲、という印象だった。モーツァルト風ではある

もの の、ETAはまだモーツァルトではなかった。

ETAに、音楽的才能があることは疑いないが、それが十分に発酵しきっていないところに、不満が残る。

こんなことは言いたくないが、音楽に対する知識や感性、理解力ははるかに常人を超えているのに、いざ作曲となるとどうももう一つ、何かが足りないのだ。

なぜ、こんなことをくどくどと書き連ねるのか、と不思議に思うかもしれない。

それはわたしが、ETAにいかに心酔しているか、ということに尽きる。

ETAがその日、どこで何をしたかを報告しようとすると、決まってそれより以前の思い出がよみがえり、つい筆を費やしてしまうのだ。

ついでに書いておこう。

同じ一八〇六年の晩秋、ナポレオン率いるフランス軍が、ワルシャワに兵を進めて、進駐した。その結果、プロイセン政府は封鎖された。

裁判所も閉じられて、ETAを含む判事は全員、失職した。

さらにその半年後、フランス軍はプロイセンの残留官吏に対し、ナポレオンへの服従と忠誠を誓うか、それとも一週間以内にワルシャワを立ち去るか、どちらかを選ぶように迫った。

もちろんETAは、後者を選んだのだった。

あなたはそのころ、ツェツィリアとともにポーゼンに避難していたので、ETAの心の葛藤《かっとう》をご存じあるまい。

当時のことを、お伝えしておこう。

ETAは、反ナポレオンの立場だったというよりも、自分の芸術活動を妨げる人物、環境、あるいは状況などに対する嫌悪《けんお》感《かん》が、人一倍強いのだ。

職を求めて、ETAは一八〇七年六月、単身ベルリンへ乗り込んだ。

しかし到着したその日に、投宿したホテル〈金鷲亭〉の食堂で食事中、客室の壁を何者かにノコギリで破られ、所持していた全財産（六フリードリヒスドール＝三十ターラー）を盗まれた。

これがたたって、ETAは当分水とパンしか口にはいらぬ、窮乏生活を送るはめになったわけだ。

［本間・訳注］
十九世紀初頭のドイツ語圏では、フリードリヒスドール、ターラー、グルデン、フロリン、ドゥカテン、グロシェン、クロイツァなど、種々雑多な貨幣が流通して

いた。しかも、相互の換算率の変動がいちじるしいため、当時ですら混乱が大きかった。したがって、現代の貨幣価値と対比することは、ほとんど不可能、というより無意味だろう。

あくまで参考の数字だが、『ホフマン——浪曼派の芸術家』を書いた吉田六郎によれば、ポーゼン時代のホフマンの年俸は、八百ターラー（一九七〇年前後の換算率で約二十四万円）にすぎなかった。現在の感覚では、ずいぶん低額のように思えるが、当時の現地の物価に比較すると、これでも高額だったという。

だとすれば、ＥＴＡにとって六フリードリヒスドール、すなわち三十ターラーの盗難は、やはり大きな痛手だったに違いない。

しばらく、ＥＴＡは仕送りや借金で食いつないでいたが、八月にはあなたが重病で床に臥《ふ》し、あまつさえ娘ツェツィリアが亡《な》くなった、との報に接して絶望状態に陥った。

そんな状況のもとで、ＥＴＡのもう一つの才能を揺り動かす、新たな展開があった。

当時、すでに名を知られていた学者、文人との親しい交流が、始まったのだ。

ベルリンには、ワルシャワの上級裁判所でＥＴＡの同僚だった、ユリウス・エドゥアルト・ヒツィヒが、先に来ていた。

ヒツィヒはその方面に顔が広く、ＥＴＡをあちこちの会合に連れ回して、いろいろな著名人に引き合わせた。

たとえば、ゴトリープ・フィヒテやフリードリヒ・シュライアマハア、アデルベルト・フォン・シャミッソー、ラーエル・レーヴィン（女性の文芸サロン主宰者）など、錚々《そうそう》たる顔触れだった。

ことに、哲学者フィヒテはその年から翌年にかけて、〈ドイツ国民に告ぐ〉の講演で国民を鼓舞し、大いに人気を博した人物だ。

ただ、もったいないことにＥＴＡは哲学に、あまり関心を示さなかった。

ケーニヒスベルク大学時代、当時学生のだれもが聴講したがった、あの大哲学者イマヌエル・カントの講義にも、わけが分からないと言って出席しなかった。

ともかく、そうした知識人と文学や音楽、芸術の話ができるようになったことで、ＥＴＡが強い刺激を受けたことは、間違いない。

もともとＥＴＡを支配していたのは、みずから才能ありと認める音楽によって、世に出たいという熱烈な願望だった。文学に対する深い関心といえども、音楽への愛着には勝てなかった。

そのETAに、文学への目を開かせたという意味で、ヒツィヒは大いに功徳《くどく》を施した、といっていいだろう。

思えば、ヒツィヒとETAとの縁も、けっこう長くなった。ワルシャワにいるころ、あなたたち夫婦とヒツィヒは隣同士の建物の、同じ階の部屋に住んでいた。

そのため、ETAがピアノを弾き出すのを合図に、ヒツィヒが向かい合った窓をあけ、長話を始める習慣がついたようだ。あなた自身、二人のとめどないおしゃべりに引かれ、朝まで耳を傾けていたこともある、とETAがよく話してくれたものだ。

そうした社交生活のあいだにも、ETAは職探しの方にやっきになっていた。一八〇七年の八月末には、〈帝国公報〉という新聞に、広告を出した。いかにもETAらしい、ひねった表現の広告だったから、ここに再録しておこう。

「音楽の理論、実践に十分な知識と経験を持ち、作曲家としても高い評価を受けている某氏は、著名な音楽協会の要職を務めた経験を生かして、劇場ないし楽団の楽長のポストを、求職中である。彼は、劇場運営に関する知識と経験に恵まれ、舞台装置や衣装の製作にも精通している。ドイツ語のほかにフランス語、イタリア語にも通じており、音楽や絵画はむろんのこと、文学に関する造詣《ぞうけい》も深い。劇場監督として、これ以上の人物は求めがたいであろう。劇場関係者の中で、このようなたぐいまれな人物を必要とされる向きは、郵税前納郵便をもって、ベルリンのフリードリヒ街一七九番地の判事、ホフマン氏宛《あて》にご照会ありたい」

この一文は、あなたにはむずかしすぎようが、要するにETAが自分のことを、臆《おく》面《めん》もなく（つまり、おおっぴらに）売り込んでいる広告だ。

いかにも、ETAらしいではないか！

［本間・訳注］

順序の狂った文書を、正しく並べ直した上で解読し、翻訳したものの冒頭部分が、上の訳文である。いつ書き始められ、いつまで書き継がれたものかは、いずれ明らかになろう。

この報告書の筆者は、ホフマンのことをよく知る人物と思われるが、まだ正体を特定するにはいたらない。筆者が、〈あなた〉と文中で呼びかけている相手は、ホフマンの妻であるマリア・テクラ・ミヒャリナ・ローラー・トゥルツィンスカ（一七八一?〜一八五九年)と推定される。

彼女は通常、〈ミーシャ〉の愛称で呼ばれている。ホフマンとミーシャは、一八〇二年七月二十六日に結婚した。

本文中にもあるが、ホフマンはモーツァルトの名にちなんで、第三洗礼名のヴィルヘルムを、アマデウスと変えた。

ただ、報告書にもあるとおり、モーツァルトは〈アマデウス〉の呼称を、生涯に一度も自署に使わなかった、という。

フランツ・サヴァ・ニーメチェク、というチェコ生まれの評論家が、一七九八年に書いた最初のモーツァルトの評伝でも、〈Wolfgang Gottlieb Mozart〉と表記するだけで、アマデウスの名を入れていない。

ホフマンも、そのことを承知していたようだが、あまりこだわらなかったようだ。

ついでながら、まずこの文書が書かれた時代、つまり十八世紀末から十九世紀前半にかけての、ドイツの状況を俯瞰《ふかん》しておこう。

実のところ、この時代はまだドイツという、統合された単一国家は存在しなかった。とりあえず、オーストリアのハプスブルク家を頂点とする、中世以来の〈神聖ローマ帝国〉が、形成されていたにすぎない。

つまり、ヘーゲルだかがいみじくも指摘したように、神聖ローマ帝国は〈国家〉ではなく、単なる〈状態〉にとどまっていた。

その中にオーストリア、プロイセン、バイエルン、ザクセンなど、全部で三百前後もあった国、あるいは都市国家が、ようやく四十ほどに整理された時代、と理解すればよかろう。

その〈神聖ローマ帝国〉も、一七八九年のフランス革命の勃発《ぼっぱつ》、さらにナポレオンの台頭によって、十九世紀初頭に事実上、崩壊してしまう。

さらにナポレオンが失脚したあと、メッテルニヒのヴィーン体制からドイツ連邦、オーストリア＝ハンガリー帝国をへて、ようやく統一されたドイツ帝国、いわゆる帝政ドイツが成立したのは、一八七一年のことだ。

すなわち、ホフマンが生きたころのドイツ（語圏）は、まことに動乱に次ぐ動乱の時代だった、といってよい。

別に、歴史の講釈をするつもりはないが、こうした時代背景があったことだけは、承知しておいてほしい。

6

倉石学が、本間鋭太の仕上げた翻訳原稿から、顔を上げる。

「うん、さすがですね。古閑さんご推薦の、先生だけのことはある。ドイツ語が、どれだけできるか知りませんが、すらすらと読ませるこの日本語力は、すごいと思う。人名、地名にはあまりなじみがないけれども、書いてあることはすっと頭にはいってくる。学者先生の翻訳は、やさしいことをむずかしく訳すというか、自分でも分かってないんじゃないか、と疑いたくなるような文章が多いんです。しかし、この先生は違いますね」

古閑沙帆は、ほっとした。

「そう言っていただけると、うれしいです」

麻里奈が、少し意地悪な口調で言う。

「それはちょっと、言いすぎじゃないの。沙帆だって大学の先生だし、翻訳の仕事もしてるのよ」

倉石は、あわてて手を振った。

「もちろん、古閑さんのことじゃない。単なる一般論ですよ」

沙帆は笑った。

「分かっています。おっしゃるとおり、語学の専門家はなんとか正確に訳そうとして、日本語をいじりすぎるんです。ぴったりの訳語が見つからないと、自分でもいやになるくらい訳文が、ぎくしゃくしてしまいます。その点、本間先生はよく日本語を知ってらっしゃるから、文章がこなれてますよね」

麻里奈が、もったいらしくうなずく。

「確かに、すらすらと読めることは、認めるわ」

「やはり、内容をちゃんと把握していないと、こううまくは訳せないだろう」

倉石はそう言って、原稿をテーブルに置いた。

ワープロで打たれた、きれいな原稿だった。

麻里奈が、沙帆を見る。

「本間先生の訳注によると、この報告書はまだ名前の分からないだれかが、E・T・A・ホフマンの奥さん、ええと、ミーシャでしたっけ、奥さんに宛てて報告したもの、ということのようね」

「ええ、そう書いてあるわ」

「文面からすると、その人物は奥さんに頼まれて報告を始めた、というわけじゃないみたいね」

「そうね。奥さんの気持ちを察して、自分からそうしたみたいね」

「どうして、そんなおせっかいを、始めたのかな」

麻里奈の問いに、沙帆は首をひねった。

「それはまだ、分からないわ。そのうち、はっきりするんじゃないの」

そうとしか、答えようがない。

麻里奈は、一度唇を引き結んでから、あらためて言った。

「その人物は、奥さんがホフマンの行動に、何か疑いを抱いているようだ、と感じたのかしら」

「さあ、どうかしらね」

適当にはぐらかして、沙帆はさりげなく麻里奈の顔を、見直した。

言いたいことがありながら、何かの理由で言いそびれているような、もどかしげな印象を受ける。

結局、麻里奈はそれ以上その件に触れず、話の方向を変えた。

翻訳原稿を手に取り、最後のページをめくって言う。

「この報告書の筆者は、ホフマンのことをよく知る人物と思われるが、まだ正体を特定するにはいたらない。訳注に、そう書いてあるわよね」

「そうね」

沙帆が応じると、麻里奈は妙に猜疑心のこもった目を、向けてきた。

「それって、ちょっとおかしくないかしら。本間先生には、もうこの報告者の正体がだれなのか、分かってるんじゃないの」

「どうして」

「だって先生は、この文書の翻訳に取りかかる前に、全体をざっと通読したはずだもの。前後の乱れた文書を、順序正しくそろえ直すためにも、そうするのが当然でしょう。全部を読んだとしたら、だれが書いたのかも見当がつくんじゃないかしら」

もっともな指摘だが、すなおには認めたくなかった。

「それは、なんとも言えないわね」

沙帆があいまいに言葉を返すと、麻里奈は不満そうな顔で倉石を見た。

「あなたは、どう思う」

倉石は、軽く肩を動かした。

「まあ、全部を読み通しても正体がつかめない、ということはあるだろう。そもそも、途中から始まって途中で終わっている、そんな断片的な文書だからね。とにかく、詳しく読んでいくうちに、これこれこういう人物らしい、と見当がつくんじゃないか。別に、焦《あせ》ることはないさ。先生の訳注は、そういう含みだろう」

「わたしも、そう思うわ」

沙帆が言うと、麻里奈がしらけたような顔をして、もう一度原稿に目を落とした。

「今回の原稿では、わたしが知らないこともいくつかあったけど、まったく目新しい事実が出てきた、という感じではないわ。ミーシャが、夫の行動について周囲の親しいだれかに、愚痴をこぼしたということ以外はね」

「それだけでも、かなりの新事実じゃないの。麻里奈が、知らないくらいだから」

「そうね。そのあたりの事情が、詳しく分かるといいんだけど」

「これからおいおい、分かってくると思うわ」

麻里奈は原稿を、テーブルに置いた。

「もう一つ、不満があるの。これって、二週間でこなす仕事の量としては、ちょっと少なすぎるんじゃない。沙帆の方から先生に、もう少しねじを巻いてもらえないかしら。このペースだと、全部解読するのに一年くらい、かかりそうだわ。解読を終えたあと、日割り計算で翻訳料を請求されたりしたら、かなわないもの」

沙帆は少し、むっとした。

「本間先生も、この翻訳だけにかかりきりというわけには、いかないのよ。それに、翻訳料を日割り計算にするなんて、そんなことを言い出す先生じゃないわ」

麻里奈の眉《まゆ》が、ぴくりと動く。

「そうであってほしいわ。沙帆の推薦だから、間違いはないと思うけど」

いくら長い付き合いでも、麻里奈の言葉には遠慮がなさすぎる。

今さら、この話を白紙にもどすことはできないが、一瞬そうしたいと思ったほどだ。

それを察したように、倉石が割り込んでくる。

「何も、あわてることはないさ。こういう仕事は、じっくり時間をかけてやってもらわないと、いい結果が出ないだろう。やっつけ仕事でこなされるより、ずっとましじゃないかな」

麻里奈が、きっとなって倉石を見る。

「あなたは、裏の楽譜のコピーを取ってしまったから、もうあの古文書には用がないのよね。それで、そんなのんきなことを、言ってられるんだわ。わたしは、あの古文書に書かれている、内容そのものに興味があるのよ。できるだけ早く、それを読んでみたいの」

「読んで、どうするんだ。その昔ゼミでやった、ホフマンの卒論をもう一度書き直す、とでもいうのか」

倉石に反問されて、麻里奈は頰をこわばらせた。

「からかうのはやめて。場合によっては、そうしようかと思ってるんだから。わたし、本気よ」

沙帆は驚いて、麻里奈の顔を見直した。

「ほんとうなの、麻里奈」

麻里奈は、沙帆に目をもどした。

「そんなに、驚かないでよ。確かに、わたしは沙帆と違って早ばやと、ドイツ語に見切りをつけたわ。でも、まるっきり縁を切った、というわけじゃないの。今だって、辞書さえあればなんとか読めるし、書こうと思えば手紙くらい書けるわ。ホフマンだけに限れば、沙帆にも負けていないと思うの。今度のことで、またむらむらと興味がわいてきたのよ」

沙帆は、麻里奈の目に明らかな敵愾心《てきがいしん》を認め、少したじろいだ。

「確かに、ホフマンに関しては麻里奈の方が、ずっと詳しいわよね」

また倉石が、口を挟んでくる。

「そもそも、あの古文書を見つけて買ったのは、このぼくじゃなかったかな。二人とも、お忘れのようですが」

その、冗談めかした言い方に、麻里奈は倉石を睨《にら》んだ。

「あなたはただ、ソルの楽譜がほしかっただけじゃないの。古文書には、はなから興味なんか、なかったのよ。古書店主に、コピーでもいいから楽譜の部分だけ売ってくれ、と持ちかけたと言ってたじゃない」

倉石が苦笑する。

「まあ、そのとおりだけどね」

「それを、まるごと高いお金で買わされちゃって、自分でもばかな買い物をした、と思ってるんでしょう」

「しかし、そのおかげで貴重なホフマンの資料が、手にはいったじゃないか」

倉石が言い返したが、麻里奈は負けていない。

「でも、それは要するに結果論であって、あなたのお手柄というわけじゃないわ。実のところは、ホフマンの霊がわたしの手元に届くように、あなたを動かしたということよ」

真顔で言う麻里奈に、沙帆はとまどいを覚えた。

これまで麻里奈は、そんな神がかったことを口にもしなければ、信じたこともなかったのだ。

もしかすると、ほんとうにE・T・A・ホフマンの霊が、この出会いを仕組んだのではないか、という気がしてくる。

なにしろ相手は、いつのころからか〈お化けのホフマン〉、などと異名を取るようになった、尋常ならぬ作家なのだ。

沙帆は、自分の気持ちを落ち着けるつもりで、話を少し横へそらした。

「あの手書き文書は、本間先生にしてもすらすら読めるほど、簡単じゃないと思うの。日本の古文書だって、専門家が解読するのにずいぶん時間がかかる、と聞いたわ。大橋流だったか御家流だったか、徳川幕府の公文書で遣われた筆記体ならまだしも、自己流で書かれた手紙や写本は癖字だらけで、解読がたいへんだっていう話よ。ましてドイツ語となれば、はるかに手間がかかるに違いないわ」

麻里奈は、引き下がらない。

「日本語は、当て字もあれば変体仮名もあるから、たいへんなのは当然よ。だけど、欧米のアルファベットなんか、たったの三十字足らずじゃないの」

その見幕に、沙帆も倉石も口をつぐんだ。

しんとなったせいで、麻里奈も言葉が過ぎたことに、気づいたらしい。

少し、口調を和らげて言う。

「とにかく、本間先生にはできるだけ急いで、やっていただきたいわ。お仕事自体は、十分に信頼できる、と思っているから」

取ってつけたような言葉に、沙帆はなんとなく鼻白む思いがしたが、顔には出すまいと努めた。

「分かった。本間先生に、一応お願いしてみるわ」

そのとき、来客を告げるチャイムが鳴った。

倉石が、体を起こす。

「お、来たかな」

麻里奈は、インタフォンのところへ行って、モニターのボタンを押した。

「こんにちは。古閑です」

息子の帆太郎の声が流れてきて、沙帆は救われた気分になった。

麻里奈が、妙に愛想よく応答する。

「はい、いらっしゃい。オートロック、あけるわね」

毎週土曜の午後三時、帆太郎はここ倉石のマンションへ、ギターのレッスンを受けに来ている。

この日、沙帆は麻里奈との約束時間が午後二時と早く、一緒に来られなかったのだ。

一分ほどして、今度は玄関のチャイムが鳴る。

倉石は、腰を上げた。

「それじゃ、ちょっとレッスンしてくるから、終わるまで待っていてください」

沙帆に手を振り、リビングを出て行く。

7

少し遅れて、倉石麻里奈もソファを立った。

「コーヒー、入れ替えるわね」

飲み残しのカップをトレーに載せ、ダイニングキッチンと直結する、もう一つのドアに向かう。

古閑沙帆は、ほっとして長椅子《ながいす》にもたれた。

このマンションは、リビングルームとダイニングキッチンが、隣り合わせながらそれぞれ独立する、変わった構造になっている。購入したときに、オプションのオーダーでそうしたのだ、と聞かされた。

麻里奈によると、来客にキッチンを見られたくないから、という。

よほど片付けが苦手で、水回りが乱雑になっているのかと思うと、全然そういうことではない。

シンクもガスレンジもぴかぴかだし、洗い残しの食器など見たことがなかった。沙帆なら、ぜひだれかに見せて自慢したいくらい、きれいに使っているのだ。

たぶん麻里奈は、神経質すぎるのだろう。

ほどなく、麻里奈がもどって来た。

新しいコーヒーを置き、向かいのソファにすわる。

一転して、弱よわしい笑みを浮かべると、沈んだ声で言った。

「ごめんね、沙帆。わたしは、別に本間先生に対して、悪気があるわけじゃないのよ。ただ、倉石があまり能天気なものだから、ついいらいらしちゃうの」

麻里奈はおおむね、夫のことを名字で呼び捨てにするのが、習いだった。

沙帆も、表情を緩める。

「いいの、気にしないで。倉石さんは、紙の裏に書かれたソルの楽譜のほかに、興味がないのよ。たとえおもての文書が、本物のマグナ・カルタだとしてもね」

麻里奈は、わざとのように渋い顔を、こしらえた。

「ほんとに、あの人ったらギター以外に、なんの興味もないんだから」

「いいじゃないの、それでご飯が食べられるなら、文句を言う筋合いはないわ」

沙帆が言うと、麻里奈は唇を引き締めて腕を組み、ソファの背にもたれた。

「沙帆だから言うけれど、このマンションを買ったお金は、父の遺産から出たのよ。倉石は、一銭も出してないわ。沙帆のように、亡くなったご主人が稼いだお金で買った、というわけじゃないの」

突然、関係ないことに話が及んだので、沙帆は当惑した。

そういう内輪の問題は、いくら親しいあいだ柄でも、聞きたくない。

コーヒーを、一口飲んで言う。

「そんなこと、どうでもいいじゃないの。自分の好きな仕事で、お金を稼げる人ってそうはいない、と思うわ。倉石さんのギターは、趣味と実益を兼ねたものでしょう。上司の顔色を見ながら、好きでもない仕事に憂《う》き身をやつす、平凡なサラリーマンがたくさんいるのよ。それを考えると、倉石さんはむしろ幸せじゃないかしら」

麻里奈も、カップに口をつけた。

「それを言ったら、サラリーマンがかわいそうだわ。彼らの方が、よほど苦労していないと思うもの」

「倉石さんは、苦労を外に出さないだけよ」

沙帆がなだめると、麻里奈はおおげさにため息をついた。

「そうかしら。ほんと、倉石は好き勝手なのよね。今度のスペイン行きでも、わたしに一言も相談せずに、ドミンゴなんとかいう古ぼけたギターを、買って来たのよ。あんな古文書なんか、おまけみたいなものだわ」

「でも、ギターはいわば商売道具だから、大目に見てあげないと」

麻里奈は、とげのある笑いを漏らした。

「まあ、自分が稼いだお金で買ったんだから、別にいいんだけど。でも、何台あったら気がすむのかしら。いっぺんに、五台も六台も弾けるわけじゃなし」

正確な数は知らないが、倉石はギターを何台か持っている、と聞いた。

「それも、自己投資の一つよ」

麻里奈の口から、ため息が漏れる。

「沙帆はほんとに、人がいいのね。倉石の奥さんになってみないと、わたしの気持ちは分からないわ」

「冗談はやめてよ」

沙帆は、半ば本気で怒った表情を作り、麻里奈を睨んだ。

それから、意識して話題を変える。

「でも、ホフマンのことをまた書きたいって、さっき言ったのはほんとうなの」

麻里奈は、きゅっと眉を寄せて、少し考えた。

「まあ、思いつきといえば、思いつきだけどね。でも、言ってからそうだったんだ、と自分で気がついたの」

「いいんじゃないの、書いてみれば。麻里奈に先を越されたら、本間先生が悔しがるかもしれないけれど」

沙帆がけしかけると、麻里奈はあわてて手を振った。

「別に、本間先生に対抗しようなんて、だいそれたことは考えてないわ」

「さっきも言ったように、麻里奈のホフマンに対する関心と知識は、かなりのものだと思うわ。別に、本間先生と張り合う必要はないけれど、麻里奈なりにやってみたらどう」

麻里奈は、膝《ひざ》に手を下ろした。

「そうね。大学時代に、あれだけのめり込んだくらいだから、ホフマンとは縁があるんだわ。あの古文書のこと、ホフマンのお導きと言ったら言いすぎだけど、なんだかそういう巡り合わせのような、そんな感じがするのよね」

その気持ちは、分かるような気がした。

「麻里奈だって、ずっとドイツ語を続けていたら、わたしみたいに独文の先生に、なっていたかもね。今からでも、遅くないんじゃないかな」

麻里奈は笑った。

「今さら、ドイツ語の先生になれるわけ、ないじゃないの」

「先生とまでは言わないけれど、小説の翻訳くらいならいくらでも、こなせるわよ。基礎ができてるんだから」

沙帆が力説すると、麻里奈はまんざらでもない顔になり、体を乗り出した。

「とにかく、この報告書の続きを、早く読みたいわ。今回はともかく、これから先ホフマンに関する未知の情報が、はいってるかもしれないし」

「ええ。その可能性は、十分にあるわね」

沙帆のあいづちに、麻里奈は自分を元気づけるように、腕を組んだ。

「実は、大学時代に書いた卒論のコピー、まだ取ってあるのよ。助走する意味で、一度読み返してみようかしら」

どうやら、本気になったようだ。

「それがいいわ。きっと、やる気が出てくるわよ」

　そう言いながら、沙帆はそれを好ましいことと思う反面、ややこしいことになったという気持ちも、いくらかあった。

　かりにも、本間鋭太と自分とのあいだに、麻里奈がずかずかとはいり込んで来たら、どうしよう。

　そう思うと、あまりいい心地はしない。

　麻里奈が続ける。

「でも、わたしがそんなことを考えてるなんて、本間先生には黙っててね。つむじを曲げて、それなら解読はやめるなんて言われたら、元も子もないから」

「分かった。麻里奈のことには、触れないようにするわ」

　正直なところ、自分でもそのことを本間に告げるつもりは、もとからなかった。麻里奈の話は、必要最小限度にとどめておきたい。

　防音対策はしてあるのだろうが、レッスン室からかすかにギターの音が、漏れてくる。

　帆太郎が、家で最近よく練習している、〈禁じられた遊び〉だ。

　これが、ひととおり弾けるようになれば、第一関門は突破したことになる、と聞いた。

　もっとも、その曲の難易度がどの程度なのか、沙帆には分からない。メロディは単純だが、三連符のアルペジオがけっこう、むずかしそうな気がする。

　麻里奈が言った。

「帆太郎君、だいぶうまくなったわね」

「そうかしら。だとしたら、お師匠さんのおかげよ」

「倉石は結局、コンサート・ギタリストにはなれなかったけど、教えるのはうまいのかもね」

「そうよね。生徒さんの中から、コンクールの入賞者が何人か出ている、と聞いたわ」

「ええ。ゴルフと同じで、いわゆるレッスン・プロなのよね。やっぱり、向き不向きがあるのかしら」

「ステージで弾くのは、生徒さんの発表会のときだけというのも、もったいない気がするわ」

「アンサンブルとかは、ときどきやってるんだけどね。自分で編曲した、クラシックの曲なんかを」

「たまには、ソロのコンサートも、すればいいのに」

「まあ、自信がないのか、それとも欲がないのか」

麻里奈は途中で言いさし、肩をすくめた。

「ところで、由梨亜ちゃんはなぜ、フルートなのかしら。ギターをやればいいのに。身近に、いい先生がいるのだから」

沙帆が言うと、麻里奈は軽く眉をひそめた。

「倉石は、由梨亜が自分から言い出さないかぎり、教えるつもりがないみたいよ。身内だからといって、強要はしたくないんですって」

「由梨亜ちゃん自身は、ギターを習う気がないの」

「分からない。倉石に関しては、自分の父親であってほしいけれど、先生にはなってほしくないって、そう言ったことがあるけど」

「ふうん。そういうものかしらね」

そんな雑談をしているうちに、帆太郎のレッスンが終わった。

沙帆と帆太郎は、一緒に倉石のマンションを出た。

帆太郎は、手ぶらだった。ギターは自宅に一台、レッスン用に倉石のマンションに一台と、合わせて二台持っているのだ。

「最近、由梨亜ちゃんの顔、見てないんじゃないの」

「うん。由梨亜ちゃん、土曜の午後は塾で、帰りが夕方なんだって。ぼくとはいつも、すれ違いなんだよね」

帆太郎は、中学一年生のわりには背が高く、百六十センチの沙帆にもう少しで、追いつきそうだ。髪は五分刈りで、よく日焼けしている。

「今度一緒に、晩ごはんでも食べようか」

帆太郎は目を輝かせ、沙帆を見上げた。

「ほんと。ぼくは、うなぎがいいな」

「うなぎか。渋いわね」

晴れていた空に、いつの間にか雲が出てきた。

沙帆と帆太郎は、駅へ急いだ。

8

ギターの音が聞こえる。

古閑沙帆は、例によって鍵《かぎ》のかかっていない玄関をはいり、とっつきの洋室に腰を落ち着けた。

いつも思うのだが、ここはアパートメントハウス〈ディオサ弁天〉と称しながら、いわゆる普通のアパートとは、趣を異にする。

今風にいえば、小さめのマンションに匹敵する広さと、グレードを持っているのだ。どれほど前にできたのか知らないが、アパートメントハウスという呼称がモダンで、高級感を与えた時代の建物に、違いない。

新宿区は、弁天町、余丁町《よちょうまち》、払方町《はらいかたまち》、二十騎町《にじっきまち》といった古い町名がそのまま残る、都内でも珍しい地区だ。

そんな町にも、むろん新しいビルやマンションが立ち並んでいるが、〈ディオサ弁天〉はそうした谷間にぽつんと残る、古色蒼然《そうぜん》としたアパートメントだった。

沙帆は、耳をすました。

ギターの音は、まだ続いている。

例によって、本間鋭太がレコードかCDを聞いているのだ、と思った。

しかし、その音が演奏半ばで突然途切れたり、同じ箇所が繰り返されたりするのに気づいて、首をひねる。

もしや本間自身が、弾いているのだろうか。

いや、それはないはずだ。本間がギターを弾く、という話は耳にしたことがないし、むろん弾くのを見たこともない。

壁の時計に目を向けると、約束の午後三時にあと二、三分だった。

ほどなく、ギターの音が途絶えたかと思う間もなく、廊下にどしどしと足音が響いた。本間が、引き戸を壊さぬばかりの勢いで、はいって来る。

白いシャツに赤いチョッキ、黄色のスパッツという、いつもながらピエロ顔負けの、派手ないでたちだ。

沙帆が立って挨拶《あいさつ》すると、本間はおざなりに手を振って、向かいのソファにどさりと、身を預けた。

手にした紙の束を、テーブルに置く。

「二回目の原稿だ。こいつ、なかなか手ごわいドイツ語でな。わし以外に、解読できる者はおらんだろう」

のっけから、得意の〈わし〉が出た。

沙帆は原稿を押しいただき、ていねいにファイルケースに入れて、トートバッグにしまった。

すわり直すのを待って、本間が言う。

「きみは、いつも中身を読まずにバッグにしまう、悪い癖があるな。書いた者に、失礼だと思わんかね」

沙帆は、顔を上げた。

「この場で読んで、けっこうなお原稿をありがとうございます、と申し上げればよいのですか」

本間が照れもせずに、こくんとうなずく。

「まあ、そんなところだ」

そんな本間を、まともに見返した。

「先生は、これに限らずご自分のお仕事に、自信をお持ちのはずです。わたしの、見えすいた社交辞令など、必要とされないでしょう」

本間は二、三度まばたきして、ソファの肘掛《ひじか》けをぽん、と叩《たた》いた。

「もちろん、自信は持っとるとも。ただ、その解読文書の内容についてどう思うか、それを聞きたいのさ」

沙帆は、膝の上で両手をそろえた。

「わたしは人に頼まれて、このお仕事の中継ぎをしただけなんです。あれこれと、感想を申し上げる立場には、ありません」

本間はおおげさに、眉根を寄せた。

「お固いことを、言いたもうな。子供の使いでもあるまいし、まさか原稿をまったく読まずに渡す、というわけではなかろう」

そう言われると、嘘《うそ》はつけない。

「ええと、まあ一応は、拝読しましたが」

「そればかりか、たぶんコピーも取ったろうな」

沙帆は図星をつかれ、ちょっとたじろいだ。

「はい。勉強になる、と思ったものですから」

本間は、自分の読みが当たったのがうれしいのか、ソファの上でぴょんと跳ねた。

「そうだろう、そうだろう。よろしい。きみの感想は、とりあえずおくとしよう。では、きみに解読を依頼したという友だちは、前回渡した最初の解読文書について、なんと言っとるのかね」

「何はさておき、訳文が分かりやすくて読みやすい、と感心しきりでした」

沙帆が、当たり障《さわ》りのない返事をすると、本間は不満そうに眉を動かした。

「それだけかね」

少し迷ったが、正直に答える。

「先生は訳注に、あの文書の書き手はまだ特定できていない、と書いておられましたね」

「ああ、書いたとも」

「倉石麻里奈は、それに異議を唱えています。彼女は、あの文書を書いた人物がだれなのか、本間先生にはもう分かっているはずだ、と言いました。その点に関しては、わたしも同感です。当然先生は、乱れた文書の順序を正すためにも、全文に目を通されたはずですから」

「ふむ」

本間は鼻を鳴らし、笑いをこらえるような顔をして、おもむろに続けた。

「書いた人物の名前は、分かっとるよ。しかし、その人物はこれまでホフマン関係の書物どころか、新聞雑誌のあちこちに名前の出てくる太郎、花子のたぐいでな。名字が分からぬかぎり、特定はできないんだ」

「男性なのですか」

「少なくとも、名前は男のものだ。それを読めば、分かるだろう」

そう言いながら、トートバッグに顎《あご》をしゃくる。

どうやら、その名前が今度の原稿に、出てくるらしい。

「ホフマンと交流があって、先生もご存じないような人物が存在するとは、信じられませんね」

「わしも、信じられんよ。もしかすると、後世のいかさま研究者による偽作ではないか、という気がしないでもないくらいだ」

沙帆は、思いもしなかったことを耳にして、反射的に聞き返した。

「偽作の可能性がある、とお考えなのですか」

「どんな著作物にも、つねにその可能性があるという意味では、可能性があるな」

本間の落ち着いた口ぶりに、沙帆は疑惑をつのらせた。

「そのご様子ですと、むしろ偽作とお考えになっているように、お見受けしますが」

もし、あの古文書が本物の未発見原稿だとしたら、本間はこんなに冷静ではいられないはずだ、と思う。

本間は肩をすくめ、足をぶらぶらさせた。

「たとえ偽作でも、ホフマンの死後それほど時間がたってから、書かれたものではない。紙の古さからしても、十九世紀半ばよりあとに書かれた可能性は、ほとんどあるまいよ」

だとすれば、ホフマンが死んでからほぼ三十年以内の作、ということになる。

それはそれで、価値がないわけではない気もする。

しかし、偽作の可能性など考えたこともなかったので、沙帆は少なからずショックを受けた。

倉石麻里奈にしても、それを聞いたら愕然《がくぜん》とするに違いない。

もっとも、まだ偽作と決まったわけではないと思い直し、気分を変えようと別の話を持ち出す。

「そういえば、さっきこちらにおじゃましたとき、ギターの音が聞こえましたね。また、レコードかＣＤをお聞きになっている、と思ったのですが、耳のせいでしょうか」

話がそれたことに、本間はいささかとまどいを覚えたようだが、薄笑いを浮かべて言った。

「レコードやＣＤが、あんな具合に弾き間違えたり、同じフレーズを繰り返したりする、と思うかね」

「でも」

そう言ったきり、沙帆は口をつぐんだ。

本間が続ける。

「わしのほかに、だれが弾くというのかね。一人暮らしだということは、きみも知っとるだろう」

ではやはり、本間が弾いていたのか。

「でも、まさか先生がギターをお弾きになるとは、少しも存じませんでした」

正直に言うと、本間は人差し指を立てた。

「ギターばかりではない。ピアノも弾けば、バイオリンも弾くぞ」

そう言って、自慢げに鼻をうごめかす。

沙帆は、うなずいた。

「それで、分かりました。あの、古文書の裏の楽譜をごらんになって、これはフェルナンド・ソルの曲だな、とおっしゃったわけが」

本間の口から、くすぐったそうな笑いが漏れる。

「ふふん、そのとおりだ。きみもなかなか、観察力が鋭いな。さっき弾いていたのは、ソルの〈二十四の練習曲〉のうちの一つで、『月光』という有名な曲さ」

「『月光』ですか。すると、ベートーヴェンのピアノ・ソナタと、同じ曲名ですね」

「さよう。もっともこの曲名は、ソルが自分でつけたものではない。曲想が、ベートーヴェンのソナタを思わせるので、だれかがあとでそう呼んだのが始まりだろう」

「ドビュッシーにも、『月の光』というのがありますが」

「うむ。ほかにも、あるかもしれんぞ。なにしろ、月は狂気を呼ぶといわれているから、音楽家もいたく曲想を刺激されるのさ」

本間はそう言って、くっくっと笑った。

このいでたちで、本間がギターを弾く姿を想像すると、沙帆はついおかしくなった。

あわてて、話を先へ進める。

「先生は、どんなギターをお使いなのですか」

本間は、疑わしげな顔をした。

「きみが、そんなことに興味を示すとは、思わなかったな」

「前にお話ししたとおり、倉石麻里奈のご主人はギタリストなんです。わたしの息子も週に一度、習いにかよっています」

「ふむ。確か、倉石学といったな」

「はい」

「そして、十九世紀ギターの研究家でもある、と」

「そうです」

本間は口元に、意味ありげな笑みを浮かべた。

「だとしたら、倉石はわしの持っているギターにも、興味を示すかもしれんな」

沙帆は、本間の顔を見直した。

「先生のギターも、そんなに古いのですか」

「まあな。見てみるかね」

「はい、お差し支えなければ」

さして興味はなかったが、少し機嫌をとっておく必要がある。

本間は部屋を出て行ったが、一分もしないうちにギターを片手に、もどって来た。

ソファにすわり、膝の上に立てて見せる。

ふだん見慣れている、帆太郎のギターとは似ても似つかぬ、小ぶりのギターだ。

全体に細身で、その分サウンドホールが、大きく感じられる。

ヘッドの部分は、瓢簞《ひょうたん》を逆さにしたような形をしており、少々頭でっかちに見えた。

弦を調節する仕組みは、金属ねじではなく、バイオリンと同じように、木ねじで巻き上げる方式だった。

何より目立つのは、あきれるほどデコラティブなことで、表面板やサウンドホールの周囲に、貝殻装飾がふんだんに施されている。

本間が膝の上で、くるりとギターを回した。

するると、横板や裏板にも同じような装飾や筋彫りがあり、相当凝った作りだという
ことが分かった。
「かなりの、年代物ですね。いつごろのギターですか」
沙帆の問いに、本間はしかつめらしい顔をした。
「まあ、おおざっぱに十九世紀前半、としか言えぬだろう。ラベルはないが、ヘッド
や装飾の具合からみると、フランシスコ・パヘスの作品ではないか、と思う。倉石学
なら、むろん分かるだろうが」
「パヘスって、そんなに有名な製作家なのですか」
「ギターの世界ではな。ただ、現存するギターは五本しか、確認されておらん」
「そんな貴重なギターを、よく手に入れられましたね」
「三十年前に、キューバのハバナへ行ったとき、蚤《のみ》の市で買ったのさ」
「ということは、パヘスはキューバの製作家なのですか」
「分からん。ほぼ同時期に、スペインのカディスに近いサン・フェルナンドにも、同
姓同名の製作家がいたからな。どちらにせよ、日本円にして五千円だから、安い買い
物だったよ」
沙帆は耳を疑い、ほとんどのけぞった。

「五千円。そんな貴重なギターが、たったの五千円ですか」

「ほこりだらけで、弦も張ってなかった。最初は、一万円くらいだったのを交渉して、半額にまけさせたんだ。これが本物のパヘスなら、とんでもない掘り出し物さ」

本間は、そう言ってギターを横抱きにすると、先刻耳にしたソルの『月光』とやらを、弾き始めた。

思ったより大きな音なので、沙帆は驚いて少し体を引いた。

「ずいぶん、よく鳴りますね。音は古風というか、とても典雅ですけど」

数小節弾いただけで、本間は弾くのをやめた。

「典雅に聞こえるのは、木が乾いて枯れた音が出るからだ。このギターはいわば骨董《こっとう》品だが、実用にもなるところがすごい。もちろん、自分の手であちこち、修復はしたがね。まあ、二百年にもなろうという古楽器にしては、よく鳴るだろう」

沙帆は、すなおに感心した。

「すごいですね、二百年とは」

「なんの。バイオリンには、とてもかなわんよ。ストラディバリのギターも、バイオリンほどは長持ちしなかった」

「ストラディバリは、ギターも作ったんですか」

「ああ、作った。どこかの博物館に、一つ二つ保存されている、と聞いとるよ」

興味のある話だったが、沙帆は本間に別の頼みがあることを、思い出した。

「すみません、すっかり話し込んでしまって。そろそろ、失礼しなければ」

区切りをつけると、本間はまたギターを膝の上に立てた。

「なに、かまわんよ。ではまた、再来週来てくれたまえ」

思い切って言う。

「そのことですが、倉石麻里奈がもっとペースを上げてもらえないか、と言っているのです。それと、できれば量の方ももう少し、増やしてほしい、と。もちろん、お忙しいのは重々承知していますが、あまりにおもしろい内容なので、二週間に一度の間隔では物足りない、というのです」

本間は、すぐには返事をしなかった。

ギターを支えたまま、右手の指先で神経質に胴の部分を叩くのを見ると、何かを考えていることは確かだった。

やがて、黒目がちの瞳《ひとみ》に小ずるい光を浮かべ、猫なで声で言う。

「それには、条件があるぞ」

「条件、とおっしゃいますと」

沙帆が聞き返すと、本間は少しのあいだ言いよどんでいたが、唐突に質問してきた。

「倉石麻里奈の娘は、確か由梨亜といったな」

「はい」

返事をしたあと、以前沙帆がその名前を教えたとき、本間が妙な反応を示したことを、思い出した。

「由梨亜くんは、いくつになったのだ」

「今年、十三歳になったはずです。わたしの息子と、同学年なので」

「ほう」

本間は、さもいいことを聞いたというように、頬を緩めた。

一度すわり直し、内緒話をするように言う。

「由梨亜くんを一度、ここへ連れて来てくれんかね」

沙帆は、思いも寄らぬ本間の言葉に、当惑した。

「それは」

そう言ったきり、先が続かない。

本間が、いったい何を考えているのか、見当がつかなかった。なぜそうも、由梨亜にこだわるのか。

それに絡《から》んで、何か遠い記憶をくすぐられるような気がしたが、にわかには思い出せなかった。

沙帆が絶句するのを見て、本間はあわてたように付け加えた。

「もちろん、母親と一緒でもかまわんよ。倉石麻里奈は、ホフマンに興味を持っとるんだろう。わしとは話が合うはずだし、解読文書についてもいろいろ意見交換ができる、と思うんだが」

沙帆は、自分のことを〈わし〉と呼ぶ本間が、急にうとましくなった。

あまりに年寄りじみているし、今どきそんな古臭い言葉を遣うのは、時代遅れもいいところだ。

まして、由梨亜や麻里奈に興味を示す、とは。

沙帆は、背筋を伸ばした。

「由梨亜ちゃんを連れて来たら、解読のペースと分量を上げていただけるのですか」

本間は、ほとんど間をおかずに、こくりとうなずいた。

「ああ、そのように、努力してみよう。場合によっては、解読料や翻訳料を返上してもいいぞ」

沙帆は、本間をつくづくと、見直した。

いったい、この男は何を考えているのだろう。

「お会いになったこともないのに、どうして由梨亜ちゃんにこだわるのですか」

本間は、ほんの少しいやな顔をして、沙帆を見返した。

「何か、思い当たることは、ないのかね」

沙帆は口をつぐみ、その言葉の意味を考えた。

前かがみになって、さっき浮かびかけた記憶の切れ端を、もう一度たぐり寄せる。

由梨亜。

ゆりあ。

ユリア。

電撃に打たれた感じで、沙帆は身を起こした。

「思い出しました。ホフマンが音楽を教えた、ユリアのことですね」

本間が、どこか照れ臭そうな顔をして、うなずく。

「そう。その、ユリア・マルクじゃよ」

じゃよ、もないものだ。

その昔、麻里奈からよくホフマンの話を聞かされたが、沙帆の興味の対象はシャミッソー、クライストなどに傾いていたため、あまりよく覚えていない。

しかし、ユリア・マルクについては確かに、記憶があった。

ユリアは、ホフマンにその才能を見いだされて、教え子になった女性だ。そのとき、ユリアは女性というより、まだほんの少女だった、と聞いた覚えがある。教えているうちに、すでにミーシャという妻がありながら、ホフマンはすっかりユリアに熱を上げ、めんどうなことになったのではなかったか。

ミーシャが、今のところ正体の分からない何者かに、ホフマンの行動を知りたいと漏らしたのも、ユリアのことがあったからかもしれない。

最初の原稿を読んだあと、麻里奈が何か言いたそうにして言わなかったのは、そのことだったのではないか。

麻里奈は、ミーシャがホフマンとユリアの仲を疑い、身近な何者かに夫の行動を見張るよう、そそのかしたのではないかと、そう推測したに違いない。

しかし沙帆は、そのことを頭から振り払った。

「それで、由梨亜ちゃんをここへ連れて来たら、どうなさるおつもりですか」

沙帆の問いに、本間は肩をすくめた。

「別に、どうもせんよ。ホフマンが惚《ほ》れた娘と、同じ名をつけられた娘がどんな少女なのか、ちょっと会ってみたくなっただけのことさ」

沙帆は、トートバッグを取り上げた。

「分かりました。倉石さん夫妻と由梨亜ちゃんに、意向を聞いてみます。もし、オーケーということでしたら、来週の金曜日にお連れします」

本間が、瞬《まばた》きする。

「来週かね、再来週じゃなくて」

「早い方がいいのでは、と思ったのですが」

沙帆が応じると、本間の目元がいかにもうれしそうに、くしゃりと崩れた。

「ああ、もちろんだ。早い方がいい」

「そのときに、三回目のお原稿をいただけますよね」

遠慮なしに言ってのけると、本間は一瞬うろたえたように顎を引いたが、してやれたという顔つきで、うなずいた。

「そうだな。再来週と言いたいところだが、由梨亜くんを連れて来てくれるなら、来週の金曜日に渡せるよう、努力するさ」

「そのあとも、一週間に一度お原稿をいただけるもの、と期待してよろしいですね」

本間が、じろりという感じで、沙帆を見返す。

「きみは、いつからそんなに、押しつけがましくなったのかね」

9

【E・T・A・ホフマンに関する報告書・二】

——一八〇七年一月。

あなた（ミーシャ）と一歳半の娘ツェツィリアを、ポーゼンの義母のもとへ送り届けたあと、ETAは単身ワルシャワにもどり、一人暮らしを始めた。

春になって、悪性の神経熱に苦しんだものの、あなたを心配させまいとして、何も知らせなかったと思う。

その後、ETAがナポレオンに屈従するのを拒み、ワルシャワを去ってベルリンへ向かったことは、すでに報告したとおりだ。この一八〇七年が、ETAにとってもあなたにとっても、最悪の年だったことは間違いない。

繰り返しになるが、ETAはベルリンに着いたとたん全財産を盗まれ、長いあいだ食うや食わずの生活を、余儀なくされた。あなたはあなたで重病にかかり、しかも二歳になったばかりのツェツィリアを、病気で失ってしまったのだ。

これほどの不幸に、それも立て続けに見舞われることは、めったにない。お力落としではあろうが、なんとかETAとともに、立ち直ってほしい。わたしもできるかぎり、力添えをするつもりだ。

まずは年が明けて、ETAにようやく曙光《しょこう》が射し始めたことを、お伝えしておこう。あなたは、別居しているあいだのETAの生活を、詳しくはご存じないだろう。それを承知しておくことも、以後のETAの生活をお知らせするに当たって、むだにはならないと思う。

一八〇八年の一月、三十二歳の誕生日を迎えてほどなく、ETAが前年〈帝国公報〉に出した求職の広告に、反応があった。

バンベルク劇場の支配人、ユリウス・フォン・ゾーデン伯爵《はくしゃく》が、音楽監督を探しているのだが、応募する気はないかと打診してきたのだ。

むろんETAは、喜んで応募すると返事を出した。

折り返し伯爵から、自作の歌劇の台本『不死の妙薬』が送付され、それに曲をつけるように、との要請があった。その出来いかんによって、ETAの作曲家、音楽監督としての力量や資質を、判断する心づもりと思われた。

ETAは、ほぼ一カ月かけてその台本に音楽をつけ、伯爵に送った。

結果は上々で、ゾーデン伯爵はETAを音楽監督に採用することを決め、九月からバンベルク劇場で働いてほしい、と招請状をよこした。年俸として、六百ターラーを支払う用意がある、という。ETAが、どれほど喜んだことか、お分かりになるだろう。

もっとも、それによってベルリンでの生活が、にわかに好転したわけではない。なんとしても、仕事が始まる九月までの半年間を、食いつながなければならない。しばらくのあいだは、相変わらずその日暮らしの生活が続いた。わたしも含めて、ETAを援助する余裕のある者は、周囲にいなかった。これほど、絶望的な状態に追い込まれたことは、かつてなかったとETAはこぼした。

そうした状況下で、空腹を抱えてティアガルテン（動物園のあるベルリンの大公園）を歩く途中、ETAはたまたま旧知の人物と出くわした、とわたしに打ち明けた。なんでも、ETAと同い年のテオドル・H・フリードリヒ、という男だそうだ。

フリードリヒは、やはりワルシャワで判事を務めていたが、ナポレオン戦争のせいでETA同様失職し、生活に追われているとのことだった。

ETAは見栄もあって、困窮していることを隠そうとしたが、フリードリヒは鋭くそれを見抜いた。そして、自分も同じように失職中の身でありながら、なにがしかの金を分けてくれた、というのだ。

ETAはわたしに、そのときの感謝と感激を終生忘れない、と涙ぐみながら言った。

とはいえ、こうした僥倖《ぎょうこう》に巡り合うことなど、めったにあるものではない。あとは、あなたも知る幼なじみの親友ヒペルに、手紙で借金を請《こ》うしかなかった。

ヒペルは十年以上も前、西プロイセンのライステナウに、広大な領地を相続していた。そのため、ETAのたびたびに及ぶ借金の申し入れに、こころよく応じる余裕があった。ETAも、それを十分に承知しており、ヒペルの善意に甘えていたふしがある。

しかし、あなたの苦労を考えるならば、それもやむをえなかっただろう。

初夏になって、ようやく状況が好転した。

ナポレオンのせいで、公職追放の憂《う》き目にあったプロイセンの官吏に、国務大臣から財政援助が行なわれる、との決定がくだった。一回限りとはいえ、失職役人にはまことにありがたい措置で、当然ETAもその恩恵にあずかった。

幸運も、重なるときは重なるものだ。

同じころ、借金を申し入れたヒペルから送金があった上、チューリヒの楽譜出版社に預けてあった、ETA作曲の歌曲の出版報酬が、支払われた。

続いて、同じ出版社から新たな作曲の依頼も、舞い込んできた。

このとき、音楽家として名をなしたい、というETAの強い願望は、文筆によって身を立てようかという、漠とした思惑をはるかに上回っていた。

したがって、ゾーデン伯爵の招請によるバンベルク行きも、なにがしかの不安を抱きながら、喜んで受け入れたのだった。

同年八月、ETAはポーゼンへあなたを迎えに行き、手を携えて九月一日にバンベルクに到着した。

しかし、実のところそのときすでに劇場は、暗雲におおわれていた。

というのは、ゾーデン伯爵はETAの招聘《しょうへい》を決めた直後、劇場経営をやめてただの後援者の立場に、身を引いていたからだ。伯爵があとを託したのは、ハインリヒ・クノという役者だった。

クノは、役者として二流だったばかりか、劇場運営についても音楽についても、素人《しろうと》同然の男だった。そのせいか、あるいはそれにもかかわらずか、ETAが提示する計画や改善案に、耳を貸そうとしなかった。

ETAは十月二十一日、アンリ＝モンタン・ベルトンのオペラ『ゴルコンダの女王アリーヌ』で、音楽監督兼指揮者としてデビューした。

このときの、彼の指揮が大失敗に終わったことは、すでにお聞き及びだろう。

しかし、実際に何が起きたかについては、当日現場にいあわせたわたしほどには、ご存じあるまい。ETAにとって、その事件の顚末《てんまつ》を実際に起きたとおりに、あなたにそのまま報告することは、自尊心が許さなかったはずだからだ。

公演は、出だしからつまずいた。

観客の前に姿を現し、オーケストラ・ボックスにはいったETAは、おもむろにピアノの席に着いた。

とたんに、楽団員のあいだに当惑の色が広がり、観客席もなんとなくざわめいた。

というのは、バンベルクでも他の都市の劇場と同様、指揮者はバイオリンを手に現れるのが、ふつうらしいのだ。

その上で、歌い手が歌い出しを間違えそうになったり、曲がむずかしい箇所に差しかかったりしたとき、指揮者がバイオリンですばやく音出しをして、楽団を統制するのが常識だという。

ETAは、このようなレベルの低い楽団を、指揮したことがなかった。

一方、楽団や聴衆の側からすれば、妻であるあなたには失礼ながら、ETAの風采《ふうさい》は決してりっぱ、とはいえない。

背は極端に低いし、もじゃもじゃの髪は伸びほうだいだし、いつも不機嫌そうに結ばれた唇は、無愛想な顔をいっそう気むずかしく見せる。

ただ、両手だけはその持ち主の外見を裏切って、美しく華奢《きゃしゃ》にできている。その手が、鍵盤《けんばん》の上を自在に駆け巡るさまは、実に見ごたえのある光景だ。

しかし、聴衆はETAのいいところなど、見ようともしない。

奇妙な風貌《ふうぼう》の、見も知らぬ男が手ぶらで楽団席に姿を現し、バイオリンならぬピアノの前に、陣取ったのだ。

いったい、何が始まるのか。

「おい、どうなってるんだ、今度の指揮者は」

「そもそも、あれで指揮がとれるのかね」

「どんなことになるか、こいつはお楽しみだぞ」

まわりの席で、こんな声がささやかれるのが聞こえた。いや、ささやき声どころではなく、聞こえよがしの発言だったから、ETAの耳にも届いたに違いない。

この日、これまで指揮者を兼ねていた、コンサート・マスターのディトマイヤー、という第一バイオリニストが、舞台に上がるのを拒否した。ETAに、トップの座を奪われたことに、腹を立てたのだ。

そのため、楽団員のあいだに不安と不満が広がり、統制がとれなくなった。おかげで、主役のソリスト嬢は突拍子もない声で歌い、合唱団は音程がめちゃくちゃだった。聴衆は騒ぎ出し、足踏みする者や奇声を発する者が、相次いだ。公演は、さんざんのうちに終わった。

楽団の質が悪く、歌い手が練習不足だったことも、確かな事実ではある。しかし、ふだんバイオリンによるリードに慣れた連中に、いきなりピアノのリードを受け入れよ、といっても無理な話だった。

その結果、ETAはクノによって音楽監督の職を解かれ、ディトマイヤーがもとの地位にもどった。ETAは、単なる座つきの作曲者、舞台監督の仕事に、甘んじることになった。

ETAが、あなたにどう説明したか知らないが、実情はこういうことだった。

半年前、ゾーデンから声がかかったとき、ようやく曙光が見えたと喜んだのに、それは幻にすぎなかったのだ。

この出来事は、音楽家として世に出ようとするETAに、強い打撃を与えた。計算違いがあったにせよ、おおやけの場で受けた大きな屈辱は、ほとんど致命的ともいえた。

なるほど、ディトマイヤーはベテランの指揮者で、地元でも人気のある人物だ。ベルリンからやって来た、縁もゆかりもないよそ者のETAが、受け入れられなかったのは当然だろう。

それはさておき、経営能力にも管理能力にも欠けるクノに、劇場の維持運営は荷が重すぎた。バンベルク劇場は、翌一八〇九年二月にあえなく破産し、ふたたびゾーデン伯爵が乗り出すはめになった。

しかし、一度頭をもたげた衰運は、いかんともしがたい。

ゾーデンは、劇場運営の権利をバンベルクの著名な病院長、アダルベルト・フリードリヒ・マルクス博士に、無償で譲ることになる。

それを機に、ETAは劇場といっとき、距離を置くことにした。

そして、舞台用の音楽を作曲するかたわら、新たに音楽評論、音楽教師の仕事で暮らしを立てるべく、方向転換した。楽曲、オペラなどの評論を書き、上流家庭の子弟にピアノや声楽を教えて、生計を維持しようというわけだ。

そのためにETAは、〈AMZ（Allgemeine Musikalische Zeitung＝一般音楽新聞）〉という、ライプツィヒの音楽専門紙の編集長、フリードリヒ・ロホリッツに連絡して、その力添えを得る約束を取りつけた。

さらにつてを頼って、バンベルクの上流家庭との接触にも、なんとか成功した。茶会やパーティ、個人の演奏会などに出入りして、いかに自分がピアノや声楽の教授法にたけているか、事あるごとに売り込んだ。そのあたりの事情は、あなたもよく承知しておられよう。

ただ、ETAがピアノのほかにギターまで教える、と言い出したときはさすがのわたしも、あっけにとられた。

それには、いささかのいきさつがある。

＊

実はだいぶ前、ETAが司法官試補試験に合格して、初めてベルリンに赴任したとき、ある出会いがあったのだ。

あれは一七九八年の、九月のことだったと思う。

まだ、はたちにもならないフランチェスコ・フォンターノ、という売り出し中のギタリストが、ホテル〈シュタット・デ・パリス（パリ市）〉で、公演を行なった。ETAもまだ二十二歳で、フォンターノはさらにその三歳年下だった。

この公演が、けっこうな評判を呼んだことから、ETAとわたしは一夜その演奏を聞きに、ホテルに出向いた。

公演は広間で行なわれたが、その演奏スタイルにETAもわたしも、いささか驚いた覚えがある。ふつうは、組んだ脚の太ももにギターの胴を載せるか、足台に左足を載せるかして弾くのだが、そうではなかった。

フォンターノの場合は、演奏する椅子《いす》の前にそれより少し高い、小机が置いてあった。

椅子にすわったフォンターノは、小机の端にギターの胴のくびれた部分を載せ、終始その格好で演奏したのだ。

曲名は忘れたが、イタリアの歌曲とドイツのリートを、たっぷりと弾き語りした。

フォンターノは、年齢のわりに声量が豊かな上に、ギターのわざもなかなかのもので、ご婦人を中心とする多くの観客を喜ばせた。

何より、音量の乏しいギターがよく鳴って、会場の隅ずみまで届いたのには、もっと驚かされた。ETAによれば、ギターの音が小机をへて床に伝わり、会場全体が共鳴したためだろう、という。

公演が終わると、わたしたちはフォンターノを食事に誘い、モーレン通りにある古いホテル、〈エングリーシェス・ハウス(イギリス館)〉へ、連れて行った。レッシングや、フィヒテも利用したという、由緒《ゆいしょ》あるホテルだ。

食事のあいだ、ETAはフォンターノにギターについて、あれこれと質問した。

ギターの支えに、目の前に置いた小机を使う理由は、ETAが考えたとおりだった。フォンターノはやはり、ギターが部屋全体に鳴り響くように、小机を使ったことを認めた。

ETAはさらに話を進め、これからはギターの構造を工夫して、楽器そのものの音量を、増大させなければならない、と言った。そうすれば、ギターは単なる伴奏楽器ではなく、独奏用の楽器としても使えるようになる。

するとフォンターノも、一度だけレッスンを受けたギターの名手、フェルナンド・ソルもそう言った、と請け合った。

「でもマイスター・ソルは、それが実現するまでに早くても、あと五十年くらいはかかるだろう、とおっしゃいました」

それを聞くと、ETAは笑って応じた。

「じゃあ、ぼくの生きているあいだは無理、ということだね」

そのあとわたしたちは、〈シュタット・デ・パリス〉へもどった。

今度は、フォンターノの招きで客室に上がり、二人してギターのレッスンを受けた。

フォンターノは公演旅行に、いつもギターを三台持ち運んでいるので、数がちょうど足りたのだった。

これは、ETAにとってもわたしにとっても、貴重な体験といえた。

わたしは、フォンターノの教えを思い出しつつ、その後もまめにギターの練習をした。

一方、ETAは演奏よりも楽器としてのギターに、興味を覚えたとみえる。ゲーテや、シラーの詩にギター伴奏の曲を、つけたりし始めた。

ちなみに、フォンターノは単なる芸名で、実名はフランツ・フォン・ホルバインという。フォンがつくからには、貴族の出なのだろう。それがなぜ、ギター奏者になって巡業するのか、詳しいことは分からない。

話がそれてしまったが、そのような次第でギター演奏に関するかぎり、ETAはひとさまに教えられるような、高いレベルには達していない。

わたしはといえば、フォンターノと出会ってからギターに惚れ込み、断続的に勉強を続けてきた。プロにはなれなかったが、演奏にかけても教え方にかけても、一応の技術を身につけたつもりだ。

おそらく、ETAはそれを当てにしているらしく、ギターを習いたいという相手が現れると、かならずわたしに同行するよう求める。そして、まるでわたしが彼の弟子であるかのごとく、生徒に教えるよう指示するのだった。

そのときの決まり文句は、こうだ。

「では、ヨハネス。わたしが教えたように、弾いてみせてやりたまえ」

わたしは内心苦笑しつつも、言われたとおりにする。

確かにETAも、ギター伴奏による歌曲をいくつか作って、ライプツィヒの楽譜出版社、ブライトコプフ・ウント・ヘルテルに、売り込むくらいの熱意はあった。

ETAは、ヘルテルへの楽譜の売り込みに当たって、書いた手紙を見せてくれた。

そこには、こう書かれていた。

すべての楽譜店は、スパニッシュ・ギターのための曲を、求めています。今や、ギターはたとえ一時の流行にせよ、趣味のよい紳士淑女が手に取る楽器、となりました。この楽器は小型で、ほかの楽器にない技術が要求されるため、作曲するのに深い知識が必要、と考えられています。ギター曲、ことにドイツ歌曲の伴奏楽譜が不足しているのは、おそらくそのためでしょう……。ご要望がありしだい、一週間以内に浄書した楽譜を、お送りします。その報酬として、十フリードリヒスドール（五ターラー金貨十枚）を頂戴《ちょうだい》するとしても、不当な金額ではありますまい。その一部を、そちらが在庫する楽譜の購入費で代える、という決済方法もご検討ください。

少なくとも当時のETAは、ドイツでその十年ほど前から普及し始めた、ギターという楽器にかなりの関心があったようだ。

ETA自身も、どこで手に入れたのか知らないが、今では見かけない風変わりな形の、古びたギターを一台持っていた。ギターというより、ビウエラといった方が正しいかもしれない。今でも、お宅のどこかにしまってあると思うし、あなたも一度か二度は目にしているはずだ。

ギターには通常、裏板の内側に製作者を明らかにする、ラベルが貼《は》ってある。胴の響孔から中をのぞくと、端が欠けた古いラベルが残っており、かろうじてその文字が読み取れた。

〈ステファノ・パチーニ製作、ヴェネチア、一五三二年〉

聞いたことのない製作家だったが、一五三二年に製作されたとすれば、三百年近くも前の作品という、ほとんど骨董《こっとう》的なギターだ。

最近定着してきた、六本の単弦からなるギターではなく、弦はいずれも複弦になっている。大きさは、今のものより二回りほども小さく、しかも胴が細長い。

それでも、なかなかいい音で鳴るギターで、保存状態も悪くない。ETAも、ときどき引っ張り出して、弾いているようだ。

ともかく、そんな具合にETAはなりふりかまわず、音楽を好むバンベルクの上流家庭に、食い込んでいった。

そのETAの前に現れたのが、あなたにとって頭痛の種ともいうべき、例のユリア・マルクという次第だ。

知りたくもないだろうが、先ざきのために二人がどこで、どんな風に出会ったか、ひととおり書き留めておこう——(以下欠落)

［本間・訳注］

前回の報告書に出てきた、エドゥアルト・ヒッィヒについて、補足しておく。

ヒッツィヒは、ホフマンと同じく文筆をよくし、浪漫派の作家群と交流があった。ホフマンを、ヴィルヘルムとフリードリヒのシュレーゲル兄弟、ルートヴィヒ・ティーク、ノヴァーリスらの著作に親しませたのは、ヒッツィヒだった。

ヒッツィヒは、元来ホフマンと同じ司法官だが、のちに書店を経営したほか、出版業にも手を染めている。ホフマンの、最初の伝記作者としても、名を残した。

もっとも、〈ホフマン伝〉の著者吉田六郎は、ヒッツィヒにはホフマンを美化する傾向があるため、そのあたりを割り引いて考える必要がある、と指摘している。

ほかにいくつか、要点を挙げておく。

文中にあるとおり、ホフマンは本記録の筆者に、〈ヨハネス〉と呼びかけている。

しかし通覧したところでは、この人物はファーストネームで呼ばれるだけで、ファミリーネームは明らかにされていない。

ヨハネスという名前は、ドイツでは石を投げればかならず当たる、といわれるほど多い。しかし、ホフマンと関係があって、なおかつヨハネスの名を持つ人物は、さほど多くない。

親しいものの中に、テオドル・ヒペルに次ぐホフマンの親友で、バイオリニスト兼作曲家のヨハネス・ザムエル・ハムペがいる、とする資料もある。しかし、この人物の名はヨハネスではなく、ヨハンが正しい。それに、ハムペはホフマンと住む都市が異なり、常時行動をともにした形跡もない。したがって、この報告書を書いたヨハネス某は、ハムペではない。

留意すべきは、ヨハネスはホフマンの作品にしばしば登場する、楽長クライスラーのファーストネームだ、ということである。

ヨハネス・クライスラーは、広く知られた『牡猫ムルの人生観』や、『クライスレリアーナ』に奇矯の人として描かれ、ホフマン自身の創作上の分身、と見なされている。

とはいえ、ヨハネス・クライスラーはあくまで、作中の人物である。

したがって、もしこの報告者がヨハネス・クライスラーを名乗るなら、それは何者かが隠れみのとして、詐称《さしょう》したとも考えられる。

＊

報告者が、フェルナンド・ソルの名前を挙げて、ギター演奏をよくするところをみれば、この文書の一部の裏にソルの楽譜が書き写されていることと、なんらかの関連がありそうに思われる。

ホフマンが所持するギターの製作者、〈ステファノ・パチーニ〉はあの『牡猫ムルの人生観』の中で、クライスラーが弾くギターの製作者として、名前が出てくる。

ただ、報告書にも指摘されているとおり、この楽器は時代的にギターというよりも、ビウエラと呼んだ方が適切かもしれない。

いずれにせよこの一致によって、クライスラーがホフマンの分身である、との見方が補強されるだろう。

ちなみに、今回登場するギター奏者のフォンターノ、実名フランツ・フォン・ホルバインは、いずれまたホフマンの前に現れ、関わりを持つことになるはずだから、覚えておいてほしい。

*

ついでに、ホフマン夫妻にとってもっとも苦しかった、この第二次ベルリン滞在時の状況を、もう少し詳しく述べておこう。

本文の冒頭にもあるとおり、ホフマンはこの年の春先バンベルク劇場の支配人、ゾーデン伯爵と音楽監督就任の契約を交わした。

ただし、契約の発効日は九月一日で、それまでの半年ほどはベルリンで、食いつながなければならない。しかしホフマンには、ほとんど収入の当てがなかった。報告書にあるとおり、ティアガルテンで旧知の元同僚に出会い、わずかな金を恵まれていたく感激した話は、当時の苦境をよく伝えるものだ。

さらに、そのころの窮状を明らかにするため、ホフマンの一八〇八年五月七日付の、テオドル・ヒペル宛《あて》の手紙を紹介しよう。

わが親愛なる、ただ一人の友よ。

このところ、きみからまったく便りがないのは、どういうわけだろう。こちらは、何もかもが、うまくいっていない。バンベルクからも、チューリヒからもポーゼンからも、一ペニッヒの金すら送ってこないのだ。ぼくは、くたくたになるまで仕事をしているが、体の具合が悪くなるだけで、なんの実入りもない。こんなことを書き連ねたくはないが、ぼくの窮状はもう限界に達している。この五日間というもの、ぼくはパン以外に何も口にしていない。こんな経験は、過去に一度もなかったことだ。

今は、朝から晩まですわったきり、レアル出版社から刊行されるツァハリアス・ヴェルナーの戯曲、『アッティラ』の銅版の原画ばかり、描いている。ぼくが、その全部を描くことになるかどうか未定だが、そうなったら四ないし五フリードリヒスドールは、稼げるだろう。しかし、それも家賃と借金の返済で、消えてしまう。もしできることなら、二十フリードリヒスドールばかり、送ってもらえないだろうか。さもないと、ぼくはどうなるか分からない。

ちなみに、バンベルクの劇場支配人との契約は、すでにサインずみだ。九月一日に就任する予定なので、八月まではベルリンにいなければなるまい。ただ、ぼくの唯一《ゆいいつ》の望みは、一日も早くここを引き払って、バンベルクへ行くことだ。そのためには、旅装を整えなければならないし、何かと金がかかる。自分で稼ぐようになったら、たとえ少しずつでもきみへの借財を、返済するつもりだ。もし、きみのふところに余裕があるなら、さらに二百ターラーほど貸してもらえないだろうか。そうすれば、この苦境を脱するだけでなく、バンベルクへ行くこともできる。

ぼくが、苦境におちいっているからといって、どうか悪く受け取らないでくれたまえ。こんなふうに、きみに窮状を訴えるのがいかにつらいことか、神さまだけが知っているだろう。

それでは、返事を待っている。

死ぬまできみの忠実な友
ホフマン

このような手紙を書くことなど、恵まれた境遇に育ったゲーテのような作家には、想像もつかぬことだろう。

＊

報告者のヨハネスは、当初ホフマンの妻が夫の行動を知りたい、と漏らしたのに応じて、この報告書を作成し始めたことを、におわせている。

しかし、読めばわかるようにこの報告書は、日を追って断片的に記録されたメモではなく、不定期に提出された随想ふうのリポート、というかたちをとる。ときに分断されるものの、時系列に沿った記述が無秩序に続いており、内容的にもその時点でのホフマンの行動よりも、過去の出来事や行動の回想的報告、という意味合いが強い。

報告書、あるいはむしろ手記と呼ぶべきこの文書は、こうした諸《もろ》もろの事情や背景を念頭において、読まれなければなるまい。

10

倉石学と麻里奈は、それぞれ本間鋭太の原稿を、読み終えた。

顔を見合わせ、それから申し合わせたように、古閑沙帆に目を向ける。

麻里奈が先に、口を開いた。

「なんだか、不思議な報告書ね。卒論を書いたときのことを、なんとなく思い出してしまうわ」


「だんだん、内容が専門的になってきた、という感じね」

沙帆が応じると、倉石は麻里奈に尋ねた。

「ここに書かれた、ホフマンの動静というか行動記録、つまり何年何月にどこでどうしたという記述は、史実に合っているのかな」

麻里奈がうなずく。

「細かい年月日はともかく、わたしの記憶する限りではほぼ間違いない、と思うわ。もちろん、知らないことや忘れたことも、あるけど」

それから、沙帆を見て質問した。

「本間先生は、この報告書を書いたとされるヨハネスについて、訳注以外に何か言ってなかった」

記憶をたどる。

「その原稿の内容や形式に関するかぎり、そこに書かれている以上のことは、おっしゃらなかったと思うわ」

麻里奈は、納得のいかない顔をした。

「先生も書いているけど、ヨハネスという名前はドイツでは、そんなに珍しくないはずよね。訳注に書いてある、ハムペとかいう人物以外の友人や知り合いで、ヨハネスという名前の人は、いないのかしら」

「それはわたしより、麻里奈の方がよく知っているんじゃないの」

沙帆が言い返すと、麻里奈は視線を宙に浮かせて、考えるしぐさをした。

それから、あきらめた様子で首を振る。

「思い出せないわ。ヨハンだったら、同時代にフィヒテやゲーテがいるけれど、ヨハンとヨハネスは別だから」

「それじゃ、やはりこれまで知られていない未知の人物、ということになるわね」

「あるいは訳注にあるように、だれかがヨハネス・クライスラーの名を借りて、これを書いたのかもしれないわね」

「どちらにしても、ふだんからホフマンと行動をともにしている人物、と考えていいと思うわ。名前はともかく、そういう人物に心当たりはないの、麻里奈は」

沙帆の問いに、麻里奈はまた少し考えた。

「そういえば、卒論を書くときに参考にした資料の中に、ホフマンがバンベルクで親しくなった、ワイン業者のクンツという人物が、出てきたわ。確かホフマンは、そのクンツの家に入りびたっていたとか、よく一緒にピクニックや狩りに行ったとか、そんなことが書いてあったと思う。なんでもクンツは、私設図書館といってもいいくらい、本をたくさん持っていたらしいの。ホフマンは、ちゃっかりワインと本の両方を目当てに、クンツの家に入りびたったそうよ」

沙帆は、本間の口からクンツの名前を聞いたことを、思い出した。

「最初に、翻訳のお願いにうかがったとき、本間先生からそのクンツのことを、聞いた覚えがあるわ。なんでも、ホフマンの『カロ風幻想作品集』という、最初の作品集を出版した人ですって」

麻里奈が、瞬《まばた》きする。

「ええ、そのとおり。クンツはのちに、出版業もやってたのよ」

「先生は、クンツが出したその本の全四巻を、初版のオリジナルで持っていらしたわ」

沙帆が言うと、麻里奈はほとんどのけぞった。

「ほんと。初版といったら、確か一八一〇年代に出た本よ。ほんとに、そんな貴重書を持ってるの、その先生」

「ちゃんと、見せてくださったわ。革張りで小型の、きれいな本だった」

麻里奈の顔が、疑わしげになった。

「それって、本物かしら。本物そっくりに作った、復刻本じゃないの」

倉石が、口を出す。

「きれいだからって、復刻本とはかぎらないだろう。ヨーロッパじゃ、古い本を革や布できれいに装丁し直す、優雅な習慣があるからね。少なくとも、中身は本物だと思うな。本間先生も、素人《しろうと》じゃないんだから」

麻里奈は手を上げ、それをさえぎった。

「そんなことより、クンツの名前はなんだったかしら。もしかすると、ヨハネスだったかも。だとしたら、これはクンツが書いた報告書、ということになるわよね」

沙帆は、首を振った。

「残念だけれど、本間先生から聞いたクンツの名前は、カール・フリードリヒだったわ」

麻里奈が、肩を落とす。

「そうか、残念」

そのとき、もう一つ記憶がよみがえった。

「それで、思い出したわ。先生の話によると、あの手稿はだれか後世の人が書いた、偽作の可能性もあるそうよ」

麻里奈は愕然《がくぜん》とした様子で、体をこわばらせた。

倉石が、あわてて言う。

「ほんとですか、それは」

二人の反応に、今度は沙帆があわてた。

「いえ、どの古文書にも偽作の可能性はある、という意味でそうおっしゃったんです。何か、それを疑わせるものがあるわけではない、と思います。ごめんなさい、ややこしいことを言って」

麻里奈も倉石も、ほっと肩の力を緩めたが、まだどこか釈然としない様子だった。

少しのあいだ、気まずい沈黙が流れる。

それを振り払うように、倉石が口調を変えて言った。

「そうでしょうね。実際、偽作かもしれないと疑ってるなら、訳注で触れるはずだから」

沙帆は冷や汗をかき、コーヒーカップを取り上げて、一口飲んだ。

すっかり、冷めていた。

倉石が、続けて口を開く。

「ヨハネスがだれかはさておいて、その男はフォンターノというギタリストに、ギターを習ったとか書いてますね。だとすると、本間先生も訳注で指摘しているけど、例の手稿の裏にソルの曲が筆写してあったことも、説明できるんじゃないかな」

話が変わったので、沙帆はほっとした。

「そうですね。わたしも、そう思います」

「だけど、ホフマン夫人に差し出す報告書の裏に、楽譜なんか書き写すかしら」

麻里奈が疑問を呈すると、倉石は指を立てて反論した。

「逆に、楽譜の裏に報告書を書いたとも、考えられるよ。まあ、どちらにしてもいいかげんというか、不自然な感じは免れないな」

沙帆は言った。

「本間先生が訳注に書かれたとおり、この報告書は単純な行動報告とは違う、という気がします。筆者は、ホフマン夫人にご主人の行動を報告するのに、なぜこんな手記や手紙のようなかたちを、とったのかしら。単に、ホフマンの行動をチェックするだけなら、何月何日どこへピアノのレッスンに行ったとか、だれそれとどこそこで食事したとか、箇条書きか短いメモですませるのが、普通ですよね」

倉石がうなずく。

「わたしもそう思う。この内容からすると、日ごとの報告よりは過去のホフマンの活動を、おさらいしているような感じでしょう」

麻里奈は、眉根《まゆね》を寄せた。

「確かに、今のところはそのとおりね。これから、どうなるのかしら」

沙帆も含め、三人そろって考え込んだが、答えが出ない。

やがて倉石が、また指を立てる。

「その話は、それくらいにしましょう。そんなことより、あの手稿はだれの手から古書市場へ流出した、と思いますか。それもよりによって、マドリードの古書店なんかに」

麻里奈が、分かり切ったことだというように、肩を動かした。

「それはホフマン夫人、つまりミーシャ自身が出したのよ。もともと、夫の行動を知りたいと言い出した、張本人なんだから。当然、受け取った報告書をずっと、保管していたはずよね」

「しかし、ご当人がそんなものを簡単に手放す、とは思えないな。おそらく、だれかがミーシャから現物を手に入れて、売り飛ばしたんじゃないか。あるいは、遺族や子孫がそれと知らずに放出したか、そのどちらかだろう」

倉石が、断定的な口調で言うと、麻里奈はこめかみに指を当てた。

「でも、ホフマン夫妻のあいだにいた一人娘は、幼いうちに亡《な》くなったはずよ。遺族とか子孫の話は、少なくともわたしが昔読んだ資料には、載っていなかったと思うわ」

「ミーシャは、八十歳前後まで生きたのよね」

沙帆が確認すると、麻里奈は同じ姿勢で応じた。

「生まれた年は、説がいくつかあって、特定されていないのよ。ホフマンとは、二つ違いから六つ違いまで、ばらつきがあるの。かりに、中を取って三つ違いだとすると、ホフマンが一八二二年に四十六歳で亡くなったとき、四十三歳かそこらよね。ただ、亡くなったのは一八五九年で、こちらは特定されていた。だとすると、ざっと八十歳まで、生き延びたことになるわけね。ただ、ミーシャの周囲にだれか相続人がいたかどうか、少なくともわたしの記憶にはないわ」

ホフマンのこととなると、さすがによく覚えている。

「しかし、ミーシャにも兄弟姉妹がいたかもしれないし、そうなれば甥《おい》や姪《めい》が相続人になることも、ありうるぞ」

倉石が言い、沙帆も付け加えた。

「その甥や姪から、さらに彼らの子供たちの手に渡ることも、考えられるわね」

「そう、そのとおりだ。そういう連中が、たぶん価値も分からずに処分したのが、巡りめぐってマドリードへ流れたわけさ」

麻里奈が、こめかみから指を離して、すわり直す。

「その可能性なら、書き手のヨハネスの遺族や子孫にも、同じことがいえるわ」

「ミーシャに渡したとしたら、ヨハネスの手元には残らないはずだけどね」

倉石の指摘に、麻里奈は唇を引き結んだ。

「なんらかの方法で、回収したかもしれないでしょう」

倉石は腕を組み、ソファの背にもたれた。

「ヨハネスが、ホフマン夫人に報告書を手渡したあと、記憶をたどって自分用にまとめ直した、とは考えられないかな。そのために、報告書じゃなくて回想録スタイルになった、と」

麻里奈が、軽く眉をひそめて、倉石を見る。

「どうして、そんなことをする必要があるの。二重手間じゃないの」

「ホフマンとの交遊録とか、場合によっては伝記、評伝とかいったものを、書こうとしたかもしれないだろう」

「それだったら、ミーシャに読ませたあと手元に回収した方が、よほど楽だと思うわ」

「ああ、そうしたかもしれないな」

倉石はあっさり認め、背伸びして続けた。

「とにかく、なかなか興味深い男ではあるな、このヨハネスとやらは」

その目が、心なしか輝いているような気がして、沙帆は少し胸をつかれた。

逆に麻里奈が、妙にさめた目で倉石を見る。

「あなた、いつからこの古文書の内容に、興味を持つようになったの。楽譜のことしか、頭になかったくせに」

11

どこかとげのある口調に、古閑沙帆はひやりとした。

しかし、倉石学はさほど気を悪くした様子もなく、すぐに応じる。

「それは、この筆者がフォンターノにギターを習ったとか、ホフマンが古いギターを持っていたとか、ぼくの好奇心をくすぐる話が出てきたからさ」

麻里奈の頬がこわばるのを見て、沙帆はすかさず割り込んだ。

「倉石さんは、ステファノ・パチーニとかいう、ヴェネチアの古いギター製作家を、ご存じですか」

麻里奈は、出ばなをくじかれた感じで、開きかけた口を閉じた。

倉石が答える。

「いや、残念ながら、知りません。ヴェネチアに、ヴェネチア派と呼ばれる製作者たちがいた、という話は聞いたことがあるけど」

「それじゃ、ホフマンの創作かもしれませんね」

「さあ、どうかな。ホフマンが、その小説の中でそう書いているなら、実在したんじゃないか、と思いますよ」

少し間をおいて、沙帆は続けた。

「それじゃ、フランシスコ・パヘスという製作家は、いかがですか」

倉石は、驚いたように腕組みを解いて、ソファから背を起こした。

「もちろん、知ってますよ。古閑さんこそ、どうしてパヘスの名前なんか、ご存じなんですか」

そこへ今度は、麻里奈が割り込む。

「ちょっと。どうして話題が、そっちへいってしまうのよ。それとも、パヘスとかいう人がこの件と、何か関係あるの」

沙帆は、麻里奈を見た。

「ごめんなさい、関係なくもないの。実はね、この解読文をいただきに上がったとき、本間先生もギターを弾くことが、分かったのよ。すごく古いギターを持っていらして、それがフランシスコ・パヘスという人の、製作したものなんですって。倉石さんなら、きっと知っているだろうと、そうおっしゃったわ」

倉石は顎《あご》を引き、ごくりと音を立てそうな勢いで、喉《のど》を動かした。

「一応、十九世紀ギターは、わたしの関心分野ですからね。そうか、その先生、ギターを弾くのか。しかも、パヘスのギターを持っている、と」

さも、感に堪えない、という口調だ。

それを見て、沙帆はもう少し驚かしてやろう、という気になった。

「先生はそのギターを、キューバの蚤《のみ》の市で買ったそうですけど、いくらくらいだと思いますか」

倉石は口を引き結び、しばらく考える。

「蚤の市か。その口ぶりでは、だいぶ安く買ったようですね。そう、日本円にしてざっと十万、というところかな」

沙帆は、とっておきの微笑を浮かべ、おもむろに答えた。

「残念でした。最初につけてあった値段は、一万円だったそうです。それを、半分の五千円に値切って、買ったんですって」

倉石は、あっけにとられた顔で、沙帆を見返した。

一呼吸おき、少し意地悪な口調で言う。

「それって、ほんとにパヘスのギターかな。ラベルを見ましたか」

「いいえ、見ませんでした。先生も、ラベルはもとから貼《は》ってなかった、とおっしゃいました」

倉石は、むずかしい顔をした。

「そうか、ラベルなしか。だとすると、逆に本物かもしれないな。偽物《にせもの》だったら、ラベルだけ本物のコピーを貼りつける、という手も珍しくないから」

「先生も本物だ、とは断定していません。ヘッドや装飾の様子からみて、パヘスじゃないかと思う、とおっしゃっただけで」

麻里奈が、乾いた笑い声を上げる。

「なんだ、その程度のことなの。そんなの、証拠にならないわよ。駆け出しの製作家が、パヘスのギターをまねて製作した、偽作に違いないわ」

「でも、とにかく古いギターであることは、確かだったわ。音も古風だったし」

倉石が、好奇心を隠さぬ目で、沙帆を見つめる。

「できれば、この目で見たいものだな」

それを聞くと、麻里奈は露骨にいやな顔をした。

「やめてよ。本間先生とは、あまり関わってほしくないわ」

その話が、好ましくない方向に進まないうちに、懸案の一件を持ち出す。

「一つ、相談があるの。このあいだ、麻里奈から解読のペースを上げてほしい、という注文が出たわよね」

麻里奈は、沙帆に目をもどした。

「それと解読料、翻訳料のこともね」

「ええ。実は本間先生から、自分の希望をかなえてくれたら、解読のペースを上げるのと同時に、その翻訳料もちゃらにしていいという、思いがけない条件を出されたの」

沙帆が言うと、麻里奈は信じられないという顔をして、倉石をちらりと見た。

倉石も、麻里奈を見返す。

それから、半信半疑の面持ちで、沙帆に言った。

「どんな希望なんですか」

麻里奈が乗り出し、強い口調で言う。

「まさか、またあの古文書をただでよこせという、例の話の蒸し返しじゃないわよね。それだったら、お断りよ」

「違うわ」

否定してから、沙帆は慎重に言葉を選んで、先を続けた。

「その条件は、今度来るとき由梨亜ちゃんを連れて来てほしい、ということなの」

いかにも、予想外のことを聞いたという風情《ふぜい》で、倉石は背筋を伸ばした。

麻里奈も、虚をつかれた様子で動きを止め、沙帆を見返す。

「本間先生に、由梨亜のことを話したの」

なじるような口調に、沙帆はちょっとたじろいだ。

「麻里奈のことを話したときに、なんとなく由梨亜ちゃんの名前を、出してしまったの。ごめんなさいね、勝手なことをしちゃって」

さらに、何か言いつのろうとする麻里奈を制して、倉石が口を開いた。

「それはつまり、本間先生が由梨亜に会いたがっている、ということですか」

話を先へ進めて、麻里奈の沙帆に対する腹立ちを抑えようと、助け舟を出してくれた感じだった。

沙帆は、ほっとして応じた。

「そうだと思います。もちろん、それにはそれなりの理由があって」

全部言い終わらぬうちに、麻里奈が割ってはいる。

「ユリア・マルクでしょう」

当然とはいえ、さすがに鋭い。

「ええ。倉石さんに、説明してあげてよ」

麻里奈は、何か言いたげに沙帆を見つめたが、思い直したように倉石に目を移した。

ため息をついて言う。

「今回の報告書の最後に、ユリア・マルクという名前が出てきたわよね」

倉石が、報告書を見直す。

「ああ、これだな。ホフマンの前に、ミーシャの頭痛の種ともいうべき、ユリア・マルクが現れた、というくだりだろう」

「ええ。ユリアは、ホフマンが音楽の家庭教師をしていたときの、生徒の一人なの。次の報告書に出てくると思うけど、ホフマンはそのユリアに血道を上げちゃって、ミーシャを困らせたわけ」

麻里奈の説明に、倉石は首をかしげた。

「血道を上げるって、要するに惚《ほ》れたってことか」

「まあ、そういうことになるわね。ところが、そのユリアというのは、初めてホフマンと会ったとき、まだ十二か十三の子供だったのよ」

「ふうん。で、そのユリアもホフマンに惚れちゃった、というわけか」

麻里奈は、芝居がかったしぐさで、くるりと瞳《ひとみ》を回した。

「とんでもない。いくらなんでも、愛の恋のという年じゃないでしょう。好意を抱いたとしたって、それは単なる先生への尊敬というか、あこがれにすぎないわ。だから、ユリアの母親もまさかと思って、放置したのよ」

倉石が、沙帆に目を移す。

「古閑さんによれば、本間先生はホフマンに傾倒するあまり、自分をホフマンの生まれ変わりだ、と言っている。そういう話でしたね」

「ええ。むろん言葉のあやで、それくらいホフマンを身近に感じている、ということだと思いますが」

倉石は、顎をなでた。

「それで、ホフマンが惚れた少女と同じ名前を持つ、うちの由梨亜に会ってみたいと、そういうわけですね」

「だと思います。どっちにしても、子供っぽい発想ですよね」

冗談にまぎらそうとしたが、倉石は真顔を崩さなかった。

麻里奈を見て、硬い声で言う。

「きみはどう思う」

麻里奈は、少しのあいだ考えを巡らしてから、沙帆に目を向けた。

「本間先生は、なんというか、危ない人なの」

沙帆は答えあぐね、首をひねった。

「危ない、という意味にもよるわね。でも、いわゆる少女愛があるかといえば、ないと思うわ。ただ、母親の麻里奈がホフマンを愛読していて、生まれた娘に由梨亜とつけたことに、興味を抱いたんじゃないかしら」

麻里奈の顔に、あきれたような表情が浮かぶ。

「要するに、わたしがホフマンに心酔していることや、娘の名前が由梨亜だということも含めて、洗いざらい先生にしゃべってしまったわけね。あんまりだわ」

そこまで言われると、さすがに黙っていられない。

「だって、あの古文書を引き渡すとか引き渡さないとか、解読翻訳のスピードを上げてほしいとか、本間先生といろいろ駆け引きをするのに、麻里奈のホフマン好きを説明しなければ、話が進まないじゃないの」

倉石は、不穏な空気が漂うのを感じたのか、おどけた口調で麻里奈に言った。

「きみが、娘の名前を由梨亜にしたいと言ったとき、ぼくにはそんな背景や由来があることを、一言も言わなかったね」

麻里奈は、眉をぴくりとさせた。

「あなただって別に、反対しなかったじゃないの。あなたから、こういう名前はどうかとか、そうした提案もなかったし」

倉石は、軽く肩をすくめた。

「女の子だったから、きみの考えを優先したのさ。それに、由梨亜という音の響きも、字づらも気に入ったからね」

「だったら、文句はないでしょう」

「ああ、別に文句はない」

倉石はあっさり引き下がり、逆に質問した。

「それで、きみの考えはどうなんだ。本間先生に、由梨亜を会わせていいのか」

麻里奈は、ぞっとしない表情を浮かべて、しばらく考えた。

それから、皮肉っぽい口調で言う。

「本間先生が、由梨亜に首ったけにならない、という保証さえあればね」

「それが心配なら、麻里奈も一緒に行けばいいわ。本間先生は、それでもかまわないそうよ。麻里奈と、ホフマンやこの古文書について、意見交換もしたいだろうし」

沙帆が請け合うと、麻里奈はあまり気の進まない様子だったが、それ以上は何も言わなかった。

沙帆は続けた。

「とにかく、何も心配することはないわ。わたしが、一緒に行くんだから」

麻里奈は、眉根を寄せてちょっと考え、それから倉石を見た。

「あなたは、どう思う。わたしは、沙帆に任せるけど」

倉石もうなずいた。

「そうだな。古閑さんがついていれば、別に問題はないだろう」

麻里奈が、沙帆に目をもどす。

「由梨亜を連れて行けば、解読翻訳料を返上してもいい、と請け合ったのよね」

「文書にしてもらった方がいいかしら」

皮肉に聞こえないように、ふだんどおりの口調で言ったつもりだが、麻里奈はきつい目をした。

「そういう言い方は、やめてほしいわ」

「でも、こういう口約束は言った言わないで、もめることが多いから」

言い返そうとする麻里奈を、倉石が手を上げて止める。

「いいじゃないか、そういう言質《げんち》を取ったというだけで。あとは古閑さんに、任せておこうよ」

言いすぎたと思ったのか、麻里奈はすぐに表情を緩めた。

「そうね。由梨亜に会わせるだけで、古文書の解読がスピードアップされるなら、わたしも文句はないわ」

倉石はそれが癖の、指を立てるしぐさをした。

「ただ、ぼくたちだけで決める、というわけにはいかないよ。肝腎の、由梨亜の意見を、聞かなければね」

沙帆は苦笑した。

確かに、それを忘れていた。

12

ポニーテールが、大きく揺れた。

スキップしながら、倉石由梨亜が前を歩いて行く。すらりと伸びた脚に、膝下《ひざした》まである白いハイソックスが、目にまぶしい。

古閑沙帆も子供のころ、よくスキップした記憶がある。

しかし、それはせいぜい小学校までだった、と思う。今どきの女の子は、中学生になってもまだ、スキップするのだろうか。

息子の帆太郎は、由梨亜と同い年の中学一年生だが、小学校のころからスキップなど、したことがなかった。そのかわり、石ころを見つけては蹴《け》り飛ばし、サッカーのまねをしていた。それでしばしば、叱《しか》ったものだった。

由梨亜がスキップをやめて、沙帆の方に向き直る。

そのまま、後ろ向きに歩きながら眉根を寄せ、質問してきた。

「本間先生って、どんな人なんですか」

すぐには答えられず、曇り空に目を向ける。

「なんていうか、ちょっと変わった先生ね。ううん、悪い人じゃないのよ。ただ、変わっているだけ」

「どんな風に」

「そうねえ。自分の好きなことには、わき目も振らずに没頭するけれど、興味のないことには、見向きもしないの」

由梨亜は、足を止めて沙帆が追いつくのを待ち、並んで歩き始めた。

白いセーラーブラウスに、紺のスカートという、夏の制服姿だ。

「でも、人ってみんなそうじゃないかなあ。わたしもそうだし」

思慮深い口調で、独り言のように言う由梨亜を、沙帆は斜めに見た。

「本間先生が好きなことって、すごく狭い範囲に限られているの。それ以外は、ほとんどのことに、興味がないのよ」

「ふうん。言ってみれば、仙人みたいな人かしらね」

おとなびた口調に、沙帆は笑った。

「そうね、それがいちばん、当たっているかもね」

「ホフマンていう、ドイツの作家の研究者でしたよね」

「まあ、それ専門というわけじゃ、ないけれど。でも、ホフマンなんて、聞いたことなかったでしょう」

「知りませんでした。ええと、ドイツの作家で読んだ覚えがあるのは、グリム童話を別にすれば、ゲーテとシラーだけ。ヴェルテルと、ウィリアム・テル。テルテルね」

あっけらかんとした口ぶりだ。

先週、二回目の解読原稿を届けた日に、由梨亜が帰宅するのを待ち、本間鋭太に会ってもらえないか、と打診したのだった。

由梨亜は、同席した倉石学と麻里奈の意見も聞かず、すぐにオーケーした。

本間がどういうタイプの人間で、何ゆえに会わなければならないのか、聞こうともしなかった。

麻里奈が、そばからそれを指摘して念を押すと、由梨亜は即座に応じた。

「別に、聞かなくてもいいよ。古閑のおばさまと一緒なら、吸血鬼ドラキュラと会うのだって、平気だもん」

その妙な理屈に、みんな笑ってしまった。

「でも、吸血鬼ドラキュラに会ったら、血を吸われちゃうわよ」

「だいじょうぶ。前の晩に餃子《ギョーザ》を食べて、ニンニクのにおいで撃退しちゃうから」

「それじゃわたしは、十字架をかついで行くわ」

沙帆が茶々を入れたりして、話はそのままスムーズに決まったのだ。

順番が前後したが、あらためて由梨亜に本間の人柄を伝え、会いたがっている理由を手短に、説明した。

ホフマンについても、ひととおり話して聞かせた。

麻里奈の話では、まだ幼いころ由梨亜に自分の名前の由来を、聞かれたことがあったらしい。

ただ、子供にはむずかしすぎると思って、詳しくは話さなかったという。由梨亜も、そんな質問をしたことを、覚えていなかった。

都営地下鉄大江戸線の、牛込柳町《うしごめやなぎちょう》駅から外苑東通りを北へ歩き、寺の手前の細い道を右へ曲がって、奥のアパートメントへ向かうところだった。

横手の寺の本堂は、近代的なコンクリートの建物に変わってしまい、周囲をマンションに囲まれている。

その奥に、突然異次元に迷い込んだように、〈ディオサ弁天〉の古い建物が現れた。

由梨亜は、ほとんど言葉を失ったように、門柱の手前で立ちすくんだ。

「どう。古風な建物でしょう」

声をかけると、われに返った様子で、こくりとうなずく。

「ええ。でも、人が住んでるんですよね」

「もちろん。間口は狭いけれど、中はけっこう広いのよ」

腕時計を確かめると、約束の時間までまだ五分あった。

鉄柵《てっさく》を押しあけ、ガラス戸の玄関にはいって、いつもの洋室に上がる。

並んで長椅子《ながいす》にすわると、由梨亜が心配そうにささやいた。

「こんにちはも言わずに、勝手に上がっていいんですか」

「だいじょうぶ。そういう約束になっているの。あと二、三分したら本間先生が、はいってらっしゃるわ。でも、びっくりしないでね。わりと、ユニークなファッションだから」

沙帆が言うと、由梨亜は急に不安に襲われたように、ぴたりと体をくっつけて、すわり直した。

ほどなく、廊下を派手に踏み鳴らしながら、本間がやって来る気配がした。

由梨亜が、無意識のように沙帆の左肘《ひじ》に、つかまる。

引き戸が、がたぴしと大きな音を立てて開き、本間がはいって来た。

由梨亜は、大砲で撃ち出されたように立ち上がり、沙帆もそれに引きずられて、腰を上げる。

戸を閉じた本間は、紺地に赤い青海波《せいがいは》を浮き出させた、作務衣《さむえ》風の上下を身につけていた。裾《すそ》の方は、足首で絞り込んである。

いつもの、奇異な色の組み合わせの服よりはましだが、それでもどこか場違いな雰囲気が漂った。

本間が向き直るより早く、由梨亜がぺこりと頭を下げる。

「はじめまして。倉石由梨亜です。よろしくお願いします」

本間は、いかにもわざとらしく顎を引き、胸をそらして由梨亜を見た。

「おう、きみが由梨亜くんか。本間鋭太です。来てくれて、ありがとう」

沙帆が、一度も受けたことがないような、愛想のよい挨拶《あいさつ》だった。

「まあ、おすわりなさい」

そう言って、ソファに飛び乗る。

新たに解読、翻訳したらしい原稿の束が、膝の上に載っている。

それを見て、沙帆はとりあえずほっとした。由梨亜を連れて来た以上、手ぶらでは帰れない。

二人が、向かいの長椅子にすわると、本間は沙帆に指を振り立てた。

「畑のかぼちゃみたいに、そこにすわり込んでいちゃいかん。キッチンに、グレープフルーツジュースがある。それを由梨亜くんに、持って来てやってくれたまえ。きみとぼくは、お茶でいいから」

「はい」

あわてて、また立ち上がったものの、二人だけにしてだいじょうぶか、と一瞬迷う。

本間が、さらに指を振り立てる。

「さあさあ、行った行った。コップも用意してあるし、湯も保温ポットにはいっとる。五分とは、かからんぞ」

その程度の時間なら、だいじょうぶだろう。

それにしても、由梨亜効果はたいしたものだ。

これまで、一度として耳にしたことのない、〈ぼく〉などという若やいだ一人称が、本間の口から出るとは、想像もしなかった。

洋室の戸をあけたままにして、狭い廊下を小走りにキッチンへ急ぐ。

小ぶりの、ダイニングテーブルの上に、本間の言ったとおりのものが、並んでいた。

ジュースのわきにグラス。

保温ポットの横には、急須《きゅうす》と湯飲みと茶筒。

クッキーがはいった菓子椀《わん》も、置いてある。

沙帆は手早く茶をいれ、用意された一式をトレーに載せて、キッチンを出た。

まだ廊下にいるうちに、洋室から由梨亜の明るい笑い声が、聞こえてくる。

中にはいると、本間が興奮した面持ちで沙帆を振り仰ぎ、唾《つば》を飛ばしながら言った。

「いや、驚いた。由梨亜くんは、国文法をよく身につけているぞ。まだ、中学一年生だそうだが、たいしたものだ」

唐突に、国文法の話が出てきたことに、面食らう。

沙帆が、トレーを置いてすわるなり、本間はメモ用紙を突きつけてきた。

そこには、本間らしい癖のある字で、こう書いてあった。

米洗ふ　前○ほたるの　二つ三つ

本間が、興奮した口調で言う。

「だれの句かはともかく、国文学者でその一句を知らぬやつは、もぐりだといわれるくらい、有名な文法問題だ。その○のところに、もっともふさわしいと思う助詞を一字、入れてみたまえ」

いきなりの注文に、沙帆は困惑した。

「わたし、国文法は学生のころから、大の苦手だったんです」

「いくら苦手でも、ドイツ語文法ほど苦手ではあるまい。当てずっぽうでもいいから、答えるんだ」

そこまで言われれば、拒否するわけにいかない。

本間の口ぶりでは、由梨亜はすでにこの問題に、正解を出したようだ。

中学生に、負けるわけにはいかない。むらむらと、対抗心がわいてきた。

本間が、由梨亜にジュースをすすめて、自分も茶に口をつける。

沙帆は、メモ用紙に視線を据えて、真剣に考えた。

見るかぎりでは、答えは〈に〉か〈へ〉しかあるまい。

まず、〈に〉はおもに場所、帰着点を表す助詞で、動きに乏しいから却下する。

一方、〈へ〉は移動の方向を示す助詞なので、蛍がどこからか飛んで来た、という動きが感じられる。

思いきりよく、沙帆は言った。

「米あらう、前へほたるの、ふたつみつ」

本間が、口元になんともいえぬ、微妙な笑みを浮かべる。

「ちなみに、由梨亜くんは最初、こう答えた。米あらう、前にほたるの、ふたつみつっ」

沙帆は、肩の力を抜いた。

やはり、すなおに〈に〉でよかったのか、と思う。

しかし、本間は続けた。

「由梨亜くんの答えは、俳句の弟子が師匠に差し出した、自作の句だ。師匠は、これでは躍動感がないと言って、もう一考するようにすすめた。そこで、弟子は今一度苦吟したあげく、助詞の〈に〉を〈へ〉に入れ替えた。きみの答えは、弟子が手を入れ直したもの、ということになる」

少し、ほっとする。

「それで師匠は、手直しされたものを見て、なんと言ったのですか」

「前よりはよくなったが、まだ最上とはいえない。そう言って、師匠はさらにそこに、直しを入れた。どう直したか、分かるかね。由梨亜くんは、ぼくが最初の答えにだめを出したら、きみの答えを一挙に飛び越して、正解を言ったぞ」

あらためて、メモ用紙を見直す。

しばらく見つめていると、はっと気がついた。

なるほど、○にはいるべき候補が、もう一つある。

「米あらう、前をほたるの、ふたつみつ」

本間が、ソファにすわったまま満足そうに、足をばたばたさせる。

「そう、〈を〉が正解だ。〈を〉とすれば、蛍が前後左右に飛び交う情景が、浮かんでくるだろうが」

言われてみれば、確かにそのとおりだ。

日本語の助詞に、そのような微妙な使い分けがあるとは、考えたこともなかった。

沙帆は、由梨亜を見た。

「由梨亜ちゃん、よく分かったわね。学校で習ったの」

「はい。五葉学園の、古文の先生が助詞を一つずつ、詳しく教えてくれるんです。〈に〉と〈へ〉についても、〈に〉は英語でいえば〝to〟で、〈へ〉は〝for〟だとか」

「へえ、いい先生ね」

　本間が、もっともらしく、口を挟む。

「翻訳にも、そういう細かい配慮が、必要なのだ。ただ、辞書を見て言葉を移し替えればいい、というものではない。表現は違っても、どの言語にもほぼ同じことを意味する、言い回しがある。たとえば、“Birds of a feather flock together.”という諺《ことわざ》には、〈類は友を呼ぶ〉という諺が対応するだろう」

「はい。それも、英語の時間に習いました」

　由梨亜の返事に、沙帆は思わず顔を見直した。

　中学一年生で、もうそこまで習うのかと、感心する。やはり、名門と呼ばれる私立女子校は、ものが違う。

　本間は、さらに続けた。

「それなら、“Nothing ventured, nothing gained.”はどうかね」

　さすがに由梨亜も、今度は首を横に振る。

　本間の目が、自分に移ってきたので、沙帆は緊張した。

「危ない橋を渡らなければ、何も得ることはできない、という意味ですよね」

「そうだが、それは直訳にすぎん。ドイツ語なら、“Wer nicht wagt, der nicht

gewinnt.〟だ。覚えておらんのかね」

そう言われて、思い出した。

「ええと、虎穴《こけつ》に入らずんば虎子を得ず、でしたっけ」

本間は、うれしそうにうなずいた。

「そのとおり。例外もないではないが、外国語のある表現に対応する、同じニュアンスの日本語表現が、かならずあるものさ。それを見つけるのが、翻訳の仕事なんじゃよ」

ようやく〈じゃよ〉と、いつもの本間節が出てきたので、沙帆は笑いを嚙《か》み殺した。

本間が突然、話題を変える。

「ところで、由梨亜くんは学校で何か部活を、やっているのかね」

本間の口から、〈部活〉などという学生用語が出ると、どこか場違いな感じがする。

前置きなしの質問にも、由梨亜は動じなかった。

「はい。音楽部で、フルートを吹いています」

本間は、おおげさに顎を引いた。

「フルートか。ギターは、やらんのかね。お父さんは確か、ギターの先生だと聞いたが」

由梨亜が、困った顔をする。

「お父さんに習うのは、あんまり」

そこで言いさすと、本間はソファの肘をつかんで、体を乗り出した。

「ギターに、興味がないというわけでは、ないいんだろう」

由梨亜は、こくりとうなずいた。

「もちろん、嫌いじゃありません。小さいときから、お父さんのギターを聞いて、育ちましたし」

「一度も、弾いたことはないのかね」

「ええと、だれもいないとき、たまにレッスン室にはいって、こっそり弾いたりします」

その話は、初耳だった。

もしかすると、倉石も麻里奈も知らないのではないか、という気がする。

本間は、ソファの背に体を預けて、そろえた両手の指先を顎に当て、思慮深い顔つきで言った。

「奥のぼくの書斎に、ギターが置いてある。ちょっと、弾いてみる気はないかね」

沙帆は驚き、由梨亜を見た。

由梨亜の顔に、興味の色が浮かぶ。

「おじさんも、ギターを弾くんですか」

おじさんと呼ばれて、本間はくすぐったそうな顔をした。

由梨亜はすぐに気がつき、ちろりと舌を出して謝った。

「すみません」

「いいんだよ、おじさんで。おじいさん、よりはましだからな」

「分かりました、本間先生」

本間は鼻の下をこすり、話を先へ進めた。

「ぼくのギターは、ひょっとすると由梨亜くんのお父さんより、うまいかもしれんぞ。

聴きたいかね。奥に二台あるから、一緒に弾くこともできるぞ」

由梨亜が、少し上気した顔で沙帆に目を向け、急《せ》き込むように言う。

「聴かせていただいても、いいですか」

「そうねえ」

沙帆は短く応じ、考えを巡らした。

麻里奈の、不安そうな顔が浮かんできて、躊躇《ちゅうちょ》する。

いくら、ホフマン気取りの本間でも、由梨亜によこしまな考えを抱くことなど、ありえまい。考えすぎも、いいところだ。

由梨亜は、ホフマンとユリアの関係について、麻里奈からざっと説明を受けている。子供とはいえ、ホフマンのユリアに対する心情が、なまなかのものでないことくらい、見当がついたはずだ。

ただ、今の本間に何か怪しげな雰囲気は、感じられない。

ギターが二台あるなら、ここへ持って来てもらって、二人で弾けばいい。それなら、何も問題ないだろう。

本間が、膝においた原稿の束をテーブルに置き、沙帆に指を突きつける。

「ほんの、十分か十五分だよ、きみ。ぼくたちが、奥でギターを弾いているあいだに、この原稿を読んでくれればいい。感想も、聞きたいからな」

そう言って、ぴょんとソファから立った。

由梨亜も、つられたように、腰を上げる。

沙帆は、ぼくたちという本間の言葉に、なんとなく引っかかった。

それにこの部屋ではなく、奥で弾くことに決まったような案配に、つい口を出しそびれる。

しかも、由梨亜の目が妙にきらきらしているのに、いささかたじろいだ。

しかし、もはや二人を止めることは、できそうもない。

「あまり、時間をとらないようにね」

それだけしか言えず、あとは言葉をのみ込んだ。

二人が部屋を出て行くと、沙帆は大きく息をついて、不安を振り払った。

原稿を取り上げ、読み始める。

13

【E・T・A・ホフマンに関する報告書・三】

――一八〇八年十月、バンベルク劇場での指揮者デビューに失敗したETAは、座付作曲家に格下げされたこともあって、ほかの収入の道を探さなければならなかった。劇場主だった、ゾーデン伯爵《はくしゃく》の後任、ハインリヒ・クノとの関係が、悪化したからだ。

ETAは、座付作曲家の地位に甘んじることで、かろうじて劇場との関係を維持しながら、主たる収入の道を音楽教師の仕事に求めた。プライドの高いETAにとって、これは屈辱的なことだったに違いないが、生計を維持するためにはしかたがなかった。

豊かな音楽の知識に加え、知性と才覚と話術を縦横に駆使して、ETAはバンベルクの上流社会に、食い込んだ。

あなた（ミーシャ）も知るとおり、ETAの出入り先、教え子には次のような人びとがいた。

まず、シュテファン・フォン・シュテンゲル男爵。

この男爵の知己を得たことが、ETAに上流社会への道をつけた、といってよい。

ヘンリエッテ・フォン・ローテンハン伯爵夫人と、その五人の娘すべて。

元バイエルン政府首相、フィリップ・アダム・テオドーリの娘、エリーゼ。

シャルロッテ・フォン・レドヴィッツ男爵夫人。

ちなみに男爵夫人は、ETAについてこう言った。

「彼には、通常の声楽のレッスン料のほかに、才気煥発《かんぱつ》で楽しいおしゃべりに対しても、報酬を払うべきだわ」

まさに、そのとおりだと思う。

そして、問題のユリアがいる。

ユリアネ・エレアノラ・マルク、通称ユリアは、フランツィスカ・マルク領事夫人、通称ファニーの長女として、一七九六年三月十八日に生まれた。

下に、二歳年下の妹ヴィルヘルミネ、三歳年下の弟アウグストがいる。

ETAが、ユリアと初めて出会ったのは、バンベルク劇場での不幸なデビューから、一カ月ほどあとのことだった。

なりたての声楽の生徒、地方管轄局《かんかつきょく》顧問官カール・ハインリヒ・フックスの夫人、マリア・ヨハンナ・フリーデリケが、自宅で茶会を開いた。

あなたは来られなかったから、当然ご存じないだろうと思うが、ユリアが母親のマルク夫人と、その茶会に呼ばれていたのだ。

ユリアは、そこで参会者の求めに応じて、歌曲を一つ披露した。何を歌ったかは、覚えていない。

ただ、歌い終わったとたんに、部屋の隅で聞いていたETAが、ユリアのそばに駆け寄った。まるで、猟師目がけて突っ込む猪《いのしし》そこのけの、すごい勢いだった。

ETAは、ユリアに言った。

「すばらしい！　歌唱力も声も、文句のつけようがない！　まるで魂を、わしづかみにされるようでした！」

そんなことを、興奮した面持ちでまくし立てるものだから、マルク夫人も周囲にいた人たちも、あっけにとられたほどだった。

しかし、いちばん驚いたのはもちろん、当のユリアだったと思う。なぜならユリアは、まだ十二歳の少女にすぎなかった。当然、見た目も振る舞いもまことに奇矯な、その上二十歳も年上の男性から、そうした手放しの称賛を受けたことなど、なかったに違いない。

ＥＴＡは、周囲の驚きと好奇の目を意にも介さず、マルク夫人に急き込んで言った。

「奥さん。ユリア嬢には、たぐいまれな歌の才能が、おありです。奥さんは、お嬢さんに今後どのような音楽教育を、施すおつもりでしょうか」

そのとき、すでにＥＴＡはバンベルクの人びとのあいだに、よくも悪くも名が知れ渡っていた。むろんマルク夫人も、ＥＴＡの評判を耳にしていたはずだ。

おそらく喜びと当惑で、夫人は複雑な表情をこしらえながら、答えた。

「特に、考えていることは、ございませんわ。ユリアは歌が好きで、こうした集まりで歌うのを、楽しみにしているだけでございます」

ＥＴＡは、おおげさに両腕を広げて、天井を仰いだ。

「なんと！　もったいない！　惜しい！　これほど豊かな資質と才能を、単なる茶会の座興に供するだけで、満足しておられるとは！　どうでしょう、奥さん。もし、わたしを信頼してお任せいただけるなら、お嬢さんにちゃんとした声楽のレッスンを、してさしあげましょう。お嬢さんは、まだまだ伸びる可能性を、秘めています。わたしには、その可能性を引き出してみせる自信が、ここにあります」

そう言って、自分の胸を拳《こぶし》でとん、と叩《たた》いた。

ETAは、もともと声楽や器楽を含む音楽全般に、非常に厳しい尺度、規範を持っていた。このように、だれかを手放しでほめるのは、めったにないことだった。

すぐには返事ができず、とまどっているマルク夫人に、フックスの夫人マリアが、声をかけた。

「ファニー、ホフマン先生にお任せしたら、どうかしら。ホフマン先生が、優れた音楽教師であることは、一生徒としてわたしが保証します。わたしと違って、ユリアはまだまだ若いわ。これからいくらでも、才能を伸ばすことができるでしょう。あるいは、プロのオペラ歌手に、なれるかも」

「まあ、そんな」

マルク夫人は顔を赤らめながら、しかしまんざらでもなさそうにユリアを見て、その意向を尋ねた。

「あなたの気持ちはどうなの、ユリア」

ユリアは、恥ずかしそうにもじもじしながら、こくりとうなずいた。

「ミンヒェンと一緒なら、喜んで教えていただきます」

ミンヒェンとは妹の、ヴィルヘルミネのことだ。

夫人は、ちょっと眉《まゆ》を曇らせた。

「でも、ミンヒェンは歌よりもピアノの方に、夢中だから」

それを聞いて、ETAが割ってはいった。

「いっこうにかまいませんよ、奥さん。わたしはピアノも、そしてギターも、教えています。最近のピアノは、音量も大きくなりましたし、音質も向上しています。これまで、音楽教育の基本はバイオリンでしたが、これからはピアノが中心になるでしょう。ユリアさんには、声楽だけではなくピアノの基礎も、学んでいただきたい」

そのあと、ETAはみずからモーツァルトのオペラ、『後宮からの誘拐《ゆうかい》』のベルモンテのアリアを、歌ってみせた。

あなたもご承知のとおり、ETAはあの小柄な体にも似ず、すばらしい声量を持つテノールの歌い手で、これが彼の手に娘をゆだねようという、マルク夫人の気持ちを固めさせたのだ。

こうしたいきさつから、ETAはユリアの音楽教師になったのだった。――（続く）

［本間・訳注］

ここで息抜き、というといささか不謹慎かもしれないが、そのころ日本はどんな時代であったか、書き留めておくのも無駄にはなるまい。

十九世紀初頭の日本は、江戸末期に差しかかったところで、明治維新の六十年ほど手前、という時代に当たる。

ホフマンが、バンベルクで不本意なデビューをしたころ、日本では異国船が前触れなしに近海に現れ、長年にわたる鎖国政策をおびやかしていた。太陽暦一八〇八年十月四日（日本では文化五年八月十五日）には、英国軍艦フェートン号がオランダ国旗を掲げて、長崎に強行入港した。オランダ商館員を人質に取り、不法不当な要求を突きつけるなど、狼藉《ろうぜき》を働いて二日後に長崎を去る。

在勤の長崎奉行、松平図書頭《ずしょのかみ》康英はその責任をとって、切腹した。

時のオランダ商館長は、ヘンドリク・ドゥーフ、『ドゥーフ・ハルマ』で知られる、あのドゥーフである。

――あなたがたまたま、置き放しにされたＥＴＡの日記を読んで、ユリアへの穏やかならぬ恋情に気づいたのは、それほど古いことではない、という。

日記に、初めてユリアの名前が現れたのは、あなたたちがバンベルクに来た翌年、一八〇九年五月二十一日の書き込みだった、と聞いたのを記憶している。

ポーランド生まれのあなたは、ドイツ語がよく理解できないばかりでなく、ETAが外国語を自由奔放に遣って書くため、分からないことだらけだったに違いない。確かに、ETAがラテン語やイタリア語、ギリシャ語などを入れまぜれば、それを理解するのは不可能だろう。

ただ、日記にはユルヒェン(ユリアちゃん)・マルクと、愛称ながら本名が書いてあった、とあなたは言った。

それ以外で、その日の書き込みについて分かったことは、ユリアがある音楽会で初舞台に立ち、喝采《かっさい》を博したという事実だけだったはずだ。

その音楽会のことは、わたしも顔を出した覚えがあり、記憶に残っている。

レーゲンスブルクなど、バンベルクに近いいくつかの都市で、多くの市民がナポレオン戦争のあおりを受け、着の身着のままで焼け出された。そうした被災者に、義援金を送ろうという趣旨で、その音楽会が開かれたのだった。

そこに、ユリアが出演したわけだ。

ユリアは、出演者の中でも別して若く、聴衆の拍手がいちばん多かった。ＥＴＡが、わざわざそれを日記に書き留めたのも、無理はないだろう。

逆算すると、その音楽会から三週間前の五月一日に、あなたたち夫妻はツィンケンヴェルト五〇番に、転居した。そこは、ＥＴＡと因縁浅からぬバンベルク劇場の、斜め向かいの家だ。一階と二階に大家の一家が住み、三階と屋根裏をあなたたちが借りた、と聞いている。

外から見るかぎり、縦に細長い古い建物だ。

ＥＴＡによると、狭い上に天井が斜めに切られた屋根裏部屋を、寝室にしているそうではないか。ＥＴＡは、そこをポエーテン・シュテュープヒェン（詩人の部屋）、と呼んでいると言った。いかにも、ＥＴＡらしいユーモアだ。

バンベルク劇場に隣接して、〈薔薇《ば ら》亭〉と称するレストランがあり、ＥＴＡはそこの常連客になった。わたしもその一人だが、あなたもときどきＥＴＡに同行するから、よく知っているはずだ。

ＥＴＡはビールも飲むが、もっとも愛飲するのはポンチ（ワイン、ブランデー、ラム酒などにレモン汁、砂糖、炭酸水などを混ぜて作った混合酒）だった。あなたは、ＥＴＡのために作ることは作るが、ほとんど酒類を口にしないから、知らないだろう。

ETAは、あなたが作るポンチがいちばんうまい、と言っている。

外で飲むとき、ETAはワインの量を多くするので、かなり強い酒になる。その酒を、高さ一フィート近い陶製ジョッキで、浴びるほどがぶがぶ飲むのだから、酔わないわけがない。

ちなみにこの年の二月、ETAはバンベルクの名士会、〈ハルモニー協会〉への入会を果たした。

この協会は、アダルベルト・フリードリヒ・マルクス博士（ユリアの母、マルク夫人の義兄に当たる人だ）が主宰する、名門の社交クラブだ。これによって、ETAもバンベルクの名士として、正式に認められたことになる。

それをきっかけに、音楽教師の仕事がしだいに増えたわけだが、それはあなたに言うまでもないこと、と思う。

ETAはいつも、あなたに家計の苦労をさせることを、すまながっていた。それがいくらかでも、解消される方向へ向かったのだから、悪いことではない。

何度も書くが、ETAにとっていちばんだいじであり、もっとも才能があると自負するものは、音楽だった。

文学に色気を示すのは、音楽で世に認められぬいらだちから、といってもいいのではないか。自分の音楽が、思うように受け入れられないために、音楽を文学の手法で表現しようという、二次的な考えが浮かんだのだろう。

あなたが読んだかどうか知らないが、ETAが一八〇九年の一月に〈AMZ（一般音楽新聞）〉に送った、『騎士グルック』という短編小説が、二月十五日付の同紙に掲載された。

それを読んだとき、ETAはこう言っていた。

「どうも、こうして印刷されてみると、自分の手で書いたものとは、思えないね」

むろん、大きな喜びを押し隠しての、言葉だろう。

すでに死んだ作曲家、グルックを巡るこの幻想的な小説は、ETAの音楽への永遠の憧憬と、現今の音楽に対する幻滅を吐露した、一種の音楽評論とみることができる。

もしあなたが、印刷されたフラクトゥール（亀甲文字）を読めるなら、ぜひお読みになるようにお勧めする。そうすれば、ETAという音楽家の本質について、何かしら得るところがあるはずだ。

さらにETAは、この作品の掲載を決めた同紙の編集長、フリードリヒ・ロホリッツから、これからときどき音楽評論を書いてみないか、と言われて大いに乗り気になった、とも言った。

ロホリッツは、ETAの執筆活動に力添えする、という約束を守ったのだ。音楽小説や音楽評論を書くことで、みずからたのむ音楽によって世に出られぬ憂《う》さを、少しでも晴らすことができるなら、それはそれでけっこうではないか。

話を変えよう。

バンベルクに来てからできた、ETAの新しい知り合いが何人かいる。カール・フリードリヒ・クンツもその一人だ。

クンツは、一八〇九年夏のある晴れた日の午後、ブークでハインリヒ・クノにETAを紹介された、と公言している。

ブークは、あなたもETAとときどき訪れる、バンベルクの南のきれいな町だ。

クノは、すでに書いたとおりゾーデン伯爵から、バンベルク劇場の経営を一時引き継いだ、ただの大根役者にすぎない。

つまり、ブークもクノも実在する町であり、人物なのだが、そんなかたちでETAがクンツに引き合わされた、というのは事実ではない。――（続く）

［本間・訳注］

ブークは、バンベルク市内をつらぬくレグニッツ川に沿って、三十分ほど南へ歩いたところに位置する、行楽地である。市内からブークへの道は、自然の景観をよく残した森の中を、川沿いに延々と続いている。バンベルクの元行政長官、シュテンゲル男爵はその森の一角を、〈魅惑の園〉としてきれいに造成した、という。ブークはホフマンの、お気に入りの場所だった。ミーシャや、クンツらの知人と、しばしばピクニックに行ったり、ヨハン・シュトリーゲルのレストランで、会食したりした。

この道筋は、現在も十分にその面影を、残している。

——クンツは、一七八五年生まれと聞いているから、ETAと知り合ったときはそろそろ、二十代半ばに差しかかるところだった。つまり、まだ尻《しり》に卵の殻をつけたような、若者にすぎなかった。

とはいえ、なかなか商才に恵まれた男とみえ、ワインの販売業者としてそこそこに、羽振りのいい暮らしをしていた。

商売人らしく、人当たりがよくて快活な性格だが、やや山師的な言動が目につく。そのため、付き合いを避ける人もいた。

あなたも、ETAを通じてクンツ夫妻を知っているから、あまり批判めいたことは言いたくない。しかし、一応心得ておくべきことは、伝えておきたい。

クンツは、虚言癖があるとまでは言わないが、自分の判断に絶対的な信頼を置き、たとえそれが間違っていようと、容易に誤りを認めない気性の持ち主だ。

年のわりに髪が薄く、かっぷくがよいといえば聞こえはいいが、太っているために腹が突き出し、暑苦しい印象を与える。とにかく、あなたもクンツをよくご存じだから、彼がどのような人物か、お分かりのはずだ。

ＥＴＡとクンツが、初めて顔を合わせたのは実のところ、バンベルク劇場に接する〈薔薇亭〉でのことだった。

あれは、一八〇九年三月下旬だった、と記憶する。

劇場がはねたあと、ＥＴＡとわたしが〈薔薇亭〉で食事をしていると、少し離れた席にいた二人連れの男女が、ちらちらとこちらを見るのに気がついた。男の方が問題のクンツで、女の方はあとで夫人のヴィルヘルミネ、通称ミンナと分かった。

ミンナは、夫と釣り合わないほどすらりとした、とびきりの美女だった。あなたには悪いが、ＥＴＡもわたしと話をしながら、ちらちらと盗み見していたくらいだ。

そのとき、わたしたちはこの店の自慢の料理、ウズラのワイン煮に取り組んでいたのだが、ミンナに見とれるあまり味も何も分からず、気がつかないうちに食べ終わってしまった。

耻ずかしながらわたしは、用を足すのもがまんしていたことを思い出し、急いで席を立った。

ほどなく、手洗いをすませて廊下に出ると、そこでクンツが待っていた。

クンツは、もみ手をせんばかりにしてわたしに近づき、みずからワイン販売業者のクンツだ、と名乗った。

「もしや、あなたがご一緒されている紳士は、かの有名な音楽家のホフマン氏ではありませんか」

わたしがそのとおり、有名な音楽家のホフマン氏であると答えると、クンツは太った体をくねらせるように、左右に揺らして言った。

「たいへんぶしつけなお願いですが、わたしをホフマン氏に紹介していただけませんか。わたしは、ワインを売るだけでなく、書物の収集家でもありまして、いろいろとお役に立てる、と思うのです」

ワインと本と聞いて、それならＥＴＡも興味を持つだろうと考え、紹介してあげましょう、と請け合った。

テーブルにもどると、クンツが美しい夫人をせかすように、席にやって来た。

わたしはETAにクンツを紹介し、クンツはETAに自分の商売を告げた。

ETAは、立ち上がってクンツと握手を交わし、夫人の手に唇を押しつけた。

給仕に、近くの椅子《いす》を持って来させ、二人をすわらせた。

腰を落ち着けると、クンツは言った。

「わたしは、商売柄いろいろな人と、お付き合いがありましてね。作家の得意先も、何人かおります。たとえば、フリードリヒ・リヒター氏も、その一人です」

その名前を聞いて、妻のミンナに気を取られていたETAが、あわててクンツに目をもどした。

「なんと。フリードリヒ・リヒターというと、あのジャン・パウル氏のことですか」

クンツが、得意げに腹を突き出す。

「そうです。そのジャン・パウル氏です」

あなたも、名前くらいは聞いたことがあると思うが、ジャン・パウルはETAより十三歳年長の、すでに歴としたキャリアを誇る作家だ。

ETAが、一瞬言葉を失うのを見て、クンツは続けた。

「機会をみて、ジャン・パウル氏をあなたに紹介することも、できると思います」

ETAの顔に、複雑な表情が浮かぶ。

もしかすると、あなたはご存じないかもしれない。

実はETAは、あなたと結婚する五カ月ほど前の、一八〇二年の二月に一歳年上のいとこ、ヴィルヘルミネ・デルファと交わした婚約を、一方的に破棄しているのだ。ヴィルヘルミネ、つまりミンナはクンツ夫人と同じ名前なのだが、ドイツ人の名前は種類が少ないから、混乱しないでいただきたい。

ともかく、この婚約破棄はあなたと知り合ったため、といってよいと思う。

なぜここで、そんな話を持ち出したかというと、このミンナの親しい友だちに、カロリーネという女性がいた。

カロリーネは、親友のミンナに対する、ETAの一方的な婚約破棄に、ひどく腹を立てた。実をいえば、このカロリーネ・リヒターなる女性こそ、話に出たばかりのジャン・パウルの、妻なのだ。

もし二人が会うと知ったなら、カロリーネは夫にETAの仕打ちを告げ、辛辣《しんらつ》に批判するだろう。それが、ジャン・パウルにどんな影響を及ぼすか、知れたものではない。

そうした危惧《きぐ》が、ただちにETAの頭をよぎったことは、確かだと思う。

しかし、ETAはすぐさま表情を緩め、何食わぬ顔で応じた。

「そうですな。機会があれば、ぜひそうしていただきたい。それはさておき、あなたがワインを扱っておられる上に、書物の収集家でもいらっしゃるとは、まことに興味深い。今後ともぜひ、ご昵懇《じっこん》に願いたいものです」

「いや、こちらこそ。わたしの書庫に、どのような本をそろえたらよいか、いろいろとアドバイスをいただけたら、と思います」

「その方面でしたら、お役に立てるでしょう」

ETAの顔色を見て、わたしは彼の考えていることが、すぐに分かった。

ETAの狙《ねら》いは、クンツの書庫にすでに集められた本、そして今後集められるであろう本と、ワインに違いないのだ。それに、あえて申し上げておくが、夫人のミンナに対する興味も、少なからずあったと思われる。

クンツが、ETAと初めて会った時と場所、引き合わせてくれた人物について、なぜ偽りを言ったかは、分からない。わたしの耳にはいるまい、と考えたとすればあまりにも愚か、としか言いようがない。

ここで、一つだけ念を押しておこう。

上に書いたとおり、クンツ夫人のミンナは美しい人であるが、あなたほどではない。

また、ミンナという名前がかつての婚約者と同じだ、という事実もETAにはなんの感慨も、与えまい。

つまりETAが、クンツ夫人に心を動かされるのではないか、という心配は少なくとも当面、まったく無用であることを、申し上げておく。

あなたが、もしほかの女のことで不安を覚えるとすれば、その相手はやはりユリアであろうし、それはもっともなことと思われる。

14

解読原稿をそろえて、テーブルに置き直す。

古閑沙帆は、すっかり冷えてしまったお茶に、口をつけた。

奥の方から、かすかなギターの音が、聞こえてくる。原稿を読んでいるあいだ、それはほとんど途切れることがなかった。レコードやCDでないのは、ときどき同じフレーズが繰り返されることで、それと知れた。

単純な音階や、簡単なアルペジオの練習がほとんど、と思われる。

本間鋭太がひとまず弾いてみせ、そのあとを倉石由梨亜がついていく様子が、なんとなく目に浮かんだ。

別に、心配するほどのことは、なかったようだ。

ただ、由梨亜が本間と二人きりでギターを弾いたと知ったら、倉石夫婦がどんな反応を示すか分からず、それだけが少し気がかりだった。倉石学はともかく、麻里奈はきっと目に角を立てるに、違いない。

そろえた原稿に、目をもどす。

今回は、E・T・A・ホフマンとユリア・マルクの出会い、それにカール・フリードリヒ・クンツとの出会いが、おもなテーマだった。

沙帆もこのところ、修盟大学での授業の合間に独文科の研究室、図書館などでホフマン関連の文献を探し、目を通すようにしている。

しかし、日本語の文献は非常に限られており、ドイツ語の原書もたいした資料は、見つからなかった。その中で、参考になったのはドイツ文学者吉田六郎の、〈ホフマン伝〉くらいのものだった。

この評伝は、未訳のドイツ語のホフマン研究書や日記、書簡集を丹念に読み解いて書かれた、かなりの労作だ。吉田は、この本で東京大学の博士号を取った、という。

残念ながら、それら文献資料の原書はほとんど収蔵されておらず、吉田の研究をあとづけることはできなかった。

麻里奈は、卒論にホフマンを選んだくらいだから、そうした資料のうちいくつかは、持っているかもしれない。しかし、沙帆の口から貸してほしいとは、言い出しにくかった。

ホフマンが、初めて出会ったときのユリアは、まだ十二歳の少女にすぎなかった、という。つまり由梨亜と、ほぼ同じ年齢だったわけだ。たいした符合ではないが、ただの偶然にしては、できすぎている。

それにしても、ホフマンとクンツが〈薔薇亭〉とやらで会ったとき、その場に居合わせたこの報告書の書き手、ヨハネスなにがしという男は、いったい何者なのだろう。

たとえ無名にせよ、ホフマンとどういう関係にある人物なのか、無性に知りたくなる。

原稿を読むにつれて、沙帆は麻里奈にひけをとらぬほど、ホフマンに対する興味が深まるのを、自覚せずにはいられなかった。

ふと気がつくと、いつの間にかギターの音が、やんでいる。

反射的に、壁の掛け時計を見上げた。

本間と由梨亜が、奥へ姿を消してからすでに三十分以上も、時間がたっていた。

本間は、ほんの十分か十五分、と言ったのだ。

心配になって、沙帆が長椅子から立ち上がったとき、廊下に足音が響いた。足音は、二つだった。

もどって来たと分かり、ほっとしてすわり直す。

引き戸が勢いよく開き、本間が先にはいって来た。その後ろから、由梨亜が上気した顔をのぞかせ、ぺろりと舌を出してみせる。

本間はソファに、どしんと飛び乗るようにすわって、人差し指を振り立てた。

「由梨亜くんは、才能があるぞ。何より、女の子にしては指の力が、抜群に強い。ちゃんとやれば、男の子に負けない弾き手になるだろう」

由梨亜は、長椅子の後ろを回って、沙帆の隣に腰をおろした。

沙帆を見て、息をはずませる。

「本間先生って、すごいんですね。さっきおっしゃいましたけど、ほんとうにうちのお父さんより、うまいかも」

由梨亜がいつも、沙帆のことを〈おばさま〉と呼びながら、自分の父親を〈父〉ではなく、〈お父さん〉と呼ぶのがやや意外だった。

とはいえ、その子供っぽさがほほえましく、新鮮に感じられる。

本間は、まんざらでもなさそうに笑って、鼻の下を指でこすった。

「さっきのは冗談だよ、きみ。プロとアマの差は、歴然としておるよ」

沙帆は口を開いた。

「ずいぶん熱心に、レッスンしてらっしゃいましたよね、先生。ほんの十分か十五分、とおっしゃったのに」

皮肉を言うと、本間はわざとらしく頭を掻《か》いてみせ、弁解がましい口調で応じた。

「いや、すまん、すまん。由梨亜くんの才能に驚いて、つい時間がたつのを忘れたのさ。やはり血は争えぬ、ということかな」

由梨亜が、膝を押しつけてくる。

「ね、おばさま。先生はすごいギターを、持ってらっしゃるんですよ。フランシスコ・パヘスという、昔の人が作ったギターなんですって」

「そのギターなら、わたしも前に見せていただいたわ。いろいろ装飾を施した、骨董《こっとう》品みたいなギターでしょう」

「ええ。でも、すごく古風で、上品な音が出るんです。お父さんが弾いたら、きっとほしがると思うわ」

「たぶんね。お父さんは、本間先生がキューバの蚤《のみ》の市で安く買った、と知ったら驚いていたわ」

本間が割り込む。

「ラベルは貼《は》ってないが、音や仕上がり具合からしてパヘスと思われる、というだけのことさ。わしがそう言った、という話はしなかったのかね」

「もちろん、しました。でも、由緒《ゆいしょ》ありげな古いギターにはよく、名の知れた製作家の偽《にせ》ラベルを貼る、といういんちきがあるらしいんです。それを考えると、逆にラベルがないのは、本物の証拠かもしれない、と言われました」

本間は苦笑した。

「なるほど、ものも考えようだな」

由梨亜が、興味深そうに聞く。

「もし、本物のパヘスだとしたら、どれくらいするんですか」

「めったに市場に出ないから、ぼくにも見当がつかんな。しかし、あれだけ状態や音質がよければ、たとえパヘスでなくても、百万はくだらぬだろう」

由梨亜は、体を引いた。

「へえ、そんなにするんですか」

沙帆も、あの古いギターにそんな値がつくとは、信じられなかった。

バイオリンなら、その値段よりゼロが二つ多いものもあるから、それに比べれば安いといえる。しかし、あんな古びたギターに百万円も払う物好きが、いるだろうか。

沙帆の顔色を読んだように、本間が指を立てて言う。

「あの種の古楽器には、値段などあってないようなものだ。興味のない人間は、十万円でも買わないだろうし、喉《のど》から手が出るほどほしい人間は五百万、一千万でも出すだろう。もちろんそんな物好きは、めったにいないがね」

由梨亜は沙帆を見て、あきれたと言わぬばかりに、肩をすくめた。

もっとも、倉石ならそうした物好きのうちに、はいるかもしれない。現に、パヘスの名前を聞いたとき、目の色が変わったからだ。

かりに、例の古文書と引き換えに譲ると言われたら、倉石は一も二もなく応じるに違いない。

もっとも、麻里奈がうんと言えばの話だが、おそらくその可能性はないだろう。

本間が沙帆を見て、口調をあらためる。

「ところで、原稿を読んでくれたかね」

「はい、拝読しました」

「それで、感想は」

沙帆は少し迷い、当たり障《さわ》りのない返事をした。

「毎回興味深く、読ませていただいています」

本間が、眉根を寄せる。

「そんなことは、分かっとる。今回の原稿は、どこがどうおもしろかったのかを、聞いとるんじゃよ」

いつもの、本間節が出た。

とはいえ、どうも由梨亜と話すときは〈ぼく〉〈だ〉、沙帆と話すときは〈わし〉〈じゃ〉と、使い分けているような気がして、おもしろくない。

それかあらぬか、由梨亜もとまどったように顎《あご》を引き、本間を見つめる。

本間は、ばつの悪そうな顔をして、また鼻の下をこすった。

「まあ、ホフマンの生涯を知らなければ、この手記のどこがおもしろいのか、分かるまいがな」

その言い方に、むらむらと負けぬ気が、頭をもたげる。

「わたしも、この解読の中継ぎを引き受けてから、ホフマンのことをいくらか勉強しました。麻里奈さんほどではないですが、一応の知識は持っているつもりです」

「といったところで、せいぜい吉田六郎のホフマン伝を、読んだ程度じゃろう」

図星を指されて、沙帆は一瞬鼻白んだ。

「独文学者が書いた資料は、ほかにあまりないようなんです。ドイツ語のホフマン伝の訳書も、ザフランスキーとベルゲングリューンくらいしか、ありませんでした。原書を収蔵している図書館、資料館はきわめて数が少ないですし」

「言い訳は、聞きたくない。このご時世だから、インターネットで原書を取り寄せることも、むずかしくあるまいに」

かちんとくる。

「でも、わたしは別にホフマン研究の専門家、というわけではありませんから。麻里奈さんなら、かなり持っておられる、と思いますが」

聞いていた由梨亜が、口を出す。

「わたしが中学に上がる少し前に、お母さんはドイツ語の本をだいぶ、処分したみたいです。だんだん、家が狭くなるから、と言って」

「そう。でも、しかたないわね。由梨亜ちゃんも、大きくなったし」

本間が、いらだった口調で、割り込む。

「それはともかく、古閑くん。ほかに何か、感想はないのかね」

「感想というか、いつも拝読するたびに思うのは、この報告書というか手記というか、これを書いたのはだれか、ということなんです。前にも申し上げましたけど、先生にはもう書き手がだれか、分かってらっしゃるんじゃありませんか。最後まで、目を通されたはずですし」

「ヨハネスなにがし、という名前は分かっとる。しかし、そのときも言ったとおり、わしにもなじみのない人物でな」

どうも、本音とは思えない。

「後世の、いかさま研究者による偽作かもしれない、ともおっしゃいましたよね」

「うむ。偽作ではないにせよ、ホフマンをよく知る同時代の人物が、別名を使って書いた可能性も、否定はできぬだろう」

「当時、この手記に書かれているほど、ホフマンと親しい付き合いのあった人物は、今回出てきたクンツくらいだ、と承知しています。それとも、ほかにまだだれか、いたでしょうか」

「いたかもしれんし、いなかったかもしれん。しかし、問題はこれを書いたのがだれか、ということではない。重要なのは、ここに書かれていることが、事実かどうかという点じゃよ」

そのとき唐突に、外の廊下から猫の鳴き声が聞こえ、沙帆はぎくりとした。

由梨亜も、背筋をしゃんと伸ばす。

本間は、あわてて壁の時計を見上げ、ソファから飛びおりた。

「おっと、忘れておった。ミルクをやる時間だった」

沙帆はあわてて、聞き返した。

「ミルクって、猫のですか」

「さよう。そろそろ、腹をすかせるころじゃ」

そう言って、戸口へ向かう。

初めて聞く話に、沙帆はちょっと焦《あせ》った。

「あの、猫を、飼ってらっしゃるんですか」

本間は振り向かず、指だけぴんと立てた。

「飼っているわけじゃないが、ムルのやつは毎日ミルクを、せがみに来るんじゃよ」

もう一度驚いて、顎を引く。

「ムル、という名前なんですか」

本間は引き戸をあけ、首だけ振り向けた。

「そのとおり。ミルクをやったら、会わせてやってもいいぞ。会ってみるかね」

沙帆は、とっさに応じた。

「はい、ぜひ」

本間が出て行くと、由梨亜が聞いてくる。

「どんな猫かしら」

「どうせ、どこかで拾ってきた、捨て猫でしょう」

つい、憎まれ口が出た。

由梨亜が、首をひねる。

「ムルなんて、へんてこな名前ですね」

「実はホフマンが、ムルという名前の牡猫《おすねこ》を、飼っていたの」

説明すると、由梨亜はなるほどというように、うなずいた。

「ふうん。そのまねをしたんですね」

「ええ。ホフマンは、その猫をモデルにして、本も書いているわ」

「どんな本ですか」

「『牡猫ムルの人生観』というタイトル。ムルが書いた自伝、という設定の小説よ」

由梨亜は顎を引き、せわしげに瞬《まばた》きした。

「猫が書いた自伝ですか。変な小説ですね」

「そう、変な小説。ムルが自伝を書くにあたって、ヨハネス・クライスラーという人物の伝記本の、あちこちのページを破いて下敷きにしたり、吸い取り紙に使ったりしたものだから、その二つが一緒くたに印刷されてしまったわけ。途中で、話があっちこっち前後するという、とにかくややこしい小説なの」

由梨亜はおとなっぽく、くるりと瞳《ひとみ》を回してみせた。

「でも、猫のくせに人生観なんて、おもしろいですね。猫生観なら、分かるけれど」

つい、笑ってしまう。

「そう言われれば、そうね。ドイツ語の原題は、『レーベンスーアンズィヒテン・デス・カーテルス・ムル（Lebens-Ansichten des Katers Murr）』、つまり『牡猫ムルの生活と意見』なの。それを、最初に訳した人が〈人生観〉としたから、それで定着したのでしょうね。その方が簡潔だし」

「ふうん。そのモデルが、ホフマンの飼い猫のムル、というわけですね」

「ええ。それにしてもホフマンは、妙なことを思いついたものよね」

由梨亜が、形のいい眉をきゅっと寄せて、思慮深い顔をする。

「でも、猫が書いた本といったら、夏目漱石の『吾輩《わがはい》は猫である』と、一緒じゃないですか。どちらが、先なのかしら」

沙帆は、天井へ目を向けた。

「確か、『牡猫ムル』が一八二〇年前後、『吾輩』が一九〇〇年代の初めごろだった、と思うわ」

由梨亜も、同じように天井を見上げて、少し考えた。

「だとしたら、ホフマンの方が八十年くらい、早いわけですね。漱石がまねした、ということですか」

大胆な意見に、苦笑してしまう。

「漱石の時代には、この本はまだ翻訳されていなかった、と思うわ。単なる、偶然の一致でしょう。ただ、『吾輩』の後ろの方にちょっと、『牡猫ムル』に触れた箇所があるの。書いている途中で、漱石先生もそういう小説が存在することを、小耳に挟んだみたいね」

「へえ。『吾輩』とその『牡猫ムル』、読み比べてみようかな」

「それはいいけど、『牡猫ムル』は手ごわいわよ」

沙帆が言ったとき、外の廊下に足音がした。

15

開いた戸口から、本間鋭太がはいって来る。

腕いっぱいに、大きな猫を抱いていた。

古閑沙帆は、その猫の予想外の大きさに、たじろいだ。

倉石由梨亜も驚いたらしく、沙帆の肘《ひじ》をぎゅっとつかんでくる。

頭から尾の先まで、黒と濃灰色の珍しい縞《しま》模様におおわれた、不思議な猫だった。

頭は小ぶりだが、尾が異常なほど長い。ほとんど、胴体と同じくらい、ありそうだ。先の方が、丸く大きな輪になったり、逆にまっすぐ伸びたりと、それ自体が別の生き物のように、自在に動く。

目は、これまためったに見ない、青みがかった金色だった。これが人間なら、日本人ではなく碧眼《へきがん》の外国人、というところだろう。

「あの、ずいぶん、りっぱな猫ですね」

それしか、言葉が出てこない。

「見た目がりっぱなだけではない。このムルは、ホフマンのムルほど教養はないかもしれんが、音楽に対する好奇心だけは、負けておらん。わしが、ピアノやギターを弾いていると、いつの間にか窓の外に寝そべって、聞いとるんじゃよ。こいつには、音楽が分かるのさ」

本間は、瞳をきらきらと光らせて、そう言った。

どうやら、本気でムルが音楽を理解する、と信じている風情《ふぜい》だ。笑うわけに、いかなくなる。

「でも、まさかホフマンのムルのように、本を読んだり字を書いたりすることは、できませんよね」

これ以上はないくらい、まじめな顔で聞いてみた。

本間も、まじめな顔でムルの顔を眺め、もっともらしく応じる。

「それは、なんとも言えん。わしも今のところ、そうした現場を目撃しておらんからな」

まるで、ムルが読み書きするところを、自分の目で確かめずにはおかない、と言いたげな口ぶりだ。

本気なのか冗談なのか、分からなくなる。

由梨亜が隣で、くすりと笑った。

本間は、それに気づかなかったか、気づかなかったふりをして、ムルを抱き直した。戸口へ向かい、ムルを廊下に放す。引き戸を閉じて、ソファにもどった。

沙帆はふと、ムルが大きく見えたのは、本間の体が小さかったからだ、ということに思い当たった。

ムルは、通常の猫より多少大きいかもしれないが、それほど大きいわけではなかった。

由梨亜が、口を開く。

「黒と灰色の縞の猫なんて、初めて見たような気がします。あんな珍しい猫なのに、野良猫なんですか」

「首輪がない、という意味では、そうなるな」

本間の返事に、由梨亜はませたしぐさで腕を組み、独り言のように言った。

「うちで飼えないかしら」

沙帆は驚いた。

「マンションは、ペット禁止のはずよ」

「ううん、うちのマンションはペット、オーケーなんです。もちろん、細かい規則はありますけど」

それは、知らなかった。

「でも、お母さんがうん、と言うかどうか」

沙帆が念を押すと、由梨亜は肩を落とした。

「そうですね。お父さんはともかく、お母さんは猫が嫌いだし」

話題を変えようと、沙帆は本間に目をもどした。

「そうそう。今回の解読原稿に関して、もう一つお尋ねしたいことが、ありました。よろしいですか」

本間は、目をぱちぱちとさせた。

「いいとも。なんでも聞いてくれたまえ」

「本文じゃなくて、先生が挿入された訳注のことなんです。今回、ホフマンと同時代の日本について、言及されていますね」

「ああ、あれか。ホフマンの時代は、日本でいえば十九世紀初頭の、江戸末期に差しかかったころ、というくだりだな」

「あの訳注は、どういう狙いというか、意味があるのですか。確かに、興味深いエピソードですけれども、ホフマンとは別に関係ないのではないか、という気がしますが」

遠慮なく言うと、本間は両手の指先をきちんとそろえ、唇に当てた。

「むろんホフマンとは、なんの関係もないさ。しかし、ホフマンが生きていた時代に、日本でどんなことがあったか、あるいはどんな人物が活躍していたか、知りたいとは思わんかね、きみ」

その説明には、どこか取ってつけたようなところがあり、何か釈然としないものを感じる。

　しかし、そんなことはおくびにも出さず、沙帆はお義理で応じた。

「もちろん、興味はありますが」

「いつの時代も、一つの国だけに目を向けていたのでは、何も見えてこんぞ。物事というものは、常にグローバルな視野で観察しなければ、本質に迫ることができぬ。ホフマンとゲーテ、フィヒテ、ベートーヴェン、カントらは年齢こそ違え、みな同時代の人びとだ。ドイツだけではない。フランスにはシャトーブリアン、スタンダール。ロシアには、プーシキン。アメリカには、ワシントン・アーヴィング。イギリスにはワーズワース、ウォルター・スコット、ジェーン・オースティン」

　そこで言葉を切り、本間が由梨亜に指を振り立てる。

「由梨亜くんは、聞いたことがあるかね、こういった連中の名前を」

　由梨亜は、またぺろりと小さく舌を出してから、悪びれずに首を振った。

「名前にはみんな、聞き覚えがあるような気がしますけど、どういう人か知っているのはゲーテとベートーヴェン、それにアーヴィング、スコットくらいです。後ろの二人は、小学生のとき『リップ・ヴァン・ウィンクル』と、『アイヴァンホー』を読んだことがあるので」

本間は、いかにも意にかなったという様子で、うなずいた。

沙帆に目を移し、偉そうな口調で言う。

「では、この時代に日本で活躍していた人物を、だれか挙げてみたまえ」

今度は歴史の試験、ときたか。

いやみの一つも言いたかったが、由梨亜の手前、そうするわけにもいかなかった。

考えていると、本間がせかしてくる。

「ホフマンが雌伏していた、一七九〇年代から一八一〇年代にかけての時代は、日本でいえば寛政から享和《きょうわ》、文化のころじゃよ」

じゃよ、と言われてもすぐには、出てこない。

しかし、寛政とくればとりあえず改革、と言葉が思い浮かぶ。

「松平定信《さだのぶ》の時代ですね」

本間が、鼻で笑う。

「それくらいは、だれでも知っとるだろう」

小ばかにされたようで、さすがにむっとした。

「その前後の文人といえば、大田蜀山人《しょくさんじん》、十返舎一九《じっぺんしゃいっく》、曲亭馬琴《きょくていばきん》あたりでしょうか」

ぶっきらぼうに答えると、今度は本間も満足そうに、うなずいた。

「まあ、きみの世代で思いつくのは、そんなところだろう。欲を言えば、上田秋成《あきなり》をあげてくれても、よかった。時代は少しさかのぼるが、ホフマンとは生きていた期間が三十年以上、重なっておる。作風もいくらか、似ているからな」

なるほど、上田秋成か。

秋成の作品は、学生のころ『雨月物語』くらいしか、読んだ覚えがない。おおむね、怪談奇談のたぐいだったと思うが、ほとんど忘れてしまった。

とはいえ、物語のタイプから言えば確かにホフマンと、共通点がありそうだ。

ふと、『雨月物語』の中に出て来た、美しい女の話を思い出す。

題は忘れたが、男に惚《ほ》れた蛇が美女に化身してつきまとい、災いを及ぼす話だった。

化生のものと分かっていながら、その美女に魂を奪われる男のありさまが、ユリアにのめり込んでいくホフマンの心情と、重ならないでもない。

気持ちを切り替え、沙帆は言った。

「今度のお原稿に、ユリアの名前が初めて、日記に現れた日のことが、出ていましたね。この報告書の書き手が、日記を盗み読みした奥さんから聞かされた、というかたちで」

本間はすわり直し、重おもしくうなずいた。

「さよう。バンベルク時代の、一八〇九年五月二十一日の日記だ」

「ホフマンが、ユリアのレッスンを引き受けてから、六カ月くらいあとのようですが」

「うむ。その日、戦災復興支援のための慈善音楽会で、ユリアが初舞台を踏んだ。それを聞いたホフマンは、わが教え子の歌にいたく感じ入って、その感激を書き留めたわけさ」

「そのときの記載では、ユリアを愛称のユルヒェンで呼んでいるだけで、偽名や記号を使っていませんね。このころの、ホフマンのユリアに対する気持ちは、まだそれほどではなかった、ということですか」

本間がおおげさに、肩をすくめてみせる。

「まあ、そういうことじゃろうな」

「では、いつごろからユリアへの執着が始まったか、分からないのですか」

「ある程度、推測はできる」

「その報告書ではなく、ホフマンの日記を克明に調べてみれば、分かるのではないでしょうか。確か、ホフマンの日記は活字になっている、と聞きましたが」

本間は、しぶしぶのように、うなずいた。

「ああ、日記も手紙も、復刻されておる。ただ日記は、書かれなかったか紛失したか分からんが、ところどころ抜けているんじゃ。バンベルク時代でいえば、一八〇八年と一八一〇年は、まるまる抜けておる。一八〇九年も、ユリアにからむ記載はさっきの初舞台の日と、九月三日にマルク家のユリアら三人の子供たちの、肖像画を描く仕事に着手するというメモの、二つしかない。一八一〇年を飛ばして、翌一一年の一月からにわかに、ユリアの記載が多くなる。ホフマンは毎日のように、マルク家へレッスンに行っとるんだ」

「ユリアのことを、本名で書いているのですか」

「ユルヒエンと書くこともあれば、アルファベットでカー・ファオ・ハー（K.v.H.）と書くこともあった」

「カー・ファオ・ハー。なんの略ですか」

「ケートヒエン・フォン・ハイルブロン（Käthchen von Heilbronn）の略じゃよ」

虚をつかれて、沙帆は顎を引いた。

「それはクライストの、『ハイルブロンのケートヒェン』のことですか」

「いかにも」

本間は、格式ばった口調でそう言い、満足そうに笑った。

沙帆はそれが、ホフマンより一歳年下の浪漫派作家、ハインリヒ・フォン・クライストの傑作戯曲の一つだ、と承知している。

どんなにはねつけられ、足蹴《あしげ》にされても、これと決めた男を慕い続ける、服従の権《ごん》化《げ》のような少女、ケートヒェンを描いたものだ。あまりにもマゾヒスティックなので、かつて読んだときにとてもついていけない、と思ったのを覚えている。

「クライストは自分の婚約者、ヴィルヘルミネにそうあってほしいと思い、そのように教育しようとしたが、結局はうまくいかなかった。それで、婚約を解消してしまったのさ。そのあたりは、ホフマンと共通点がある」

「ホフマンは、ユリアをそのケートヒェンに、なぞらえたわけですか」

「さよう。クライストが、この作品を書いたのは一八〇七年から、九年にかけてのことだった。初演は翌一〇年の三月、ヴィーンで三日間行なわれたという。活字になったのは、その秋とされておる。ホフマンはおそらく、それを読んでケートヒェンを知った、とみてよかろう」

「彼女の頭文字を、自分が心をひかれる女性の略称にするとは、ホフマンもよほどその作品を高く評価した、ということでしょうか」

「もちろん、そうだろう。現にホフマンは、翌一一年十一月二十一日にクライストが自殺する少し前、バンベルク劇場でこの戯曲を上演しておる」

初めて聞く話に、沙帆は呆然《ぼうぜん》とした。

なるほど、ホフマンとクライストは同時代の作家だし、大ざっぱに分類すれば二人とも浪漫派、ということになる。しかし、いわゆる浪漫派のノヴァーリス、ティーク、シュレーゲル兄弟などとは、だいぶ趣を異にする。

沙帆の考えを読んだように、本間が口を開く。

「ホフマンとクライストは、いずれも時代的に浪漫派に分類されることが多いが、むしろその後の写実派の露払い、と見るべきじゃろう。むろん、二人のあいだには共通点もあるが、それを上回る相違点があると理解せねばならん」

「共通点が、あるでしょうか」

沙帆があえて疑問をぶつけると、本間は人差し指を振り立てた。

「あるとも。たとえば、自殺願望じゃ」

「自殺願望。クライストは、現に自殺していますから、分かります。でも、ホフマンに自殺願望が、あったでしょうか」

「残された日記を精査すると、それをほのめかす記述がある。ホフマンは、おそらくミーシャに読まれるのを恐れて、知られたくないことをギリシャ語、ラテン語、イタリア語で書いた。あるいは、めんどうな表現を簡略化するために、マークや絵言葉で記入したりしている。グラスの絵は飲酒。蝶々はおそらく、ユリア。そして、ピストルの絵がある。これは、自殺願望を表しているというのが、おおかたの見解じゃ」

そこでちょっと、会話が途切れる。

それまで、黙って二人のやりとりを聞いていた由梨亜が、おずおずと口を開く。

「すみません、おばさま。そろそろ、帰らないと。お母さんが、心配しますから」

沙帆はわれに返り、反射的に壁の時計を見た。

ほどなく、午後五時になろうとしている。本間と由梨亜が、ギターを弾いていたこともあるが、つい長話をしたのがいけなかった。

「ほんとね。もう、失礼しないと」

沙帆は、本間の原稿をそろえ直し、トートバッグにしまった。

「それではまた、来週の金曜日にうかがいます」

沙帆が腰を上げると、由梨亜も一緒に立ち上がる。

「ギターを教えていただいて、ありがとうございました」

そういって、ぺこりと頭を下げた。

本間は、ソファからぴょん、と飛びおりた。

胸をそらし、ほとんど身長の変わらぬ由梨亜を、そっくり返って見る。

「いやいや、ぼくも久しぶりにギターのレッスンをして、楽しかったよ。教わりたくなったら、また古閑くんと一緒に来たまえ」

「はい。それじゃ、失礼します」

アパートを出て、地下鉄の牛込柳町の駅へ向かう。

由梨亜は顔をうつむけ、歩きながら言った。

「おばさまに、お願いがあるんですけど」

「何よ、あらたまって」

沙帆は、わけもなく不安を覚えて、由梨亜の顔をのぞき込んだ。

由梨亜が、下を向いたまま続ける。

「きょう、わたしが本間先生にギターを教わったこと、お父さんにもお母さんにも、黙っていてほしいんです」

ほっとした。

実は沙帆も、そのことを両親に報告しないように、由梨亜に因果を含めるつもりだったのだ。

ことに、母親の麻里奈はいろいろな意味で、本間に警戒心を抱いている。

たった一人で、由梨亜に本間のレッスンを受けさせた、と知ったらたちまち頭に血がのぼり、何を言い出すか分からない。

倉石学にしても、由梨亜が父親たる自分を差し置いて、他人にギターを習ったと分かったら、おもしろくない気分になるだろう。

沙帆は歩きながら、由梨亜の肩を抱き寄せた。

「だいじょうぶよ。ギターのことは、お父さんにもお母さんにも、言わないことにする。だから由梨亜ちゃんも、黙っていなくちゃだめよ。もししゃべったら、わたしがお母さんに、叱《しか》られるから」

由梨亜が、胴に回してきた腕にぎゅっと、力を込める。

「分かりました」

「でも、由梨亜ちゃんがときどき、お父さんのレッスン室にもぐり込んで、ギターを弾いていたとはね」

由梨亜は、含み笑いをした。

「いつか、お父さんをびっくりさせてやろう、と思って」

それから、沙帆を見上げて続ける。

「そのことも、黙っていてくださいね」

16

電車に乗る前、古閑沙帆は倉石麻里奈に、電話を入れた。

遅くなったことをわび、今から由梨亜をマンションへ送って行く、と伝える。

これまで、沙帆は決められた金曜日の午後、本間鋭太から解読原稿を受け取ったあと、まっすぐ北区神谷の自宅に帰っていた。

夜のうちに原稿に目を通し、自分用のコピーを取る。麻里奈に手渡すのは、おおむね翌日土曜日の午後か夕方、と決めてあった。

しかしこの日は、由梨亜を本間の家に連れて行ったので、自宅へ送り届けなければならない。

麻里奈は、夕食を用意しておくから食べていかないか、と言ってくれた。

「倉石は、母親のところへ行っていてね、一緒に晩ご飯食べてくるんだって」

以前、麻里奈から聞かされた話では、倉石学の母親玉江《たまえ》はまだ七十代半ばだそうだが、京王線の柴崎《しばさき》にある老人ホームに、はいっているという。詳しくは知らないが、認知症に起因する記憶障害が、進んだためらしい。

沙帆は、自宅にいる義母のさつきにも、電話をかけた。帆太郎と二人で、夕食をすませてもらえないか、と頼む。

死んだ息子にもまして、孫のめんどうをよくみるさつきは、二つ返事でオーケーした。

地下鉄の大江戸線、南北線を乗り継いで、本駒込の〈オブラス曙〉に着いたときは、そろそろ六時に近かった。

ダイニングルームのテーブルで、手作りのビーフシチューを一緒に食べながら、麻里奈が由梨亜に本間の印象を聞く。

由梨亜は、視線だけ上に向けて、少し考えた。

「別に、悪い人じゃないよ。ちょっと変わったおじいさん、ていうか、おじさんね。ご隠居さんみたいな、紺地に赤い波の模様の服を着ていた」

「青海波の作務衣《さむえ》ね」

沙帆が補足すると、麻里奈は眉根《まゆね》を寄せた。

「ふうん。沙帆が言っていた、いつものピエロ・ファッションとは、だいぶ違うわね」

「由梨亜ちゃんに会えるというので、地味な作りにしたんでしょう」

由梨亜が、くすりと笑う。

「あれで、地味なんですか」

麻里奈は、そのあとも根掘り葉掘り、由梨亜に質問した。

由梨亜はいやがる顔も見せず、母親の問いにきちんと答えた。

少し、あてがはずれたように、麻里奈が念を押す。

「本間先生は、ホフマンとユリアのこと、話さなかったの」

由梨亜は、スプーンを宙に浮かせたまま、小さく肩をすくめた。

「先生とおばさまが、いろいろと話をしてらっしゃったけど、よく分からなかった」

麻里奈が、沙帆に目を移す。

「どんな話をしたの」

「今度の原稿のことで、感想を言ったり疑問点をただしたり、いろいろよ」

麻里奈の眉が、ぴくりと動いた。

「沙帆はその場で、原稿を読んだの」

ひやりとする。

由梨亜が、本間とギターを弾いているあいだに読んだ、とは言えない。

「どうしても感想が聞きたい、とおっしゃるものだから」

麻里奈の顔に、好奇心が表れる。

「何か、新しい発見があった、ということかしら」

「さあ。それは、麻里奈に読んでもらわなくては、分からないわ」

麻里奈が続けようとしたとき、由梨亜が割り込んできた。

「本間先生は、猫を飼ってるんだよ。ムルっていう」

不意打ちを食らったように、麻里奈はスプーンの手を止めた。

「ムルですって」

「そう。ホフマンも、同じ名前の猫を飼ってたんですってね。それに、ムルが書いたという自伝の話も、おもしろかった」

麻里奈は口を閉じ、少しのあいだ考えていた。

結局、由梨亜に悪い影響を与えるものではない、と判断したらしい。

口調を変えて聞く。

「それでその猫、どんな猫だったの」

「どんな猫って」

言葉に窮したかたちで、由梨亜が沙帆に目を向ける。

しかたなく、助け舟を出した。

「黒と濃い灰色の、段だら縞の猫よ。しっぽが長くて、胴と同じくらいあるの」

「大きさは」

「抱いていた本間先生が小柄なので、最初はずいぶん大きく見えたけれど、普通の猫よりちょっと大きめ、という感じね」

麻里奈はスプーンを置き、しかつめらしい顔をした。

「それって、『牡猫ムルの人生観』のイラストで、見たことがあるわ」

「別に、不思議はないでしょう。ホフマンは、自分の飼い猫をモデルにして、あの小説を書いたのよ」

麻里奈は、首をかしげた。

「本間先生は、どこからそんな猫を、探してきたのかしら。それが不思議よ」

「首輪をしていないから、野良猫らしいのよ。先生が楽器を弾くと、窓の外で聞いてるんですって。先生に言わせると、音楽が分かるそうよ」

沙帆が言うと、麻里奈は小ばかにしたように、口元をゆがめた。

「そのうち、この猫は本が読めるとか、字が書けるとか、言い出すんじゃないの」

由梨亜が、ちらりと沙帆を見る。

沙帆は、しかたなく笑った。

「そうね、そんな風に言い出す可能性も、確かにあるわね」

冗談にまぎらしたが、笑える気分ではなかった。

そのあと、食事が終わるまで会話がはずまず、気まずい空気が流れた。

麻里奈は、食後にコーヒーとクッキーを用意して、由梨亜に言った。

「あなたは、自分の部屋で食べなさいね。わたしは、原稿を読まなくちゃならないし、沙帆に聞くこともあるから」

由梨亜は、救われたように立ち上がって、自分のトレーを取った。

「それじゃ、おばさま。ごゆっくり」

「ありがとう。きょうはどうも、お疲れさま」

由梨亜が、自室に引っ込むのを待って、沙帆は原稿をテーブルに置いた。

それを取り上げるなり、麻里奈はかなりの速さでページをめくり、十分とたたぬうちに読み終わった。

腕を組んで、椅子の背にもたれる。

「一つ、重要な発見をしたわ」

「あら。どんな」

聞き返すと、麻里奈はもったいらしく、うなずいた。

「ホフマン関係の本は、どれもユリアがホフマンと初めて会った時期を、十三歳のときだったと書いているわ。でも、この報告書によると十二歳のときだった、となっているの」

そう言いながら、原稿をめくって示す。

沙帆は、それをのぞき込んだ。

フックス夫人マリアが、自宅で開いた茶会の席でユリアが歌い、初めて聴いたホフマンが、いたく感激したくだりだ。

原稿には、〈ユリアは、まだ十二歳の少女にすぎなかった……〉とある。

麻里奈は続けた。

「ユリアは、一七九六年の三月十八日生まれよね。ホフマンは、一七七六年一月二十四日生まれだから、ちょうど二十歳違いになるわけ。その点はどの資料も、間違っていないわ。でも、フックス家の茶会が開かれたのは、一八〇八年の秋ごろだわ。だとしたら、ユリアはまだ十二歳と何カ月か、でしょう」

引き算をするまでもなく、麻里奈の言うことが正しい、と分かる。

「そのとおりね。でも、どの資料も十三歳のとき、となっているというのは、ほんとうなの」

「ええ。少なくとも、わたしの目に留まった範囲ではね」

「ドイツには、数え年というのは、ないわよね」

麻里奈は、くるりと瞳《ひとみ》を回すようなしぐさを、してみせた。

「ないと思うわ」

それと同じしぐさを、由梨亜がしたのを思い出す。きっと、母親の影響だろう。

沙帆は記憶をたどりながら、もう一度原稿に目をもどした。

「その少しあとに、ユリアが慈善音楽会で歌ったくだりが、あったわよね。まだ少女だったので、いちばん聴衆の拍手が多かった、とかいう話よ。そのことを、ホフマンが日記に記入したのが、ユリアの名前を書き留めた最初だった、と」

「ええ。この原稿によると、その音楽会は翌年の一八〇九年五月二十一日に、開かれているわね。そのとき、ユリアは十三歳になっていた」

「つまり、ユリアが音楽会デビューして、ホフマンの日記に記載されたのが、十三歳のときだった、ということね」

「そう。それを、ホフマンとユリアの最初の出会い、という風に勘違いされてきたのかもね。だとしたら、これは新しい発見だわ。たいしたことじゃないかもしれないけど」

ホフマンの研究者は、これまでたくさんいたはずだから、そろって年齢を間違えることなど、ありそうにない気がする。

とはいえ、ホフマンについては麻里奈の方が詳しく、沙帆にはそれを指摘する裏付けがない。

麻里奈が、話を変える。

「それから、今回の先生の江戸時代うんぬんの訳注は、どういうことかしら。ホフマンには、直接関係ないと思うけど」

「わたしも、それは指摘したわ。先生が言うには、同時代の日本の動きを知るのも、決してむだにはならないとか、そんなニュアンスだった」

「ふうん」

納得のいかない顔だ。

「ついでに、同時代の江戸には上田秋成がいて、彼こそ日本のホフマンだとでも、言いたそうな口ぶりだったわ」

「なんだか、今回の訳注には別の意味があるような、そんな気がしないでもないわね」

「別の意味って、どんな」

「分からない。でも、なんの意味もないことを、こんな風に唐突に挿入するって、おかしいわよ」

そう言われてみれば、そんな気もする。

最後に麻里奈は、おそらくいちばん知りたいはずのことを、さりげなく聞いてきた。

「お望みどおり、由梨亜を連れて行ったことで、本間先生は何か言わなかったの」

麻里奈としては、解読料や翻訳料をただにしてやる、といった言質を取ってほしかったに違いない。

「具体的な話は、できなかったわ。でも、由梨亜ちゃんと会えたことで、すごくご機嫌だった。今後は、無理難題を言い出すことはない、と思うわ」

「言質を取らなかったの」

案の定だ。

「取らなかったわ。でも、その点に関してはわたしに、任せてほしいの。麻里奈や倉石さんが、納得できないような結果にはならない、と約束するわ」

きっぱり言ったが、麻里奈は不満そうだった。

「沙帆の約束は信じるけど、本間先生の言うことはもうひとつ、信用できないのよね」

「先生は偏屈だけれど、ひとをだましてまで自分の利を図る、そんな人じゃないわ」

麻里奈は、おおげさにため息をついた。

「そう願いたいわね。ともかく、きょうの原稿も興味深かったし、途中でおりられたら困るもの」

「だいじょうぶ。わたしが、お尻《しり》を叩《たた》くから。どうも、ごちそうさま」

なんとなく、釈然としない麻里奈から逃げるように、沙帆は話を打ち切った。

外廊下に出ると、生暖かい風が吹きつけてきた。

一度背伸びをしてから、エレベーターホールに向かう。

ボタンを押し、上がって来た無人のケージに、乗り込んだ。

一階に着いて、おりようとしたとき、乗り込もうとした男と、ぶつかりそうになる。

「失礼」

わびを言う男の顔を見て、沙帆は思わず声を上げた。

「あら、倉石さん」

17

倉石学は、口元をほころばせた。

「どうも。今、お帰りですか」

「はい。本間先生のお宅から、由梨亜ちゃんを送って来たんです。麻里奈さんが、夕食をすすめてくださったので、お言葉に甘えてごちそうになりました」

エレベーターをおりた古閑沙帆は、倉石のためにドアを支えた。

「それはよかった」

そう言って、倉石は一度中にはいりかけたが、足を止めて向き直る。

ちらり、と腕時計を見るようなしぐさをして、沙帆に目を向けた。

「よかったら、そのあたりで軽くお茶でも、どうですか」

唐突な誘いに、とまどう。

「でも、麻里奈さんや由梨亜ちゃんが、待ってらっしゃるでしょう」

「いや、いいんです。きょうは、おふくろと一緒に食事をするので遅くなる、と言ってありますから。おふくろのこと、麻里奈からお聞きになりましたか」

「京王線の、柴崎の施設にはいっていらっしゃる、というお話は聞きましたけど、あまり詳しくは」

沙帆は、途中で言葉を濁した。

倉石が、もっともらしくうなずく。

「わたしのおふくろは、確かに柴崎駅の近くにある老人ホームに、はいっていましてね。麻里奈よりも、わたしの口から直接正確なところを、お話ししますよ。こちらも、きょうの本間先生と由梨亜の話を、聞かせてもらいたいし」

そう言われると、断わるわけにいかない。

「それじゃ、ちょっとだけ」

本駒込の駅の近くへもどり、昔ながらのボックス席の、古い喫茶店にはいる。

倉石は、コーヒーと一緒にスパゲティと、サラダを注文した。

「お母さまと、お食事されたんじゃないんですか」

沙帆がさりげなく聞くと、倉石は軽く眉根を寄せた。

「それが食事の直前に、急におふくろの具合が悪くなりましてね。食事せずに、帰って来たんですよ」

「あら。だいじょうぶなんですか、お母さま」

「だいじょうぶです。悪くなったのは体の具合じゃなくて、頭の具合の方ですから」

事もなげに言うので、かえって鼻白む。

沙帆の顔色を見て、倉石は続けた。

「おふくろは認知症で、記憶障害がひどくてね。ただ、何かの拍子に正常な判断力や記憶がもどる、一種の寛解の瞬間があるんですよ。めったにないし、長さもせいぜい十五分から三十分程度の、短時間なんですがね。きょう、たまたまその周期が巡ってきて、久しぶりに親子の会話ができました」

「よかったじゃないですか」

いわゆる親の介護や、それに類することをした経験がないので、そういう例があるとは知らなかった。

「まあね。ただ食事時間がきたとき、またもとの状態にもどってしまった。わたしのことを、死んだおやじと間違え始めたんです。しばらく相手をしましたが、きりがないので介護士に食事の世話を任せて、引き上げることにしました」

そう言って、軽く肩をすくめる。

なんとも返事のしようがなく、沙帆は水のグラスに手を伸ばした。

倉石が、よどんだ空気を掻《か》きまぜるように、急に話題を変える。

「でも、古関さんは偉いな。ご主人を亡《な》くしても、めげずにがんばってるんだから。しかも、ご主人のご両親と同居してらっしゃるんでしょう」

「ええ。ただ、わたし自身両親を早く亡くした上に、一人っ子だったものですから、今の義父母が実の親みたいな感じで、居心地がいいんです」

倉石の目に、ちらりとうとましげな色が浮かび、沙帆は少し引いた。

何か意に染まぬことを、言ってしまったのだろうか。

沙帆の反応に気づいたのか、倉石は表情を緩めた。

「すみません、よけいなことを持ち出しちゃって。実はきょう、おふくろから今まで知らなかった、意外な話を聞かされたもので、ちょっと動揺してるんですよ」

そこで言葉を切り、沙帆の顔色をうかがうように見た。

わずかな沈黙が漂う。

そのあいだに、タイミングよくコーヒーと料理が、運ばれてきた。

母親から、どんな話を聞かされたか知らないが、倉石がそれを披露したがっていることは、なんとなく察しがつく。

しかし、その意外な話とやらが、どのような趣のものであれ、妻の麻里奈より先に聞かされるのは、気が進まなかった。

沙帆は、あえて関心がない表情をこしらえ、黙ってコーヒーを飲んだ。

そんな、沙帆の思いにも気づかない様子で、倉石は口を開いた。

「倉石というのは、母親の実家の姓でしてね。おやじの姓はヒサミツ、久しいに光ると書くんです。名前はソウ。クリエイトする方の、創造の創と書きます」

別に知りたくはないが、字の説明は分かったという意味で、沙帆はうなずいた。

「久光創さんですね」

「ええ。ただ、おやじはわたしが二つのときに、癌《がん》で死にましてね。まだ、三十四歳でした。それで、おふくろは久光の籍から抜けて、旧姓にもどった。わたしはずっと、そう思っていました」

そこで言葉を切り、じっと沙帆を見る。

関心のない表情を保ったまま、沙帆はまたコーヒーを飲んだ。

倉石は、沙帆の興味を引こうとするように、一拍おいて言った。

「ところが、そうじゃなかったんですね。きょう、初めて聞かされた話によると、おふくろとおやじは一度も、結婚していなかった。妊娠したのをきっかけに、おふくろはおやじと同棲《どうせい》を始めたが、結局入籍するにいたらなかった。おやじが、わたしを認知することもなかった、というんです」

それから、自嘲《じちょう》めいた笑みを片頬に浮かべて、続ける。

「つまり、わたしは内縁関係から生まれた私生児、母子家庭で育った片親の子供、というわけです」

沙帆はそれを聞きとがめ、わざときつい目で倉石を見た。

「内縁関係も私生児も、母子家庭も片親も、ずいぶん差別的な言葉ですね。今どき、はやりませんよ」

倉石は、沙帆の語調にたじろいだ様子で、瞬《まばた》きした。

「ああ、そうですね、失礼。自分のことなので、ついうっかりしてしまった」

目を伏せて、スパゲティを食べることに、専念する。

少し気まずい雰囲気になり、沙帆は口調を和らげた。

「麻里奈さんと結婚されるとき、戸籍を確かめられなかったんですか。そうしたいきさつは、記録に残るはずですけど」

倉石は、口元を引き締めた。

「正直に言うと、あまりよく確かめなかった。結婚すると、新しい戸籍を作りますから、親の戸籍には興味がなかった。まあ、世間知らずと言われれば、そのとおりですがね。おふくろも何も言わなかったし、それきり思い出すこともなかった」

考えてみれば、沙帆自身も結婚したとき戸籍謄本《とうほん》を取り、夫のそれも目にしたに違いないが、よく覚えていない。

「麻里奈さんや、麻里奈さんのご両親はそのことを、知ってらっしゃるんですか」

「分かりません。気がついたかもしれないが、何も言われたことはありません」

「だったら、別にいいんじゃないですか」

麻里奈の父親は、寺本風鶏《ふうけい》というあまり売れない詩人で、すでに古希を過ぎているはずだが、最近の様子は耳にしていない。母親の依里奈《いりな》は、何年か前に病死している。

麻里奈も、沙帆と同じ一人っ子だった。

ただ、あまり親子の情の深い家庭ではなかった、という記憶がある。その分、沙帆と過ごすことが、多かったのだ。

もしかすると、麻里奈は倉石の家庭の事情を知っていながら、何も言わずに結婚したのかもしれない。麻里奈には、そういうさっぱりしたところも、あるのだ。

倉石が黙っているので、沙帆はなんとなく続けた。

「お母さまは、なぜ今ごろそんなことを、おっしゃったのかしら」

倉石は、唇をへの字に曲げて、ちょっと考えた。

「黙っていたことが、ずっと心の負担になっていたんじゃないかな。それで、たまたま正気にもどったきょう、打ち明ける気になったんでしょう」

そう言って、またスパゲティに手をつける。

沙帆も、コーヒーに手を伸ばした。

婚外子だったという事実が、倉石にとってどんな意味を持つにせよ、沙帆には関係ないことだった。その種の話は、きょうび特別珍しいわけではないし、他人がどうこう論評するものでもない。

意識的に、別の質問をする。

「お父さまは、倉石さんが二つのときに亡くなった、とおっしゃいましたね」

「そうです。二歳と一カ月のとき、とおふくろから聞きました」

「お父さまのこと、何か覚えていらっしゃいますか」

倉石は目を上に向け、少し考える様子を見せた。

「いや、覚えてません。まったく、記憶にない」

そこで、話が途切れる。

倉石が、サラダにフォークを移すのを見て、沙帆は口を開いた。

「わたしは、主人に先立たれましたけど、義父母と息子に囲まれるかたちで、恵まれた生活を送っています。義父もわたしも、それぞれ仕事を持っていますし、なんの不満もありません」

　突然話が変わったせいか、倉石はしらけたように沙帆を見た。

「うらやましいですね」

　おざなりな口調だった。

「倉石さんだって、お母さまのことはご苦労でしょうが、ご自分の腕一本で麻里奈さん、由梨亜ちゃんを支えて、しあわせな家庭を築いていらっしゃいます。別に不満はない、と思いますけど」

　それを聞くと、倉石は苦笑を浮かべて、もっともだというように二度、うなずいた。

「まったく、おっしゃるとおりですね」

　意外にすなおな反応に、少し拍子抜けがする。

　沙帆は、話をもどした。

「さっきのお話では、倉石さんの名字はお母さまのご実家の名字、ということになりますね」

「ええ。もし結婚していれば、わたしは久光学になっていたわけです」

　それには、取り合わなかった。

「お母さまのお名前は、玉江さんとおっしゃるんですよね」

「そう。玉手箱の玉に、ピクチャーの絵と書きます」

沙帆はカップを置き、倉石を見直した。

「タマエのエは、江戸の江じゃないんですか。前に麻里奈さんから、そう聞いた覚えがありますけど」

倉石が、眉根を寄せる。

「いや、絵の具の絵です。麻里奈が、間違って教えたんじゃないかな」

そっけなく言い捨てて、コーヒーを飲んだ。

玉絵でも玉江でもいいが、なんとなく釈然としない。

倉石と麻里奈のあいだに、何かぎくしゃくしたものがあるような、そんな感じがした。

倉石が続ける。

「おやじは、おふくろより五つ年下でした。おふくろはけっこう、おやじに惚《ほ》れてたんじゃないかな。三年前、症状が出始めてからはときどき、わたしをおやじと混同するようになりましてね。きょうも、そうだったわけですが」

「美しいじゃないですか。きょうだって、お父さまになりすまして、ご一緒にお食事をされたらよかったのに」

倉石の口元に、苦い笑みが浮かぶ。

「食事だけならいいけど、キスしてくれってせがむんですよ。それも、人前でね。わたしの身にも、なってくださいよ」

沙帆は、明るく笑い返した。

「いいじゃないですか、おでこかほっぺにしてあげれば」

つられたように、倉石も笑い出す。

「古閑さんには、かなわないな。あなたには、屈折したところが感じられない。ぐずぐずと、考え込んだりすることなんか、ないんじゃないですか」

沙帆は、苦笑した。

「そんなこと、ありませんよ。けっこう、小さなことでくよくよしたり、いらいらして息子に当たったり、ひとさまと一緒です」

倉石は食事を終え、あらためてコーヒーカップを引き寄せた。

「実は、わたしのおやじもドイツ語が専門で、貿易商社で翻訳の仕事をしていた、とおふくろから聞きました。わたしが結婚するときも、おふくろは麻里奈がドイツ語を専攻していた、という経歴を気に入ったらしいんです」

それは、初耳だった。

「もしかしてお母さまも、ドイツ語がおできになるんですか」

「若いころはね。麻里奈と同じですよ。大学で専攻したらしいけど、卒業してからはすっかり縁が切れちゃって、今じゃ数も数えられないでしょう。認知症でもあるし」

「今度、お母さまが正気にもどられたとき、ドイツ語をまだ覚えてらっしゃるかどうか、試してみたらいかがですか。もしかすると、症状の改善に役立つかも」

倉石は笑った。

「今度は、いつになるか分からないけど、試してみましょう。ちょっとしたきっかけで、症状が改善されることがある、という話も聞きました。歌を歌うとか、踊りを踊るとか。語学をやるのも、その一つかもしれない」

それで、ふと思い出した。

「話は変わりますけど、このあいだ麻里奈さんは、ホフマンの卒論を書き直すとか、そんなことを言ってましたよね。その後、ドイツ語の勉強を再開した気配は、ありませんか」

沙帆の問いに、倉石は首をかしげた。

「わたしの知る限りでは、ありませんね。あのときは、わたしがけしかけるようなことを言ったので、はずみで麻里奈もそう口走っただけだ、と思うな」

「でも、半分まじめみたいでしたし、ホフマンについては麻里奈さんの方が、わたしより詳しいことは、確かなんです。やってみればいいのに。倉石さんのおかげで、珍しい資料が手にはいったことですし」

「麻里奈はあれで、気まぐれなところがあるから、分かりませんよ。このところ、マンションの仲間たちと、マスキングテープの同好会をやってるんで、ドイツ語をやる暇なんかないでしょう」

「麻里奈さんは、負けず嫌いですからね。これまで、ホフマンにうとかったわたしが、本間先生のおかげでだんだん詳しくなると、捨てておけない気になるんじゃないかしら。それはそれで、いいことだと思います。もともと、ドイツ語の素養はあるわけですし、やりだせばすぐに調子を取りもどしますよ」

倉石が、また首をかしげる。

「どうですかね。思うに、麻里奈がドイツ語に見切りをつけたのは、どうやってもあなたにはかなわない、と分かったからじゃないかな」

18

古閑沙帆は、少し驚いた。

「まさか。わたしは、麻里奈さんに遅れないようにって、いつもそう自分に言い聞かせながら、がんばってきたんです。今のわたしがあるのは、麻里奈さんというライバルがいたからこそ、と思っています」

嘘《うそ》ではなかった。まさしく大学時代は、それが励みになっていたのだ。

倉石学の顔に、あいまいな笑みが浮かぶ。

「そんなものですかね。結婚する前後、麻里奈もあなたについて同じようなことを、口にしていましたよ」

沙帆は、ぬるくなったコーヒーを、飲み干した。

信じられない。

しかし、倉石が嘘を言っているとは、思えなかった。

麻里奈は、自分の弱みをひとに見せないタイプだが、あるいは倉石には気を許して、ちらりと本音を漏らしたかもしれない。

沙帆は逆に、弱みや心の動揺がすぐに顔や態度に、出てしまうたちだった。さすがに、今はそういう気持ちを抑えられる程度には、おとなになったと思う。

一方麻里奈は、いまだに勝ち気で負けず嫌いな面を、外に出すことがある。年を重ねても、相変わらずおとなになりきらない部分が、残っているようだ。

とはいえ、二人の性格が対照的であればこそ、友だち付き合いが続いているのだ、という気もする。

倉石が、唐突に言った。

「ところで、今日由梨亜を連れて行ったときの、本間先生の反応はどうでしたか」

話題が変わって、少しほっとする。

「わたし一人のときは、本間先生はいつも皮肉を言ったり、茶々を入れたりする悪い癖があるんです。ところが、由梨亜ちゃんを連れて行ったら、まるで別人のように愛想よくなって、おかしいくらいでした。ふだんは、自分のことを〈わし〉とか呼ぶくせに、由梨亜ちゃんには〈ぼく〉だなんて、気取っちゃって」

倉石は、頬を緩めた。

「ははあ、〈わし〉ですか。いわゆる、役割語ですね。〈じゃよ〉とか〈したまえ〉とかいう、あれでしょう」

「ええ。子供のころ読んだ小説や漫画で、見かけた覚えがあります。でも今どき、現実の世界で遣う人は、いませんよね。よほど浮世離れした、ご老人でもないかぎり」

「本間先生が、そのご老人に当たるんじゃないんですか」

沙帆も倉石も、一緒に笑った。

真顔にもどって、倉石が言う。

「麻里奈が心配していたけど、先生がホフマンと同じように、由梨亜に首ったけになる心配は、なさそうですか」

沙帆は、コーヒーカップを取ろうとして、ついさっき飲み干したことを思い出し、手を引っ込めた。

「それはない、と思います。いくら、本間先生がホフマン気取りでも、ホフマンその人じゃありませんから。確かに、うれしそうにはしましたけど、それだけのことでした。また連れて来てほしい、とも言いませんでしたし」

本間鋭太が、由梨亜にギターの手ほどきをしたことは、むろん黙っていた。

それが、さほど大きな意味を持つとは思えないが、よけいな波風を立てたくない。

由梨亜自身も、両親には黙っていてほしい、と言った。

「由梨亜を連れて行ったことで、解読翻訳のスピードがアップしそうですか」

「そう思います」

沙帆が請け合うと、倉石はさりげなく続けた。

「解読料、翻訳料をちゃらにしてもいい、という話は」

麻里奈ならともかく、倉石がその件を持ち出してくるとは、思わなかった。

「それについては、由梨亜ちゃんが一緒にいたので、話を出せませんでした。この次に、確認するつもりです」

倉石は、沙帆のとまどいに気づいたとみえ、言い訳がましく言った。

「わたしとしては、由梨亜を一度引き合わせたくらいで、先生にまるまるただ働きをさせるのも、いかがなものかという気がする。かりに先生が、ちゃらにすると言い出したとしても、それに甘えるのはちょっとね」

本心のように聞こえる。

「でしたら、最初に提示した古文書一枚当たり千円、という割合でお願いしたら、どうでしょうか。麻里奈さんは、上限二千円までなら出す、と言いましたけど」

倉石は、ぞっとしない顔になった。

「どちらにしても、本間先生が納得しそうな金額じゃないな」

「ちゃらにすることを考えれば、まだましな話だと思います。そのほかに、解読した原稿をご自分の論文や著作に、使用する権利を認めてあげたら、いかがでしょうか」

倉石が、眉《まゆ》を上げる。

「それくらいなら、かまわないと思う。ただ、麻里奈がうんというかどうか。さっきの続きになるけど、自分でも何か書くとか書かないとか、言っていたし」

「だったら、麻里奈さんががんばって、先に書いてしまえばいいじゃないですか。もし、ほんとうに書き上げたら、わたしの方で掲載メディアを探します。大学の紀要とか、ドイツ文学関係の専門雑誌とか、心当たりがいくつかありますから」

沙帆が言うと、倉石は軽く首をかしげた。

「麻里奈は、ほんとうに書く気が、あるのかな。けっこう、思いつきの多い人だから」

どこか、突き放したような言い方だった。

「本間先生だって、書くかどうか分かりませんよ。でも、もし書かれることになった場合は、一応麻里奈さんの了解を得るとともに、資料の出典を〈倉石家所蔵文書〉とか、明記してもらうようにします」

倉石は、ふんふんとうなずいた。

「分かりました。ちょっとおおげさだけど、そのときは沙帆さんにお任せします」

沙帆は、唇を引き締めた。

それまで、倉石は沙帆を名字で呼んでいたのに、今初めて名前で呼んだのだ。

むろん、倉石ともきのうきょうの付き合いではないが、名前で呼び合うほど親しいわけではない。あくまで倉石は、麻里奈という友だちの連れ合いにすぎず、それ以上でも以下でもない。

倉石の方で、なんらかの意識の変化があったのかもしれないが、何がきっかけになったのか分からなかった。

考えてみれば、これまで倉石のマンション以外の場所で、二人きりで話をしたことはない。麻里奈と一緒のときに比べて、倉石の態度物腰がずいぶん親しげになったことに、あらためて気づく。

沙帆は、急に居心地が悪くなった。

「それじゃこの次、本間先生にそのように、お話ししてみます」

「お願いします」

倉石はそう応じて、伝票に手を伸ばした。

「あの、お勘定は割り勘で」

沙帆が言いかけると、倉石はすばやく伝票を背後に隠した。

「きょうは、わたしがごちそうします。無理を言って、付き合っていただいたので、コーヒー一杯くらい、いいでしょう」

急に、他人行儀な対応にもどった感じで、沙帆は内心苦笑した。

店を出ると、倉石は愛想よく笑いながら、手を上げた。

「また来週、お見えになるんでしょう」

「はい。土曜日の午後になる、と思いますが」

「それじゃ、気をつけて」

そう言い残して、あっさり背を向ける。

沙帆は、逆になんとなく物足りない気がして、倉石の後ろ姿を見送った。

倉石は一度も振り返らず、そのまま角を曲がって、姿を消した。

＊

翌週の金曜日。

当初、本間の翻訳原稿は一週おきの、金曜日の午後に受け取る約束で、始まった。

しかし、由梨亜を連れて来てほしいという、本間の希望をかなえてやったおかげで、そのあとは毎週金曜日に、原稿をもらえることになった。少なくとも、本間とのあいだではそのように、了解が成立したはずだ。

むろん、依頼主の麻里奈もそうなるもの、と理解しているだろう。

もし、それが守られないとなったら、約束を反故《ほご》にした本間はもちろん、沙帆にも責めが負わされる。

それだけは、どうあっても避けたい。たとえ、本間のそばにつきっきりになってでも、尻《しり》を叩《たた》かなければならない。

その日の午後三時少し前、沙帆はいつもどおり本間のアパートを、訪れた。

朝から、ずっと日が照り続けていたのだが、家を出たあと急に雲がわいて、空をおおい始めた。梅雨のさなかで、いつ雨が降り出してもおかしくない。梅雨明けまでまだ二、三週間はかかるだろう。

案の定、牛込柳町の駅を上がったときは、すぐにも雨が降り出しそうな、いやな空模様になっていた。帰るときまで、もたないかもしれない。今さらながら、傘を持って来なかったことが、悔やまれた。

いつもの洋室に勝手に上がり、長椅子《ながいす》にすわって待つ。この日は、ピアノの音もギターの音も、聞こえてこなかった。

しかし、腰を落ち着けて一分とたたぬうちに、廊下に足音が響いた。引き戸が、例のとおりがたぴしと開き、本間がはいって来た。

愛想のいい笑みを浮かべ、勢いよくソファに飛び乗る。

「相変わらず、時間に正確だな、古閑くんは」

「すみません。五分ほど、早すぎたようですね」

「皮肉は、言わんでよろしい。時間をきちんと守るのは、生活そのものもきちんとしている、ということだからな」

妙に機嫌のよい口調だ。

本間は、先週とまったく同じ青海波模様の、作務衣《さむえ》に似た上下を身につけていた。

「珍しいですね、先生。先週と同じ、お召し物だなんて」

何げなく指摘すると、本間はいかにも照れたように顎《あご》を引き、弁解がましく言った。

「夏が近づくと、これがいちばんなんじゃよ」

いつもの、役割語だ。

それから、手にした原稿の束をとんとそろえて、テーブルに置く。

「今回の分だ。一週間にしては、まずまずの分量だろう」

「そうですね。ありがとうございます」

もっとも、ざっと目で量ったかぎりでは、先週とさして変わらぬ厚みだ。

沙帆は、差し出された原稿を膝《ひざ》に置いて、さっそく切り出した。

「ところで先週、由梨亜ちゃんとお会いになった印象は、いかがでしたか」

一瞬、本間はたじろいだように瞬きしたが、すぐに満足げな笑みを浮かべた。

「なかなか利発な娘じゃないか、由梨亜くんは。あれで、まだ中学一年生とは、とても思えんね」

「なんといっても、由梨亜ちゃんがかよっている五葉学園は、首都圏の私立の中でもトップクラスの、優秀校ですから。確か、偏差値が」

言いかける沙帆を、本間は手を上げてさえぎった。

「偏差値なんぞ、なんのあてにもならんよ、きみ。あの子には、単なる知識でない教養のようなものが、備わっておる」

十三歳の少女をつかまえて、教養とは恐れ入ったほめ言葉だ。

しかし、本間が言わんとしていることも、分かるような気がした。

先週本間が出した、〈米洗ふ　前をほたるの　二つ三つ〉の試問にも、中学生らしからぬ対応をした。学校で教わったことを、きちんと応用できるところが偉い。

「わたしの息子と、同じ小学校にかよっていたんですけど、私立へ行って差をつけられたみたいです」

「十代前半では、先のことなど分からんよ。はたち過ぎればただの人、というのがほとんどだからな。しかし、由梨亜くんにはその辺の中学生にない、独特のひらめきがある。これから、どんな道へ進むのか分からんが、ひとかどのおとなになるだろう。

ただ」

本間はそこで言いさし、ぐいと唇を引き締めた。

そのまま黙っているので、先を促す。

「ただ、なんですか」

本間は腕を組み、眉根を寄せて続けた。

「あのとおりの美少女だ。世の中には、ただかわいいというだけで寄って来る、タレントやアイドルのスカウト連中が、わんさといる。間違っても、そういうやからに引っかからぬよう、親がちゃんと目を光らせておく必要がある」

思わず、笑ってしまう。

「それは先生の、考えすぎです。由梨亜ちゃんは、年のわりに考え方がしっかりしていますから、そんな話に乗ったりすることはない、と思います。ご両親にしても、そういうお考えはこれっぽっちも、ありませんから」

「それならいいが、きみもせいぜい目を光らせておくことだ」

本間の取り越し苦労に、少々あきれてしまった。

そのタイミングで、肝腎の話を持ち出す。

「念のためですけど、由梨亜ちゃんをここへ連れて来たら、翻訳のペースを上げてく

だ さる、というお話でしたね」

本間は、あっさりうなずいた。

「ああ。その約束は、果たしているつもりだ」

「はい。もう一つ、解読料と翻訳料を返上してもよい、というお話もありましたが」

途中でやめて、様子をうかがう。

本間は、じろりという感じで、見返してきた。

「倉石夫婦は、それを条件に由梨亜くんをここへよこした、というのかね」

その強い口調に、沙帆は少し焦《あせ》った。

「いえ、はっきりと条件に出したわけでは、ないんです。先生が、そこまでおっしゃったことを、お伝えしただけです。さすがに先生に、ただ働きをさせるわけにはいかない、というのが倉石さんのお考えでした」

本間は何も言わず、目で先を促した。

しかたなく続ける。

「それでわたしは、最初に提示した古文書一枚当たり千円で、納得していただくようにお願いする、と答えておきました。勝手なことをして、申し訳ありませんが」

沙帆が頭を下げると、本間は肩をすくめるようなしぐさをして、顎の先を掻いた。

「わしの翻訳料は、一枚当たり一万円だ。一円たりとも、値下げするつもりはない」

そう言い切ったあと、沙帆の顔色を見て続ける。

「もっとも、たとえ口約束にしろ、一度ちゃらにすると言った以上、前言をひるがえすつもりもない。一枚当たり千円、などというボランティアみたいなギャラは、わしの方から返上する。約束どおり、ちゃらでいい」

沙帆はほっとしたが、まだ油断がならないような気がして、返答を控えた。

案の定、本間が続ける。

「ただし、あの古文書を譲ってもらいたい、という気持ちに変わりはない。倉石のかみさんが、心変わりしないとも限らんからな。それをきみも、心に留めておいてもらいたい。欲を言えば、かみさんが心変わりするように、側面から応援してほしいということさ」

そう言って、まったく似つかわしくないしぐさで、ウインクした。

沙帆は、笑いを嚙《か》み殺した。

「分かりました。あの古文書をもとに、先生がホフマン伝をお書きになるのでしたら、応援させていただきます。ただし麻里奈さんも、同じことを考えているかもしれません。本になさるときは、事前に麻里奈さんご夫妻の了解を、とっていただかないと」

本間が、文字どおりせせら笑う。

「おもしろい。わしに対抗して書こうというなら、腕前のほどを拝見しようじゃないか」

歯牙《しが》にもかけぬ、という口ぶりだ。

沙帆はそれを無視して、膝の上の原稿を取り上げた。

「三十分ほど、お時間をいただけますか。ここで読ませていただいて、感想を申し上げることにします。場合によっては、質問させていただくことがあるかも」

それを聞くと、本間はソファの上でもぞもぞとすわり直し、ちらりと壁の時計を見やった。

「いや、きょうはこのまま、引き上げてくれていい。感想や質問があれば、次回ということにしてくれたまえ」

前回は、あれほど感想を聞かせよと迫ったのに、ずいぶんな変わりようだ。

「分かりました。ではまた来週、金曜日にうかがいます」

「よかろう。それじゃ、失敬する」

本間はソファから飛びおり、沙帆が腰を上げて挨拶《あいさつ》するのも待たずに、さっさと洋室を出て行った。

やれやれと思いながら、沙帆は原稿をトートバッグにしまい、戸口へ向かった。

外に出ると、危惧《きぐ》したとおりぽつぽつと、雨が降り始めていた。

もどって、本間に傘を借りようかと思ったが、それも何かわずらわしい気がして、そのまま駅へ向かう。

しかし、一分も歩かないうちに、にわかに雨脚が強まった。

間なしに、舗道にしぶきが立つほどになり、沙帆はトートバッグを頭上にかざして、駆け出した。

ほどなく、髪にしずくが垂れ始める。

沙帆は、通りがかりに目についたカフェテリアに、飛び込んだ。〈ゴールドスター〉という、チェーン店だった。

コーヒーを注文し、できるまでのあいだに濡《ぬ》れた髪やブラウスを、ハンカチでふく。

通りに面した、ガラス張りのカウンター席に、トレーを運んだ。

稲妻が光り、雷鳴が聞こえてくる。梅雨の雨というより、むしろ夕立に近い降り方だ。しばらくは、やみそうもない。

少し小降りになったら、通り道のコンビニで傘を買おう。

トートバッグをハンカチでふき、中から本間の翻訳原稿を取り出した。

雨脚が弱まるまで、ざっと目を通すことにする。

19

【E・T・A・ホフマンに関する報告書・四】

——一八〇九年、バンベルク。

あなたたち夫婦は、五月からツィンケンヴェルト五〇番の家に、住むようになった。家主のヨゼフ・K・ヴァルムートが、斜め向かいにあるバンベルク劇場の、トランペット奏者であることは、むろんご承知だろう。ETAが、同劇場の音楽監督の座を追われたあとも、ただ一人親しくしていた楽団員だから、あなたも面識があるはずだ。

たとえ仕事を追われても、バンベルク劇場はETAにとって無視しがたい、重要な意味を持つ場所だった。ことに、劇場に隣接するレストラン〈薔薇亭〉は、ETAのお気に入りの店だから、目の前の住居に住みたくなったのも、当然と思われる。

もっとも妻のあなたには、居間と客間と台所を兼ねる狭い一室と、屋根裏にある寝室だけでは、とうてい満足できる広さではなかっただろう。

あなたは、住まいの狭さや収入の少なさについて、いっさい不平不満を訴えたことがない、という。

ETAは、そうした現状に肩身の狭い思いをしており、あなたが何も苦情を申し立てないことに、しばしば感謝の意を漏らした。あなたの忍従は、生来の辛抱強さや気立てのよさからくるものだ、と言ってはばからなかった。

率直に言って、あなたはだれの目にも美しく映る、魅力的な女性だ。

失礼ながら、あなたほどの比類なき美女が、ETAのような見栄《みば》えのしない男性を、何ゆえ生涯の伴侶《はんりょ》に選んだのか、あえてお尋ねするのは控えよう。

なぜならわたしは、あなたがETAを見てくれや資産、地位のあるなしではなく、その隠れた才能を見抜いて選んだことに、満腔《まんこう》の敬意を表する者だからだ。

そして、あなたのその判断が正しかったことは、遠からず明らかになるもの、と確信している。

ただし、ETAはまだ長い雌伏のさなかにあり、雄飛するのはこれからのことだ、とだけ申し上げておきたい。いずれETAは、内に秘めた音楽ないし文学の才能をもって、かならず世にあらわれるだろう。

この年の七月、ETAはかのベートーヴェンの〈第五交響曲〉のスコアを、楽譜出版社のブライトコプフ・ウント・ヘルテルから、手に入れた。

実際に、この交響曲を聞く機会は、これまでなかったものの、楽譜をさらっただけで、その真価を見抜いたに違いない。ピアノで何度も試奏したから、あなたにもそのすばらしさの一端が、お分かりになったはずだ。

ベートーヴェンの名は、むろんご存じだと思う。

モーツァルト亡《な》きあと、そしてこの年の五月ハイドンが亡くなった今、われらが音楽界を背負って立つのは、紛れもなくベートーヴェンだ。ともかく、この前後からETAにとってベートーヴェンは、特別な意味を持つ作曲家になった、と思われる。

バンベルク劇場の話にもどろう。

その後、いろいろと紆余《うよ》曲折はあったものの、劇場の運営はふたたびゾーデン伯爵《はくしゃく》の手に、もどされた。

ETAは、音楽監督の地位に復帰こそしなかったが、伯爵が書いたオペラ台本、『ディルナ』の作曲を手がけるなどして、劇場との関係をある程度修復改善した。秋になって、『ディルナ』が同劇場で上演され、好評を博したことはご存じのとおりだ。

しかしながら、翌一八一〇年の三月末に劇場は、またもやゾーデン伯爵の手を離れ、株式会社として再出発することになった。

劇場運営は、筆頭株主になった例の病院長、アダルベルト・F・マルクス博士の手に、ゆだねられた。

博士は、ETAにだれか有能な総支配人、ないしは音楽監督を推薦してもらえないか、と頼んだ。

ETAは、バンベルクでの顔見世興行の失敗に、いたく懲《こ》りていた。そこで、自分を売り込むのを控え、フランツ・フォン・ホルバインを推薦した。

ホルバインは、最初にベルリンに赴任したとき知り合った、ギタリストでもあり歌手でもある、才能豊かな男だった。

ご記憶だろうが、例のギターの弾き語りで鳴らした、フランチェスコ・フォンターノこそ、ホルバインの若き日の姿なのだ。

フォンターノことホルバインは、あれからめきめきと頭角を現わし、今ではあちこちの都市に招かれて、音楽関係の仕事に携わる立場にあった。音楽催事の企画はもちろん、劇場の支配人や音楽監督としても、辣腕《らつわん》を振るっていた。

そうしたことからETAは、旧知のホルバインを支配人兼音楽監督に据え、自分がその下で作曲家兼舞台監督兼美術監督として、自由に仕事をさせてもらえるよう、お膳立《ぜんだ》てをしたのだ。

むろんホルバインも、その含みを理解したに違いない。

実際、六月下旬に劇場とホルバインとのあいだで、運営に関する契約が交わされるとともに、ETAもその助監督として月給五十グルデンで、迎え入れられた。これはあなたにとっても、朗報だったと承知している。

初仕事は十月一日で、このとき舞台にかけられたのは、レッシングの『ミンナ・フォン・バルンヘルム』だった。同月下旬には、モーツァルトの『ドン・ジョヴァンニ』も上演され、好評を博した。

ETAは、ホルバインを助けて劇場を仕切り、バンベルクをプロイセン、いやドイツ語圏でも指折りの、演劇都市に育て上げようと決心した。

ヴィルヘルム・シュレーゲルが翻訳した、シェークスピアの『ハムレット』や、ゲーテ訳のカルデロン・デ・ラ・バルカのスペイン戯曲、さらにハインリヒ・フォン・クライストの『ハイルブロンのケートヒェン』など、ETAの好みが強く反映された作品が、舞台にかけられる見通しになった。

この年の半ば、あなたもおそらくご存じのはずの、重要な出来事があった。

ETAが、音楽専門紙の〈AMZ〉に、ときどき寄稿していることは、承知しておられると思う。

同紙の編集長、フリードリヒ・ロホリッツから、ETAに例のベートーヴェンの〈第五交響曲〉を、論評してほしいとの依頼がはいったのだ。

むろん、ETAは快諾した。

すでに書いたように、ピアノで試し弾きなどしていたから、ETAの頭の中ではオーケストラの総譜が、嵐《あらし》のように鳴り響いたに違いない。自分以外に、だれがこの曲を理解しえようか。

あらためて、ETAはスコアと首っ引きで曲をさらい、長い論評を書いた。

この記事は、七月四日と十一日の二回に分けて、同紙に掲載された。残念ながら、あなたはドイツ語にも、音楽にもあまり明るくないので、内容を詳しく承知しておられまい。

一八〇八年の暮れ、ヴィーンで初めて公開演奏されたおり、この〈第五交響曲〉はかならずしも、好評をもっては迎えられなかった。

それには、わけがある。

その夜は、恐ろしく寒い日だったにもかかわらず、会場のアン・デア・ヴィーン劇場には、暖房設備がなかった。その中で、聴衆は全プログラム合わせて、四時間の長丁場を耐えるべく、強要された。

しかも、演奏された曲の一つが練習不足のせいで、中断してしまった。そのため、ベートーヴェンの指示で最初からやり直す、という信じがたい醜態も、演じられたらしい。

新作の交響曲として、まことに不幸なデビューだった、と言わねばならない。

ともかく、ETAは実際の演奏を聞かないでも、〈第五交響曲〉の曲のすばらしさを、理解していた。

第一楽章のアレグロは、四分の二拍子のわずか二小節しかない、単純な主題で始まる。従来の交響曲の出だしとは、およそ異なるスタイルと曲想で、幕が開くのだ。聞く者はおそらく、とまどいを隠せないだろう。そもそも、現今の器楽曲の音調は長調が多く、短調を用いる作曲家は少数派だ。

しかるに、ベートーヴェンはこの交響曲において、ハ短調というきわめて珍しい、短音階の調性を採用した。少なくとも、交響曲では前例のない試みだろう。

ETAも論評の中で、〈出だしだけでは何調か分からず、あるいは変ホ長調かとも思わせる〉と書いている。

ETAはそこにこそ、この曲の独創性と完成度の高さがある、と看破した。論評に、あえて楽譜の冒頭部をはじめ、印象的な箇所をいくつも提示したほどだから、そののめり込み方は尋常ではない。
とはいえ、いかなる音楽のすばらしさも、文字でその神髄を伝えることは、不可能だ。それゆえ、機会があればあなたもぜひETAとともに、この曲の演奏会に足を運んでほしい。

ETAは、ハイドン、モーツァルト、ベートーヴェンのそれぞれに、浪漫主義的なものを見いだす、と言っている。

ことに、ベートーヴェンの音楽はおののき、恐れ、驚き、痛みを喚起し、浪漫主義の本質たる無限への憧憬を、目覚めさせてくれるという。

ベートーヴェンこそ、純粋に音楽的、浪漫主義的な作曲家だ。それが、この曲からもっとも強く、感じとれる。〈第五交響曲〉には、ほかのどの曲よりもベートーヴェンの、浪漫主義的霊感が満ちあふれている、というのだった。

ETAに言わせれば、絵画や彫刻は静止し、凍結した芸術であり、音楽は躍動し、転変する芸術だそうだ。ベートーヴェンの音楽には、その特徴がもっともよく現れており、それゆえ浪漫的なのだという。

あなたにとって、こんな話は退屈なだけだろうから、これくらいにしておこう。

ETAがみずから、人並みはずれた音楽的才能を持つ、と自負していることは確かだ。あえて言えば、ベートーヴェンと肩を並べるほどの、強い自信を秘めているようにさえ、思われる。

ETAは、わたしにこう言った。

「ベートーヴェンには、確かに浪漫主義を音楽で表現するだけの、才能がある。しかし、それを言葉で表現する才能には、恵まれていない。彼の声楽曲に、器楽曲ほどの浪漫性がないことからも、それは明らかだろう。一方ぼくは、音楽的才能こそ彼に一歩譲るとしても、文学的才能については勝っている、と思う」

この言葉を聞いたとき、ETAは逆に自分の音楽的才能なるものに、ある種の限界を感じたのではないか、とわたしは直感した。

これまでETAは、音楽こそ自分に与えられた最大の天賦《てんぷ》であり、文学や絵画は余技にすぎない、と見なしていた。しかし、ベートーヴェンの存在がその確信を、揺るがしたふしがある。

ETAは、ベートーヴェンの才能に畏怖《いふ》を覚え、自分自身がその高みに達しうるかどうか、いささか疑問を感じ始めたのかもしれない。いずれは、音楽へのあくなき憧憬に見切りをつけ、本気で文学に的を定めることになる、という予感を抱いたのではないか。

だとすれば、それはかなりつらい選択になる、と思われる。

そのときこそ、ETAはあなたの慰めを必要とし、そこに安らぎを見いだすだろう。いや、あなたの存在そのものが最大の慰めになるし、わたしもそうであってほしい、と切望する。

ただし、かりにその流れを妨げる問題があるとすれば、それはやはりユリアということになる。

わたしは、ETAがマルク家にレッスンに行くとき、しばしば同行する。ETAはユリアに声楽を、妹のミンヒェンにはピアノを教える。

そのおりの、ETAのユリアに対する振る舞いと、ミンナに対する態度物腰とでは、明らかに熱の入れ方が違う。母親のファニーこと、フランツィスカ・マルク夫人もその違いに、うすうす気づいているようにみえる。

とはいえ夫人も、それが教師と生徒という立場を超える、特別の感情に根差しているとまでは、考えていないだろう。ETAは、その感情を教師としての熱意の殻に包み込み、めったに外へ現れ出ないように、用心しているからだ。——（続く）

［本間・訳注］

ここで、注意しておきたいことが、いくつかある。

まず、断片的に残されたホフマンの日記のうち、一八一〇年のものが欠けている、という事実を指摘しておきたい。その間のホフマンの生活については、友人知人が書いた回想録や評伝、書簡などからある程度、構築することができる。その意味でも、この報告書はそこに新たな情報を加える、貴重な文書といえよう。

残念ながら、ホフマン作品の日本語への翻訳は、小説と音楽評論等にとどまり、日記も書簡集もわずかな断片をのぞいて、未訳のままである。また、当時の知己による回想録や評伝も、後世の研究書などの翻訳で、ごく一部を読むことができるにすぎない。さらに英語への翻訳も、書簡集の抄訳と一部の有名作品以外は、ほとんど手つかずというべく、日本語よりもお寒い状況である。

次に、ベートーヴェンの第五交響曲について。

この交響曲は、日本では一般に〈運命〉という標題で、呼ばれている。ほかの国でも、それを採用する例がないではないが、この呼び名は正式のものではない。通常はベートーヴェンが、のちに評伝を書いた弟子のアントン・シンドラーに、冒頭の二小節の持つ意味を問われて、「運命はかく扉を叩く」と答えたから、とされている。

しかし、そのような事実があったかどうかは、いまだ確認されていない。この報告書で、〈運命〉という呼称が使われていないのは、その間の事情を伝えているだろう。

報告者ヨハネスも書いているように、この時代にハ短調で作曲した作曲家は、かなり珍しいといってよい。それだけに、今日古典派の雄とされるベートーヴェンを、ホフマンが浪漫派に見立てたことは、その当否はしばらくおくとしても、注目に値する。

むろん、ベートーヴェンを古典派と浪漫派の、両方に組み入れる音楽史家も、いることはいる。それにしても、同時代にあってベートーヴェンを、そのような視点から評価したのは、ホフマンをもって嚆矢《こうし》とするだろう。

ホフマンはそのあとも、ベートーヴェンの作品について、いくつか論評を行なった。ベートーヴェンはそれを多として、ヴィーンから一八二〇年三月二十三日付で、ベルリンのホフマンに礼状を書いている。

生存中、音楽家として万人の理解と称賛を得た、とまではいえぬベートーヴェンにとって、ホフマンは自分を正当に評価する、貴重な理解者の一人だった、といえよう。

そしてそれが、ベートーヴェンに少なからぬ刺激を与え、その後浪漫主義的傾向を強めていく遠因になった、といっても過言ではあるまい。

ついでに、書いておこう。

ホフマンの功績は、ベートーヴェンを他に先駆けて称揚した、というだけにとどまらない。

一七五〇年、六十代半ばで死んだ大作曲家、ヨハン・セバスチャン・バッハは、死後ほとんどその光彩を失っていたが、ホフマンはそれをふたたび日の当たる場所に、呼びもどした。

ホフマンは、みずからしばしばバッハをピアノで弾き、また作中人物のヨハネス・クライスラーにも、同じことをさせている。それが、バッハをよみがえらせるきっかけになったことは、多くの音楽史家の認めるところだ。

メンデルスゾーンが、忘れられつつあったバッハに光を当てたのも、ホフマンの先例があったからこそ、と思われる。

念のため、一言しておく。

——あなたによれば、一八一〇年のETAの日記には、ユリアがそのまま〈ユリア〉、あるいは〈ユルヒェン〉という愛称で、記載されていたそうではないか。内容も、マルク家へ行ってレッスンしたとか、家族に交じって食事をしたとか、当たり障《さわ》りのない記述だった、とか。

だとすればETAにも、自分のユリアに対するひそかな感情を、表に出さないだけの分別はあった、ということになる。

ところが、今年一八一一年になって、日記の記載に変化が現れた、とあなたは言う。

ユリアのことを、〈ユルヒェン〉と表記するケースは、前の年にもあった。

ところが、年明け一月三日の日記の記載に初めて、〈K.v.H.〉という略号を見つけた、とあなたは言う。それから、〈ユルヒェン〉と〈K.v.H.〉が、混在し始めた。

ことに、〈K.v.H.〉と表記された場合は、書かれた内容がよく分からぬ、あいまいなものが多い、ということだった。

あなたのために、正直にお知らせしよう。

〈K.v.H.〉とは、ハインリヒ・フォン・クライストの戯曲、『ハイルブロンのケートヒェン（Das Käthchen von Heilbronn）』の、頭文字から取った隠し符号だ。そしてそれは、まさしく〈ユルヒェン〉を意味する。

ＥＴＡは、生徒としてのユリアを〈ユルヒェン〉と書き、個人的な思い入れを表現するときには、〈K.ⅴ.エ〉の暗号名で、記入しているに違いない。

あなたによれば、日記にはほかにも複数の略画や戯画、イタリア語、ラテン語などによる記述が、散見されるそうだ。

それらは、記述を簡略にするという目的もあろうが、あなたにけどられぬようにするための、姑息《こそく》なテクニックの一つにすぎない、と思う。

わたしの見るところ、ＥＴＡのユリアに対するレッスンは、確かに熱のこもったものではある。しかし、それをユリアへの特別な感情の発露、と見る者はまずいないだろう。

すでに書いたとおり、マルク夫人がその気配をいくらか感じている程度で、ほかの者は疑いもしていないはずだ。

ただ、あなたのドイツ語やその他の言語の理解力で、ＥＴＡの日記にこれは普通のものと違う、と感じた箇所を見つけたならば、わたしに伝えてほしい。それが何を意味するのか、つまりユリアに対する感情がどのレベルにあるのか、読み解く努力をしてみよう。

そうすることで、最悪の事態を招くのを防げるかもしれない。

ただし、あなたが日記を盗み読みしていることを、くれぐれもＥＴＡに気づかれないように、注意していただきたい。もっとも、その恐れがあると思えばこそ、ＥＴＡは暗号や符号を、使っているのだろうが。

用心の上にも、用心を重ねなければいけない。

20

思わず、ため息を漏らす。

古閑沙帆は、すっかり冷めてしまったコーヒーを、口に含んだ。腕時計に目をやると、すでに三十分を超えている。

外の雨は、まだやんでいなかった。

もう一度、原稿に目をもどす。

本間鋭太の筆致は、これまでにも増してきまじめで、少し肩が凝った。

それに、報告書の内容がかなり音楽方面に偏《かたよ》っており、ことにベートーヴェンに筆を割きすぎている、という気がする。

ホフマンが、ベートーヴェンを高く評価したこと、あるいはバッハの功績に光を当て直したことは、今まで知らなかった。

ベートーヴェンについては、いろいろな関係者が語り残した証言集を、だいぶ前に読んだ覚えがある。しかし、そこにホフマンが残した証言は、収載されていなかった。それはつまり、ホフマンとベートーヴェンのあいだに、なにがしかのつながりはあったにせよ、交流と呼べるほどのものはなかった、ということだろう。

ところで、この文書の書き手であるヨハネスは、ホフマンの妻ミーシャへの報告書と称しながら、少なくともこれまでのところ、それらしいスタイルをとっていない。ホフマンの行動を、そのたびごとに報告する形式ではなく、まるでホフマンの評伝を書くような、そんな構成に終始している。

また今回は、前の週に本間から聞かされたエピソードが、いくつか見受けられた。

ホフマンが残した日記のうち、一八一〇年がそっくり抜けているらしいこと。

一八一一年以降の日記に、ユリアのことを〈ユルヒェン〉〈K.v.H.〉と、書き分けていること。

その〈K.v.H.〉が、ハインリヒ・フォン・クライストの戯曲、『ハイルブロンのケートヒェン』の名を、借用したものであること。

ホフマンが、日記にところどころ記号や略画、ラテン語などを用いていること。

もっとも、ホフマンの権威といってよい本間が、この報告書なるものに目を通すまで、そうした事実を知らなかった、ということはありえない。

それはさておき、今回は本間自身による訳注が、いつもより重いように思える。

もちろん、本文と関係のある記述には違いないが、ベートーヴェンに関する補足が、ややくどすぎる。これは、報告書の理解を助けるためというより、ホフマンとベートーヴェンの関わりについて、自分の蘊蓄《うんちく》を傾けているだけではないか。

もう一度外を見ると、雨はだいぶ小やみになっていた。しかし、傘なしで歩けるほどではなく、しばらくは降り続きそうだ。

確か、このカフェテリアと牛込柳町駅のあいだに、コンビニがあったと思う。

沙帆は外へ出て、外苑東通りを駅の方へ、急ぎ足で向かった。雨はすでに、霧雨に変わっている。
二、三十メートルも行かないうちに、記憶どおりコンビニがあった。中にはいって、ビニール傘を買う。急な雨で、だいぶ数がはけたらしく、最後の一本だった。
レジを離れ、外へ出ようとしたとき、すぐ前の歩道を足ばやに通り過ぎる、女学生の制服姿が見えた。

白い顔が、ちらりと目の前をよぎったが、すぐに傘に隠れて見えなくなる。

沙帆は、あわてて買ったばかりの傘を差し、コンビニを出た。

女学生は、通りを駅と反対の方向に、歩いて行く。花模様の傘に隠れて、肩から上が見えない。しかし、背中のセーラーカラーのストライプには、見覚えがあった。

五葉学園の生徒が、どこを歩こうと別に不審はない。

しかし、たった今傘の陰に見えた顔は、確かに倉石由梨亜だった。見間違いではない、と思う。

むろん、由梨亜がどこを歩こうとかまわないが、今向かっている方向にはたまたま、本間のアパートがある。

まさか。

沙帆は、とっさに浮かんだ考えを打ち消して、駅に足を向けようとした。
二、三歩踏み出したものの、そこで立ち止まる。まさかと思う一方で、さすがにたまたまはないだろう、という気がしてきた。
振り向いて見ると、案の定由梨亜は傘をくるりと回して、寺の手前の道を右へ曲がり込み、姿を消した。

にわかに、動悸《どうき》を覚える。

今の女学生が、由梨亜に間違いないとすれば、本間のアパートに向かったとしか、考えられない。

確か、木曜日の放課後は音楽部の練習がある、と聞いた。

今日は金曜日だから、別に部活をさぼったわけではないが、週末のこんな時間に由梨亜は、本間になんの用があるのか。

前回、本間は由梨亜にギターの手ほどきをして、なかなか才能があるとほめた。それどころか、また弾きたくなったら沙帆と一緒に来るように、とたきつけさえした。

由梨亜は由梨亜で、本間にギターの手ほどきを受けたことを、両親には黙っていてほしい、と言った。

そうしたことを考え合わせると、あのとき本間と由梨亜のあいだに何か、密約が成立したのかもしれない。

つまり、両親はもちろん沙帆にも黙って、ギターのレッスンを受ける、という密約だ。

沙帆は、由梨亜のあとを追って、歩き出した。動悸が、ますます高まる。

先刻、沙帆は本間から原稿を受け取ったあと、三十分ほど読む時間をもらえないか、と頼んだ。

すると、本間は珍しくそわそわして、感想や質問はこの次にしてくれ、と断わった。

今思えば、あれはそのあと由梨亜が訪ねて来ることを、予定していたからではないか。そうとしか、考えられない。

それにしても、両親はともかく沙帆にまで黙って、本間のアパートを訪ねようとするとは、由梨亜は何を考えているのだろう。

もし、ギターを習うことを決めたのなら、せめて沙帆に両親への口止めを含みながら、打ち明けるべきではないか。

とにかく、由梨亜が一人で本間のアパートに行くとすれば、ギターのレッスンなのか別の用件なのか、事情を承知しておく必要がある。

由梨亜に関する限り、沙帆は倉石学と麻里奈夫婦に全責任を持つ、と約束したのだ。万が一にも、本間と由梨亜のあいだに何か間違いがあったら、とうてい許してもらえないだろう。

沙帆は足を速め、寺の手前で立ち止まった。

息を整え、そっと路地をのぞいて見る。すでに、由梨亜の姿はなかった。

焦る気持ちを抑え、沙帆はその場で少しのあいだ、待つことにした。

アパートメントといいながら、〈ディオサ弁天〉はかなり凝った仕様で、一階も二階も玄関がそれぞれ独立しており、門だけが共通の出入り口だった。

ただ、沙帆はこれまでほかの住人に、出会ったことがない。

干し物など見たこともないし、テレビやCDの音が漏れてくるのを、耳にしたこともない。もしかすると、本間だけしか住んでいないのではないか、という気さえするほどだ。

ゆっくりと百数え、傘を斜め前に傾けて、路地にはいった。

ビニール傘なので、前方を見ることができるかわりに、こちらの顔も見えてしまう。もし、由梨亜が引き返して来たら、ごまかしようがない。

門のところで、一度足を止めた。

正面の本間の玄関まで、飛びとびに不ぞろいの敷石が、伸びている。敷石は、途中で二股《ふたまた》に分かれ、もう一方の先には別の所帯の、玄関があった。その玄関は、柴垣の目隠しの陰に作られ、見えないようになっている。

本間の玄関のガラス戸には、鍵《かぎ》がかかっていたためしがない。沙帆は、いつも勝手に中にはいり、とっつきの洋室に上がり込んで、待つのだった。

由梨亜も、そうしたのだろうか。

だれかに、見とがめられるといけないので、沙帆は門の中にはいった。いつ、他の住人が出入りするかもしれず、そこに立っているわけにいかない。

沙帆は建物の横手に回り、裏の方へつながる細い通路に、身を隠した。

そこは、雨に濡れた土がむき出しになり、パンプスのかかとがめり込んだ。しかも、隣家の板塀が野放図に迫り、傘を差したままでは進めない。

気がつくと、いつの間にか空が明るくなり、雨はほとんど上がっていた。せっかく買った傘が、いらないくらいだった。

思い切って傘を畳み、沙帆は洋室の出窓の下に移動して、耳をすました。

何も聞こえない。

由梨亜は、洋室で本間が奥から出て来るのを、待っているのだろうか。それとも、すでに奥へはいってしまったのか。

沙帆はじりじりしながら、なおも耳をすまし続けた。洋室からは、話し声どころかなんの物音も、聞こえてこない。

意を決して、狭い通路を奥へ進む。傘の柄を握った手が、汗でぬるぬるした。

奥の角の手前に、勝手口の戸がある。そっと、取っ手を試してみたが、内側から閂《かんぬき》でも差してあるのか、開かなかった。

奥の角に達し、裏の方をのぞく。

また一つ、出窓があった。

出窓の正面には、一・五メートルほどのあいだを隔てて、蔦《つた》のからまった隣家の生け垣が、立ちふさがっている。隣室との境は、身の丈ほどの板塀だ。横手の通路より、だいぶ余裕があるにせよ、裏庭にしては狭い方だろう。

足音を忍ばせ、出窓に近づく。

古びた、昔ながらの磨《す》りガラスがはまった、引き違いの窓だった。張り出した部分に、錆《さび》の浮いた金属の格子《こうし》が、埋め込まれている。

かすかに、人声らしきものが耳に届いたが、よく聞き取れなかった。

沙帆は身をかがめ、思い切って出窓の真下に、うずくまった。格子は、幅十センチほどと間隔が狭く、中から顔を突き出すことはできない。のぞこうとしても、出窓の真下は死角になるはずだ。

本間と、由梨亜のあいだのやりとりが、わずかに聞こえてくる。しかし、抑揚の区別がつくだけで、何を話しているのか分からない。

しばらくして、急に静かになった。

沙帆は焦り、しゃがんだ姿勢のまま、必死に耳をすました。まさかと思いながら、不安に胸をさいなまれる。

もし、由梨亜が騒ぎ始めたりしたら、どうしよう。

21

そのとき、にわかに中からギターの和音が、流れてきた。

古閑沙帆は、ほっと安堵《あんど》のため息を漏らした。

続いて、音階練習らしきギターの音が耳を打ち、本間鋭太が何か言う。それに応じる、倉石由梨亜の低い声。

どうやら、レッスンが始まったらしい。

二人の、秘密めかした行動に不安を覚えながら、そこまで案じることはなかったのだ、と自分に言い聞かせる。本間が、いかに奇矯な人物だといっても、いきなりふちな振る舞いに、及ぶはずがない。

冷静に考えれば、本間が由梨亜に夢中になるのでは、などと心配するのは現実離れのした、妄想にすぎないだろう。どうやら、ホフマンとユリアのいびつな関係に、毒されてしまったようだ。

由梨亜が、ぽつぽつと半音階を弾いている。音はたどたどしかったが、先週本間が述懐したように、指の力がけっこう強いことは、なんとなく分かった。

突然、背後から尻《しり》のあたりをつつかれて、危うく声を漏らしそうになる。

見返ると、黒と濃灰色の縞《しま》模様の大きな猫が、長いしっぽをまっすぐにぴんと立て、上目遣いに睨《にら》んできた。

沙帆は、息をついた。

ムルだ。本間はその猫を、ムルと呼んでいた。わけもなく、ぞっとする。

ムルは、妙に細長い首を差し伸ばして、また沙帆の尻に鼻を当てようとした。

しっ、と追い払おうとして、思いとどまる。声を出すわけにいかない。

沙帆は傘を後ろへ回し、ムルの鼻先へ向けてつんつんと、軽く突き出した。

ムルが、不器用に後ずさりして歯をむき、ふうと怒りの息を漏らす。それでも、身を引こうとしない。

沙帆は傘を振り上げ、打ちかかるまねをした。

そのとたん、傘の先が出窓の縁にぶつかって、音を立てる。

ひやりとして首をすくめ、傘を引いて体の動きを止めた。

ギターの音がやみ、少ししてガラス窓ががらり、とあく。

「だれだ。だれか、いるのか」

ムルは一飛びに飛びのき、音もなく建物の角に姿を消した。

沙帆は、出窓の下の死角に身を縮め、じっと息を殺した。

「ムル、おまえか」

本間の問いかけに、沙帆は反射的に応じた。

「みゃあお」

本間が笑う。

「ああ、おまえか、ムル。あと少しで、ミルクをやるからな。おとなしく、待ってるんだぞ」

ガラス窓が閉じられた。

どっと冷や汗が噴き出る。

もし、出窓に格子がはまっていなかったら、本間は外に首を突き出したに違いなく、そうしたら見つかっていただろう。

沙帆は、ふたたびギターの音が始まるのを待って、しゃがんだままあとずさりした。

腰を上げ、すばやく建物の角を曲がって、通路を引き返す。

ムルの姿は、どこにもなかった。

今にも、本間がレッスンを中断して、ムルにミルクをやりに、勝手口に出て来るかもしれない。ぐずぐずしてはいられない。

門を出て、雨に濡れた路地を急ぎ足で歩き、大通りへもどる。

駅へ向かいながら、つい含み笑いをした。

いくらはずみとはいえ、あそこで猫の鳴きまねをしたのは、やりすぎだった。相手が本間でなかったら、たぶん見破られただろう。

もう一度、考えを巡らす。

危惧《きぐ》したとおり、由梨亜はギターの手ほどきを受けるために、本間のアパートに行ったのだった。先週、二人きりでギターを弾いているあいだに、そういう密約ができたに違いない。

それだけですめば、別に心配するまでのことはない、と思う。

しかし、麻里奈と倉石が事実を知ったら、ただではすむまい。倉石はともかく、麻里奈はおそらく頭に血がのぼり、容赦なく沙帆の責任を追及するだろう。

ともかく、今のプロジェクトが終わるまで、これ以上由梨亜を本間に近づけないようにするか、あるいは麻里奈にけどられぬようにするか、対策を講じなければならない。

雨はすっかり上がり、薄日さえ差し始めていた。

もう一度、カフェテリア〈ゴールドスター〉に、はいり直す。

時間を確かめると、そろそろ午後四時半になるところだった。

原稿を受け取り、沙帆が本間のアパートを出たのは、三時十五分ごろだ。

雨に降られ、この店で三十分ほどかけて、原稿を読んだ。それから、傘を買うためにコンビニに寄り、通り過ぎる由梨亜を見かけたのが、四時少し前というところか。

由梨亜が、四時からレッスンを受ける予定だったとすれば、通常は一時間後の五時ころに、終わるはずだ。

もっとも本間が、そんな杓子《しゃくし》定規なレッスンをするかどうか、あてにはできない。

かつて沙帆が、個人的に本間からドイツ語を習ったときも、レッスンの長さはまちまちだった。三十分で終わることもあれば、三時間たっぷりということもあった。そのため、レッスンのある日の後半は、別の予定を入れられなかった覚えがある。

コーヒーを飲み終わり、カウンターの窓側にトートバッグを置いて、外からの視線をさえぎりながら、じっと待つ。

五時を過ぎても、由梨亜は姿を現さなかった。

あらためて、不安につき動かされる。

本間が、ギターのレッスンにかこつけ、由梨亜を引き止めているのではないか。

たとえば、ホフマンの話をおもしろおかしくしゃべり散らし、由梨亜の歓心を買おうとしているのではないか。

一度考え直したはずなのに、またも妄想がふくらみ始める。

しかし、それは杞憂《きゆう》にすぎなかったことが、すぐに分かった。通りの右手から、足ばやにやって来る由梨亜の姿が、目にはいったのだ。通学用のバッグと、畳んだ傘を持っている。

沙帆は、トートバッグの陰に顔を隠し、由梨亜が通り過ぎるのを待った。

バッグを取り上げ、コーヒーのトレーをそのまま残して、足ばやに店を出る。

駅の方へ向かう、由梨亜のあとを小走りに追った。由梨亜は、スキップこそしないものの、軽やかな足取りで歩き続ける。

背後に迫った沙帆は、由梨亜を呼び止めようとして、危うく思いとどまった。

にわかに、胃のあたりが重くなる。

なぜわたしに黙って、本間のレッスンを受けたの。

そう言って、由梨亜をなじる自分の姿を想像すると、口の中が渇いてきた。

「ずっとわたしを、見張ってたんですか」

「待ち伏せして、あとをつけたんですか」

そんな風に反問して、こちらを逆になじる由梨亜の顔が、まぶたの裏に浮かぶ。

目の光り方まで、見えるような気がした。

たちまち、気持ちがくじける。

たまたま、見かけただけだと説明しても、由梨亜は信じないだろう。どだい、黙ってあとをつけたことに、変わりはないのだ。

沙帆は足を止め、遠ざかる由梨亜の制服の背中を、じっと見送った。その姿は、妙にしゃきしゃきして見え、活気にあふれていた。

本間のレッスンが、由梨亜に強い影響力を及ぼしたことを感じて、当惑する。

自分もかつて、本間の個人講義を受けたあと、充実した気持ちになったことを、思い出した。

沙帆はきびすを返し、大通りをもどった。

由梨亜を、呼び止めるのをやめたとき、すでに肚《はら》は決まっていた。

この上は、由梨亜と関わるのはやめてほしいと、本間に直談判するしかない。

考えをまとめるために、ゆっくりと歩いた。

十分後、アパートにつながる路地をはいったところで、携帯電話を取り出す。

これまで本間が、携帯電話を使うのを見たことは、一度もない。あの性格からして、おそらく持っていないだろう。固定電話は、キッチンの小机の上に、置いてあったはずだ。

出てくるまでに、少し時間がかかった。

「もしもし、本間です」

「すみません。先ほどうかがった、古閑沙帆ですが」

「ああ、きみか。忘れものでも、したのかね」

「ええと、はい。これから、もう一度お邪魔しても、よろしいでしょうか」

「ああ、かまわんよ。どこにいるんだ」

「すぐ近くまで、もどっています。二、三分で着きます」

「分かった。勝手にはいって、勝手に持って行けばいいよ」

「あの、ついでと言ってはなんですが、途中で原稿を読ませていただきましたので、感想なども申し上げたいと思います」

「そうか。分かった。いつものように、洋室で待っていてくれたまえ」

電話が切れる。

沙帆は携帯電話をしまい、路地を奥へ進んだ。

アパートの門をはいり、傘を玄関の脇《わき》の壁にもたせかけて、ガラス戸を引きあける。

まるで、初めて来たときのように緊張し、動悸がまた高まっていた。

洋室に上がり込み、長椅子《ながいす》にすわって待つ。

奥からは、何も聞こえてこない。ギターの音も、ピアノの音もせず、気味が悪いほど静かだった。

いつもは、廊下をやって来る本間の足音が響くのだが、しばらく待ってもそれすら聞こえない。

少しじりじりし始めたとき、なんの前触れもなく引き戸ががたがたと開き、沙帆は驚いて腰を浮かせた。

はいって来た本間は、紺の緩いデニムのパンツに、七分袖《そで》の黄色いシャツという、あまり見慣れぬいでたちに、変わっていた。由梨亜のレッスンのために、青海波の作務衣《さむえ》から着替えたらしい。

もっとも、今度は腕にムルを抱いている。

沙帆と目が合うと、ムルはあくびをするように歯をむき出し、ふうと敵意のこもった息を漏らした。

本間は、いつものように勢いをつけて、ぴょんとソファにすわった。

「忘れものは、回収したかね」

「はい。手帳を忘れたような、そんな気がしたものですから」

「ふむ。ところが、ここへ探しに来てみたものの、見つからない。それで、もう一度バッグの中を調べたら、隅のほうにはいっていたというわけだろう」

見透かしたように言って、本間は意地の悪い笑みを浮かべた。

沙帆は、気合い負けしないように、背筋を伸ばした。

「はい。そんなところです。実はちょっと、お話があって」

みなまで言わせずに、本間はムルの喉《のど》をいとしげにくすぐり、口を開いた。

「ムルは、あんな音程の狂った鳴き方をするほど、音痴ではないぞ。試しに、もう一度鳴いてみたらどうかね」

22

古閑沙帆は絶句し、目を伏せた。

窓の外で、ムルの鳴きまねをしたのは、やはりやりすぎだった。

本間鋭太なら、だませるかもしれないと思ったのが、失敗のもとだったのだ。いくら、本間が浮世離れした学者であるにせよ、そんな子供だましに乗せられると考えたのは、間違いだった。

さすがに、頬が紅潮するのを意識した。穴があったらはいりたい、とはまさにこういうときのための言葉だ、と妙なところで思い当たる。

なんとか呼吸を整え、いさぎよく頭を下げた。

「すみません。ついはずみで、鳴いてしまったのです。先生が、ムル、おまえか、と呼びかけられたものですから」

本間はムルを抱き直し、ソファの上でふんぞり返った。

「それだけではないぞ、きみ。ムルにミルクをやりに出たら、土の上に女物の靴の跡があった。たった今、玄関できみが脱ぎ捨てた靴を見ると、かかとに泥がついていた。となれば、ホームズでなくともだれが犯人か、見当がつくというものだろう」

沙帆は、口をつぐんだ。

ここへはいる前、いつもは廊下に響く本間の足音が、聞こえなかった。あれはおそらく、玄関へ沙帆の靴を調べに行くために、足音を忍ばせていたに違いない。

土に残った、足跡を消すまでは無理としても、かかとについた泥くらいは、落としておくべきだった、と思う。

どう言い訳しようか、と考えているとムルが本間の腕の中で、威嚇《いかく》するように鳴いた。

沙帆がまねした鳴き声とは、似ても似つかぬしわがれ声だった。これでは、ばれて当然だ。

しかたなく、顔を上げて言う。

「すみません。つい、ルパンみたいなまねを、してしまいました」

「ルパンなら、もっと手際《てぎわ》よくやったじゃろう。あんな田舎芝居では、ホームズどころかワトスンだって、引っかからんぞ」

「これには、いろいろとわけがありまして」

「そうだろうとも」

本間はにべもなく言い、目で先を促した。

言葉を選びながら、沙帆は言った。

「帰りがけに雨にあって、駅の近くのカフェテリアで、雨宿りをしたのです。小やみになったところで、コンビニでビニール傘を買って、出ようとしました。そうしたら、目の前を通り過ぎる由梨亜ちゃんが、目にはいったのです。最初は偶然かな、とも思いました。でも、先生のアパートへ向かう道へ、曲がり込むのが見えたものですから、反射的にあとを追って」

本間は、手を振って沙帆の説明を、さえぎった。

「話がくどいぞ。そんなことは、聞かんでも想像がつく。なぜ、そんな探偵ごっこをしたのかを、聞いとるんだ」

時間稼ぎを見抜かれたようで、沙帆はしゅんとなった。

正直に言うしか、道がなさそうだ。

あらためて、口を開く。

「母親が、先生と由梨亜ちゃんを引き合わせれば、ホフマンとユリア・マルクみたいな、困った関係になるのではないかと、心配しているのです。もちろん、考え過ぎだとは思いますが、先生のホフマンへの傾倒ぶりから、同じ名前の由梨亜ちゃんに対して、特別な関心を抱くのではないか、と」

途中で言いさすと、本間は目をきらりと光らせた。

「うむ。その心配は、もっともだな」

あっさり認めたので、かえって不安になる。

「あの、先生は由梨亜ちゃんに、つまりその、特別な関心がおありだ、と」

しどろもどろに、聞き返した。

「きみの言う、特別な関心というのが何を意味するか、にもよるがね」

そう言われて、むしろ困惑する。

「ホフマンの場合、ユリアに対して最初のうちは、声楽の才能ありと認めただけにすぎない、と思います。ただ、その後ユリアが少女から、しだいにおとなに成長する過程で、異性に対する恋慕の情に変わった、と理解しています」

「そのとおりだ。そしてきみは、わしの場合もそれと同じになるのではないかと、疑っているわけかね」

正面切って聞かれ、ちょっとたじろぐ。

「わたしが、というよりは由梨亜ちゃんの、母親が」

「麻里奈くんといったな、母親は」

「はい」

「きみの話を聞くかぎり、かなり思い込みの激しい女だな、麻里奈くんは」

沙帆は、ぐっと詰まった。

確かに、そのとおりかもしれない、と思う。しかし、むきつけにそう指摘されると、反射的にかばいたくなる。

「先生ほどではないにしても、麻里奈さんはホフマンにかなり傾倒しています。少なくとも、学生のころはそうでした」

「テラモト・フウケイも、思い込みの強い男だったよ」

　本間が言い、沙帆はとっさになんのことか分からず、とまどった。

　しかし、なんの脈絡もなく唐突に、頭の中に字が思い浮かぶ。

　寺本風鶏。

　どきりとして、思わず背筋が伸びた。

　そう、麻里奈の旧姓は寺本で、父親は風鶏といった。雅号だと思うが、本名は知らない。

　しどろもどろになりながら、沙帆は本間に聞き返した。

「あの、テラモト・フウケイとおっしゃいますと、もしかして麻里奈さんのお父さまの、寺本風鶏さんのことですか。詩人の」

「そうだ。知ってるのかね、寺本風鶏を」

　本間の口から、思いもよらぬ名前が出たことで、少なからず動揺した。

「お名前は存じておりますが、お目にかかったことはありません。麻里奈さんのご実家には、一度もうかがったことがないので」

　今でも不思議だが、沙帆は知り合って何年にもなるのに、倉石麻里奈の実家に一度として、招かれたことがなかった。

そもそも、麻里奈は両親について話すのを、極力避けていた。

母親の依里奈が、何年か前に病気で死んだことだけは、聞いた覚えがある。

ただし、それを知らされたのは葬式が終わって、ずいぶんたってからのことだった。

その上、遅ればせながら用意した香典も、受け取ってもらえなかった。

麻里奈には、そうした社会通念にこだわらない、というかむしろそれを嫌う傾向があった。

父親に関してはだいぶ昔、寺本風鶏という売れない詩人だ、と聞かされたことがあるだけで、あとは何も覚えていない。

麻里奈は、遅く生まれた子供だというから、父親はもう古希を過ぎたはずだ、と思う。しかし、正確な年齢は知らない。

そのとき沙帆は、後ろからいきなりどやしつけられたように、はっとした。

麻里奈が、何週間か前に口にしたことを、唐突に思い出したのだ。

今住んでいる、本駒込のマンション〈オブラス曙〉は、夫倉石学の稼ぎで買ったのではなく、自分の父親の遺産で買ったのだ。

麻里奈は確かに、そう言った。

たとえ親しい仲でも、その種の内輪話は聞きたくなかったし、事実何かいやな気分になったので、すぐに話をそらした覚えがある。

麻里奈の口から、〈遺産〉という言葉が出たからには、風鶏がすでに死んだことを意味する、と理解していいだろう。

そのことをうっかり、聞き流してしまったのだ。

冷や汗の出る思いで、生唾《なまつば》をのみ込む。

本間が、からかうような口調で言った。

「どうしたんだ、きみ。そんなに黙り込んで、舌にかびでも生えたのかね」

沙帆は、咳払《せきばら》いをした。

「あの、先生こそ寺本風鶏さんを、ご存じだったのですか」

「うむ。若いころは、多少の交流があった。四十年以上も、昔の話だがな。ただ、そのあとは付き合いが、途切れてしまった。十年か、十五年ほど前に死んだと聞いたが、知っているかね」

どう答えようかと、一瞬迷う。

「ええと、亡《な》くなったことは承知していますが、いつかは存じません。麻里奈さんは、ご両親のことをほとんど、話さないので」

「ふうむ」

そう言ったきり、本間はムルをなでることに、専念する。

沙帆は逆に、質問した。

「先生は、麻里奈さんのお父さまが詩人の寺本風鶏だと、承知していらしたのですか」

本間は、唇を引き結んだ。

「まあな。麻里奈くんが、倉石とかいうギタリストと結婚したことは、風の便りで聞いていた。そういう名前のギタリストが、そう何人もいるとは思えんしな」

「それでしたら、今回の解読翻訳のご相談に上がったとき、そう言ってくだされば よかったのに」

本間は、そのときもそれ以後も、そうした事実を知っていることを、おくびにも出さなかった。

「言ったからといって、何がどう変わるものでもなかろう」

「でも、亡くなったお父さまのお知り合い、と最初から承知していたら、話が違ったでしょう。例の、古文書の解読翻訳料とか、譲れ譲らないとかの話し合いが、もっとスムーズに進んだ、と思います。今からでも、遅くないかもしれませんが」

本間が、ゆっくりと首を振る。

「そうは思わんね。風鶏との付き合いは、麻里奈くんが生まれる前の話だからな。それに麻里奈くんは、そういうことで動かされる女では、あるまいて」

「どうしてそんなことが、お分かりになるのですか」

「父親が、そういう男だったからさ。あの男の血を引いていれば、必然的にそうなるだろう」

「それは、かなり了見の狭い考え方だ、と思います」

言い返すと、本間は喉を鳴らして笑った。

「了見などと、ずいぶん古い言葉を遣うじゃないか、きみ」

そう指摘されて、自分でも笑ってしまう。

沙帆は深呼吸をして、高ぶる気分を静めた。

なんとなく、また麻里奈が口にした〈遺産〉、という言葉が耳によみがえる。

父親のことを、売れない詩人と言ったはずなのに、それほど多くの遺産を残したのか、という場違いな考えが浮かんだ。

こんなときにと、沙帆はその考えを頭から追いやり、あらためて質問した。

「先生はお若いころ、寺本風鶏さんとどんなお付き合いを、していらしたのですか」

本間は目を伏せ、それが当面のいちばんの関心事、といった顔でムルの喉を、指先でくすぐった。ムルは、さも気持ちよさそうに目を細め、首を伸ばした。鋭い爪《つめ》で、本間の黄色いシャツの襟を、軽く引っ掻《か》く。

本間は、やっと沙帆の質問に気づいたように、目をもどした。

「当時、ドイツ語やドイツ文学を研究する、若い文学者のグループがあって、その会合で知り合ったのさ」

これまた、意外な話だ。

詩人の風鶏が、かつてはドイツ文学の研究グループに、はいっていたとは。

だとすれば、麻里奈が大学でドイツ語を選んだことも、納得できる。おそらく、父親の影響があったに違いない。

しかし、麻里奈は父親を詩人だと言っただけで、ドイツ語やドイツ文学との関わりを、口にしたことはなかった。

「どんなグループだったのですか。独文学会とか、ドイツ文学研究会とか、そういったものですか」

「そんな、だいそれたものではない。酒を飲みながら、世間話をするだけの、無邪気なサークルにすぎんよ」

「そのサークルには、名前があったのですか」

本間は、ちょっとためらうように、肩を動かした。

「ゼラピオンス・ブリューダー、つまりゼラピオン同人会、という名前だった」

「ゼラピオン同人会」

ぴんとくるものがあって、沙帆はおうむ返しに言った。

ゼラピオンス・ブリューダー（ゼラピオンの同人）といえば、ホフマンの作品集『ゼラピオン同人集』からの命名と、すぐに見当がつく。ここのところの勉強で、それくらいは承知している。

本間が、見透かしたように、にっと笑う。

「さよう。きみが今考えたように、この名前はホフマンのいわゆる、ゼラピオンス・ブリューダーからとったものだ。ゼラピオンとは、何か知っているかね」

「いいえ、存じません」

本間は、真顔にもどった。

「わしも、よく知らん。ただ、大昔エジプトあたりにいた聖人だ、とどこかで読んだ記憶がある。ホフマン以下、同人となるヒツィヒら友人知人が、ホフマンの家に集まった当日が、確かその聖人の日だった、と書いてあった。もっとも、ホフマンのかみさんが持ち出した、ポーランドのカレンダーが間違っていた、との説もある。実はその日は、聖ゼラピオンの日ではなかった、というわけさ」

どうやら本間は、関係のない話に沙帆を引っ張り込んで、けむに巻こうとしているようだ。

「すみません。話をもどしても、よろしいですか」

「わしは別に、話を変えたつもりはないがね」

しれっとして言う本間に、内心苦笑せざるをえない。

ともかく、本間が若いころ麻里奈の父親と、付き合いがあったという話には、少なからず驚かされた。

それどころか、倉石学の妻が風鶏の娘と知っていたことも、意外といえば意外だった。

そもそも、本間がそうしたもろもろの事実を、今まで明かしてくれなかったことが、おもしろくない。世間話の中で、さりげなく持ち出すぐらいのことをしても、ばちは当たらないではないか。

逆に麻里奈は、自分の父親と本間が知り合いだったことを、知らないに違いない。

知っていたら、沙帆が今回の解読翻訳にからんで、本間の名前を持ち出したときに、それなりの反応を示したはずだ。

いずれにしても、それは当面の問題ではない。

気持ちを入れ替え、単刀直入に問いただす。

「寺本風鶏については、また別の機会にお話をうかがいます。だいぶ、回り道をしてしまいましたけど、由梨亜ちゃんのことをはっきりさせたい、と思います。先生の方から、ギターのレッスンをしてあげよう、と持ちかけられたのですか」

切り口上にすぎたかもしれない。

本間は、せわしなく瞬《まばた》きして、顎《あご》を引いた。

「わしの方から、強要した覚えはないぞ。ごく軽い気持ちで、教わりたくなったらまた来たまえ、と言っただけのことさ。きみも、その場にいて聞いたはずだから、あれが強要でないことは、分かっているだろう。単なる勧誘というか、社交辞令のようなものじゃよ」

急に〈じゃよ〉などと、例の年寄り臭い言い方になった。

確かに、そういうやり取りがあったことは、覚えている。

「でもあのときは、教わりたければ古閑くんと一緒に来るように、とおっしゃいましたよね」

本間の瞳《ひとみ》が、くるりと回る。

「かもしれんな」

「にもかかわらず、わたしに黙ってレッスンに来たとすれば、先生ではなく由梨亜ちゃんの方から、申し出があったことになりますが」

「そのとおり」

そう応じて、こくんとうなずく。

沙帆は、なおも追及した。

「由梨亜ちゃんは、同じ金曜日でも時間をずらして、わたしと出くわさないように、ここに来ましたね。そういう打ち合わせだったんですか」

本間は、居心地悪そうにムルを抱き直し、不機嫌な口調で言った。

「正直にいえば、由梨亜くんが電話でレッスンを頼んできたとき、きみには黙っていてほしい、と釘《くぎ》を刺されたのさ」

23

古閑沙帆は、とまどった。

倉石由梨亜が、そのようなことを頼むとは、信じられなかった。

気持ちを抑え、静かに応じる。

「電話ですか。わたし、由梨亜ちゃんに先生の電話番号を、教えた覚えはありませんが」

本間鋭太は、もぞもぞとすわり直した。

ムルが不機嫌そうに鳴いて、本間の腕を逃れようとする。

本間はそれを、無理やり押さえつけた。

「このあいだ、奥でレッスンしたついでに、番号をメモしてやったんじゃよ」

「それでしたら、先生からレッスンに来なさいと、誘ったようなものじゃありませんか」

つい、気色ばんでしまう。

本間はたじろいで、またすわり直そうとした。

その隙《すき》に、ムルが本間の腕から飛び出して、戸口へ向かう。

本間は、あわててソファから飛びおり、ムルのあとを追った。

ムルは、閉じた戸の前で足を止め、本間を振り仰いだ。

ムルを抱き上げようと、本間は一度身をかがめかけた。

しかし、結局は思い直した様子で、引き戸をあけてやる。

ムルは尾をぴんと立て、いかにも誇り高い姿勢で、悠々と廊下へ出て行った。

本間は、ソファにもどった。

どことなく、手持ち無沙汰《ぶさた》という様子で、指を振り立てながら言う。

「別に、強要したわけではないぞ。レッスンを受けたくなったら、電話してくれればいいと言って、番号を教えただけさ。あくまで、由梨亜くんの判断に任せたんじゃ。あの子が、きみにも黙っていてくれと頼んだのは、わけがあるからだろう」

「わたしが知ったら、麻里奈さんに言いつけられる、と思ったからですか」

念を押すと、本間はあいまいに肩をすくめた。

「まあ、そんなとこだろうな」

沙帆は、口をつぐんだ。

由梨亜が、そんな風に本間に口止めをする、とは思えない。母親に知られたくないのなら、直接沙帆に口止めをすればすむことだ。

どう考えても、本間の方から沙帆には黙っているように、と言ったとしか思えない。

沙帆に話せば、母親に筒抜けになってしまうから、黙っているに越したことはない。

そんな風に、おどしたりすかしたりして、由梨亜を言いくるめたのだろう。

本間が、黙り込んだ沙帆を見て、薄笑いを浮かべた。

「そんなに心配なら、わしのレッスンを受けるのをやめるように、由梨亜くんに言ったらどうかね。わしでなくても、身近に倉石学という、りっぱな先生がいる。父親に習えば、すむことだからな」

沙帆は、深く息を吸った。

確かに、そのとおりだ。

しかし麻里奈によれば、由梨亜は父親に習うのは気が進まない、と言ったらしい。ともかく、誘われたにせよ自分から申し出たにせよ、由梨亜が本間に教わりたがっていることは、間違いなさそうだ。

そのことに、異を唱える資格は自分にはない、と思い直す。その立場にあるのは、やはり両親だけだろう。

本間はもちろん、由梨亜に裏切られたなどと考えるのは、傲慢《ごうまん》もいいところだ。

少し頭を、冷やす必要がある。

それを見透かしたように、本間が追い討ちをかけてきた。

「由梨亜くんも、きみが窓の外でムルの鳴きまねをしたと知ったら、さぞかし笑い転げることだろうな」

そう言い放って、くくと奇妙な笑いを漏らす。

それが、本間の露骨な牽制《けんせい》球《きゅう》と分かって、沙帆は唇を引き締めた。

自分でも驚くほど、冷静に切り返す。

「先ほどわたしは、三十分ほどいただければお原稿をここで読んで、感想を述べたいと申し上げました」

そこで言葉を切ると、本間は探るように沙帆を見返した。

「それがどうした」

「そのとき先生は、あわてて今日はこれで引き上げてくれと、わたしを追い立てられましたね。あれは、由梨亜ちゃんと鉢合わせしたらまずい、と心配だったからでしょう。それがやっと、今になって分かりました。由梨亜ちゃんが聞いたら、さぞかし喜ぶことでしょうね」

本間は急に落ち着きをなくし、シャツの袖を意味もなく引っ張った。

沙帆は続ける。

「それから、由梨亜ちゃんのために作務衣をやめて、おしゃれな今風のジーンズとシャツに、着替えをなさったことも」

本間は、唇を不機嫌そうにぐいと引き締め、また指を振り立てた。

「そんなたわごとなど、わしは聞きたくない。今度の原稿について、何か意見なり感想なりがあるのなら、さっさと言いたまえ。それともあれは、ここへもう一度上がり込むための、口実だったのかね。まだ、読んでもいないのに」

「いえ。お原稿は、カフェテリアで雨宿りをしているあいだに、ちゃんと読ませていただきました」

「そうか。では、その感想とやらを、聞かせてもらおうではないか」

「はい」

そう応じたものの、由梨亜のことで頭がいっぱいだったため、考えをまとめる余裕がなかった。

とはいえ、ここで引き下がるのも業腹《ごうはら》だ、と負けぬ気がわいてくる。

「今回の報告書は、ベートーヴェンについて筆を費やしすぎ、という感じがしました。もっとも、それは報告者のヨハネスなにがしが、責めを負うべきことですが」

「今の目で見るから、そんな感じがするだけさ。一八一〇年ごろには、ベートーヴェンはまだ、世に並びなき大作曲家とまでは、認められていなかった。ヨハネスは、ホフマンがそのベートーヴェンの天才を発見した、ごく少数の理解者の一人であることを、強くアピールしたかったのさ」

「だとしても、先生が訳注でホフマンのベートーヴェン礼讃《らいさん》を、もう一度繰り返す必要があったでしょうか。屋上屋を架すの印象、なきにしもあらずと思います」

歯にきぬを着せずに言うと、さすがに本間は渋い顔をした。

「またまた、古い文句を引っ張り出したな」

「すみません。ほかに適当なたとえが、思い浮かばなかったものですから」

本間は、苦笑した。

「わしはただ、この時点で早くもベートーヴェンを称揚した、ホフマンの音楽的理解の深さについて、一言したかっただけさ。くどいと思ったら、読み飛ばしてもらってかまわんよ。言わずもがな、の雑文だからな」

珍しく神妙な発言に、ちょっと意外の念に打たれる。少し言いすぎたか、と悔やまれるほどだった。

意識して、話を先へ進める。

「報告者のヨハネスは、ホフマンの日記にある〈K.v.H.〉、つまりケートヒェン・フォン・ハイルブロンが、ユリアの暗号名だということを、ここで暴露していますね。夫人のミーシャは、そのことを知らなかったのでしょうか」

「それは、なんともいえんな。ただ、ドイツ語に明るくないミーシャが、構文の複雑なクライストの小説を、読んでいたとは思えん。ホフマンは〈K.v.H.〉だけでなく、そのあと〈Ktch〉という記号も、使い出している。どれも、ケートヒェンの略号だが、ヨハネスに教えられなければ、ミーシャには分からなかっただろうな」

「ただ、ホフマンはユリアに対する感情を、周囲の人たちにけどられないように、慎重に振る舞っているようですね。ヨハネスも、そう書いています。むしろミーシャに、日記からその証拠を見つけてほしい、とそそのかしているようにみえますが」

「そのようだな。実はわしも、ハンス・フォン・ミュラーが一九一五年にまとめた、亀甲《かめのこ》文字のホフマンの日記を、持っておる。それと、そのミュラー版に細かい注釈をつけた、一九七一年のフリードリヒ・シュナップの、増補版もな」

沙帆は、驚いた。

しかしすぐに、そうした重要かつ貴重な資料が、本間の手元にあるのは当然だ、と思い当たる。

なんといっても、本間はホフマン研究の権威だ。それらの資料を参照しつつ、報告書の解読、翻訳を進めていることは、容易に想像できる。

沙帆は、一息ついた。

「この先、ヨハネスの報告書はどこまで、どのように続いていくのでしょうか。前にも申し上げたように、先生はすでに全体を通読されている、と思いますが」

本間は、首を振った。

「ただ、乱れていた古文書の順番を整えるために、ざっと目を通しただけだ。一枚ずつ、頭から解読する楽しみを取っておくために、綿密に通読してはいないのさ」

それがほんとうかどうか、沙帆には分からなかった。

その顔を見て、本間がにっと笑う。

「きみたちだって、途中で結末が知れてしまったら、つまらんだろうが」

沙帆が黙っていると、本間は付け加えた。

「まあ、あの報告書に結末がある、としての話だがね」

なんとなく、からかわれているような気がして、少ししらける。

本間は、ソファから身を乗り出した。

「さて、感想はそんなところかね」

「ええと、はい。すっかり、お時間をいただいてしまって、すみませんでした。では、また来週、よろしくお願いします」

「うむ」

本間はうなずき、それからさりげなく続けた。

「わしが、寺本風鶏と若いころ交流があったことは、麻里奈くんには言わん方がいいだろう。むろん、由梨亜くんにもだ。何かとトラブルの種に、なるかもしれんからな」

「分かりました」

沙帆は長椅子を立ち、戸口に向かおうとして、足を止めた。

「由梨亜ちゃんのレッスンは、お続けになるおつもりですか」

本間がソファに、ふんぞり返る。

「それは、由梨亜くんしだいだな。レッスンを続けたければ、また電話してくるだろう」

沙帆がためらっていると、さらに付け加えた。

「強要はしないが、断わるつもりもない。分かるかね」

念を押されて、しかたなくうなずく。

「はい。わたしも、由梨亜ちゃんの判断に、任せることにします」

外に出ると、雨の名残はほとんど消えていた。

夏至を過ぎて、一週間以上もたつ。まだ空は十分明るいが、すでに午後六時を回っただろう。

靴のかかとについた土を、ティシュでふき取った。玄関の脇に立てかけた、ビニール傘を取り上げて、アパートを出る。

表通りを渡り、駅へ向かった。

ほどなく、カフェテリア〈ゴールドスター〉に、差しかかる。

通り過ぎようとしたとき、窓際の席からだれかがガラス越しに、大きく手を振るのに気がついた。

目を向けると、由梨亜が笑いかけてきた。

24

古閑沙帆は、反射的に足を止めた。

とっさに、手を振って笑い返したものの、半分頬がこわばるのを意識する。

偶然、ということばが頭をかすめたが、それはすぐに消し飛んだ。偶然であるはずがない。

倉石由梨亜も、どこかの時点で沙帆に気がつき、あとをつけられたことを悟って、帰りを待ち受けていたに違いない。

沙帆は肚を決め、三たび同じカフェテリアにはいった。今度はジュースを頼み、由梨亜の隣の席に、トレーを運んだ。

開き直るというよりも、ここはいさぎよくという気持ちで、由梨亜にうなずきかける。

「ごめんなさいね。わたしって、つくづく探偵の才能がないことに、気がついたわ」

「わたしだって、おばさまに謝らないと。何も言わずに、本間先生のレッスンを受けてしまって、ごめんなさい」

悪びれる様子もなく、ぺこりと頭を下げる。

「いいのよ。でも、わたしが由梨亜ちゃんのあとをつけたって、どこでばれたの」

軽い口調で聞くと、由梨亜は形のよい眉《まゆ》をきゅっと寄せ、はきはきと応じた。

「さっき、レッスンの帰りにここの前を通ったら、おばさまのトートバッグが、目にはいったんです。三日月のマークを、覚えてましたから」

「それだけなの。顔は完璧《かんぺき》に、隠したつもりだけど」

「顔は、見えませんでした。でも」

由梨亜はそこで言いさし、くすくすと笑い出した。

「どうしたの」

由梨亜はひとしきり笑い、目を伏せて続けた。

「レッスンの最中に、窓の外で音がしたんです。本間先生が、ムルよおまえかとかなんとか、そんな風に窓から呼びかけたら、猫の鳴き声が聞こえました。レッスンが終わって、わたしがムルって顔に似合わない、かわいい鳴き方をするんですね、と言ったの。そしたら先生は、あれはムルじゃない。ひどく図体の大きい、牝猫《めすねこ》に違いないって」

そう言って、また含み笑いをする。

沙帆は、首を振った。

「それって、わたしのことね」

「トートバッグを見たとたん、そのことを思い出したの。それですぐに、おばさまだったんだって、ぴんときたんです。でも、駅へ向かう途中でちらりと見たら、あとを追って来なかったでしょう。それで、きっと本間先生のところへ、ねじ込みに行ったんだって、そう思ったの。それで、ここへもどって待ち伏せした、というわけです」

得意げな口調に、やれやれと思った。やはり頭の働きが、並の女子中学生とは違う。

それに〈ねじ込む〉、などという表現を知っていることに、感心した。

「言い訳するつもりはないけれど、由梨亜ちゃんのことに気をつけるって、お母さんと約束したからね。わたし自身も、まったく心配していなかったと言えば、嘘《うそ》になるし」

「いいんです。そのあたりのことは、わたしもなんとなく感じていましたから。お母さんて、いろんなことに気を回しすぎなんです」

「というか、自分の娘のことを心配しない母親なんて、どこにもいないわ」

そんな話をしているうちに、いつの間にか外に夕闇《ゆうやみ》が迫り始めた。

「あまり、遅くなったらいけないわね。お母さんが、心配するでしょう」

由梨亜が真剣な目で、顔をのぞき込んでくる。

「おばさまは、これから何か予定があるんですか」

「ううん。うちに帰って、ご飯をつくるだけ。でも、ちょっと遅くなったから、おばあちゃんに電話して、帆太郎のご飯を作ってくれるように、頼むつもり」

由梨亜の顔が、少し明るくなった。

「だったら晩ご飯、一緒に食べませんか」

「お父さんやお母さんは、どうするの」

「お父さんは、ギタリスト協会の会合。お母さんは、マスキングテープのお仲間と、お食事会。どっちみちわたし、今夜は外食なんです」

うきうきした口調だった。

「あら、そう。だったら、一緒に食べましょうか。なんでも好きなもの、ごちそうするからね」

カフェテリアを出て、ひとまず義母のさつきに電話をかけ、帆太郎のことを頼む。

さつきは、二つ返事で引き受けた。帆太郎は、いわゆるおばあちゃん子で、沙帆よりもさつきの方に、なついているふしがある。

前に帆太郎に、由梨亜と三人でご飯でも食べよう、と約束したのを思い出した。

そのとき、帆太郎はうなぎが食べたい、と言っていた。少なくともそれまで、うなぎだけはやめておこう、と決める。

由梨亜の希望を聞くと、パスタがいいという。ステーキとか、寿司とか言うと予想していた沙帆は、ちょっと拍子抜けがした。

タクシーを拾って、新宿のデパートにはいっている、イタリア料理店に行く。

前に二度、食べたことがある店だった。二度とも、ふつうのパスタを頼んだのに、なぜか大盛りが運ばれて来た。おいしかったので、結局全部平らげてしまった。店側は、ふつう盛りの料金しか、取らなかった。

店にはいると、マネージャーがそのことを覚えていて、くどくどとわびを述べ立てるのには、閉口した。

前菜とサラダ、それにスパゲティを注文する。沙帆はペスカトーレを、由梨亜はボロネーゼを、それぞれふつう盛りで頼んだ。

マネージャーがじきじきに運んで来たが、今度はさすがに間違えなかった。

「あとをつけたり、盗み聞きしたりして、悪かったわね。今考えると、なぜあんなことまでしたのか、自分でもおかしくなるわ」

実際、由梨亜にまで悟られていたと思うと、いたたまれぬ気持ちになる。由梨亜がさほど、気にしていないようにみえるのが、わずかな救いだった。

「いいんです。お母さんが、あまり心配しすぎるものだから、おばさまにも移っちゃったんですよ、きっと」

そう言いながら、由梨亜は器用にフォークを操り、スパゲティを食べた。

「由梨亜ちゃんは、本間先生のこと、どう思う」

「おもしろい先生だ、と思います。お母さんたら、何をそんなに心配しているのか、全然分からない」

正直に、打ち明けることにする。

「例のホフマンは、すごく美人の奥さんがありながら、まだローティーンだった生徒のユリアに、お熱を上げてしまったの。それで、ホフマンの生まれ変わりみたいな、あの本間先生が由梨亜ちゃんに、同じようにのぼせ上がったりしないかと、それを心配しているのよ、お母さんは」

聞くなり、由梨亜はけたたましい声で、笑い出した。

しかし、周囲の視線が自分に集まるのに気づき、あわててナプキンを口に当てる。

笑いをこらえながら、切れぎれに言った。

「いくら、名前が同じだからって、考えすぎですよね。だいいち、お母さんたら本間先生と、会ったこともないのに。会ったらきっと、笑っちゃうと思うわ」

ついでに、白状してしまう。

「実を言うと、わたしもちょっと心配だったの。本間先生は、わたしのドイツ語の先生でもあったし、人となりも一応承知しているから」

「昔から変な、というか、ちょっと変わった先生だったんですか」

「まあ、普通の人とは価値観が違う、という意味でね。でも、セクハラとかするような、そういう人じゃなかったわ」

「ですよね。わたしも、ずいぶんじろじろ見られたけれど、別にいやらしい目つきじゃなかった、と思う」

率直な意見に、なんとなく笑ってしまう。

「ところで、先生は先週一緒にギターを弾いたとき、由梨亜ちゃんに電話番号を、教えたんですってね。レッスンを受けたければ、電話しなさいって」

「ええ」

「それで、由梨亜ちゃんの方から、したわけね」

「ええ」

うなずいて、目を伏せる。

「そのとき、わたしに言わないようにって、先生に頼んだんですって」

「ええ」

三たびうなずき、今度は下を向いてしまった。

「わたしに隠さなくても、お母さんに告げ口なんか、しないわよ。由梨亜ちゃんのあとをつけたのも、告げ口するためじゃないの」

「分かってます。ごめんなさい」

由梨亜は、素直に頭を下げた。

スパゲティを食べ終わるまで、なんとなく沈黙が続く。

沙帆は、由梨亜の意向を確かめて、コーヒーとアイスクリームを、注文した。

コーヒーがきたとき、由梨亜は低い声で言った。

「わたしが、直接先生にお電話したことには、わけがあるんです。それを、なんとなくおばさまに、知られたくなくて」

ちょっと驚く。

「そうだったの。だったら、言わなくてもいいのよ」

由梨亜は少し考え、決心がついたように口を開いた。

「先週の帰り道、本間先生からギターを教わったこと、両親には黙っていてくださいと、そうお願いしましたよね」

「ええ。わたしも、言うつもりはなかったし」

由梨亜は沙帆を、まっすぐに見た。

「でもわたし、そのことをお父さんに、話しちゃったんです。すごく楽しかったって」

沙帆は、血の気が引くような気がして、コーヒーを飲む手を止めた。

「どうして、話しちゃったの。あんなに、約束したのに」

つい、問い詰めてしまう。

倉石学から、その話が麻里奈に伝われば、また一問着《もんちゃく》あると思ったのだ。

由梨亜が、首をかしげる。

「お父さんを差し置いて、別の先生にギターを教わったことが、やはり後ろめたかったんです。それでつい、報告しちゃったの」

そう言われてみれば、由梨亜の気持ちも分かる。

「それでお父さんは、なんとおっしゃったの。まさか、怒ったりはしなかったでしょう」

少なくとも、倉石はそういう父親ではない、と思う。

由梨亜は、うなずいた。

「別に怒らなかったし、驚きもしませんでした。それどころか、レッスンが楽しかったのなら、そのまま続けてみたらいい、と言ってくれたんです。お母さんには黙っているし、レッスン料も払ってやるからって」

意外な展開に、あっけにとられる。

「そうだったの。それなら、よかったじゃない」

「でも本間先生は、レッスン料なんかいらないって、そうおっしゃるんです」

「だったら、そうしてもらいなさいよ。先生は、由梨亜ちゃんにギターを教えるだけで、十分報われるんだから」

「そうかしら」

由梨亜は無邪気に、首をかしげた。

これで、本間がレッスン料を取ろうものなら、厳重に抗議してやる。

先週、由梨亜をマンションに送り届けたあと、エレベーターで倉石と出くわし、一緒にお茶を飲んだことを、思い出した。

由梨亜が、倉石に本間の話を打ち明けたのは、そのあとのことだろう。

会ったことのない本間に、倉石が偏見を持つ理由は、何もない。

ギターに関するかぎり、本間が所詮素人《しょせんしろうと》だということは、承知していよう。

それでも倉石は、レッスンが楽しいならそれでいいという、柔軟な考え方の持ち主のようだ。

その点麻里奈は、こうと決めたら石にかじりついても、考えを変えないところがある。

会ったこともない本間を、ホフマンになぞらえて必要以上に警戒し、由梨亜とできるだけ近づけまい、とする姿勢を崩さない。沙帆と一緒でなければ、由梨亜を本間に引き合わせることなど、決して許さなかったに違いない。

本間に言わせれば、そのあたりの思い込みの激しさが、父親の寺本風鶏譲り、ということになるのだろう。

秘密を打ち明けて、少しは気が楽になったのか、由梨亜はアイスクリームを食べ、背筋を伸ばした。

「わたしって、お父さんやおばさまには、隠しごとができないみたい。黙っていようと思っても、ついしゃべっちゃうんですよね」

「それでいいのよ。隠しごとって、けっこう心の負担になるから」

沙帆が言うと、由梨亜はまた肩を落とした。

「でも、お母さんには言えないことが、たくさんある気がする。どうしてだか、分からないけど」

「お母さんは、自分にも他人にも厳しいところがあって、それがときどきまわりの人たちを、ぎくしゃくさせるのよね。わたしみたいに、いいかげんなところで妥協する、適当人間なら楽なんだけどな」

つい、本音をもらしてしまう。

たとえ雑談にせよ、当の娘の前でその母親について、批判めいたことを口にするのは、好ましいことではない。

それは百も承知だが、由梨亜自身も自分の母親に対して、似たような気持ちを抱いていると分かり、少し気が緩んだのだった。

由梨亜は、コーヒーを飲み干した。

「それじゃ来週も、よろしくお願いします」

そう言って、またぺこりと頭を下げる。

25

【E・T・A・ホフマンに関する報告書・五】


——一八一一年三月。

親愛なるミーシャよ。

ETAの推薦で、バンベルク劇場の支配人に就任した、フランツ・フォン・ホルバインとの関係は、依然として友好的な状態を保っている。仕事はうまくいっており、ときにわたしを含めて食事や酒席を、ともにすることもある。その点では、何も心配する必要はない。

心配ごとは、ほかにある。

ご存じのように、今年になってからETAは日記に、ユリアのことを〈K.V.H.〉と暗号で示し、やがて〈Ktch〉という表記に定着した。そして、その暗号名の使用が一月末ごろから、日に日に頻度を増していくことになった。

ETAは、ほとんど毎日のようにマルク家へ足を運び、ユリアと妹のミンヒェンに、レッスンを行なう。つまり、ユリアとはのべつ幕なしに、顔を合わせるわけだ。

それが終わると、決まってフリードリヒ・クンツの家に回る。蔵書家にしてワイン商という仕事柄、クンツ宅には多くの本と良質のワインが、そろっている。

おそらくETAは、クンツを心からの親しい友人とは、みなしていない。悪くいえば、クンツは単に本とワインの供給者にすぎず、その点で重宝しているだけなのだ。

いや、クンツ宅へ回る理由は、ほかにもある。

あなたも知るとおり、クンツ夫人のヴィルヘルミネ、通称ミンナは肥大漢の夫に過ぎた、美しい女性だ。クンツも、そのことをよく心得ており、ミンナを人に引き合わせるのを、自慢にしている。他の男が、ミンナに関心を示せば示すほど、クンツの自尊心は満たされるのだ。

ETAも、そうしたクンツの性癖を見抜いており、ミンナに対する関心を隠そうとしない。正直なところ、色目を遣っているといっても、いいほどだ。

それは、わたしが一緒のときでさえ分かるほどだから、ひと目をはばかる気などさらさらない。

あなたも、たまにETAと一緒にクンツ宅を訪れ、お茶や酒食をともにする。

わたし自身、そういうおりに同席することがあるが、そんなときでさえETAはあなたの目を盗んで、ミンナにこっそり笑いかけたり、目配せしたりする。

それを知りながら、クンツは何も言わぬどころか、楽しんでいるふしさえある。

わたしに言わせれば、ミンナがどれほど美しい女性であるにせよ、あらゆる点であなたには及ばない。ETAにとって、ミンナはそのときどきの目の保養、というだけの存在にすぎない。したがって、何も心配する必要はない。

しかし、ユリアは別だ。

あなたは、ミンナのことはほうっておいてもよいが、ユリアには警戒しなければならない。

ユリアはまだ十四歳、ほんの子供にすぎない、だって？

いやいや。彼女も、この三月十八日には十五歳になるし、身も心も急速に成熟しつつある。

むろん、ユリアも今のところETAに対して、師弟という立場を越える感情など、抱いていない。ましてETAが、自分に弟子に対する以上の、ふとどきな関心を寄せている、などとは考えたこともあるまい。

二カ月ほど前の一月二十八日、マルク家の茶会でETAはピアノを弾き、ユリアの歌の伴奏をした。

ETAは、いかにもうっとりした表情だったが、内心明らかに感情を高ぶらせている気配が、その息遣いから察せられた。確かに、あの夜のユリアは生来の美声に加えて、すばらしい歌唱力を示した。

あなたはETAが、そのときの輝きにあふれたユリアの様子を、〈Ktch〉という暗号名のもとに、日記に書き込んでいるのを盗み見た、と言った。

どのように書いてあったか知らないが、いかにETAに文筆の才能があるとはいえ、あの異様な自分の興奮ぶりをそのまま、筆で表現することは不可能だったと思う。

ちなみに、その少し前の一月中旬から数日間、ETAが体調を崩して、レッスンを休んだことがあった。そのおり、ユリアが何度かお宅へ、ETAを見舞いに訪れたことは、あなたも覚えておられるだろう。

むろん一人ではなく、妹や弟を伴っていたはずだが、おそらくそうしたユリアの振る舞いが、ETAの彼女に対する強い愛慕の念を、掻《か》き立てたに違いない。

　そのあと、マルク家でユリアの歌を聞いて、いつも以上に感情を高ぶらせたのは、それが遠因の一つだった、と思われる。そののちに、〈Kätch〉の出現頻度が急に増えた、というあなたの報告からしても、わたしの推測は間違っていないだろう。

　二月にはいって、ETAはマルク家に連日のように、かよいつめた。レッスンのあと、そのままクンツ宅に足を運ぶことも、相変わらず多かった。

　商売柄、クンツ家の地下にはりっぱな、ワインの酒蔵がある。ご存じのように、建物はマックス広場に面しており、そこは今世紀の初めまでバンベルク最大の、教会の墓地跡だった。

　そのため、ETAはクンツの酒蔵をたわむれに、イタリア語で〈カタコンベ〉、つまり地下墓地と呼んでいる。あなたも、耳にしたことがあるだろう。

　クンツ自身、ホフマンの目当てが本とワイン、それに自分の妻だということに、気づいていると思う。

　しかし、クンツはクンツで別の思惑があるらしく、そうした事実に目をつぶっているようだ。抜け目のない男だから、おそらくホフマンの才能を当て込んで、ゆくゆくはひともうけしよう、という腹づもりだろう。

　ともかく二月の日記が、〈Kätch〉とクンツの名前であふれていることは、想像にかたくない。

　マルク家では二月十六日に早ばやと、〈ユリアの日〉と称して華ばなしく、誕生日の前祝いをやっている。

　そのときは、あなたもETAやわたしと一緒に招待されたから、変わったことは何も起こらなかった。ETAも、あなたがいる場ではユリアに対する気持ちを、あからさまにできなかっただろう。

　さて、三月三日。

　ETAは、バンベルク劇場の隣のレストラン〈薔薇亭《ばら》〉で、ある若者と知り合いになった。

　若者は、二日前にバンベルクに到着したばかりで、名前をマリア・フォン・ヴェーバーという。

　ご存じないかもしれないが、ヴェーバーは目下売り出し中の若手作曲家で、ミュンヘンへのコンサート旅行の途上、当地に立ち寄ったのだ。

　新進のピアニストであり、巧みな指揮者でもあるこの若者は、指揮をするとき細長い棒を振り回すことで、知られている。

〈薔薇亭〉で、ヴェーバーが戯《たわむ》れに弾くピアノ曲を耳にして、ETAはその優れた技量にいたく、感心したようだ。

ヴェーバーは、ＥＴＡとさして変わらぬ小男の上に、生まれつき右の大腿《だいたい》関節脱《だっ》臼《きゅう》症だとかで、歩行が不自由だった。そうしたことも、同じように肉体的弱点を持つＥＴＡの、共感を呼んだと思われる。

ヴェーバーのピアノを聞いたあと、ＥＴＡは感動して次のように述懐した。

「ヴェーバーは、自分がバンベルクに来て以来初めて出会った、ほんものの芸術家だ。この先彼が、ベートーヴェンのような偉大な作曲家になるかどうか、それは分からない。しかし、少なくともその可能性を秘めていることは、間違いない」

めったに人をほめないＥＴＡが、そこまで賛辞を呈することは珍しい。おそらく、その日の日記にもヴェーバーについて、なんらかの書き入れがあるはずだ。――（続く）

［本間・訳注］

ここで、カール・マリア・フォン・ヴェーバーについて、一言触れておこう。

ヴェーバー（一七八六～一八二六年）は、国民オペラ『魔弾の射手』で知られる、ドイツ浪漫派の代表的な作曲家の一人だ。ＥＴＡより十歳若く、二人が初めて会ったときは、まだ二十四歳だった。

父親は劇団の団長で、ヴェーバーは幼いころから家族とともに、ヨーロッパ各地を転々とした。その間、ヨゼフ・ハイドンの弟ミヒャエルや、ゲオルク・フォグラーなどに音楽を学び、やがて頭角を現す。

一八〇四年、ヴェーバーはわずか十七歳で、ブレスラウの歌劇場の音楽監督に、就任したといわれる。一般教育には恵まれなかったが、音楽の才能はみごとに花開いたようだ。

一八一七年から、一八二六年に三十九歳でロンドンに客死するまで、ドレスデンの歌劇場の音楽監督を、務めている。当時は、ピアニストとしても名を馳《は》せたが、今では一般に、オペラ『魔弾の射手』の作曲者として、記憶されるだけにすぎない。

ヴェーバーの時代、オペラといえばイタリア、フランスものがほとんどで、ドイツ・オペラはグルック、モーツァルトの作品くらいしか、認められていなかった。『魔弾の射手』は、そこへ強烈なくさびを打ち込み、のちにリヒァルト・ヴァグナーなど、著名な浪漫派の作曲家を生み出す、大きなきっかけとなった。ヴァグナーは、ヴェーバーが死んだとき十三歳だったが、ヴェーバー自身が指揮した『魔弾の射手』を、聞いた可能性がある。

ちなみに、報告書にある〈細長い棒〉とは指揮棒のことで、これを演奏会に持ち込んだのは、ヴェーバーが初めてとされる。

この日、すなわち一八一一年三月三日、ヴェーバーと出会ったETAが、ある種の感銘を受けたらしいことは、日記の短い記述からも分かる。ヨハネスの報告書にもあるとおり、ヴェーバーが自分と同じく肉体的な弱点を持つことも、共感を覚えた理由の一つだろう。

もっとも、最初の日は単に出会った事実しか、日記に記入していない。

翌日、二人はふたたび〈薔薇亭〉で、顔を合わせた。

今度は、ETAも「楽しく話をした」と、書き込んだ。さらに、ヴェーバーの名に二重線を引いた上、感嘆符までつけている。受けた感銘の大きさが、うかがわれる。

一方ヴェーバーは、小まめに日記をつけるたちだったにもかかわらず、バンベルクでのホフマンとの出会いを、いっさい書き留めていない。

どうやらホフマンに対する印象は、そのおりに引き合わされた多くの人びとの中に、埋没してしまったようだ。

二人は、五年後の一八一六年六月十二日に、ベルリンで二度目の出会いを果たした。

このときヴェーバーは、初めて「ホフマンの知遇を得る」と、日記に書いている。すでに、作家として名を知られたホフマンは、刊行されたばかりの『悪魔の霊液』を、ヴェーバーに進呈した。

ヴェーバーは、ホフマンも寄稿する〈AMZ〉の編集長ロホリッツと、婚約者のカロリーネ・ブラントあてに、ホフマンとその作品を称揚する手紙を、書き送った。

ホフマンが、デ・ラ・モット・フケーの『ウンディーネ（水の精）』をオペラ化したとき、ヴェーバーは好意的な評論を発表している。このオペラは、ヴェーバーとホフマンが再会した二カ月後に、ベルリン王立劇場で初演されて、予想をはるかに上回る成功を収めた。

しかし、後年『魔弾の射手』が発表されるに及んで、『ウンディーネ』はたちまちその光彩の陰に、隠れてしまった。

それが原因かどうか分からないが、『ウンディーネ』をほめたヴェーバーの期待に反して、ホフマンは『魔弾の射手』に無言を貫いた、といわれる。

そのあたりのいきさつについては、あらためて触れる機会もあろう。

ちなみに『魔弾の射手（Der Freischütz）』は、ドイツの民話をもとにしたオペラである。だれが、この邦題を考えたのかは知らないが、なかなか鋭い言語感覚を持つ人物、といえよう。

英語ならば〈The Free Shooter〉で、いずれにしても〈意のままに的中させる射手〉の意だが、そこへ〈魔弾〉という造語を当てたのは、訳者の手柄といえるだろう。

――三月十八日は、ユリアの十五歳の誕生日だった。

この日の朝方、わたしはETAに〈薔薇亭〉へ呼び出され、贈り物の準備をする手伝いをさせられた。

ETAは、前の晩に草稿を書いたという、ソネット（十四行の短詩）を清書した。

そのあいだに、わたしは詩に添える薔薇の花束を、買いに出た。

ちらりと見ただけだが、ソネットの最初の四行はこうだ。

春はきたりぬ　蒼《あお》き雲の波とともに
はるかかなた　雲の羽毛は輝き
歌はゆたかに　閑《しず》かなる森に満つ

鳴き鳥の群は　いまや里に帰らむ

これを見るかぎりでは、露骨な愛の詩ではない。

どちらにしても、文学的素養のない少女には、このソネットの真意を理解することは、できなかっただろう。

午前中のレッスンの前、ETAは用意した薔薇を添えて、このソネットをユリアに贈った。

ユリアは、この贈り物にひととおり感謝の意を表したが、大喜びしたというふうではなかった。

むしろわたしが持参した、季節はずれのプフェファクーヒェン〈クリスマス用の胡《こ》椒《しょう》菓子〉の方が、うれしかったように見える。体は成熟しても、まだまだ子供なのだ。

夜には、〈ハルモニー協会〉の演奏会があり、ETAとユリアは二重唱を披露して、喝采《かっさい》を浴びた。ETAは顔を紅潮させて、いたくご満悦だった。

あなたによると、この日のETAの日記にはそのいきさつが、そっけなく記入されていたそうだ。そして最後に、〈Pipicampu und geistiger Ehebruch〉と書き込みがあった、とも。

あなたは無邪気に、あるいは無邪気なふりをして、〈Pipicampu〉以下の言葉の意味を、しつこく尋ねてきた。

わたしが、その場で即答するのを避けたことは、ご存じのとおりだ。それには、いささかの理由がある。

正直に書いてしまおう。

〈Pipi〉とは幼児言葉で〈おしっこ〉を意味する。

〈campu〉は、あるいは〈Kampf（戦い）〉に、通じるだろう。そのあとの、〈精神的姦通《かんつう》〉という付け足しから察すれば、ETAが何をしたかは一目瞭然のはずだ。

あんな小娘を相手に、とあなたはお思いになるだろうが、どんなに頭脳明晰《めいせき》でまじめな男でも、そうした欲望に勝てないことがある。

なお今後とも、ETAの日記には注意するように。

26

古閑沙帆は、原稿をテーブルに置いた。

なんとなく、ため息が出てしまう。

奥の方から、ギターの音が聞こえてくる。

倉石由梨亜の指の動きは、前回よりもだいぶ滑らかになった気がする。本間鋭太の教え方が、うまいのか。

いや、まさか一度や二度のレッスンで、急にうまくなるはずがない。

由梨亜は、父親には習っていないという話だが、幼いころにごく初歩の手ほどきくらいは、受けたことがあるだろう。たまに、レッスン室でこっそり弾いている、とも言っていた。

由梨亜から、本間にギターを教わりたいと打ち明けられて、倉石学はあっさりオーケーを出したそうだ。

それも、母親の麻里奈には内緒にしておく、というおまけつきで。

麻里奈は、沙帆が由梨亜を本間に引き合わせる、というだけでもかなり難色を示した。

まして、由梨亜が本間にギターを習い始めたと知ったら、ただではすまないだろう。

いくら、倉石が了承したとはいえ、黙っているはずがない。

麻里奈の不安は、ただの考えすぎだ、と言ってやりたい。

しかし沙帆には、それを納得させるだけの、自信がなかった。なにしろ麻里奈は、こうと思い込んだらてこでも動かない、頑固なところがあるからだ。

本間が、麻里奈の亡父の寺本風鶏を、思い込みの強い男だと言ったことを、思い出す。もしそのとおりなら、麻里奈は確かに父親の血を引いている、といえるかもしれない。

由梨亜も、そうした母親の性格を百も承知のはずだが、あまりそれに反発する様子を見せない。中学一年生のわりには、感情のコントロールができるようだ。適当に距離をおいたり、父親をクッションがわりにあいだに入れたりする、ある種の器用さがある。

今度のレッスンも、金曜日の放課後に英語の特訓クラスを受ける、という名目でクリアしたらしい。倉石の承諾を得たとはいえ、ずいぶん大胆なことをする娘だ。

もし、麻里奈にそれがばれたら、どんな騒ぎになるかを考えると、冷や汗が出てくる。とても、ひとごととは思えない。

沙帆はまたため息をつき、テーブルの原稿に目をもどした。

本間から、レッスンのあいだに読んでおくように言われた以上、なにがしかの感想を述べなければならない。けっこうなお原稿でした、ですませようとしてもだめなことは、よく分かっている。

背筋を伸ばし、腕を組んだ。

これまで読んできて、漠然と感じたことがある。

この報告者、ヨハネスなにがしはホフマンの身近にいながら、ホフマンにあまり好意を抱いていない。

それどころか、ホフマンの夫らしからぬ振る舞いを、妻のミーシャにあれこれと述べ立てて、二人のあいだに亀裂を生じさせようという、そんな意図さえうかがえる。

ふと、この報告者はひそかにミーシャに対して、恋心を抱いているのではないか、という考えが浮かんだ。

その、直感めいたものに自分でも虚をつかれ、沙帆はむしろ愕然《がくぜん》とした。

ヨハネスは、ホフマンがユリアのような小娘ばかりか、親しい友人の妻にまで色目を遣う、無節操な男だという印象を与えたいらしい。それによって、ミーシャがホフマンに愛想をつかすように、仕向けたいのではないか。

クンツ夫人の美しさも、ミーシャには及ばないなどと、歯の浮くような世辞を平気で書く。確か、これで二度目だ。

場合によっては、ミーシャを口説いてみようという、そんな下心が随所に、見え隠れしていはしまいか。

　原稿をにらんでいると、そうした想像が胸の中でどんどんふくらみ、真実性を帯びてくるのが分かった。

　突然、引き戸ががたぴしと音を立てて引きあけられ、沙帆は飛び上がるほど驚いた。

　先週と同じ、紺のデニムのルーズパンツに、七分袖《そで》の黄色いシャツを着た本間が、戸口に立ちはだかっていた。

　奥からは、まだギターの音が聞こえてくる。そのせいで、まだレッスンが続行中だと思い、油断していたのだ。いつもの足音も、聞き逃してしまった。

　本間が、一人で抜けて来ようとは、考えもしなかった。

　本間は中にはいり、引き戸をしめた。

「どうしたのかね。卵を生んだばかりの、にわとりみたいな顔だぞ」

　そう言いながら、ソファにぴょんとすわる。

　沙帆はあわてて、長椅子《ながいす》にすわり直した。

「すみません。ギターの音が続いていたので、由梨亜ちゃんと一緒に奥にいらっしゃる、とばかり」

　そこで言葉を詰まらせる。

本間は、少しのあいだ沙帆を見つめてから、話を変えた。

「由梨亜くんは、才能がある。きみも、聞いていて分かるだろう。たった一週間で、あれだけ腕を上げるなどという例は、めったにないぞ」

「小さいときに、倉石さんから手ほどきを受けたんじゃないか、と思います」

「受けたとしても、その痕跡《こんせき》は残っておらんな。あの子の指には、妙な癖がいっさいついてないし、こちらの言うことをすなおに聞く。半年もレッスンすれば、十分人前で弾けるようになるだろう」

熱のこもった、いかにも満足そうな口調だ。

沙帆自身が、本間にドイツ語を習っていたころには、一度も受けた覚えのない賛辞だった。

それが顔に出たのか、本間は急いでまた話を変えた。

「ところで、読んでくれたかね」

そう言って、原稿にうなずきかける。

「はい」

沙帆がうなずき返すと、本間は目で先を促した。

沙帆は原稿を取り上げ、形ばかりめくり直した。

「この、書き手のヨハネスがだれにせよ、ホフマンに対して、どこか含むところがある、という気がします。たとえばホフマンの、いわゆる不適切な振る舞いを、いかにもおためごかしの筆致で、報告しています。ミーシャが、どんな内容を期待しているかを察して、それに迎合するようなことばかり、書き連ねる。そういう気配が、感じられます」

「たとえば、どんなことかね」

「たとえばクンツ夫人に対する、ホフマンの振る舞いについて。夫人が、どれほどの美人か知りませんが、ホフマンが彼女に色目を遣っている、と決めつけていますね。これは、いかがなものでしょうか。あくまで、ヨハネスの臆測《おくそく》にすぎなくて、ホフマンになんらかの下心があるとまでは、断定できないはずです」

沙帆が言い切ると、本間はもぞもぞとすわり直した。

両手の指をそろえて、口元へ持っていく。

「きみもとうとう、ホフマンびいきになったようだな」

そう言って、にっと笑った。

沙帆は背筋を伸ばした。

「ひいきとか、そういう問題ではありません。ヨハネスには、何らかの目的でホフマンの弱みを指摘して、ミーシャの歓心を買おうとする意図がある、という気がします」

本間は手を下ろし、あらためて腕を組んだ。

「何らかの目的か。きみは、どういう目的だと思うかね」

「短絡的に考えれば、ヨハネスはミーシャに言い寄ろうとしている、ということです」

それを聞くと、本間はくくと笑った。

沙帆は、むきになって続けた。

「見当違いでしょうか。わたしからすれば、この報告書が先ざきラブレターに変わったとしても、少しも驚きませんね」

本間のくくが、そのままわははと哄笑《こうしょう》に変わる。

ひとしきり笑ったあと、本間は人差し指で目尻《めじり》をふいて、おもむろに言った。

「それについては、これからの楽しみ、ということにしておこう。ほかに何かあるかね」

沙帆は息を吐き、先へ進んだ。

「ワイン商の、クンツとの付き合い方についての報告も、ホフマンに対する悪意のよですよね」

それに、確かクンツは先生がお持ちの『カロ風幻想作品集』の、初版本を出版した人

「ほんとうの友人でなければ、そんなに長い時間を共有することはない、と思います。

沙帆は、先を続けた。

がら報告書の解読、翻訳を進めていると言った。

当然のことながら、本間はホフマンの日記の原書を所有しており、それと照合しな

本間は何も言わず、あいまいにうなずいただけだった。

「それならなおのこと、ヨハネスがホフマンを批判するのは、見当違いでしょう」

ホフマンがクンツと一緒にいる時間は、ユリアとの時間よりも長いかもしれん」

ーンが多い。ともに本を読み、ワインを飲んで過ごすわけだ。仕事をしていないとき、

リアと妹にレッスンを施し、そのあとクンツの家へ回って一緒に過ごす、というパタ

「ホフマンの日記を見ると、確かにクンツの名前が頻出する。午前中、マルク家でユ

本間は、一転して厳しい表情になり、ソファの肘掛《ひじか》けを叩《たた》いた。

婦ぐるみで付き合いがあるらしいのに、ちょっと言いすぎではないかと思います」

いなかった、などという記述にはなんら根拠がありません。ホフマンとクンツは、夫

うなものが、感じられます。蔵書とワインが目当てで、ほんとうの友人とはみなして

その初版本は、今度の一件で最初にここを訪ねて来たとき、本間からさももったいらしく、見せられた覚えがある。革で表装された小型本で、それは今も本間の背後のサイドボードの中に、きちんと納まっているはずだ。

本間はうれしそうに、指を立ててみせた。

「そう、そのとおり。それがクンツの、数少ない手柄の一つじゃ」

じゃ、ときた。

「とおっしゃると、クンツにはほかにもまだいくつか、功績らしきものがあるのですね」

「そうだな。功績、と言っていいかどうか分からんが、クンツはホフマンが死んで十数年後に、回想録というか交遊録というか、ホフマンの伝記らしきものを、出版している。記憶違いも含めて、眉唾《まゆつば》ものの記述も少なくないようだが、貴重な記録であることは間違いない。バンベルク時代の、クンツのホフマンとの付き合いは、幼なじみのヒペルや職場の同僚だったヒッィヒより、はるかに深かった。それだけに、クンツの記録には知られざる情報が、けっこう多いわけだ」

「だとすると、ホフマンの研究者はそのクンツの本を、無視できないわけですね」

「さよう。ただし、今言ったように虚実取りまぜた本だから、悔し紛れに批判しながら引用する、という学者がほとんどさ」

本間はそう言って、ややおおげさなしぐさでまたすわり直し、探るような目で沙帆を見た。

「ところで、今度の報告書の中に、きみのドイツ語力では分からぬ言葉が、出てこなかったかね」

予想外の質問に、いくらか緊張する。

「ええと、別になかった、と思います。ホフマンの、ソネットの訳が文語調のために、ちょっとつっかえましたけど」

巧拙は分からないが、あの翻訳はさすがに本間らしいわざだ、と思った。

しかし本間は、投げやりに手を振った。

「あんなのは、文語でもなんでもない。透谷、藤村らの新体詩に比べれば、子供だましもいいところさ。それより、ピピカンプの意味は分かったかね」

前触れもなく突っ込まれて、沙帆は少し焦《あせ》った。

なんのことか分からず、原稿に目をもどす。

すぐに、中にあった〈Pipicampu〉という単語が、頭によみがえった。そこだけ、横文字で書かれていたため、とっさには結びつかなかったのだ。

意地悪な、というより趣味の悪い質問だと思ったが、しかたなく答える。

「見当はつきました」

「どうついたのかね」

しれっとして聞き返す本間を、沙帆は思いきり睨《にら》みつけた。

「それを聞いて、どうなさるんですか」

27

「解釈が間違っていたら、正してやらねばならんからな」

本間鋭太が、臆面もなくそう応じる。

古閑沙帆は、当惑というよりむしろ怒りを覚えたが、なんとかそれを押し殺した。

「前後の文脈から、ホフマンが何をしたかは察しがつきます。だとしても、ことさらあげつらうほど、重要なこととは思えませんが」

「そうかな。妻のミーシャが、報告者ヨハネスにしつこく意味を尋ねたとすれば、見過ごすわけにいかんだろう」

まるで、沙帆の当惑や怒りなど、どこ吹く風というおもむきだ。

沙帆は、唇を引き結んだ。

本間は自分に、女が口にするのをはばかるような言葉を、言わせようとしている。

これはまぎれもない、セクハラではないか。

先週由梨亜に、そういう人ではない、と請け合ったばかりなのに、たちまちこのていたらくだ。

沙帆は肚《はら》を据え、ゆっくりと言った。

「ホフマンは、自分で自分を、慰めたのでしょう」

部屋の中が、急にしんとした。

本間は、いかにも物足りなそうな顔で、ぐいと眉根を寄せた。

「そういう、あいまいな表現ではなくて」

そこまで言いかけて、急に口を閉じる。

いつの間にか、奥で鳴っていたギターの音階練習が、やんでいた。

沙帆も黙って、本間を見返す。

間をおかず、廊下に軽やかな足音が響いて、引き戸がノックされた。

本間は、露骨に残念そうな顔をして、ぶっきらぼうに応じた。

「はいりたまえ」

引き戸が引かれ、由梨亜がはいって来る。

頭を下げて言った。

「すみません。ハ長調のスケールが、ようやくハイポジションの方まで、弾けるようになりました」

本間は、むずかしげな顔をこしらえて、ぴんと指を立てた。

「ああ、それで十分だ。もし可能なら、家でお父さんのギターをこっそり弾いて、練習することだな」

「はい」

そう答えたものの、由梨亜はあまり自信がなさそうだった。

何かの拍子に、ギターを弾く現場を麻里奈に目撃されたら、由梨亜は説明に窮するだろう。

いっそ、倉石にギターを教わる決心をした、ということにすれば不審を招かずにすむ、と思う。

どちらにせよ、怪しまれないうちに手を打った方がいい、という気がした。

ともかく、沙帆は救われた気分で長椅子を立ち、由梨亜を隣にすわらせた。おかげで、人前で口にしたくない言葉を、言わずにすんだ。

逆に、その仕返しをしたいという、悪魔的な考えを思いつく。

「さっきの続きになりますが、わたしにはピピカンプの意味が、どうしても分からないんです。後学のために、正解を教えていただけませんか」

そう言って、本間をまじめな顔で見る。

本間は、瞬時にその意図を悟ったとみえ、目から鋭い殺人光線を放って、沙帆をにらんだ。

咳払《せきばら》いをして、しぶしぶのように応じる。

「あれはきみ、いたずら、といった程度の、訳さないでもいい単語だ」

それから、わずか十分の一秒ほどのすばやさで、ちらりと由梨亜の様子をうかがった。

そのしぐさを見ただけで、沙帆は気持ちがすっきりした。

「ありがとうございました」

ばかていねいに頭を下げ、由梨亜の方に向き直る。

わざと明るく、話しかけた。

「そういえば、ここまで聞こえてきたけれど、たった二回のレッスンで、ずいぶんうまくなった、という気がしたわ。少しは家で、練習しているの」

「ええ。お母さんが、買い物に出ているあいだとか、お茶飲みに行っているあいだとか」

「気を遣うわね。なんとかしなくちゃね」

二人で話していると、本間がしびれを切らしたように、割り込んでくる。

「古閑くん。ほかに感想があるなら、聞いておこうじゃないか。ぼくもこれで、忙しい体なんでね」

さんざん、好き勝手なことを言っていたくせに、何が忙しい体だ、と思う。

沙帆は、呼吸を整えた。

「それでは、言わせていただきます。ベートーヴェンのときもそうでしたけど、訳注でお書きになったウェーバーに関する蘊蓄《うんちく》は、少々長すぎると思いました」

「ヴェーバーだ」

「は」

沙帆が聞き返すと、本間はにがい顔で続けた。

「ウェーバーではない、ヴェーバーだと言っとるんだ。きみもドイツ語の学徒なら、ヴェーバーと呼ぶべきことぐらい、承知しとるだろう」

「はい。それは分かっていますが、日本ではウェーバーで通っていますので」

隣で、由梨亜がうなずくのが、目の隅に映る。

本間の指摘は正しい。原稿の中で、ワグナーもヴァグナー、と書かれていた。ただ、それにならえばベートーヴェンは、逆にベートホーフェン、としなければなるまい。

「日本でどう呼ぼうが、ヴェーバーはヴェーバーだ」

本間は頑固に、言い張った。

そのくせ、本間が口にする〈ベートーヴェン〉は、〈べえとおべん〉と聞こえる。

そんなことで、言い争っている場合ではない。こちらも、忙しい体なのだ。

「分かりました。それで、わたしの感想についてのご意見は、いかがですか」

「蘊蓄が長すぎる、という話かね」

「はい」

いちいち聞き返すな、と文句をつけたくなる。

「ホフマンとヴェーバーの関係は、一部の音楽関係者のあいだでしか、知られておらん。それにヴェーバーは、浪漫派の作曲家の先駆けといえるし、ドイツ国民オペラの開拓者でもある。それが、『魔弾の射手』の作曲家としてしか記憶されないのは、かわいそうというものだ。それで、いささかヴェーバーに筆を割いた、という次第さ。

つまらなかったかね」

　正面切って聞かれると、さすがに答えあぐねる。

「いえ、そういうわけではありませんが、ホフマンとの接点はさほど大きくない、と感じたものですから」

「そうでもないぞ。前回の報告書に、ベートーヴェンの作品に接したホフマンが、自分の音楽的才能に疑問を抱き始めた、という意味の記述があったのを、覚えているだろう」

「はい」

　本間の〈べえとおべん〉に、笑いを嚙《か》み殺しながら応じる。

「ヴェーバーについても、同じことがいえるのではないか、と思う。今回の報告書で、ヨハネスはホフマンがヴェーバーに関して、ベートーヴェンのような偉大な作曲家になりうると言った、と書いている。若死にしたために、結果的には、そうならなかったがね。しかし、ホフマンにとってはヴェーバーも、自分を超える作曲家になるのでは、という思いがあったかもしれん。だとすれば、ヴェーバーはベートーヴェンとともに、ホフマンを文筆の道へ向き直らせた、功績者とみることもできるわけだ」

　そのレトリックに、沙帆は頭の中が混乱した。

いささか、牽強付会《けんきょうふかい》という気もするが、見当はずれとも言い切れない。

「ヴェーバーについては、わたしも『魔弾の射手』以外に何も知りませんし、ホフマンとの関係も今回のお原稿で、初めて知った次第です。よく考えると、今回の訳注も意味のない蘊蓄ではない、という気になりました」

正直に言うと、本間は得意げに鼻をうごめかした。

黙って聞いていた由梨亜が、遠慮がちに口を開く。

「すみません。わたし、前に〈魔弾〉の意味がよく分からなくて、辞書を引いてみたことがあるんです。そうしたら、どの辞書も〈魔弾の射手〉は載っているのに、〈魔弾〉だけで項目を立てているものは、一つもありませんでした。どうしてかしら」

本間は、ほがらかに笑った。

「それはきみ、〈魔弾〉はだれかが勝手に作った造語で、市民権を得ていないからだ。独文学者か音楽家か知らんが、フライシュッツ（Freischütz）を〈魔弾の射手〉と訳した人物を、ほめてやりたいね。まさに言い得て妙、これ以外には使われない日本語だからな」

「ほんとですか。すごいですね」

由梨亜は、しんそこ感心したようだった。

本間が、沙帆に目をもどす。

「さて、来週の報告書はちとばかり、にぎやかになる。楽しみに待っていたまえ」

「ありがとうございます」

沙帆は、しおらしく頭を下げた。

由梨亜を連れて来てから、本間が約束どおり毎週原稿をくれるようになったのは、ありがたかった。

これで麻里奈が、少しでも本間への警戒心を緩めてくれたら、と思う。

そうすれば、由梨亜も心置きなくギターのレッスンに、かよって来られるのだが。

28

倉石麻里奈は、テーブルに原稿を置いた。

さめた目で、見返してくる。

「この、ヨハネスなにがしという報告者は、ミーシャに特別な感情を抱いてる、そんな気がするわ」

古閑沙帆は、麻里奈がそう言い出すのを、ある程度予期していた。

しかし、とぼけて聞き返す。

「どうして、そう思うの」

「なんとなく、ホフマンについて書くときの筆致が、底意ありげなのよね。いちいち、ホフマンの立ち居振る舞いを悪いように、悪いようにねじ曲げて報告する。そんな感じがするわ」

沙帆も、本間鋭太に読後の感想を求められたとき、それを指摘した。麻里奈が、同じような印象を抱くのは、当然だろう。

「そうね。わたしも、そう思うわ」

「それを裏返せば、ヨハネスはひそかにミーシャに恋している、ということじゃないかしら。そんな様子が、文面からちらちら、うかがえるもの」

さすがに鋭い。

「確かに、そういう雰囲気があるわね」

「雰囲気どころじゃないわよ。ヨハネスは、クンツ夫人を美人だ美人だと連呼して、ミーシャをやきもきさせながら、すかさずあなたはそれ以上の美人だ、とほめたたえる。見えみえの手口だわ。いつの時代も、こういう男っているのよね」

唇の端が、わずかにゆがんで見えるほど、辛辣《しんらつ》な口調だった。

わざとらしく、首をひねってみせる。

「ホフマンの日常生活を、これほど克明に報告できる人物って、限られるわよね。わたしはやはり、いちばん接触の多かったクンツじゃないか、という気がするの。もちろん、クンツの名前がヨハネスでないことは、承知しているわ。でも、正体を隠すために偽名を使う可能性は、十分にあると思うの」

麻里奈は、紅茶に口をつけた。

「確かに、ホフマンはよくクンツと連れ立って、ピクニックなんかに出かけたみたいね。それに、マルク家でレッスンしたあとは、頻繁にクンツの家に立ち寄っているし。ホフマンの日記には、毎日のようにそんな記載があったと、だいぶ昔目を通した資料にも、そう書いてあったわ」

「だったら、ますますヨハネスすなわちクンツ、という可能性が高くなるわね」

沙帆が言うと、麻里奈は眉根を寄せた。

「でも、そのクンツが正体を偽ってまで、自分の妻とホフマンのことを、こんなふうに書くかしら。そこがちょっと、引っかかるのよね」

もうひとつ、吹っ切れない顔つきだ。

「ホフマンが、自分の妻に色目を遣うお返しに、自分もホフマンの妻に接近を試みる、という解釈はどうかしら」

われながら、その可能性は低いと思いつつ、沙帆はそう言った。

麻里奈が手を振って、否定する。

「それは、見当違いよ。ミーシャがひそかに、夫の動向を知らせてもらう相手として、クンツを選ぶ可能性は、きわめて低いと思うわ。だれに相談したらいいか、ミーシャはずいぶん頭を悩ませたはずよ。まず、何よりも口が堅くて、信頼できる人物でなくちゃ。その上で、ホフマンときわめて親密な関係にありながら、一歩距離をおいて冷静に観察ができる、知的な人物であること。それに、たぶんミーシャ自身にとって、好ましい人物であることも、条件のうちに入れないとね。クンツが、そうした条件を十分満たしているとは、わたしには思えないわ」

最後の条件を、沙帆は聞きとがめた。

「その、ミーシャにとって好ましい人物って、どういうこと」

「たとえば、ひそかに好意を抱いている男、といった意味よ。相手が信頼できて、知的だというだけでは、そんな微妙な相談はしないわ。口説かれたら、どうかなっちゃいそうと思うくらいの、親密な相手でなくちゃね」

過激な意見に、ちょっと驚く。

「ミーシャは、確かに美人だったかもしれないけど、それほど情熱的なタイプの女性じゃない、と思うわ」

麻里奈は、また手を振った。

「だから、たとえばの話だって、言ったでしょう。でも、夫のふだんの行状が知りたい、などという微妙なことを口にするのは、相手にかなり気を許していなければ、できない相談だと思わない」

「相手に気を許したからといって、口説かれてもいいとまで思うとは、限らないでしょう」

「そうかな。ある部分では重なっている、と思うわ。だって、それくらいの気持ちになる相手でなきゃ、亭主の行動リポートなんか頼めないじゃないの」

「最初の方を読むと、ミーシャの方からはっきり頼んだ、というふうには書かれていないわ。むしろヨハネスの方が、そういうミーシャの気持ちを読み取って、自主的に報告を始めた感じでしょう」

「でも、それはいわゆる以心伝心というやつで、同じことじゃない」

男のような口調で、麻里奈はそう言い捨てた。

なんだか、押し問答のようになり、沙帆は口をつぐんだ。

麻里奈の言うことも、ある面では当たっている気もするが、全面的には受け入れられない。

隣のレッスン室から、かすかにギターの音が漏れてくる。

息子の帆太郎が、倉石学に土曜の定時のレッスンを、受けているのだ。

前日、本間鋭太のところで耳にした、由梨亜のギターを思い出して、複雑な気持ちになる。さすがに、帆太郎の方に一日の長があるように思えるが、いずれ由梨亜に追い抜かれるのではないか、という妙な考えが浮かんだ。

さらに、本間と由梨亜の秘密レッスンが、麻里奈にばれたらどうしようかという、例の不安がまた頭をもたげてくる。

それを振り払い、沙帆はあらためて質問した。

「クンツを除いて、ホフマンがらみのそういう特別な人物に、だれか心当たりがあるの」

あえて特別、という言葉を遣う。

麻里奈は紅茶を飲み干し、腕を組んでソファにもたれた。

「なくもないわ。バンベルク時代に、ホフマンと親しくしていた人物が、ほかにもいるのよ」

興味を引かれて、沙帆はすわり直した。

「だれなの、それは」

「ドクトル・フリードリヒ・シュパイアよ」

「シュパイア、博士。初耳だわ」

「でしょう。これまでの報告書に、一度も出てこなかったから」

さすがに、卒論でホフマンを取り上げただけに、いろいろと情報を持っている。

沙帆は、すなおに感心するだけでは収まらず、いじわるな質問を返した。

「報告書に出てこなかったことが、その博士とやらをヨハネスだと考える、唯一《ゆいいつ》の根拠なの」

麻里奈は、まったくたじろがない。

「ううん、ほかにもあるの。卒論を書くために、あちこち当たった資料のどれだかに、こんな記述があったわ。つまり、ホフマンが日記の中でシュパイアを、マルク家の自分に対する反感を生んだ元凶だと、そんなふうに書いていたそうなの」

初めて聞く話に、沙帆はとまどった。

「それはシュパイアが、ホフマンについてマルク夫人やユリアに、あることないことを告げ口した、というような意味なの」

麻里奈が、軽く肩をすくめる。

「簡単に言ってしまえば、そういうことね」

「でも、その人とホフマンは、親しくしていたんでしょう」

「愛憎相半ばする、アンビバレントな関係だった、と思うわ。実はシュパイアは、ユリアのいとこだったのよ」

沙帆は、頭が混乱して、顎《あご》を引いた。

「いとこですって。よく分からないわ。説明してくれない」

麻里奈は、クッキーを口に入れた。

沙帆もつられて、同じようにする。

麻里奈は続けた。

「ゾーデン伯爵《はくしゃく》が、バンベルク劇場の運営をゆだねた、アダルベルト・フリードリヒ・マルクス博士を、覚えているでしょう」

「ええ。報告書に出てきたわ。ユリアの伯父で、バンベルクのどこだかの病院の、院長よね」

「そう。その博士の弟で、フィリップ・マルクスという、フランコニアのバンベルク駐在領事が、いたのよ」

「フランコニアって」

「バヴァリアというか、今のバイエルン州のあたりね。それで、この領事がフランツィスカ、つまりユリアの母親と結婚するんだけど、早死にしてしまうの」

「なるほどね。それでフランツィスカ、つまりファニーはみずから領事夫人、と称しているわけね」

「そう。ただ、結婚したあとなぜかフィリップは、名字の〈c〉を〈k〉に変えた上に、最後の〈us〉を取ってしまったの」

「つまり、マルクス（Marcus）からマルク（Mark）になった、と」

「ええ。さらに、アダルベルトとフィリップのマルクス兄弟には、たぶん姉か妹がいたのよ。その姉か妹が、シュパイアなにがしという男と結婚して、フリードリヒを生んだ。それが、ユリアのいとこのフリードリヒ・シュパイア、というわけよ」

沙帆は身を起こし、長椅子の背にもたれた。

「ふうん。ややこしいけど、なんとなくそのあたりの血縁関係が、分かってきたわ。ユリアのいとことなれば、ホフマンも親しくしておいて損はない、と思ったでしょうね」

「それだけじゃなくて、シュパイアはおじのマルクスと同じく、博士でもあり医者でもあった。バンベルクでは、数少ないインテリの一人だったから、ホフマンはユリアを抜きにしても、マルクスやシュパイアと親しくしていた、と思うわ。二人とも、ホフマンの才能を認めていたから、ユリアのことさえなければ、いい関係を維持できたはずよ」

沙帆も紅茶を飲み干し、一息ついた。

麻里奈が続ける。

「本間先生は、報告者のヨハネスについて、何か言ってなかったの。もう、だれだか知ってるんじゃないか、と思うんだけど」

「それは前にも質問したけれど、確かなことは何もおっしゃらないわ。少なくとも、シュパイアという人物の名前が、先生の口から出たことは、一度もないわ」

沙帆が応じると、麻里奈は少しのあいだ考えてから、膝《ひざ》を乗り出した。

「今度、原稿を取りに行ったとき、探りを入れてみてくれない」

すぐには答えあぐねて、またすわり直す。

「探りを入れるって、どんなふうに」

「ずばり、ヨハネスはシュパイアじゃないんですかって、そう切り込むのよ。そのときの先生の反応で、当たりかはずれか分かるんじゃないかしら」

いかにも、麻里奈らしい発想だ。

沙帆は意識して、論点をわずかにずらした。

「ヨハネスの正体はともかく、少し前に先生にこの報告書がどこまで、どんなふうに続いていくのか、お尋ねしたことがあるの。だって、先生は翻訳のために当然全体を、通読されたはずでしょう」

麻里奈の頰が、引き締まる。

「そうよね。わたしも沙帆に、そんなことを言った覚えがあるわ」

「ええ。だとしたら、先生は報告書の展開を最後の最後まで、つまり結末まで、知ってらっしゃるはずよね」

「そう、そう。それで、先生の答えは」

麻里奈が身を乗り出し、逆に沙帆は上体を引いた。

「それがなんと、肩透かしだったの。途中で、結末が分かってしまったら、きみたちもつまらないだろうと、そういいなされたわ。その上、かりに結末があるとしてだがねって、そう付け加えるのよ」

麻里奈は苦笑して、腕を組んだ。

「なかなか、手ごわい古狸《ふるだぬき》ね」

倉石学に言わせれば、麻里奈こそ手ごわい女狐《めぎつね》だ。

会話が途切れ、レッスン室から聞こえるギターの音が、妙に大きくなった気がした。

麻里奈が、思い出したように言う。

「帆太郎くん、ずいぶんうまくなったわね」

「先生がいいからよ、いつも言うけれど」

沙帆の返事に、麻里奈は含み笑いをした。

「さあ、どうだか。正直に言うと、わたしは倉石にレッスン・プロより、コンサート・ギタリストとして、身を立ててほしかったの。そうしたら、由梨亜も習う気になったんじゃないか、と思うわ」

さりげない口ぶりだが、倉石に対する期待がはずれたことを、今さらのように悔やむ様子が、そこはかとなく漂っていた。

沙帆は、それが麻里奈の本音だったのかと、少ししらける思いがした。

同時に、由梨亜が本間のレッスンを受け始めたことを、麻里奈に知らせずにいる今の状況に、ひどく後ろめたいものを感じた。

目を伏せ、麻里奈がテーブルに置いた原稿を、意味もなくそろえ直す。

そのとき、リビングのドアが急にあいて、帆太郎がはいって来た。

29

古閑沙帆は背を伸ばし、反射的に言った。

「あら、どうしたの」

帆太郎は、きょとんとした。

「レッスンが終わったんだよ」

言われてみれば、今しがたまで聞こえていたギターの音が、やんでいる。

「あら、そう。お疲れさま」

取ってつけたように応じると、帆太郎はおとなっぽいしぐさで肩をすくめ、そばにやって来た。

倉石麻里奈が、元気よく立ち上がる。

「紅茶をいれるわね」

そう言って、からになったカップを取り上げ、キッチンへ向かった。

帆太郎は、沙帆の隣にすわった。

遅れてはいって来た倉石学が、麻里奈の並びのソファに腰を下ろす。白いスラックスに、水色のデニム地のカッターシャツ、といういでたちだった。

「お疲れさまでした。なかなかうまくならなくて、申し訳ありません」

沙帆が言うと、倉石は首の後ろで両手を組み、体をそらした。

「いやいや。帆太郎くんは、なかなか筋がいいですよ。本気でこのまま続ければ、ギターのコンクールで入賞するのも、夢じゃないかもしれない」

「まさか」

沙帆は笑ったが、帆太郎はまんざらでもなさそうに、おおげさに頭を搔《か》くまねをした。

お世辞半分にせよ、倉石のほめ言葉は沙帆にとっても、うれしいものだった。

ほどなく、トレーにカップを四つ載せた麻里奈が、もどって来る。

しばらくのあいだ、帆太郎のギターの上達ぶりについて、話がはずんだ。

倉石によると、帆太郎は体の成長とともに手が大きくなり、以前は弾けなかった箇所にも、指が届くようになったという。手が小さいことは、ギタリストにとって決定的なハンディではないが、ある程度大きいのに越したことはないそうだ。

沙帆は紅茶に口をつけ、別のことに考えを巡らした。

由梨亜は、本間鋭太のレッスンを受けるにあたって、倉石の了承を得たと沙帆に打ち明けた。

そのことをまた、倉石に報告したのだろうか。

それについて、きのう由梨亜は何も言わなかったし、沙帆もあえて聞かなかった。

由梨亜のことだから、おそらく報告したに違いないと思うが、断定はできない。なんとか、判断する材料はないものかと、それとなく倉石の顔色をうかがう。

倉石の様子には、沙帆への対応も麻里奈との受け答えも、ふだんと変わるところがなかった。もともと倉石は、あまり感情を表に出さない男だが、それにしても何か葛藤《かっとう》があるようには、まったく見えない。

紅茶を飲み終わると、倉石は麻里奈と沙帆を交互に見た。

「それで、ホフマンの報告書の話は、もう終わったの」

沙帆が返事をする前に、麻里奈が口を開く。

「いいえ、まだ。もう少し、話を聞かせてもらわないと」

むしろ不自然なほど、きっぱりした口調だった。

倉石は、腕時計に目をくれた。

「それじゃ散歩がてら、駅まで由梨亜を迎えに行ってくる。ちょっと早いけど、お茶でも飲んで待つことにするよ」

たった今、紅茶を飲んだばかりだということを、忘れたような風情《ふぜい》だ。

由梨亜は、毎週土曜日の午後塾にかよっており、四時半を過ぎないと帰宅しない。

帆太郎が、沙帆を見て言う。

「ぼくがここにいたら、邪魔くさいよね。先生と一緒に、由梨亜ちゃんを迎えに行ってもいいかな。久しぶりに、話もしたいし」

倉石は、それがいいというように、うなずいた。

「そうしよう。ぼくも、一人で由梨亜を待つのは、退屈だからな」

沙帆は、帆太郎の額を、軽くこづいた。

「それじゃ、連れて行っていただきなさい。間に合えばお母さんも、あとで追いかけるから」

二人が出て行くと、麻里奈は間なしに切り出した。

「さっそくだけど、本間先生のヴェーバーに関する訳注は、ずいぶん長いわよね。このあいだの、ベートーヴェンのときも、そうだった。ヨハネスの報告書と、それほど密接な関係があるとは、思えないんだけど」

「そのことは、わたしも先生に指摘したわ。先生によると、ヴェーバーもベートーヴェンと同じように、ホフマンを音楽から文学へ方向転換させる、決定的なきっかけになった作曲家、という位置づけらしいの。ホフマンは、フケーの『ウンディーネ』のオペラ化で、ヒットを飛ばしたでしょう。ところが、ヴェーバーの『魔弾の射手』が出たために、すっかりかすんでしまった。それがホフマンにとって、少なからずショックだったことは、確かなような気がするの」

沙帆が言うと、麻里奈の口元に小ばかにするような笑みが、ちらりと浮かんだ。

「沙帆も、本間先生の見解にだんだん毒されてきた、という感じね」

少し、むっとする。

「毒されたつもりはないけれど、なかなか鋭い指摘だと思うわ」

「ホフマンが、音楽から文学の仕事に移行したのは、受け手の側がそれを求めたからよ。ホフマンは、終始作曲を自分の天職、とみなしていた。文学は余技、といって悪ければただの気晴らし、あるいは生活を維持するための手段、という位置づけじゃないかしら」

「それはちょっと、言いすぎじゃないの。ホフマンが、音楽の仕事に関わっていたのは、バンベルクまでよ。ベルリンに移ったあとは、小説に専念して音楽からは距離を置いた、と理解しているわ。『ウンディーネ』だって、初演されたのはベルリンだけれど、それより前に完成していたはずよ」

付け焼き刃の勉強だが、そのような流れだったはずだ。

麻里奈は、わざとのように、むずかしい顔をした。

「バンベルクを出て、ベルリンへ行く前にライプツィヒ、ドレスデンを回ったあたりまでは、まだ音楽と関わりがあったのよね。ただベルリンに行ったら、思いもかけず大審院の判事に任命されて、ひどく忙しくなってしまった。そのために、文筆業を兼ねるのが精一杯で、作曲の仕事まで手が回らなくなったのよ。でも、音楽を捨てたわけじゃない、と思うわ。音楽評論は続けていたはずだし、得意のカリカチュアの腕もふるっていたわ」

そのあたりになると、さすがに麻里奈の方が詳しい。

沙帆は、話をもどした。

「判事と作家の仕事に絞ったのは、ベートーヴェンやヴェーバーを知って、自分はそういう人たちを超えられない、とあきらめをつけたからじゃないかしら。もちろん、趣味や評論で音楽とつながっていたとしても、ベルリンに行ってからは文学に専念しよう、と肚《はら》をきめたんだと思うわ」

麻里奈は唇を引き締め、不服そうに言った。

「ホフマンは、みずからの音楽家としての才能に、見切りをつけたと言いたいわけ。

倉石が、コンサート・ギタリストへの道を、あきらめたように」

とげのある言い方に、沙帆は自分でも頬がこわばるのが、分かった。

そもそも、ここで倉石の話題を持ち出すこと自体が、不自然ではないか。

つい、強い口調になる。

「そんなこと、だれも言ってないわ。倉石さんと、ホフマンを比べるなんて、ナンセンスよ。人はみんな、自分の才能がどこに向いているか、冷静に判断した上で進む道を選択する。そういうものでしょう。少なくともわたしは、そうしてきたつもりよ」

麻里奈は、沙帆の見幕に驚いたように、顎を引いた。

「そんなに、むきにならないでよ。わたしはただ、あまり簡単に自分の才能に、見切りをつけるのはよくない、と言いたいだけなんだから」

「それを言うなら、麻里奈だって得意のドイツ語に、見切りをつけたじゃない。わたしより、ずっとできたのに」

そう言い返してから、沙帆は言わなければよかった、と思った。

案の定、麻里奈の頬が引き締まり、目の色が変わる。

「わたしのドイツ語は、この際関係ないじゃないの」

沙帆は一呼吸おき、ことさらゆっくりと応じた。

「そうかしら。倉石さんが、コンサート・ギタリストの道へ進まなかったのも、麻里奈がドイツ語をやめて別の道へ進んだのも、自分の向き不向きを熟慮した上での判断だった、と思うわ」

麻里奈も、気持ちを落ち着けるように肩を動かし、自嘲《じちょう》ぎみに言った。

「倉石のことをかばうなんて、沙帆もずいぶんお人好しね」

沙帆は、しいて口元に、笑みを浮かべた。

「かばうつもりなんかないし、そんな必要もないわよ。ただ、だれにも向き不向きがあるって、そう言いたいだけ」

麻里奈も、さすがに言い過ぎたと気づいたらしく、同じように笑いに紛らせた。

「そうね。わたしも結局、沙帆ほどドイツ語の道に向いてなかった、ということね」

沙帆は、冷えた紅茶を飲んだ。

「でも、そう結論づけるのはまだ早いかも、という気がしてきたわ。麻里奈が、ホフマンへの情熱を取りもどしたのは、まだ埋もれ火が残っていたからでしょう。ホフマンについて、本気で何か書くつもりなら、わたしも応援するわ」

前に麻里奈は、言葉のはずみという感は否《いな》めないものの、卒論を書き直そうかと思っている、と認めたのだった。

麻里奈も、そのときのことを思い出したらしく、少しひるんだ様子を見せた。

「実は、卒論を引っ張り出して読んでみたんだけど、やはり若書きのせいか突っ込みが浅くて、がっかりしたわ。参考にした資料も、ほぼ日本語の文献に限られていて、とても読めたしろものじゃなかった」

「それは、しかたがないわよ。あのころは、インターネットも今ほど普及していなかったし、一次資料を海外から取り寄せるのが、むずかしい時代だった。これからあらためて、集め直せばいいじゃないの」

そう励ましたが、麻里奈は意気のあがらない様子で、肩を落とした。

「そうね。やる気になれば、できなくもないわね」

珍しく、消極的な口調だ。

「できるわよ。なんといっても、本間先生に預けた貴重な資料が、あるじゃないの。あれを活用すれば、ホフマン研究に一石を投じることができる、と思うわ」

精一杯発破をかけると、麻里奈は力ない笑みを浮かべながらも、背筋を伸ばした。

「まあ、報告書の解読が終わった段階で、考えてみるわ」

それとなく、話をもどす。

「その話はさておいて、ほかに何か今度の報告書で、気になることがあるかしら」

麻里奈は、視線を宙に浮かせて、少し考えた。

「そうね。たとえばそこに、ソネットが出てくるわよね」

「ええ。春はきたりぬ、蒼《あお》き雲がどうのこうの、というやつね」

「そう。卒論を書いたとき、ホフマンがユリアにソネットを贈った話は、何かで読んだ記憶があるの。でも、ドイツ語で書かれた原文の詩は、目にした覚えがないわ。この、文語調の本間先生の訳は、どういう意味なのかしら。何を言いたいのか、よく分からないわ」

沙帆は報告書をめくり、ソネットの訳文を読み直した。

「わたしにも、よく分からないわ。遠回しな、愛の詩かとも思ったけれど。ホフマン自身が、明確な意味を持たせなかったのよ、きっと。ユリアにも、母親にも分からないように」

「それにしても、ずいぶんあいまいな詩だわ。結局、ホフマンは散文作家であって、詩人じゃなかったのね。わたしが知るかぎり、このソネットを別にすれば、ホフマンは一編の詩も残していないもの。小説の中に、紛れ込ませている詩は別として、だけど」

「ふうん、そうなの」

確かなことは知らないが、なるほどホフマンの詩なるものには、お目にかかったことがない。

麻里奈は続けた。

「詩だけじゃなくて、ホフマンは戯曲も書いてないのよね。オペラの台本とか、『犬のベルガンサ』みたいな対話ものは、あるけれど」

言われてみれば、ホフマンの純然たる戯曲作品というのも、なかったように思う。

「麻里奈の言うとおり、詩人でも劇作家でもなくて、根っからの小説家だったのね」

「そう。そのあたりが、戯曲も小説も書いたクライストと、違うところね」

「ホフマンもクライストも、浪漫派時代のドイツ作家としては異端児、という点で共通しているけれど」

「ええ」

麻里奈は一度口を閉じ、すぐにあとを続けた。

「ところで、その中にピピカンプという言葉が、出てくるわよね」

「そうね」

そこへきたか、と身構えてしまう。

「ミーシャが、ヨハネスにしつこく意味を尋ねた、とあるわね。ヨハネスは、その場では答えなかったくせに、報告書の中では教えているのよね」

「口では言えなかったんでしょう」

前日、本間にしつこく聞かれたことを、思い出す。

「それを、わざわざ報告書で蒸し返すことに、どんな意味があるのかしら。ホフマンが、ユリアのことを思いながらいたずらしたことを、ミーシャに教えるヨハネスの神経が、分からないわ。ヨハネスは絶対ミーシャに、よこしまな感情を抱いているのよ。そうやってミーシャを揺さぶりながら、いつか言い寄ろうとしているに違いないわ」

その、いかにもきっぱりした言い方に、沙帆は困惑した。

「それは、今後の報告書のなりゆきを見れば、分かるんじゃないかしら」

麻里奈の口元に、さげすむような笑みが浮かぶ。

「そうね。今から、楽しみだわ」

30

【E・T・A・ホフマンに関する報告書・六】

——わたしはまだ、ショックから立ち直れない。

あなたが先日、五月十八日(一八一一年)のことだそうだが、ETAと結婚後初めて喧嘩《けんか》をした、と聞かされてどれほど驚いたことか。

それだけではない。

あなたは、ETAから例の日記帳を取り上げた、という。

わたしとしては、ただ驚いただけでなく、まことに愚かなことをなさった、と申し上げるほかはない。

あなたによれば、それは日記帳と呼ぶほど詳細なものではなく、暗号や記号を多用したメモ帳のようなもの、ということだ。それでも、ETAの生活に関する貴重な情報源に、なっていたはずではないか。

その情報源を取り上げてしまったら、ETAの日常行動や心の動きを知る手立てが、なくなってしまう。わたしも、二六時中ETAに張りついて、すべてを報告することはできない。

わたしとしては、すぐに日記帳をETAに返すのが上策だ、と思う。返したところで、ETAは当分日記をつけないだろうし、つけるとしてもあなたの目に触れぬよう、これまで以上に用心深くなるだろう。さもなければ、読まれても内容が分からぬよう、暗号や外国語を多用するに違いない。

要するに、しばらくはわたしの報告以外に、外でのETAの行動を知ることは、できないわけだ。

あなたたちが喧嘩して、その結果あなたがETAから日記帳を取り上げたのは、一つにはわたしの報告書に、起因するだろう。そのおり申し上げたように、わたしがよけいなことを書かなければ、あなたもそこまで思い詰めなかったはずだ。

それでもなお、あるいはそれだからこそというべきか、あなたはなお報告書の続きを、知りたがっている。そうである以上、わたしもETAに都合の悪いことも隠さず、報告することに――（以下欠落）

――は、童顔に神経質そうな笑みを浮かべ、ETAに言った。

「ゲーテは、確かに大文豪かもしれません。官吏としても、優秀だと聞いています。

しかし、考え方があまりにも保守的で、新しいものを理解しようとする、包容力に欠ける。彼の名声は、あのシュレーゲル兄弟やティークたちに、負うところが多いのです。彼らが、ゲーテの作品を手本として進化させた、いわゆる浪漫派の作風というものを、ゲーテ自身は評価しなかった。結局ゲーテは、シュレーゲル兄弟と決裂しました。ろくろく読みもせずに、浪漫派の作品を病的だと決めつけて、頭を押さえつけようとしたのです」

ETAもうなずいた。

「仰《おお》せのとおりですな。ゲーテは、あなたの『壊れた甕《かめ》』を三年ほど前に、ヴァイマールで劇場にかけましたが、ひどい舞台だったと聞いています」

「ひどい舞台ですって。それは、ほめすぎというものだ。あの作品は、もともと一幕物の劇であって、一気呵成《かせい》に演じられなければならなかった。ところがゲーテは、それを三幕物に仕立て直して、だらだらとやってしまったのです。また、主役の裁判官アダムを演じた、名前を言う気も起こらぬ大根役者が、輪をかけてだらだらとせりふを垂れ流しました。ありえないことだ。ゲーテには、喜劇がどういうものかが分かっていない、としか言いようがありません」

ETAが、もっともだと言わぬばかりに、またうなずく。

「いや、まったく。わたしは、この二月に出版された『壊れた甕』を、拝読しました。おっしゃるとおり、これは最初から最後まで休みなしに、演じられなければならぬ作品だ。わたしは、この本を一秒たりとも手から離すことなく、一息に読み上げました。これはむしろ、上演を目的とするよりも、レーゼ・ドラマ（読む戯曲）として、読まれるべき作品でしょう」

「そう言っていただけると、わたしも救われます。八年前の春、わたしはヴィーラントの仲介で、一度だけゲーテと会いました。その尊大な態度と、人を見くだすような物言いに接して、わたしは屈辱と怒り以外に、何も感じなかった。また、『壊れた甕』の上演が失敗したのと同じ年、わたしは『ペンテジレア』をレーゼ・ドラマとして、出版しました。すると、またしてもゲーテがそれを新聞紙上で、酷評したのです」

ＥＴＡは、まことに遺憾だというように、首を振った。

「分かりますよ。愛する男を殺して、その死肉に食らいつく女の物語など、ゲーテが受け入れるはずがない。彼は、自分が健全と考えるものしか、許容できない人なんですよ」

少し間があく。

「それで、思い出しました。わたしはある人物から、嬰児《えいじ》殺しで裁判にかけられた、ヨハンナ・ヘーンなる少女の死刑判決に、ゲーテが関わったという話を、聞いた覚えがあります」

「ほう。嬰児殺しの裁判となると、わたしも同じ裁判官の立場として、聞き捨てにはできませんね。ぜひ、聞かせていただきたい」

「未婚のヨハンナは、一七八三年四月にヴァイマールで子供を生み、その場で殺してしまいました。嬰児殺しは、古くは生き埋めや杭《くい》打ち刑、あるいは溺死《できし》刑が定法でしたが、今では斬首《ざんしゅ》刑とされています。しかし、ザクセン＝ヴァイマール公国の君主、カール・アウグスト公は嬰児殺しの死刑に、疑問を抱いていました。そこで、死刑が適切かどうかを最終的に、枢密《すうみつ》評議会に諮問《しもん》したのです。その、三人からなる評議員のうちの一人が、ゲーテでした」

ＥＴＡが、疑問を呈する。

「枢密評議会は、司法に関わる諮問には応じないのが、原則のはずですが」

「本来はそうですが、この場合はうむを言わせぬ命令でした」

「なるほど。ほかの二人はともかく、ゲーテはもちろん死刑に、反対したでしょうな」

「ほかの二人は、まっこうから賛否の二つに、分かれました。つまり、ゲーテが最終決定権を握る立場に、立たされてしまったわけです」

「ほう。それでゲーテは」

「文書によるゲーテの回答は、こうでした。『わたしは、他の二人の評議員の意見に、全面的に同意します。したがって、死刑を執行するのが至当、と考えます』」

ＥＴＡは目をむいた。

「死刑に賛成した、というのですか」

「そうです。しかも他の二人の意見が、対立しているのも知らぬげにね」

ＥＴＡは首を振り、肩を落として言った。

「そもそもヨハンナに、はっきりした殺意があったのか。あるいは、生まれる前に嬰児が死んでいた、という可能性はなかったのか。さらに、ヨハンナは同意なき暴行によって、ないしは自身の性的な無知のために、妊娠させられたのではないか。そうした検証は、行なわれなかったのですか」

「そのあたりは、はっきりしていません。ともかく、この諮問の結果ヨハンナは、同じ年の十一月に、斬首されました」

それを聞くと、ＥＴＡは──（以下欠落）

──「（シュレーゲル兄弟が）『ヴィルヘルム・マイスターの修業時代』を、浪漫派の手本として称揚したときは、著名なゲーテを自分たちの盟主に祭り上げよう、という下心があったに違いありません。ゲーテも、最初はそのことを喜んだが、やがて彼らの下心に気づいて、たもとを分かった。やむなく、シュレーゲル一派はシラーに接近を企てたが、これも失敗に終わりました。思想というのは、権威を利用して広めようとしたり、数を頼んで拡大を図ったりするものではない。少なくとも創作者は、自分一人の力で未開の土地に鍬《くわ》を入れる、という覚悟が必要だ。たとえ、なんの実りも収穫も得られない、と分かっていてもです」

ETAは、感動したように椅子《いす》の上でぴょん、と跳ねた。

「同感です。あなたと同様、わたしにも同志と呼べるほどの作家仲間は、だれもいない。作家というのは、実に孤独な仕事なのです」

「おっしゃるとおりです。しかし、あなたには音楽という別の安らぎがある、と聞いています。わたしには、安らぎがない。あのゲーテの額から、月桂冠を奪い取ってやりたいという、だいそれた願望以外に何もないのです」

ETAの顔に、驚きの色が浮かぶ。

「それはまた、たいした願望だ。あなたには、その自信があるのですか」

「分かりません。わたしが自殺せずにいられるのは、その願望があるからこそです。

それが果たせないと分かれば、死ぬほかに道はありません」

ETAは、厳粛な面持ちになった。

「わたしも、ときどき死にたくなることがありますよ。ことに、あなたの『ハイルブロンのケートヒェン』を、読んだあとではね」

すると彼は、目を輝かせた。

「あの作品を、気に入っていただけましたか」

「ええ、最高にね。あのケートヒェンほど、すばらしく描かれた女性には、かつて出会ったことがありません。小説や戯曲の世界でも、現実の世界でも」

それを聞くなり、彼は身を乗り出した。

「ありがとうございます。実は、先月下旬に新作の戯曲の清書を、終わったばかりなのです。年内に上演したいと思いますし、来年には本として刊行されるはずです。楽しみにしていてください」

「それは朗報だ。なんという題名ですか」

「『ホンブルクの公子』といいます。お気に召せばいいのですが」

「もちろんです」

ETAはそう言って――（以下欠落）

〔本間・訳注〕

この、前後が欠落していると思われる断片的記述は、まことに貴重な情報を含むものである。

報告書にあるとおり、おそらくユリアへの嫉妬《しっと》が原因で、ミーシャはホフマンと喧嘩したあげく、日記を取り上げてしまった。したがってその日、一八一一年五月十八日をもって、日記は中断する。

幸いにして、翌一八一二年の年頭から日記は再開されるが、その間およそ七カ月のホフマンの動静は、断片的にしか伝わっていない。

そうした状況のもと、ホフマンは一八一一年八月二日付の、ヘルテル（ライプツィヒの楽譜出版業者）宛《あて》の手紙と、同じく八月二日付の〈ＡＭＺ〉紙編集部宛の手紙を、いずれも次のような書き出しで書いている。

「バンベルクへ帰着したところ〈注〉、貴殿からの直近のお手紙が届いておりましたので、さっそくご返事を差し上げます、云々《うんぬん》」

ハンス・フォン・ミュラー編纂《へんさん》による、『ホフマン書簡集』のこのくだりの〈注〉によれば、「日記が中断したため、ホフマンがどこへ旅行していたのか、判然としない」とある。

報告書の文面から察すると、ここでホフマンが対話している相手は、名前こそ明らかにされていないが、ハインリヒ・フォン・クライストと推定される。

また、この報告者も文面に姿を現さないが、むろんヨハネスとみて間違いあるまい。二人の対話が行なわれたとき、ヨハネスもその場に同席していた、と思われる。

ただし、ホフマンとクライストがどこかで出会った、という記録は一つも伝わっていない。フケー、シャミッソー、ヒツィヒなど、ともに相知る人物は何人かいたが、二人は互いの名を聞いていたにせよ、面識はなかったはずだ。

しかし、この報告書の記載を信じるならば、二人は少なくとも一度は出会い、対話したことになる。

それがいつ、どこでのことかを文面から、推測してみよう。

クライストが、ヴィーラントの仲介でゲーテと会ったのは、一八〇三年の春だった。

また、ゲーテが『壊れた甕』を劇場にかけたのは、一八〇八年の三月初頭のことである。

そのことを、それぞれ八年前、三年前と書いている事実から、この二人の対話が行なわれたのは、一八一一年と分かる。

さらにクライストが、『ホンブルクの公子』の清書を終えたのは、同じ年の六月二十五日、とされている。そのことを、クライストが先月下旬と言ったとすれば、対話が行なわれたのは同年七月、つまりホフマンの日記が中断しているあいだの出来事、と推定できる。

そうすれば、前掲の八月二日付のホフマン書簡の書き出しと、ぴったり符合する。

当時クライストは、ベルリンに住んでいた。

したがって、この対面は一八一一年の七月某日に、ホフマンがベルリンを訪れたおりに、行なわれたものとみられる。

もっとも、訳者の知るかぎり親友のヒッィヒ、あるいは例のクンツによる、ホフマンの伝記の中に、二人が出会ったという記録はない。しかし、記録がないからといって、二人が一度も出会わなかった、という証拠にはならない。

ついでながら、ゲーテは一八〇七年八月二十八日の誕生日に、アダム・H・ミュラーに宛てた手紙で、『壊れた甕』を珍しくほめている。ただ上演向きではなく、レーゼ・ドラマだとする。

それでも、ゲーテはこの作品の上演を検討すると述べ、裁判官アダムにぴったりの俳優がいる、とまで請け合った。

それがここに報告されたような、惨憺《さんたん》たる結果に終わったわけだから、クライストがかりかりするのも、無理はあるまい。

ちなみに、この対話が行なわれてから四カ月ほどあと、クライストはベルリン郊外のヴァンゼー湖畔で、人妻と心中を遂げている。

いずれにせよ、ここでの報告書の記載が事実だとすれば、ドイツ文学史に一石を投じる、きわめて重要な断片の発見、といってよかろう。

31

いつの間にか、奥で鳴っていたギターの音が、やんでいた。

やがて廊下に、軽い足音が響く。

古閑沙帆は、原稿から顔を上げて、戸口に目を向けた。

引き戸が開き、本間鋭太がはいって来る。倉石由梨亜の姿はない。

白い、縮みの半袖《はんそで》のシャツに、クリーム色のスラックスという、これまでとは打って変わった、おとなしいいでたちだ。由梨亜を引き合わせてから、服装がどんどんまともになった気がする。

沙帆は長椅子を立ち、本間がいつものように勢いよくぴょん、とソファにすわるのを待った。

本間は、テーブルに載った原稿に、うなずきかけた。

「読んだかね」

「はい」

うなずき返し、あらためて腰を下ろす。

「由梨亜ちゃんは、どうしたのですか。ギターの音が、聞こえないようですが」

「レッスンは終わったが、こちらの話が一段落するまで、奥で英語の勉強をするそうだ。なんでも、毎週金曜日の放課後は英語の特訓を受ける、というからくりになっとるらしいじゃないか。もっとも、父親にはこっそり了解をとった、と言っとるがね」

本間はそう言って、いたずらっぽい笑みを浮かべた。

由梨亜が、そんなことまで話したのかと、少し驚く。

ひそかに、本間のレッスンにかようため、由梨亜は毎週金曜日の放課後、英語の特訓クラスに出るとかいう、もっともらしい口実をこしらえた、と言っていた。

父親はともかく、さすがに母親に対してはほんとうのことを、告げられなかったのだ。

もっともそんな嘘《うそ》で、倉石麻里奈をだましおおせるはずがない、と沙帆は思う。

それでも由梨亜は、その作り話をほんとうらしく見せるために、特訓の成果を示す必要がある、と考えたのかもしれない。

だとしても、そんな付け焼き刃に等しい勉強で、簡単に成果が上がるわけはあるまい。いずれ、麻里奈にばれるときがくる。

そうすれば、麻里奈と倉石、由梨亜のあいだはもちろん、沙帆との長年にわたる付き合いにも、ひびがはいるかもしれない。

それを考えると、気分がめいった。

「どうしたのかね、きみ。原稿の感想はないのか」

本間に催促されて、われに返る。

沙帆は、不安を振り払って、口を開いた。

「ええと、今回の翻訳も興味深く、拝読しました。まず最初に、先生も訳注で書かれていらっしゃいますが、ホフマンとクライストが顔を合わせていた、というくだりには驚きました。これって、ほんとうのことだと思われますか」

まさに、想像もしなかったエピソードなので、自分でも気が引けるほど性急な、詰《きっ》問《もん》口調になった。

本間も、いささかたじろいだ様子で、鼻の脇《わき》をこする。

「まあ、待ちたまえ。その訳注はあくまで、個人的な推測にすぎん。原文には、相手の名前が書いてないし、クライストのクの字も、出てこんのだからな」

「だとしても、ホフマンと交わしている会話の内容からして、相手がクライストであることは、明白だと思います。話題になっている、『壊れた甕』も『ケートヒェン』も、クライストの作品ですから」

本間はことさらのように、むずかしい顔をこしらえた。

「常識的にはそうだが、なにしろ前後が欠落しているから、断定するわけにはいかん」

沙帆は、原稿に目を落とした。

訳注に、〈事実だとすれば〉の条件つきながら、〈ドイツ文学史に一石を投じる、きわめて重要な断片の発見〉とまで書いたにしては、ずいぶん控えめというか、慎重すぎる意見に思える。

「でも、一八一一年八月二日付のホフマンの手紙に、〈バンベルクへ帰着したところ〉うんぬん、とあるとすれば、その少し前までバンベルクを離れていたことは、確かなのでしょう」

本間は、肩をすくめた。

「まあな」

「先生が、内容から割り出した二人の対話の時期は、その直前の七月ということですね。状況証拠からして、わたしもそのご判断に間違いない、と思いますが」

沙帆がだめを押すと、本間は両手を広げた。

「まあ、きみがそこまで信頼してくれるなら、そうしておくさ」

もどかしさのあまり、本間の肩をつかんで揺さぶりたくなる。

へそ曲がりも、いいところだ。

「くどいようですが、ホフマンとクライストがたとえ一度でも、どこかで出会ったという記録は、ほかに残っていないのですか」

「わしの知るかぎりでは、ないな」

「記録がなくても、出会った可能性はあるのですか」

本間は、額を掻いた。

「可能性は、つねにあるさ。クライストは、ホフマンと親しかったヒッツィヒや、シャミッソーと面識があった。訳注にも書いたが、かりに二人に面識がなかったとしても、互いの噂《うわさ》を耳にしていたことは、間違いあるまいよ。ヨハネスの報告は、真っ赤な嘘かもしれんし、事実かもしれん。もし事実なら、こうした会話が交わされた可能性は、大いにあるじゃろう」

さっきよりは、いくらか積極的な意見になった。

それはひとまずおいて、話を進めることにする。

「では、次に移ります。お原稿によれば、ホフマンは奥さんのミーシャと喧嘩して、日記を取り上げられたそうですね」

沙帆の問いに、本間はまるで自分のことのように、情けない顔をした。

「そうだ。ミーシャも、黙って日記を読んでいるうちはよかったが、ホフマンがあまりユリアのことを書くものだから、頭にきたに違いあるまい。いくら、記号や外国語でごまかそうとしても、ホフマンのユリアに対する異常な入れ込み方は、隠しようがない。ホフマンにしても、ふだんミーシャがあまりに柔順な妻なので、日記を読まれてもどうということはない、とたかをくくっていた節がある。よもや身近に、自分の行動を逐一ミーシャに報告する者がいる、とは思わなかっただろう」

そのとおりに違いない。

「それで、日記帳を取り上げられたホフマンは、日記をつけるのをやめたのでしょうか」

「少なくとも、一八一一年の五月十九日からその年の終わりまでは、書いておらん」

「ミーシャに見つからないように、こっそり別の手帳やノートに書き続けた、ということはありませんか」

本間は、眉《まゆ》を寄せた。

「まあ、その可能性もないではないが、少なくとも後世には残っておらんな。出版されたホフマンの日記にも、その間の記述が欠けておる」

ホフマンの日記が、死後だいぶたってから刊行されたという話は、前に聞いた覚えがある。

しかし、そのときは本間もそれ以上、詳しいことを話さなかった。

「その日記について、もう少し聞かせていただけませんか。たとえば、いつごろどんなかたちで、出版されたのか」

「最初は、ハンス・フォン・ミュラーが編纂して、一九一五年に出版された。ただこの版は、フラクトゥール（亀甲文字）で印刷されたので、素人《しろうと》にはとっつきにくい。

それで一九七〇年代の初め、フリードリヒ・シュナップという別の研究者が、ミュラーの版に綿密な注釈をつけて、再刊したわけだ。ヒトラーの時代以降、印刷物も原則としてラテン文字（普通のアルファベット）に変わったから、はるかに読みやすくなった。この日記が決定版、といっていいだろう」

「ミュラーというと、今回のお原稿の訳注にも出てきた人ですね。確か、書簡集も編纂したとか」

「さよう。ミュラーは、ベルリンの王立図書館員にすぎなかったが、専門学者そこのけの根気と執念で、ホフマンに関わる資料を手当たりしだい、収集したんだ」

「ミュラーは、そうした貴重な資料をどうやって、手に入れたのですか。たとえば、日記はホフマンが亡《な》くなったあと、ミーシャが持っていたはずでしょう」

「ミーシャはそれを、ホフマンの友人で同じく判事を務めていた、エドゥアルト・ヒツィヒに託した。ヒツィヒの名前は、以前の報告書にも出てきただろう」

「はい、覚えています」

「ヒツィヒは、その日記や二人のあいだの往復書簡を使って、ホフマンの伝記を書いた。幼なじみのテオドル・ヒペルも、ホフマンとやり取りした手紙をもとに、回想録を残している。ミュラーは、そうした伝記や回想録、日記や書簡などのオリジナル資料を、あちこちの図書館や文書館を巡って、丹念に掘り起こしたのさ」

ため息が出た。

それが、どれほどたいへんな作業だったか、沙帆にも想像がつく。確かに、根気のいる作業だったろう。ホフマンに対する、人一倍の関心と愛着がなければ、できない仕事だ。

本間が、念を押すように言う。

「きみにも、ミュラーの苦労がどれほどのものだったか、見当がつくはずだ。もし、ミュラーがいなかったら、系統立った本格的なホフマンの研究は、行なわれずに終わったかもしれん」

おそらく、そのとおりだろう。

32

古閑沙帆は、話を先へ進めた。

「もう一人の、フリードリヒ・シュナップというのは、どんな人なのですか」

「ミュラーのあとを引き継いで、ミュラーに匹敵する仕事をした男さ。シュナップも素人の研究者で、文学の専門家でもなんでもなかった。放送局で働く、一介の録音技師だったんだ。シュナップは、ミュラーが残した資料を整理し直して、後世によみがえらせた。この男こそ、ミュラーが耕した肥沃《ひよく》な土地に、みごとな穀物を実らせた最大の功績者、といってよかろう。録音技師だけあって、ホフマンの音楽方面での業績についても、よく調べているしな」

本間鋭太の説明を聞いて、背筋が伸びるのを意識する。

学者でもなんでもない、そうした市井《しせい》の好事家《こうずか》たちが後世に、ホフマンの価値を知らしめたと知って、なんとなく胸が熱くなった。

気合を入れ直して聞く。

「それにしても、なぜドイツの専門の文学研究者は、ホフマン研究に手を染めなかったのですか。ボードレールや、アラン・ポーなどに影響を与えた、といわれるほどの大作家なのに」

本間の口元に、皮肉な笑みが浮かんだ。

「それは、簡単なことだ。かのゲーテがホフマンの作品を、まったく評価しなかったからさ。あの当時、文豪ゲーテが是としなかった作家は、みんな異端の存在とみなされて、黙殺された。ホフマンしかり、クライストもまたしかり。だから専門の研究者は、彼らを避けて通ったんだ」

「ゲーテは、ホフマンやクライストの作品の、どこが気に入らなかったのですか」

「ゲーテにとって、彼らの小説はあまりにも不健全で、不愉快きわまりないものだったのさ。大文豪かどうか知らんが、ゲーテはホフマンやクライストを理解するだけの、感性に欠けていたとしか思えんね」

「それはまた」

沙帆はそう言ったきり、絶句してしまった。

ゲーテを、一言のもとに切って捨てる独文学者には、お目にかかったことがない。

本間は、肩を揺すった。

「ああ、分かっとるよ。恐ろしく大胆な意見だ、ということくらいはな。しかし、報告書の中でクライスト、もしくはクライストと思われる人物が、同じようなことを言っとるじゃないか。だとしたら、わしの意見もまんざら的はずれ、とはいえまいが」

そう言って、くくっと笑う。

沙帆はあらためて、報告書に目を落とした。

「この、クライストらしき人物とホフマンのあいだに、ゲーテに関するシビアなエピソードが、出てきますね。嬰児殺しの少女の死刑判決に、ゲーテが賛成したという話はこれまで、耳にしたことがありませんが」

「この話は、二十世紀の前半まで、知られていなかった。それからあとも、ゲーテの研究者のあいだでは、一種のタブーになっていたのさ」

「先生にとっては、タブーなどないも同然ですね」

本間が、せせら笑う。

「あたりまえじゃ。ホフマンなんぞ、タブーだらけだからな」

沙帆は、いかにも本間らしいと思い、胸がすっとした。

咳払《せきばら》いをして、また原稿をめくり直す。

「話を先へ、進めさせていただきます。先生がおっしゃるとおり、ホフマンとクライストの対話は、報告書の中に前後が欠ける不完全なかたちで、挿入されていますね」

本間は唇を引き締め、しぶしぶという感じでうなずいた。

「残念ながら、そのとおりじゃ。もし前後がつながっていれば、どこかにクライストの名前が、出てきたに違いない。その対話が、一八一一年の七月ごろに行なわれたことが、よりはっきりしたかもしれん」

「報告書そのものは、この断片のあとも続いていますよね」

「ああ、ところどころ欠落があるが、まだしばらくは続いておる。実のところ、従来は日記が中断してから再開するまで、ほぼ七カ月間のホフマンの動向を把握するのは、かなりむずかしかった。むろん、残されたホフマン自身の往復書簡とか、身近な友人が書いた伝記、回想録のたぐいとかで、ある程度推測することはできる。しかし、いずれも断片的な情報にすぎなかった。そこへ、この秘密報告書が出現したおかげで、その間の空白がそこそこに、埋められることになったわけだ。そうした意味でも、ヨハネスの報告書はまことに貴重な発見、といってよかろう」

本間の口調は、いつになく熱っぽかった。

「ただ、クンツをはじめ知人、友人が書いた回想録、伝記のたぐいは、ほかの資料と照合して検証しないかぎり、全面的には信頼できない、と思いますが」

沙帆が念を押すと、本間はすなおにうなずいた。

「そのとおりじゃ。ミュラーや、シュナップが編纂した一次資料は、ひとまず信頼していいだろう。しかし、同時代の人びとの証言や回想録は、バイアスがかかっている恐れがあるから、頭から信用するわけにはいかん。わしも、そのあたりを丹念に照合、検証しながら報告書を、読み解いておるわけだ。これはただの解読、翻訳の作業ではないぞ。分かっとるかね」

突っ込まれて、思わず背筋を伸ばす。

確かに、本間の言うとおりだ。単なる解読、翻訳に終始するなら、このような周到な訳注は、つけられないだろう。ホフマンの専門家たる、本間ならではの仕事といわねばなるまい。

「それはもちろん、承知しています。麻里奈さんも、分かっていると思います」

本間は、苦笑した。

「別に、きみたちに感心してもらおうと思って、引き受けたわけではない。わしにとっても、これは大いに興味深い仕事なんじゃよ」

わしとかじゃよが、遠慮なく口から出始めたところをみると、いつもの調子が出てきたようだ。

一息入れて、沙帆は言った。

「ホフマンとクライストの対話は、この断片だけで終わりでしょうか」

「直接の対話はな。ただこの次か、あるいはその次あたりの報告書に、また興味深いエピソードが出てくる。楽しみにしていたまえ」

ときどき本間は、こうして気をもたせるようなことを、口にするようになった。

あと、どれくらいの量が残っているのか分からないが、そろそろ山場を迎えるであろうことは、想像がついた。

そのとき、ふと麻里奈に確かめてほしい、と言われたことを思い出す。

「一つだけ、確認させていただけますか。この報告書を書いたヨハネスというのは、ユリアのいとこのシュパイア博士ではないか、と麻里奈さんが言っているのですが」

本間はもっともらしく、ふんふんとうなずいた。

「うがった着想だが、その答えは控えておこう」

「でも」

聞き返そうとしたとき、引き戸にノックの音がした。

本間が応じる。

「はいっていいぞ」

急に、猫なで声になった。

沙帆は、つい笑いそうになったが、咳払いをしてごまかす。

戸があいて、制服姿の倉石由梨亜がおずおずと、顔をのぞかせた。

「お仕事、終わりましたか」

「ああ、だいたい終わった。中にはいって、すわりたまえ」

本間があっさり言ったので、沙帆もしかたなくそこで終わることにした。

由梨亜は、ほっとしたように笑みを浮かべ、部屋にはいって来た。

沙帆と並んで、長椅子に腰を下ろす。

「レッスンのとき、由梨亜ちゃんのギターが聞こえてきたけれど、どんどんうまくなるわね。この分だと、帆太郎を追い抜くのも時間の問題、という気がするわ」

沙帆が言うと、由梨亜は首を振った。

「ううん、まだまだです。上達が速いとしたら、本間先生の教え方がお上手だからだ、と思います」

本間はくすぐったそうに、体をもぞもぞさせた。

由梨亜が真顔になり、思い切ったように言う。

「あの、先生にちょっと、お願いがあるんですけど」

「なんだね。言ってみたまえ」

いかにも、うれしくてたまらぬという本間の様子は、喉《のど》をなでられた牡猫《おすねこ》ムルのようだった。

「父がぜひ一度、先生の古いギターを拝見したい、と言ってるんですけど、だめでしょうか」

沙帆は驚いて、由梨亜の横顔を見た。

その申し出にも驚いたが、ほかにも意外なことがあった。

沙帆と話すときはいつも、倉石のことを〈お父さん〉と呼んでいたのに、たった今初めて〈父〉、という呼称を使ったのだ。

相手が、本間だからだろうか。

本間の顔にも、驚きととまどいの色が浮かぶ。

「そんなにパヘスを見たがっているのかね、お父さんは」

「はい。父は、十九世紀ギターの研究もしていますから、先生のギターに興味を持ったのだ、と思います」

由梨亜がきっぱりと言うと、本間は顎《あご》をなでながら少しのあいだ、考えていた。

それから、ぽんとソファの肘掛《ひじか》けを叩《たた》いて、すわり直した。

「よかろう。今度来るときにでも、連れて来たまえ」

33

翌日、土曜日の午後。

原稿を読み終えた倉石麻里奈は、さも疑わしげに首を振った。

「この挿入エピソードは、ちょっと嘘くさいんじゃないの」

案の定、と思う。

古閑沙帆は、とぼけて応じた。

「嘘くさいって、ホフマンとクライストの、やりとりのこと」

「そうよ。これまでは、なるほどと納得させられるリポートも、多かったわ。それが、ホフマンとクライストが出会って、二人でゲーテの悪口を言い合うなんて、いくらなんでもできすぎよ。作り話としか、思えないわ」

さもあきれた、という口調だ。

沙帆は紅茶を飲み、呼吸を整えた。

「どうしてよ。本間先生も、訳注で書いていらっしゃるけれど、ホフマンとクライストには、共通の知人が何人もいたわ。デ・ラ・モット・フケーとか、ヒツィヒとか。そう、シャミッソーもね。そのうちのだれかを通じて、二人がどこかで出会ったとしても、おかしくないと思うわ。少なくとも、可能性ゼロとはいえないでしょう」

麻里奈は、テーブルに置いた原稿を、指で叩いた。

「今回の冒頭に、ミーシャがホフマンの日記帳を取り上げた、とあるわよね。一八一一年の、五月十八日。その翌日から年末まで、ホフマンの行動記録はないんでしょう」

「ええ、ないわ。その間のホフマンの動向については、書簡とかほかの人の回想録や何かで、補うしかないのよね」

「訳注を見るかぎり、本間先生も二人の対話を全面的に信用している、というわけではないようね」

「そうかしら。わたしは、二人のあいだに交わされた会話から、それがいつごろ行なわれたかについての、先生の推測は正しいと思うわ。まさしく二人は、ホフマン夫妻が喧嘩した年の夏場に、会っているのよ」

「それはつまり、日記が存在しない空白の期間に、ということでしょう。つごうがよすぎるわよ」

いかにも当てにならない、と言いたげな口ぶりだ。

しかたなく応じる。

「まあ、確証がないといえば、そのとおりね」

「ホフマンやクライストの書簡集に、二人がどこかで顔を合わせたことがある、という記事は見当たらないの」

麻里奈の質問に、沙帆はまた紅茶に口をつけた。

実は前夜、インターネットで手に入れた、ホフマンの書簡集の英訳本に目を通し、そのあたりを確認したのだった。

「わたしが調べたかぎりでは、ホフマンがクライストに言及した手紙が、一つ二つ見つかったわ。つい最近、インターネットの古書サイトで手に入れた、英訳版のホフマン書簡集の中にあったの。全訳じゃなくて、抄訳本だけれど。もしかすると、麻里奈も卒論のときに買って、持ってるんじゃないかしら」

麻里奈の目が、きらりと光る。

「ううん、書簡集はドイツ語版も英語版も、持ってないわ。沙帆が言ったとおり、あのころインターネットは、そんなに普及してなかったし、そこまで資料を集める余裕もなかった。だけど沙帆は、どうして今ごろそんなものを、買い込む気になったの」

詰問するような口調に、沙帆は少したじろいだ。

「このプロジェクトに関わってから、本間先生の解読と翻訳のお仕事に、興味がわいてきたからよ」

「沙帆は別に、ホフマンの専門家じゃないんだから、そんなにがんばる必要はないわ。むしろ、がんばらなくちゃいけないのは、わたしの方だし」

急に、元気のない口ぶりになる。

「勉強しておけば、わたしも少しは麻里奈のお手伝いが、できるんじゃないかと思って」

沙帆が言うと、麻里奈はわざとらしく肩をすくめた。

「無理することはないわよ。沙帆はただ、本間先生が早く解読を終えるように、せっせとお尻《しり》を叩いてくれれば、それでいいの」

まるで、ただの使い走りに徹してほしい、と言わぬばかりの口ぶりに、少しかちんとくる。

麻里奈は、そんな沙帆の表情の変化に気づいたらしく、すぐに話を変えた。

「ええと、そうそう。書き手のヨハネスは、シュパイア博士じゃないかっていう話、確かめてくれたの」

沙帆は、気持ちを静めようと、息を整えた。

「ええ。でも、その答えは控えておこう、ですって」

麻里奈が、眉をひそめる。

「ふうん。もったいぶってるわね」

しかし、すぐにソファの背にもたれ直して、話をもどした。

「ええと、先に進みましょう。沙帆が買ったその英訳版の中に、クライストへの言及が一つ二つ見つかった、と言ったわね」

沙帆は、もう一度気持ちを静めるために、紅茶を飲み干した。深呼吸して言う。

「そう。最初は、ホフマンが当時ベルリンにいた元同僚の、エドゥアルト・ヒツィヒに宛てた、一八一二年四月二十八日付の手紙。その中でホフマンは、自分がもっとも感銘を受けた戯曲を、三つ挙げているの。一つはスペインの劇作家、カルデロン・デ・ラ・バルカの『十字架への献身』。もう一つはシェークスピアの、『ロミオとジュリエット』。そして最後が、クライストの『ハイルブロンのケートヒェン』。これらを読むと、ホフマンは夢遊病にかかったみたいに、ロマンチックな気分になるんですって」

麻里奈は、さして心を動かされた様子もなく、ふうん、と言っただけだった。

沙帆は続けた。

「そのあとで、ホフマンはクライストの英雄的な死について、なんでもいいから知らせてほしい、とヒツィヒに頼んでいるの」

麻里奈が、ぴくりと眉を動かす。

「英雄的、ですって。人妻との心中を、英雄的だっていうの」

まるで、沙帆自身を責めるような、とがった口調だった。

「ドイツ語の原文はどうか知らないけれど、英語版ではヒロイック・エンド（英雄的な最期《さいご》）、となっていたわ。ホフマンの目には、そう映ったんでしょうね」

沙帆の返事に、麻里奈は何か言いかけたものの、なぜか口を閉じた。

気持ちを静めるように、ゆっくりと紅茶を飲み干す。

そのすきに、沙帆は続けた。

「新聞が伝える、頭の固い連中の愚にもつかないおしゃべり、たわごとにはまったくうんざりする、とも書いてあったわ」

麻里奈の頬に、小ばかにしたような笑みが浮かぶ。

「要するに、ホフマンの目にはクライストの心中が、英雄的な行為に見えたわけね。この報告書のように、二人がほんとうに出会っていたとしたら、さぞかし話が合ったことでしょうね」

皮肉たっぷりの口調だった。

それにかまわず、沙帆は話を続けた。

「もう一通、クライストに言及した手紙が、収められていたわ。同じく、一八一二年の七月十二日、ヒツィヒに宛てた手紙よ。ヒツィヒが送ってくれた、ベルリン夕刊新聞の中の、クライストが書いたエッセイを読んで感心した、というくだり」

麻里奈が、指を立てる。

「ベルリン夕刊新聞って、クライストが生前発行していた、日刊新聞よね」

「ええ。一八一〇年の秋から、半年しか続かなかったけれど。そこに掲載された、人形芝居に関するエッセイに、ホフマンはすごく感銘を受けたって、そうヒッィヒに書き送っているの」

麻里奈は腕を組み、ソファの背にもたれた。

「ホフマンが、クライストの作品を評価していたのは、確かなようね。ただし、クライストの人となりをよく知っていた、とは思えないわ」

「でも、その作品を読んで自分と相通じるものがある、と感じたんじゃないかしら。ことに、『ケートヒェン』を読んでからは」

麻里奈は背を起こし、沙帆の方に体を乗り出した。

「ともかく、この報告書のホフマンとクライストの対話は、嘘っぽいと思うわ。まったくの嘘、とはいえないかもしれないけどね」

それから、ふと思いついたように、付け加える。

「それとも、そのエピソードの部分だけ、別の文書から紛れ込んだということは、考えられないかしら。つまり、前後の部分が欠けていたとすれば、その可能性もあるわよね」

沙帆は、首をかしげた。

「たとえば、『牡猫ムル』みたいに、と言いたいわけ」

ホフマンの『牡猫ムルの人生観』は、ヨハネス・クライスラーの伝記が書かれた原稿の裏側に、牡猫ムルが勝手に人生観を書き綴《つづ》ったものを、ごちゃまぜに印刷してしまった、という設定の小説だ。

結果として、伝記と人生観が前後のつながりもなく、交互に語り継がれていくという複雑、奇抜な構成になっている。

麻里奈が、いかにもわが意を得たという顔で、二度うなずく。

「そうそう、そのとおりよ。まさに、『牡猫ムル』だわ。来週行ったとき、本間先生にエピソードの部分が、リポートとどんなふうにつながっていたか、聞いてみてよ。それと、筆跡がそれまでのヨハネスのものと、同じだったかどうかも」

麻里奈の言うことにも、一理ある。

「分かった。次のお原稿をいただくとき、確かめてみるわ」

そのとき、かすかにレッスン室から聞こえていた、ギターの音がやんだ。

帆太郎のレッスンが、終わったようだ。

沙帆は、急にどっと疲れを感じて、長椅子の背に体を預けた。

34

翌週金曜日。

古閑沙帆は、倉石学と由梨亜父娘と足並みをそろえて、牛込柳町の駅から本間鋭太の住む、〈ディオサ弁天〉へ向かった。

まだ梅雨明け宣言はないが、ここ数日晴天が続いている。ただ、乾いた風が吹いているので、あまり暑さは感じない。

アパートに続く路地にはいると、倉石があたりを見回しながら言った。

「左側のビルは、さっき山門らしきものが見えたから、お寺でしょう」

「ええ。外見は、オフィスビルみたいですけどね」

「まったく。これじゃ、どこに本堂があるのか、分かりませんね」

「このあたりは、再開発でオフィスビルや小規模マンションが、林立してるんです。もともとは、古い町並みが残っていた、と思いますが」

それを聞いて、由梨亜が口を開く。

「突き当たりまで行くと、その忘れ形見が残ってるわよ、お父さん」

沙帆は、忘れ形見という言葉に、笑ってしまった。

「そうそう。忘れ形見って、そのとおりね」

倉石は、白の長袖のサマーニットに、紺のスラックス。由梨亜は、いつもの制服姿だ。

アパートに着くと、倉石は門の前に立ちはだかり、手にしたバッグを揺すって言った。

「なるほど。確かにこれは、前世紀の遺物だな。よく残ったものですね」

由梨亜が、軽快な足取りで門をはいり、玄関のガラス戸をあける。

振り向いて、倉石に声をかけた。

「どうぞ」

倉石は、驚いたように軽く眉をひそめ、低い声でたしなめた。

「どうぞってことはないだろう。ごめんください、くらいは言いなさい」

「いいんです。こちらのお宅は、挨拶《あいさつ》抜きになっていますから」

沙帆はそう請け合い、由梨亜に続いて玄関にはいると、さっさと靴を脱いだ。

とまどいながら、倉石もあとに続く。

いつもの洋室にはいり、由梨亜を挟んで長椅子に腰をおろした。

倉石が、バッグを脇に置いて、不安そうに言う。

「声をかけなくていいんですか」

壁の時計を見ると、四時二分前を指している。

「だいじょうぶです。あと二分ほどで、先生がお見えになります」

このところ、沙帆は原稿の受け取り時間を、いつもより一時間遅らせて、由梨亜のレッスン時間に合わせていた。

あらかじめ本間には、倉石を一緒に連れて行くむね、電話してあった。

倉石は、ふだんのレッスンを別の日に、変更したらしい。麻里奈には、ギタリストの協会の会合だ、と言いつくろったそうだ。

沙帆にすれば、由梨亜だけでなく父親の倉石とも、麻里奈の知らない秘密を共有する、微妙な立場に追い込まれることになった。

それを考えると、少なからず気が重くなる。

例によって、四時を一分も回らないうちに、廊下に足音が響いた。

倉石と由梨亜が、さっと腰を上げる。沙帆も、あわてて立ち上がった。

引き戸が開き、本間がはいって来る。

その装《よそお》いを見て、沙帆は面食らった。

本間は、麻らしき風合いの紺のジャケットに、ベージュのスラックスという、妙にきちんとした服装だった。右手に小ぶりの、古ぼけたギターケースを、さげている。

そのケースを、引き戸の脇に置いて背筋を伸ばすと、本間は三人の前にやって来た。

きびきびしたしぐさで、倉石に手を差し出す。

「初めまして。本間鋭太です」

ためらう様子も見せず、倉石はその手を握り返した。

「倉石です。よろしく、お願いします。このたびは家内が、めんどうな古文書の解読をお願いして、申し訳ありません。それに、由梨亜までお世話になりまして、恐縮です」

まるで、何度も練習してきたかのような、よどみのない挨拶だ。

「いやいや。古文書の解読は、趣味みたいなものですからな。ギターにしても、プロの倉石さんを差し置いて、わたしのような年寄りが教えるのは、まことに僭越《せんえつ》きわまりないことで、こちらこそ恐縮しております」

その口ぶりは、ふだんの本間からは想像もできない、謙虚で折り目正しいものだった。

服装といい話し方といい、これまでとは別人のような本間に、沙帆はむしろ当惑した。由梨亜も、ふだんとは勝手が違った様子で、何も言おうとしない。

倉石が続ける。

「また、このたびは貴重な十九世紀ギターを、拝見できる機会を与えていただいて、ありがとうございます」

丁重すぎるほどの挨拶に、沙帆は自分なら舌を噛《か》むかもしれないと思い、本気で笑いをこらえた。

本間は、いつもと違ってソファに飛び乗らず、ゆったりした動きで腰を下ろした。

「ギタリストなら、古いギターに興味を示すのは、当然のことでしょう。わたしは、たとえどれほど貴重なギターであろうと、床の間に飾っておく趣味はない。見たいという人がいれば、どなたにでもお見せします。弾きたい人には、自由に弾いてもらいます」

「ありがとうございます。わたしは、十九世紀ギターの研究もしていますので、パヘスと聞くと黙っていられなくて」

本間は、よく分かるというようにうなずき、ふと口調を変えて言った。

「ところで、由梨亜くんによると、お父さんにギターを習ったことは、ほとんどないそうですな。ほんとうですか」

「ええ、ほんとうです。四つのときでしたか、子供用のギターを抱かせたことがありますが、まるで興味を示しませんでした。それで、教えるのを控えたのです。娘の方から、やりたいと言い出せば、教えるつもりでした。結局、その気配がないまま今日にいたった、というような次第で」

倉石が応じると、由梨亜は抗議するように、口を開いた。

「よく分かりませんけど、父はわたしに真剣にギターを教えたい、という意欲がなかったような、そんな気がします」

倉石は首をかしげ、少し考えた。

「それはたぶん、こういうことさ。教える立場からすると、おおむね自分の子供に対しては、ひとさまの子供以上に厳しく、仕込もうとする傾向がある。それが、無理強いする結果になってしまうと、お互いのためにならないわけさ。だからプロは、ふつう自分で教えるのを避けて、ほかのギタリストにレッスンを頼む。要するに、職人さんが子供を外へ修業に出すのと、同じことなんだ」

「でも、村治佳織《むらじかおり》さんなんかは、自分のお父さんに教わったんでしょう」

「村治佳織は、特別さ。ギターを抱いて、生まれてきたような人だからね。それでも、お父さんの村治昇《のぼる》は基礎を教えたあと、わが子の才能をさらに伸ばすために、コンサート・ギタリストの福田進一《しんいち》に、娘をゆだねたんだ。あの父娘は、例外だよ」

由梨亜は、肩をすくめた。

「うちは父娘そろって、村治さん父娘にはかなわなかった、ということよね」

倉石は苦笑したが、本間は大口をあけて笑った。

「いやいや、根性では負けてないぞ、由梨亜くんは。自分たち父娘を、村治父娘と比べよう、というんだからな。その意気やよし、だ」

それから急に真顔にもどり、由梨亜に目を向けた。

「では、由梨亜くんは奥で、イ長調からト短調まで、音階練習をすること。ぼくは、お父さんと少し話をして、そのあとで行くから」

「分かりました」

返事をして、由梨亜はきびきびと立ち上がり、部屋を出て行った。

倉石はわざとらしく額をこすり、恐縮した様子で本間に言った。

「小生意気な子で、すみません。扱いにくいと思いますが、よろしくお願いします」

「いや、非常にすなおで、覚えの早いお嬢さんですよ。プロになれる可能性も、ないではないと思う。あくまでご当人と、お父さんのお考え次第ですが」

「いや、いくらがんばっても、村治佳織にはなれませんからね。本間さんの教えで、素人ながらそこそこに弾ける、というレベルになってくれれば、それで十分です。当人は、理科系に向いているようですし、音楽は趣味でいいと思います」

沙帆は、口を挟んだ。

「由梨亜ちゃんは、国文法や英語のような文科系にも、強いんですよ。ねえ、先生」

同意を求めると、本間もうなずく。

「そう。なかなか、頭のいい子ですよ。進路を決めるのは、まだ先へ行ってからでいいんじゃないかな」

倉石が笑う。

「そうですね。まだ、中学一年ですし」

本間は背筋を伸ばし、ぽんと膝《ひざ》を叩いた。

「さて、ご所望のギターを、お目にかけましょうか」

ソファを立ち、引き戸のそばに置いたケースを、取って来る。

それをテーブルに載せ、おもむろに蓋《ふた》を開いた。

ギターの上に、紙の束が載っている。ワープロの原稿を、入れてきたらしい。

本間は、その束を取り上げて、沙帆に渡した。

「これが、今回渡す分の原稿だ。ここで読んでもいいし、持ち帰って読んでもいい。好きにしたまえ」

沙帆は、原稿を受け取ったまま、少し迷った。

倉石父娘を、二人だけでここに残して帰るのは、なんとなく不安だった。

麻里奈の手前、最後まで見届けなければならない、という義務感に近いものを覚える。

奥の部屋から、音階練習を始める由梨亜のギターの音が、聞こえてきた。

肚《はら》を決めて言う。

「こちらで今、読ませていただきます」

沙帆の存在を忘れたように、じっとギターに見入っていた倉石が、少し上ずった声で言った。

「手に取って、拝見してもいいですか」

「かまいませんよ。そのために、用意したんですから」

本間が答えるが早いか、倉石はケースに収まったギターに、手を伸ばした。

沙帆は、かたちばかり原稿をめくりながら、様子をうかがった。

倉石は、まるで父親になったばかりの若者が、赤ん坊を抱き上げるような手つきで、ギターを取り出した。

沙帆はそのギターを、すでに一度目にしている。

ふつうのものより、幅も長さもだいぶ小ぶりに見える、古びたギターだ。今どきのギターと、胴まわりの曲線がだいぶ違う。あちこちに、貝殻装飾がふんだんに使われているのも、大きく異なる点だった。

倉石は、口に懐紙をくわえかねないほど、畏敬《いけい》のこもった目でギターを精査した。弦の巻き上げ方式、ヘッドや指板の縁の細かい貝殻装飾、サウンドホールの周囲の象眼など、丹念に調べていく。

やがて、外光が当たる角度でギターを縦に持ち直し、サウンドホールの中をのぞいた。

それを見て、本間が口を開く。

「ラベルは自然にはがれるか、だれかがはがすかして見当たらないが、ヘッドの形や装飾の特徴から、フランシスコ・パヘスの作品ではないか、と思います。倉石さんの、専門家としてのご意見を、うかがいたい」

倉石はすわり直し、ギターを膝の上に載せた。

「弾かせていただいて、よろしいですか」

「もちろん。長袖のニットシャツで見えたのは、そのための用意でしょう」

「はい」

沙帆にはそれが、何を意味するのか分からなかった。

本間が、沙帆に目を向ける。

「ギターを弾くとき、裏板とか横板に固いボタンや、ベルトのバックルが当たると、傷がつく。それに半袖のウエアだと、裸の右肘が胴にじかに当たるから、ギターが汗を吸ってしまう。それを防ぐために、ボタンのないニットの長袖シャツや、冬場ならセーターを着るのが礼儀、というわけさ」

なるほど、と思う。

軽く和音を鳴らしてから、倉石は木ねじを少しずつ回しながら、調弦した。

簡単に指慣らしをしたあと、すでに沙帆も聞き覚えのある、ソルの『月光』を弾き始める。本間も最初のとき、その曲を弾いたのだ。

さすがに、倉石の演奏はプロにふさわしい、表情豊かな弾きぶりだった。

弾き終わると、倉石はもう一度ギターを掲げて、全体を見直した。

おもむろに言う。

「ご存じと思いますが、現在パヘス作と確かに認められるギターは、世界に五本しか残っていない、といわれています。値段は二桁《けた》か三桁違いますが、希少価値からすればストラディバリウスを、はるかに上回ります。わたしは、一度もこの手で弾いたことがありませんが、CDでは何度も聞いています。本物、未確認のものを含めて、写真も数えきれないほど、目にしています。それらと比較検討すれば、このギターも外見やたたずまい、音質から、パヘスの作品という可能性が、きわめて高いと思います」

遠回しな言い方だが、少なくともパヘスが作った、と認定されているギターと比べて、遜色《そんしょく》のない作品だということだろう。

本間が、薄笑いを浮かべる。

「三十年前に、キューバの蚤《のみ》の市に一万円で出ていたのを、五千円に値切って買ったと聞いても、本物のパヘスだと思いますか」

倉石は、眉一つ動かさなかった。

「そのいきさつは、古閑さんからうかがっています。正直なところ、たった今これを弾いてみるまでは、全面的に信じてはいませんでした。しかし、わたしの乏しい経験と知識から判断するかぎり、これは疑いもなくパヘス作のギターだ、と思います」

「つまり、これでパヘス作と信じられる作品が、世界に六本あることになるわけですな」

本間の言葉に、倉石がわずかに上体を引く。

「そう、そのとおりです。厳密にいえば、きちんとした機関から正式の認証を、受ける必要がありますが」

本間はそれを、笑い飛ばした。

「そんなものを、求めるつもりはありませんな。このギターが、パヘスであろうとなかろうと、わたしには関係ない。いい音で鳴ってくれれば、だれが作ったかなどという瑣末《さまつ》なことは、問題になりませんよ」

倉石が、同感だという顔つきで、うなずく。

「おっしゃるとおりです。ただ、できればわたしは一研究者として、このギターの詳細なデータを、取らせていただきたいと思います。画像を撮影したり、胴や指板の寸法を計ったりするのを、許可していただけませんか」

本間は、軽く肩をすくめた。

「いいですとも。分解さえしなければ、ご自由にどうぞ」

そう言って、沙帆に目を移す。

「ぼくは奥で、由梨亜くんのレッスンをする。きみは、倉石さんの作業の邪魔にならんように、そっちのデスクで原稿を読んだらいい」

本間は親指で、ソファの背後を示した。

そこは、例の『カロ風幻想作品集』の、原書の初版本が収まったサイドボードや、古いライティング・デスクが置かれた、狭いスペースだ。

「分かりました」

沙帆の返事を聞くなり、本間はぴょんとソファを立った。

「それじゃ、ごゆっくり」

そう言って、さっさと部屋を出て行く。

倉石は、バッグからカメラやスケール、ノートなどを取り出した。用意がいいのは、最初からそのつもりで、来たからだろう。

沙帆は、それを横目で見つつ腰を上げ、ライティング・デスクの前に移った。

倉石が、作業に取りかかる音を聞きながら、原稿に目を通し始める。

35

【E・T・A・ホフマンに関する報告書・七】

――からもどったあと、ETAはしばしばアルテンブルク城に、足を運んだ。

ご承知のように、これはマルクス博士(ユリアの伯父アダルベルト・フリードリヒ・マルクス)が先ごろ買った、バンベルクの南西郊外にある古城だ。

購入時には、ゴシック様式の塔が崩壊していたが、博士はそれをもとどおり修復した上で、ETAに内部の壁画を描いてほしい、と依頼した。ETAは喜んで引き受け、七月末に旅(おそらくベルリン)へ出る前に、すでに完成させていた。

アルテンブルク城は、バンベルク市内を一望のもとに見渡せる、小高い丘の上に建っている。古いこと以外に、さしたる歴史を持たぬ城ではあるが、眺望だけはすばらしい。あなたも、ETAに連れて行かれたことが、あるはずだ。ブークへの散歩もけっこうだが、たまには気分を変えて城を訪れるのも、悪いことではない。

さて、あなたがこの五月(一八一一年)に日記を取り上げてから、ETAの振る舞いは表向きにせよ、おとなしくなった。少なくとも、わたしの目の届くかぎり、ユリアに対して師弟の矩《のり》を踰《こ》えるほどの、無分別な行動はとらなかった。したがって、しばらくはわたしの報告も、いちいちペンで記すまでもなく、口頭で用がすんだわけだ。

しかし、これから報告するエピソードは、あなたに直接関わることではないが、ETAの心情を理解する上で、十分知る価値のあるものだと思う。その意味では、あなたとも関わりがあるといっても、見当はずれにはなるまい。

当地の新聞にも報道されたが、かのハインリヒ・フォン・クライストが、十一月に死んだ。ベルリン郊外の、ポツダムに近いヴァンゼーの湖畔で、ヘンリエッテ・フォーゲルという人妻と、情死を遂げたのだ。

クライストは、まずヘンリエッテを拳銃《けんじゅう》で射殺し、それから自分を撃った。ETAよりも一歳若く、三十四歳になったばかりだった。

新聞は数日後、この情死をきわめてスキャンダラスに取り上げ、クライストの無分別を責め立てた。

クライストは、ゲーテの額から月桂冠を奪うことに失敗し、自分の作品が世に受け入れられないと知って、ひたすら死を願うようになっていた。

ただ、一人で死ぬのが怖かったせいか、ここしばらくはだれかれかまわず、自分と一緒に死んでくれないか、と持ちかけていたらしい。

もちろん、だれも相手にしようとしなかったが、一人だけ話に乗った女がいた。

それがヘンリエッテで、クライストとは一年ほど前からの、知り合いだった。死に対するあこがれと、音楽が好きという共通点があるだけで、ほかに二人を結びつけるものは、何もなかったようだ。

ヘンリエッテは、ルートヴィヒ・フォーゲルという役人の妻で、九歳になる娘が一人あった。家庭的には、なんの不満もない女とみられた。ただ、ほんとうかどうか分からないが、自分は不治の病に侵されており、遠からず死ぬものと信じていた、という。

だとすれば、いちおう周囲に名を知られた作家から、一緒に死んでほしいと持ちかけられたら、承知するのにほとんど躊躇《ちゅうちょ》しなかった、と思われる。

したがって、二人が互いに愛し合っていたとか、結婚するには障害がありすぎたとか、そういう事情は認められない。単に、死の願望を同じくすることが分かって、意気投合したとしか考えられない。したがって、いわゆる〈情死〉とは、趣を異にする。

それにしても、新聞報道による死にいたるまでの状況は、異常なことだらけだ。

まず二人は、夫が不在中のフォーゲル家の自宅で、遺書をしたためている。かりにも、ほかの男と情死する決意をした人妻が、自宅で相手と一緒に遺書をしたためるなど、考えられないことだ。

さらに、ヘンリエッテは書き出しにぬけぬけと、〈愛するルートヴィヒへ〉と記した。

それどころか、二通目の遺書にはこともあろうに、死後はクライストと一緒に埋葬してほしい、と書き加えさえしている。

これでは、世間の同情が夫ルートヴィヒに集まり、ヘンリエッテとクライストに対して、非難の声が上がるのは当然といえよう。

ETAは、例の〈薔薇《ば》亭〉でこの新聞報道を読んで、ほとんど激怒した。

クライストの死に、強いショックを受けると同時に、つまらぬ女を相手に選んだものだ、という落胆の気持ちが強かったのだろう。わたしを相手に、ヘンリエッテの振る舞いを、口を極めてののしった。

その上で、新聞記事など信用できるものではないから、真相を調べにベルリンへ行ってくれないか、とわたしに頼んできた。ETAはそこまで、クライストの死に心をかき乱され、真相を知りたがっていたのだ。

それで気がすむならと、わたしはETAの意に従うことにした。

ちなみに、クライストの『ハイルブロンのケートヒェン』が、バンベルクで初めて上演されたのは、まだ記憶に新しい九月一日のことだ。

あなたによれば、ETAが日記にユリアのことを、〈Ktch〉と暗号名で書き出したのは、今年の初めだったという。

つまり、ETAはそれより以前に、『ケートヒェン』を活字で読み、いたくお気に召していたに違いない。

その結果、筆頭株主のマルクス博士や、劇場支配人のホルバインを説得して、この戯曲をバンベルク劇場にかけることに、成功したのだ。

つまりは、そうしたいわくつきのクライストであり、『ケートヒェン』であるから、ETAがその死のいきさつを、詳しく知りたいという気持ちになるのも、無理はあるまい。

そのようなわけで、わたしはあなたにもだれにも告げずに、寒風吹きすさぶ十二月の初め、ベルリンへ向かった次第だ。

＊

ベルリンは、バンベルクから北東へおよそ六十マイル（プロイセン・マイル、約四百五十キロメートル）離れており、昼夜兼行の郵便馬車でも五日かかる。乗っているあいだに、携えて来た新聞記事を隅から隅まで読み、だいたいの流れを頭に入れた。

ベルリンに到着すると、すぐに馬車を雇って情死の現場となった、ヴァンゼー湖畔に向かった。

ヘンリエッテの夫や、親しい人間にはあえて話を聞くのを、やめにした。身内の不愉快な事件を、他人に蒸し返されたくないはずだし、たとえ口を開いたとしても、新聞記事と同じく都合のよいことしか、話さないだろう。

それよりは、現場で情死を目の当《ま》たりにした人びとから、事情を聞いた方がいい。ヴァンゼーは、大小二つの湖に分かれており、現場は小さい方のヴァンゼーの、湖畔だった。

報道によれば、クライストとヘンリエッテは十一月二十日、湖畔の〈クルーク亭〉というホテルを訪れ、その夜一泊したという。

ちなみに、ホテルの名前〈クルーク〉は、『壊れた甕《かめ》（Der zerbrochne Krug）』の〈Krug〉だ。なんとも、奇妙な符合ではないか。――（続く）

［本間・訳注］

ついでながら、クライストが一方的に婚約を破棄した、ヴィルヘルミネ・ツェンゲの結婚相手も、これまた〈Krug〉姓だった！

——クルーク亭は、森を挟んで小ヴァンゼーを正面に控えた、石造りのしゃれたホテルだった。

わたしは、あるじのシュティミンクという恰幅《かっぷく》のいい男に、三日分の宿泊費を前払いするとともに、一グルデン金貨を心づけに渡した。北ドイツではグルデンよりも、ライヒスターラーの方が流通しているが、通貨に変わりはない。

それでシュティミンクは、警戒心を緩めたとみえる。

新聞記者だ、というわたしの説明を真に受け、クライスト事件について話すことに、同意した。さらに、自分の妻と二人の使用人にも、引き合わせてくれた。

まず、シュティミンク自身の話。

クライスト、ヘンリエッテの二人がホテルに到着したのは、十一月二十日午後二時のことだった。

二人は、二階の隣り合わせの部屋を二部屋借り、夕方までテラスでポンチを飲んだり、散歩したりした。外はかなり寒かったが、二人とも苦にしない様子だった。最初シュティミンクは、二人を夫婦ものだと思っていたが、別々の部屋を取ったことから、どういう関係か分からなくなった。

このあたりでは、男女がホテルに二人で泊まるとき、夫婦であろうとなかろうと、一部屋ですますのがふつうだ。ホテル側が、それを詮索《せんさく》することはない。

夜になると、あとで思えばここでも、手紙を書いていたらしいが、部屋は静まり返ったままだった。

しかし夜が更《ふ》けてから、二人が部屋の中をあちこちと歩き回る、低い靴音が間断なく始まった。

メイドの話では、部屋には一晩中明かりがついていた、という。少なからず迷惑だったが、ともかく多額の金を受け取っていたので、文句は言えなかった。

歩き回っているあいだ、二人が同じ部屋にいたのかどうか、分からない。

メイドによれば、二部屋ともベッドが乱れていなかったので、二人は一度も横にならなかったようだ。

翌朝、二人は書簡を二、三通フロントに託して、できるだけ早く届けてほしい、と頼んできた。受取人は覚えていないが、宛《あ》て先の住所はベルリン市内だった。

今思えば、女の夫や知人宛だったのだろう、とシュティミンクは言った。

書簡を届けるため、ホテルから市内へ使いの馬車を出した。

午後になっても、前夜ほとんど眠っていないはずの二人は、元気そのものだった。シュティミンクを相手に、大小のヴァンゼーや湖中に浮かぶ島じまのことを、あれこれと聞きたがった。

シュティミンクも、シーズンオフで宿泊客が少ないことから、快く二人の相手をした。二人とも屈託がなく、変わった様子はみられなかった。

そのあと、シュティミンクは妻に二人を任せて、自分は帳場に引っ込んだという。

そこでわたしは、妻に話を聞かせてもらいたいと頼み、シュティミンクは承諾した。シュティミンクと入れ替わりに、夫に劣らずでっぷりと太った妻のフリーデリケが、席にやって来た。

フリーデリケの話はこうだ。

クライストと女は、庭でとりとめもなく遊びに興じていたが、夫婦や恋人同士にしてはどこかよそよそしく、表面だけの親しさのように感じられた。

庭仕事をしていると、クライストが湖に沿ってぐるりと回った、向こう側の芝生にコーヒーとラム酒を、運んでもらえないかと言ってきた。

フリーデリケは、近いようでもあそこまではけっこう遠いし、だんだん気温も下がってくるので、やめた方がいいと忠告した。

しかし二人は、あのあたりは眺めがいいに違いないから、ぜひ運んでもらいたいと懇願した。

「でも芝生の上は、冷とうございますよ」

フリーデリケは、そう言って引き留めようとしたが、クライストは聞かなかった。

「それなら、いっそテーブルと椅子《いす》も、運んでくれないか。手間賃は払うから」

この寒いのに、戸外でコーヒーや酒を飲もうとは、ずいぶん酔狂なカップルだと思ったが、相手は客だし手間賃もくれるというので、しぶしぶ引き受けた。

ひとまず、雑用係のハンナに注文の飲み物を持たせて、クライストたち二人に同行させた。そのとき、相手の女は布をかぶせた手籠《てかご》を、さげていた。

ハンナがもどると、その夫で同じく雑用係のリービシュに、二人でテーブルと椅子を運ぶように、と命じた。

フリーデリケによると、そのあいだクライストたちが、湖の向こう側の芝生に立ったまま、酒を飲んだりあたりを駆け回ったり、水面に石を投げたりするのが見えた。

テーブルと椅子が届くと、二人はそこにすわってコーヒーを飲み、楽しげに談笑を始めた。何か、悩みがありそうな様子は、みじんもなかった。

そのあと、フリーデリケはホテルの中へ引っ込んだので、あとのことはハンナに聞いてほしい、と言った。

わたしは、入れ替わりにやって来たハンナに、クライストたちの様子を聞いた。

ハンナは骨太の、いかにも働き者に見える、三十代の女だった。

エプロンを、揉《も》みしだきながら言う。

「テーブルと椅子を運ぶと、女のかたが鉛筆を持って来てくれないか、と言いました。それで、わたしはホテルにもどって鉛筆を探し、湖畔へ引き返しました。すると今度は、コーヒーを飲んだカップを突き出して、これを洗ってまた持って来るように、とおっしゃるんです。一つずつではなく、まとめて言ってくれればいいのに、と思いました。でも、カップの中にターラー銀貨がはいっていたので、言われたとおりにしました」

途中までもどったとき、二人のいるあたりから銃声が聞こえてきた。

ハンナはたまたま、女の手籠にかぶせられた布からのぞく、拳銃を目にしていた。

たぶん、鳥かリスでもおどかしたのだろうと思い、足を止めなかった。

三十秒ほどたって、もう一発銃が発射される音を聞いたが、気にもせずにホテルにもどった。

カップを洗い、十五分ほどして湖畔に引き返したところ、斜めになった芝生の窪《くぼ》みからのぞく、仰向けに倒れた女の上半身が、目にはいった。

それで、先刻の銃声のことを思い出し、大あわてでホテルに駆けもどった。

シュティミンク夫妻に急を知らせ、ほかの使用人も一緒に湖畔に引き返して、もう一度現場を調べた。

胸を血で染めた女が、腕を組み合わせる格好で横たわっており、そのそばにうずくまるように、クライストが倒れていた。

クライストは、両手で持った拳銃の銃口を口に入れ、引き金を引いたようだった。弾は突き抜けておらず、頭蓋骨《ずがいこつ》は砕けていなかった。

二人とも、すでに息がなかった。

＊

以上が、ヴァンゼーのクルーク亭で聴取した、クライストの情死の一部始終だ。

シュティミンクによれば、ヘンリエッテの夫のルートヴィヒと、縁戚《えんせき》の男ペギレーンはその日のうちに、やって来たという。手元に届いた二人の遺書を見て、大急ぎで駆けつけたのだろう。

しかし、警察関係者と検視官はなぜか出遅れたらしく、翌日になるまで現れなかった。

一夜明けると、ルートヴィヒはヘンリエッテの遺髪を切り取り、ペギレーンとともにベルリンへ、もどって行った。

ペギレーンは、昼過ぎにまたホテルへやって来て、法的な手続きを終えた。

そのあと現場に墓穴を掘り、二人を一緒に埋葬してもらいたい、とシュティミンクに頼んだ。棺桶《かんおけ》は追って届ける、とのことだった。

シュティミンクによれば、ルートヴィヒの悲嘆は尋常ではなかった、という。

ただ、死んだ事情が事情だけに、自分の一族の墓には入れられない、との判断をくだしたようだ。

それで結局、遺書にあったヘンリエッテの希望どおり、クライストと一緒に死んだ場所に、埋葬することにしたらしい。

検視が終わるころ、ペギレーンの手配した棺桶が二つ、ベルリンから届いた。

二人の遺体は、シュティミンクが頼んだ神父の差配で、ヴァンゼー湖畔の現場に、埋葬された。

立ち会ったのは、シュティミンクほかホテルの人びとだけで、家族や友人の姿はなかった。

時に、一八一一年十一月二十二日、午後十時のことだった。

＊

バンベルクにもどったあと、わたしは以上のような聞き取りの結果を、〈薔薇亭〉の個室でＥＴＡに、詳しく報告した。

ＥＴＡは深刻な表情で、珍しく冗談めいたことも口にせず、わたしの話に耳を傾けた。

聞き終わるなり、新聞の無責任な中傷記事や醜聞報道に、あらためて歯に衣《きぬ》を着せぬ痛罵《つうば》を、浴びせかけた。

「芸術家の、創作の苦しみを知らぬえせ知識人が、俗世間でしか通用しない物差しを当てて、あれこれ論評するばかさかげんを、見てみたまえ。連中には、何も分かっていないのだ。『ケートヒェン』を生んだ、あのクライストの真価を知りもせずに、勝手なことばかり書き立てる。考えてみれば、クライストは不治の病に侵された人妻と、ただ情死したわけではない。愚劣きわまる俗世間に、死をもって報いたのだ」

ヘンリエッテ・フォーゲルを、悪《あ》しざまにののしった出発前の厳しい口調は、影をひそめていた。

わたしに言わせれば、二人の死は情死でもなんでもなく、単なる自殺幇助《ほうじょ》と自殺にすぎない。それについて、ETAは何も口にしなかった。

わずか八十日ほど前、ETAは『ハイルブロンのケートヒェン』を、バンベルク劇場の舞台にかけたばかりだった。

公演が、大成功裡《り》に終わったことは、あなたもバンベルク市民も、みんな知っている。

しかし、クライストはおそらくそのことを、知らなかったに違いない。

もしあの喝采《かっさい》が、クライスト自身の耳に届いていたら、あるいは死を思いとどまっていたかもしれない、と考えるのは甘すぎるだろうか。

どちらにしても、すでに手遅れであることに、変わりはない。したがって、わたしもそうした益のない慰めを、口にするのはやめた。

なぜわたしが、ひそかにベルリンへ調査に出向いた事情を、ETAにしたのと同じように、あなたにまで詳しく報告するのかと、不審を覚えられるかもしれない。

それには、理由がある。ETAが、クライストの情死にひどく動揺したことは、あなたにもよくお分かりだろう。

ETAによれば、クライストは愛してもいないヘンリエッテと、ただ単に情死したのではない。愚劣きわまる俗世間に、死をもって報いたのだ。

しかしわたしは、それも否定する。

クライストは、自分が描いたハイルブロンの〈ケートヒェン〉と、情死したのだ。クライストが理想とする女は、この世には存在しなかった。存在したとしても、クライストを理解しようとは、しなかった。

さいわいETAには、あなたという存在がある。

しかし、はっきり申し上げよう。あなたは、ETAの理想的な妻ではあるが、理想の女性ではあるまい。ETAは、かのユリアの中に理想の女性、ケートヒェンを見ようとしているのだ。

ユリアが、現実にそれに値する女性かどうかは、この際問題ではない。ETAが、ユリアをそう見ているという、その事実が問題なのだ。

わたしは、クライストがヘンリエッテに接したように、ETAがユリアに接するのではないか、という恐れを抱いている。

ＥＴＡはこの五月まで、自分の心情を日記に書きつけることで、悩みや苦しみをやり過ごしてきた。たとえ、記号や暗号や外国語で韜晦《とうかい》したとはいえ、それが瘴気《しょうき》を振り払う役目を果たしたことは、間違いないと思う。

今、その日記帳を取り上げられたＥＴＡに、クライストの一件が悪い結果をもたらさねばよいが、と願っている。

ＥＴＡが、はやまった行動に出ないように、わたしは目を光らせるつもりだ。そう、間違ってもＥＴＡが、ユリアと情死しようなどという気を、起こさないように。

あなたも、そのことをよく頭に入れて、ＥＴＡに接してほしい。

36

背後から、典雅なギターの音が、聞こえてくる。

撮影や、寸法計測の作業を終えた倉石学が、フランシスコ・パヘスのギターを、弾いているのだ。

古閑沙帆は、少しのあいだ耳を傾けた。

曲名は知らないが、たぶんバッハのバイオリンか、チェロのソナタのうちのどれかだろう、というくらいの見当はつく。

沙帆が、原稿を読み終えた気配を察したのか、倉石はギターを弾くのをやめ、声をかけてきた。

「お邪魔でしたか」

「いえ、とんでもない。今、弾いていらしたの、バッハじゃありませんか。曲名は、知りませんが」

「そう。無伴奏バイオリン・パルティータ、第三番のプレリュードです」

「古いギターで聞くと、バッハの時代がそこはかとなく、しのばれますね。バイオリンでは、どうか分かりませんが」

「でしょう。当時バッハを、ギターで弾いたかどうか知らないけれども、少なくともリュートの曲はあったわけだから、そう違和感はないと思います」

そんな話をしていると、廊下に足音が響いた。

由梨亜と本間鋭太が、前後してはいって来る。

「お疲れさまでした」

沙帆は、だれにともなくそう言って、長椅子にもどった。

由梨亜も、倉石と並んですわる。

本間は、ソファに今度はぴょんと、飛び乗った。

ギターを、ケースにしまった倉石が、頭を下げて言う。

「おかげさまで、眼福と同時に至福の時を得ました。ありがとうございました」

本間は、指を立てて応じた。

「シフクとは、指の福という意味ですかな」

倉石は、うれしそうに笑った。

「おっしゃるとおりです。指が、こんな逸品を弾くことができて、幸せだったと言っています」

「それは、けっこう」

本間も、満足そうだ。

シフクが、至福ではなく指福と分かって、沙帆もなるほどと思った。

造語に違いないが、ギターを弾く人間には通じるのだろう。

倉石は続けた。

「計測データも写真も、貴重な資料になります。寸法図ができたら、コピーを進呈させていただきます」

「それは、ありがたい。お役に立てて、よかったです」

本間は短く応じ、ソファの肘掛《ひじか》けを叩《たた》いた。

倉石をじっと見つめ、あらためて口を開く。

「もしかしてこのギターを、手に入れたくなったんじゃありませんか」

それを聞いて、沙帆はわけもなくぎくりとした。

倉石が、困ったような笑みを浮かべる。

「おっしゃるとおりです。ただ、すでにパノルモとラコートを持っていますし、つい
この春にもスペインで、エステソを入手したばかりでしてね。大いに食指が動きます
が、今はちょっと余裕がありません」

本間も、薄笑いで応じた。

「原価プラスアルファ、でもいいですよ」

倉石が、驚いた顔で顎《あご》を引く。

「原価と言いますと、まさか五千円で」

そこで、言葉を途切らせた。

本間は、事もなげにうなずき、冗談めかして続けた。

「そう。まあ、もとの付け値の一万円、と言いたいところだが」

倉石が苦笑する。

どちらにしても、このギターがもし本物のパヘス作だとしたら、本来の価値からほど遠い、破格の安い値づけだ。

沙帆ははらはらして、二人の様子をうかがった。

由梨亜も、興味津々《しんしん》といった面持ちで、父親と本間を見比べる。

倉石は、かすかに喉《のど》を動かした。

「ちなみに、プラスアルファというのは」

そう聞き返した声に、どことなく不安の色があった。

本間はこめかみをかき、おもむろに口を開いた。

「お察しのように、今お預かりしている古文書を、いただきたいのです」

やっぱりそうか、という表情で倉石が体を引く。

沙帆も、その気配を察していたので、息を詰めた。

倉石は、少し考えてから、ゆっくりと応じた。

「非常に魅力的なお話ですが、そればかりはわたしの一存では、ご返事できません。どちらにしても、ありがたいお申し出を、ありがとうございます」

沙帆は、膝がしらを握り締めた。

無意識にせよ、ありがたい、ありがとうと二度重ねたところに、倉石の複雑な気持ちの揺れが、表れていた。

本間が、軽く肩をすくめる。

「いや。ご返事は、今でなくてもかまいませんよ。状況が変わったら、いつでも言ってください」

「ありがとうございます」

倉石は、もう一度そう言って頭を下げ、それから思いを断ち切るように、由梨亜を見返った。

「さてと、お父さんたちは一足先に、失礼しようか。先生と古閑さんは、お仕事が残っていらっしゃるし」

「はい」

由梨亜はすなおにうなずいたが、すぐに沙帆に目を向けて続けた。

「このあいだのカフェテリアで、父とコーヒーを飲んでいきますから、帰りにのぞいてみてくださいね」

「いいわよ」

本間に挨拶《あいさつ》し、倉石と由梨亜は部屋を出て行った。

玄関の、ガラス戸が閉じられる音を聞くと、本間はさっそく口を開いた。

「どうかね、今度の原稿の感想は」

沙帆は、唇を引き締めた。

「それより、先ほどのお申し出は、ご本心ですか。五千円はともかく、例の古文書と引き換えに、というお話は」

本間はソファに背を預け、指で肘掛けを細かく叩いた。

「伊達《だて》や酔狂で、あんなことは言わんよ」

「でも、倉石さんにはずいぶん残酷なお申し出だった、と思います。倉石さんとしては、すぐにもその取引に応じたかったでしょうが、麻里奈さんがうんと言わないことは、目に見えていますから」

沙帆が言うと、本間は下唇を突き出した。

「理不尽な申し出をしたつもりは、これっぽっちもないぞ。少なくとも、あのギターは例の古文書と同等か、それ以上の価値があるからな」

「倉石さんにとっては、そのとおりだと思います。でも、麻里奈さんからみれば、理解できない話でしょうね」

本間は、めんどくさそうに、手を振った。

「そんなことより、今回の原稿の感想を、聞こうじゃないか」

その口調に、姿勢を正す。

「はい。その前に、前回のお原稿について補足質問を、させていただけますか」

「かまわんよ」

「これは、念のためのお尋ねです。前回の、ホフマンとクライストとおぼしき、二人の人物の対話の部分は、この報告書の執筆者であるヨハネスの筆跡と、一致しているのでしょうか。つまり、別の人物が書いた文書が、なんらかの理由で報告書に混入した、という可能性はないだろうか、という確認ですが」

その確認は、倉石麻里奈に頼まれたのだ。

本間は、両手の指先をそろえて、唇に当てた。

「その可能性は、ないな。筆跡は明らかに、ヨハネスのものだった。ただし、別の機会にヨハネスが書いた、別の文書が混入した可能性までは、否定できんよ。といっても、紙の質は同じものだし、単に前後が欠落しただけと考えるのが、妥当だろう」

沙帆はわざとらしく、首をかしげてみせた。

「そこだけ『牡猫《おすねこ》ムルの人生観』と、よく似た構造になっていますね」

その点については、麻里奈と意見が一致していた。

本間もうなずく。

「そのとおりだ。もっとも、ヨハネスがそれを意識していたかどうかは、分からんがね。残念だが、そこだけなんらかの理由で、前後が欠けてしまったんだろう」

沙帆は、読み上げたばかりのワープロ原稿を、そろえ直した。

「今回のお原稿にも、驚きました。ヨハネスが、ホフマンに頼まれてクライストの心中、というか情死の状況を取材していた、とは。これって、ほんとうでしょうか」

「それは、ヨハネスに聞いてみなければ、分からんよ。ホフマン自身が、ヨハネスと一緒にヴァンゼーまで行って、クライストの情死の真相を突きとめる、などという展開になれば、もっとおもしろかっただろうがね」

本間の言に、沙帆は笑った。

「それは、できすぎでしょう。小説になってしまいます」

「どちらにしてもこの部分は、従来のクライスト研究者が解明した真相と、さしたる食い違いはない。簡潔に、事実を伝えることに終始しているだけで、新しい情報は何もない。この程度のことは、後世の研究者がとうに解明しているし、おもしろくもなんともない。正直なところ、失望させられたよ」

本間はそううそぶいて、肘掛けをぽんぽんと叩いた。

「当時は今と違って、マスコミが発達していませんでしたし、警察や医者から細かい話を聞くことも、むずかしかったと思います。先生のおっしゃるとおり、簡潔に事実を伝えているとしたら、それでいいのではないでしょうか」

「ま、可もなく不可もなし、というところだな。だから今回は、詳しい訳注もつけなかった」

「分かりました」

沙帆は、用意してきたファイルケースに原稿を入れ、トートバッグにしまった。

あらためて、本間を見る。

「お差し支えなければ、あと何回くらいお原稿をいただけるか、めどだけでも教えていただけませんか」

本間は、左手で反対側の肘をつかみ、右手を顎に当てた。

「おそらく、次回で終わりになるだろう」

予想外の返事に、沙帆はきっと背筋を伸ばした。

「ほんとうですか。まだまだ続く、と思っていたのに」

そこで絶句する。

本間は手を下ろし、軽く肩をすくめた。

「もとが手書きの原稿だから、百枚ほどではたいした量にならん。翻訳して、ワープロで日本語に打ち直せば、それくらいのものさ」

沙帆は、少なからず動揺して、言葉を探した。

「ということは、つまりあの古文書自体が完結したものではなくて、断片だったということですか」

「そんなことは、初めから分かっていたんじゃないかね」

言われてみれば、そのとおりだ。

最初に、乱れたままのあの文書を見たとき、どこが始まりでどこが終わりか、分からなかったことを思い出す。

「それはおっしゃるとおりですが、なんとなくまだしばらくは続くものと、そう思っていたので」

「ただし、報告書そのものは区切りのいいところで、終わっている。それだけは、言っておくよ」

アパートを出た。

駅の方へ歩きながら、沙帆はつっかい棒をはずされたように、悄然《しょうぜん》としている自分を意識した。

むろん、あの報告書が永遠に続く、と思っていたわけではない。

それにしても、これほど唐突に終わってしまうとは、考えてもみなかった。

気がつくと、すぐ横にカフェテリアのガラス窓があり、その内側で手を振る由梨亜の顔が、間近に見えた。

沙帆は、あわてて笑顔をこしらえ、手を振り返した。

由梨亜の隣で、倉石がどうかしたのかというように、軽く首をかしげる。

37

カフェテリアにはいる。

古閑沙帆は、コーヒーをトレーに載せて、倉石父娘《おやこ》が並ぶ窓際《ぎわ》の席に、足を運んだ。

「すみません、お待たせしちゃって」

わびを言って、由梨亜の隣にすわる。

倉石学が、娘の頭越しに言った。

「もっと時間がかかるか、と思いましたよ。本間先生は、話し好きのようだし」

「いえ、きょうは先生も長話をするつもりは、なかったみたいでした」

由梨亜が、したり顔でうなずく。

「でしょう。先生に聞こえるように、カフェで待ってますって、言っておいたから」

そのとおりだった。いかにも由梨亜らしい、気の回し方だ。

倉石が、腕組みをして言う。

「しかし本間先生は、古閑さんのお話から想像していたのと、だいぶ違う人だったな」

「あら。どんなイメージを、抱いていらしたんですか」

「なんというか、もっと頑固で無愛想な、偏屈老人を想像してたんですよ。それが、意外にまともな人だったので、かえって面食らっちゃいました」

沙帆は、コーヒーを飲んだ。

「わたし、先生のことをそんなふうに、お話ししましたかしら」

「古閑さんがというより、古閑さんとうちの家内のやりとりを聞いて、そういう先入観を抱いたんですね、きっと」

由梨亜が口を出す。

「わたしだって、お父さんに本間先生のことを、そんなふうには話さなかった、と思うけど」

倉石は、すなおにうなずいた。

「そうだな。どうも、お母さんが抱いた本間先生のイメージが、頭に刷り込まれてしまったみたいだな」

由梨亜がやおら、椅子から滑りおりる。

「それじゃ、わたし、先に帰りますね」

当然のような口調に、沙帆はちょっとあわてた。

「あら、どうして。お父さんと一緒に帰ればいいじゃないの」

「でも、お父さんはきょう、ギタリストの協会の会合か何かよね。それが、学校帰りのわたしと一緒に帰ったんじゃ、おかしいでしょう」

確かに倉石は、麻里奈に会合と偽って出て来た、と言っていた。

倉石は首をひねり、こめかみをかいた。

「それもそうだな。じゃあ、先に帰っててくれるか。お父さんは、少し時間をずらして帰るから」

「分かった」

由梨亜は、沙帆に手を振って足取りも軽く、カフェテリアを出て行った。

倉石が、由梨亜のすわっていた椅子に、席を移す。

「なんだか、五葉学園に進んだとたんに、急におとなっぽくなったみたいで、調子が狂いますよ」

沙帆は、倉石が隣に並んだことで、何か圧迫感のようなものを覚え、椅子の上で少し体をずらした。

「まわりに、頭のいい子がたくさんいますから、刺激を受けるんじゃないんですか」

「頭のいい子は、ことに女の子はませたのが多いから、油断できないな」

ぼやきともつかぬぼやきに、沙帆は黙ってコーヒーを飲んだ。

倉石と二人だけになると、なぜか気詰まりになるのを、意識する。不快感というのではないが、なんとなく麻里奈の顔が浮かんできて、緊張するのだ。

それをやり過ごそうと、あえて事務的な話を持ち出した。

「ところで、本間先生のお話によると、今回お願いした古文書の解読と翻訳も、どうやら次回で終わりになるらしいんです」

倉石が、とまどったように顔を見てくる。

「それはまた、ずいぶん急な話ですね。まだしばらく、続くと思っていたのに」

「わたしも、そう申し上げたんですけど、百枚ほどの手書きの古文書も、ワープロで日本語にすればその程度の量だ、ということでした。四百字の原稿用紙に換算すると、次回の分も入れてざっと百五十枚前後、というところでしょうか」

沙帆の説明に、倉石は顎をつまんだ。

「するとやはり始まりも終わりもない断片的記録、ということですか」

「そうなりますね。考えてみれば、初めから分かっていたことなのに、なんだか残念な気がして」

「そう、そのとおりです。わたしは、麻里奈ほどホフマンのことを知らないし、そんなに興味があるわけじゃないけれども、解読原稿にはいちおう毎回目を通してるんです。そうするうちに、いつの間にかホフマンに感情移入しちゃって、どんどん先が読みたくなる。それを、突然終わりだなんて言われると、洞窟《どうくつ》を抜けたらいきなり断崖《だんがい》絶壁に出た、という感じで、途方に暮れますね」

倉石のもって回った表現も、なんとなく分かるような気がする。

沙帆が黙っていると、倉石は思い出したように言った。

「それにしても、翻訳料はどうしたものかな」

「何回目だったか、先生にそのお話をしたんですが、一度いらないと言ったものを、受け取るつもりはない、とおっしゃるんです。もちろん、例の古文書を謝礼がわりにもらいたい、という気持ちに変わりはないようですが」

倉石は、苦笑した。

「本気かどうか知らないけど、きょうはきょうで交換条件に、パヘスのギターまで持ち出しましたよね」

「ええ。でも、あのギターが本物のパヘス作かどうか、分からないんでしょう」

倉石が、真顔にもどる。

「ラベルはないけれども、少なくともわたしの見立てでは、本物の可能性が高いと思う。たとえ偽物《にせもの》だとしても、あれだけの音が出るなら、問題はない。わたしにとっては、あの古文書よりずっと、値打ちがあります」

「ためしに、麻里奈さんに相談してみたら、いかがですか。コピーさえ取っておけば、古文書そのものはいらないでしょう。だいじなのは、内容ですから」

そこまで言って、はっと気がつく。

倉石を、本間鋭太に引き合わせたことは、麻里奈に内緒にしてあるのだ。

倉石も、そのことを忘れたように、むずかしい顔で応じた。

「うんと言わないでしょう、麻里奈はね。あの古文書を見て、長いあいだ眠っていた、ホフマンに対する情熱が、もどったわけだから」

そう言ってから、沙帆と同じことに思い当たったらしく、苦笑いした。

「どっちにしても、家内には相談できない話ですね」

「すみません、つい忘れてしまって」

謝ってから、話をもどす。

「でも麻里奈さん、卒論を書き直すつもりだとか言いながら、今のところ取りかかりそうな気配は、ないんでしょう」

倉石は、肩をすくめた。

「気配がないどころか、たぶん一生書かないんじゃないかな。ただ、あの古文書を自分のものとして、手元に置いておきたいだけなんです。かつて抱いた、ホフマンへの情熱の証《あか》しとしてね」

そう言って、それが皮肉に聞こえるのを恐れるように、付け加える。

「言ってみれば、わたしの十九世紀ギターのコレクションと、同じなんですよ。まあ、たいした数じゃないけれども、ともかくそれを活用することよりも、所有することと自体が目的になってしまう」

「でも倉石さんは、ただ所有してらっしゃるばかりでなく、実際にそれを使ったコンサートも、やっておられますよね。雑誌に、研究成果を発表なさったりも、してらっしゃるようですし」

倉石が、自嘲《じちょう》めいた笑みを浮かべる。

「まあ、たまにですけどね」

沙帆はさりげなく、腕時計を見た。

五時半を回ったところだ。

倉石が、腕時計をのぞき込んでくる。

「これから、お約束ですか」

「いえ、そうじゃないんです。今夜、母と帆太郎が東京芸術劇場へ、コンサートに行く予定なので、そろそろ出るころかな、と思って」

義母のさつきが、知り合いからチケットを二枚もらい、帆太郎を連れて行くことになったのだ。

六時開場だから、もう家を出ているだろう。

「沙帆さんは、行かないんですか」

倉石が聞いてきた。

名前で呼ばれたのは、これが二度目だった。別に、いやな気がするわけではないが、いくらか当惑してしまう。

「もらったチケットが、二枚だけだったので」

「ふうん。三枚じゃなくて、残念でしたね」

そう言ってから、ふと思いついたように付け足す。

「だったら、ちょっと早いですけど、食事でも一緒にいかがですか。ほかに、ご予定がなければ、ですが」

そうくるのではないか、という予感がしていた。

「予定はありませんけど、倉石さんもそろそろお帰りにならないと、いけないんじゃないんですか」

「協会の会合のあとは、飲みに行くことが多いんでね。家内も、慣れてますよ」

「でも、由梨亜ちゃんが」

倉石らしくない、小ずるい笑みが浮かぶ。

「由梨亜は、何も言いませんよ。父親と、共犯ですからね」

そんなことを、しれっとした顔で言う倉石が、少しうとましくなる。

麻里奈に対して、他人の沙帆が後ろめたい思いをしているのに、夫の倉石がなんのこだわりも見せないのは、いかにも腹立たしい気がした。

倉石が続ける。

「食事は食事として、実は聞いていただきたいことが、なくもないんです。おふくろのことなんですがね」

沙帆は、少し身構えた。

前回、二人きりで話をしたとき、倉石は母親の玉絵が京王線の柴崎にある、介護施設か何かにはいっている、と言った。

かなり認知症が進んでおり、ときたま正気にもどることがあるものの、いろいろと苦労が多いらしい。

沙帆は、自分に親の介護をした経験がなく、そういう話をひとから聞かされても、どう対応していいか分からない。通りいっぺんの返事しかできず、ただ気が重くなっただけだ。

その気持ちを察したように、倉石がさらに続ける。

「間違っても、愚痴を言うつもりはありませんから、安心してください。ただ、話を聞いてもらえれば、気がすむので」

沙帆は、少し考えた。

どっちみち、今夜は帰宅しても一人きりだから、外で食事するつもりではいたのだ。

「分かりました。お付き合いします」

倉石がすぐに、椅子からおりる。

「あまり遅くはなれないし、さっそく行きましょう」

外に出ると、倉石はタクシーを拾った。

38

倉石学に連れて行かれたのは、四ツ谷駅に近いポルトガル料理店だった。

店の名前は、〈カタプラーナ〉といった。

国によって、シチューとかポトフ、ブイヤベース、コシード、ボルシチなどと名前が変わるが、要するに肉や魚介類に野菜を加えた蒸し煮や、煮込み料理のことをポルトガルでは、カタプラーナと呼ぶそうだ。

意外に広い地下の店内は、赤を基調とした上品なクロース張りの壁に囲まれており、ところどころに置かれたガラスの飾りものも、モダンアートふうのデザインだった。

古閑沙帆が抱いていた、素朴なポルトガルのイメージとは、だいぶ違う。

ただし、出てきたコースは特に奇抜ではなく、見た目も味もまさしく郷土料理、という印象だった。

「メインのカタプラーナは、さすがにこくがあってうまい。

エビの殻を取りのけながら、倉石が前置きもなく言う。

「このあいだ、わたしの両親は籍を入れた夫婦じゃなく、要するに内縁関係だったという話を、しましたよね」

「ええ」

そっけなく応じたのは、興味があると思われたくないからだった。事実、他人の出自や経歴には、なんの興味もない。

そんな沙帆の様子に、倉石は気を留める様子も見せず、先を続けた。

「しかも、おやじはわたしが二歳のときに、癌《がん》で死んでしまった。その話もしましたね」

「ええ」

当惑しながら、同じように返事をする。

倉石は、殻をむいたエビを口にほうり込み、じっくりと嚙《か》み締めた。いかにも、しんから味を楽しんでいる、という風情《ふぜい》だった。

自分の持ち出した話題が、料理を味わっている今という瞬間に、まったくそぐわないことなど、てんから感じないようだ。

ふだん飄々《ひょうひょう》として、感情をあらわにしない倉石の人柄が、沙帆も嫌いではない。

しかし、あえてこちらが聞きたくもない、自分の秘められた出自を話すときまで、妙にあっけらかんとしているのは、いかがなものかと思う。

エビを食べ終わると、倉石はポートワインを飲んだ。

「このあいだ、つい言いそびれてしまったことが、ありましてね。おふくろが、わたしを死んだおやじと取り違える、という話はしましたっけね」

「ええ、そのようにうかがいました」

あまり、事務的な返事ばかりもできず、そう応じる。

母親の玉絵が、倉石を自分の死んだ夫と思い込んで、キスを迫るという話だった。

「実を言うと、おふくろが取り違えていた相手は、おやじじゃなかったんです。取り違えた相手は、別の男だった。わたしをその男と思い込んで、キスをせがんだんですよ」

沙帆は、背筋がむずむずするのを感じて、すわり直した。

「そうした内輪の微妙な問題は、あまり他人にお話しにならない方が、いいんじゃありませんか」

倉石が、困ったように首をかしげる。

「それがどうも、わたしには内輪の話という感じが、しないんでね。なんだか、ひとごとみたいな気がして、だれかに話さないではいられない、ただ、だれにでも話せる問題じゃないし、結局沙帆さんに聞いてもらうしか、ないんです」

いつの間にか、呼び方が〈古閑さん〉から〈沙帆さん〉に、なじんでしまったようだ。

当惑を通り越して、むしろ困惑する。

「聞かせていただいても、わたしには何も申し上げることができませんし」

倉石は右手を上げ、沙帆を押しとどめた。

「いや、沙帆さんに何か言っていただこうと思って、話してるんじゃありません。右から左へ、聞き流してくれていいんです」

倉石が、何を考えているのかよく分からず、うっとうしい気持ちになるだけだった。

しかし、何を言っても通用しそうもない雰囲気に、居直るしかなかった。勝手に、好きなだけ話をさせておけば、そのまま頭の上を通り過ぎるだろう。

「それで、お母さまは倉石さんをどなたと、取り違えたのですか」

水を向けると、倉石はしてやったりと言わぬばかりに、ポートワインを飲んで言った。

「おやじより前に付き合っていた男か、おやじが死んでから親しくなった男か、そこのところがはっきりしないんですがね。とにかく、けっこう惚《ほ》れていたことが、うかがわれるんです。キスをせがむくらいだから」

「どうして、お父さまじゃなくて別の男性だ、と思われたのですか」

「わたしのことを、しゃあちゃん、と呼んだからです」

「しゃあちゃん」

おうむ返しに言い、倉石の顔を見直す。

「そう。もし、おやじを呼んでいるつもりなら、久光創の創をとってそうちゃん、と呼ぶでしょう」

沙帆はかたちばかり、考えるふりをした。

「しゃあちゃんじゃなくて、しょうちゃんと呼んだのかもしれませんね。そうちゃんと呼ぶつもりが、舌が滑ってしょうちゃんになってしまった、とか。あるいは、倉石さんがそう聞き間違えた、という可能性もなくはないでしょう」

倉石は、首を振った。

「おふくろは、人を見間違えても発音や言葉遣いは、間違えないんです。わたしも、耳はいい方でね」

自信ありげな口調だ。

そのまま黙るのも、おもしろくないという気になる。

「でも、日本人でしゃあちゃん、などと呼ばれる名前って、あるかしら。社長さんとか、車掌さんの略称ならともかく」

沙帆が言うと、倉石はちょっと笑ったものの、すぐに真顔にもどった。

「もう一つ不可解なのは、マナブは元気にやっているから、心配しないでね。そうささやくんですよ、おふくろが」

沙帆は、カタプラーナのスープを飲む手を止め、倉石を見た。

「マナブって、倉石さんの名前でしょう」

「そう。だから最初は、死んだおやじと間違えているのかな、と思ったわけですよ。しかし、そうだとすれば、しゃあちゃんの意味が、分からない」

倉石が、気を持たせるように、そこで口をつぐむ。

少しいらいらして、沙帆はまたスプーンを使い始めた。

倉石も、思い出したようにフォークを取り上げ、魚をつついた。

それから、さりげない口調で言う。

「まあ、これは勝手な想像ですが、おふくろはおやじに、わたしが元気でいることを、伝えたかったんじゃないかと思うんです」

「でも、それだったら、そうちゃんでなければ、おかしいでしょう」

倉石は目を伏せ、ポートワインのグラスをあけた。

息をついて言う。

「それはつまり、わたしのおやじは、実はそうちゃんじゃなくて、しゃあちゃんなのかもしれない、ということでしょう」

沙帆は驚いて、倉石の顔を見直した。

「何を考えていらっしゃるんですか」

声が少し、上ずる。

倉石は、ふだんと変わらぬ目で、沙帆を見返した。

「言ったとおりの意味ですよ」

頭が混乱して、沙帆はスプーンを置いた。

「でもこのあいだ、倉石さんを身ごもったのをきっかけに、お母さまは久光創さんと同棲《どうせい》を始めたと、そうおっしゃいませんでしたか」

「ええ、言いましたよ」

「それじゃ、お父さまは久光創さんということで、間違いないんじゃありませんか」

まるで、おもしろがってでもいるように、倉石が口元に笑みを浮かべる。

「そうとも、限りませんよ。おふくろが、別の男の子供を身ごもっていた、という可能性もある。だとすると、おふくろは未婚だし、世間体も悪い。そこで、久光創が男気を出して、同棲しようと申し出た。籍は入れなくても、同棲すれば子供ができるのは、不思議じゃないですからね」

まるで、ひとごとのような冷めた口調に、沙帆はいたたまれないものを感じた。

「それは、考えすぎだと思います」

「DNA鑑定をすれば、すぐに分かることですよ。別に、調べる気はありませんがね」

デザートがくるまで、沈黙が続いた。

倉石は、プリンに手をつけようとしたが、急にスプーンを置いて言った。

「沙帆さんに、お願いがあるんですがね」

そのあらたまった口調に、沙帆はすぐさま身構えた。

「なんですか」

「実はあさって、おふくろに会いに行くつもりなんですが、沙帆さんにも付き合ってもらえないか、と思ってるんです」

何を言い出すのか、とあっけにとられる。

「それは、どうでしょうか。もちろん、お母さまのことはお気の毒ですが、わたしが

「ご一緒する理由はない、と思います」

きっぱり断わると、むろんそのとおりだというように、倉石は一人でうなずいた。

「縁もゆかりもない沙帆さんに、同行をお願いする義理などないことは、よく承知しています。その上で、ご相談してるんです」

表情は穏やかだが、あとに引かぬ強い口調だ。

沙帆は、負けずに言い返した。

「でも、縁もゆかりもないわたしを同行させて、どうするおつもりなのですか。女性の同行者なら、麻里奈さんを連れていらっしゃれば、いいんじゃないでしょうか」

倉石の頰が、引き締まる。

「麻里奈がうんと言えば、いつでも連れて行くつもりですよ。これまで、何度か声をかけてみたけれども、かたくなにいやだと首を振るばかりでね。要は、おふくろに会いたくないというより、その種の施設を訪ねることに抵抗がある。そう言っています」

その忌避感は、分かるような気がしないでもない。病院とか施設とかに、足を運ぶのを苦手とする人間は、けっこういるのだ。

しかし、はいっているのは自分の夫の母親、義理の母親なのだ。それこそ義理にでも、見舞いに行くのが筋ではないか、と思う。

ひるがえって沙帆は、玉絵にとって実の娘でもなければ、義理の娘でもない。冷たいようだが、会ったこともない玉絵を見舞ういわれは、どこにもない。

倉石が続ける。

「実を言えば、沙帆さんが同行してくださると分かれば、麻里奈も一緒に行く気になるんじゃないかと、そう思うんですよ」

沙帆はとまどった。

「とおっしゃると、わたしは麻里奈さんを引っ張り出すおとり、ということですか」

遠慮なく突っ込むと、倉石はわざとらしく頭をかいた。

「おとりは言いすぎですが、結局はそういうことになりますかね。もし、沙帆さんがOKしてくださったら、麻里奈が行く気になるように、もう一度話をもちかけてみようか、と思ってるんです」

沙帆は、唇を引き結んだ。

倉石が、何を考えているのか、分からない。

もし、自分が同行を承知したとして、麻里奈がそれでも行かないと拒めば、倉石と二人で行くことにも、なりかねない。

夫婦でもないのに、そんなのはごめんだ。

深く息を吸って、はっきりと言う。

「もし、麻里奈さんがお見舞いに行くのでしたら、お付き合いしてもかまいません。ですが、麻里奈さんが行かないということなら、わたしも遠慮させていただきます。万が一、倉石さんと二人でお見舞いに行って、お母さまに夫婦と間違われたりしたら、たいへんですから」

半分冗談のつもりだったが、倉石はまじめな顔で応じた。

「どうせ、おふくろは麻里奈の顔など覚えてないし、間違われる可能性は大いにありますね」

39

翌日、土曜日の午後。

古閑沙帆は、学校から帰った帆太郎と一緒に、本駒込の倉石学のマンションへ行った。三時から、帆太郎が倉石のレッスンを受けるので、それに合わせたのだった。

いつものように、帆太郎はそのままレッスン室へ直行し、沙帆は麻里奈が待つリビングにはいった。

麻里奈は、下着が透けそうな白のブラウスに、ベージュのゆったりしたスラックス、といういでたちだった。家にいるときでも、着るものにはうるさいのだ。

しっかりメークもしているが、心なしか化粧の乗りが悪いように見える。いつもより、頬紅が濃く感じられた。

土曜日の午後、由梨亜は塾に行っているはずで、姿が見えなかった。ほっとして、肩の力が抜ける。

沙帆は、麻里奈が出してくれた紅茶に口をつけ、クッキーに手を出した。

麻里奈は、のっけから眉根《まゆね》を寄せ、あまり気の進まない口調で言う。

「原稿を読む前に、ちょっといいかしら」

わけもなく、ぎくりとする。

一瞬、倉石と由梨亜を麻里奈に内緒で、本間鋭太のところへ連れて行った、前日のことがばれたか、と思った。

あるいは、そのあと倉石と二人で食事したことを、知られてしまったのか。

しかし、沙帆を見た麻里奈の目に、そうした敵意や猜疑《さいぎ》の色は、認められなかった。

「実は、お願いがあるの。倉石から、あした義母がはいっている施設に、一緒に見舞いに行ってくれないか、と言われたのよ」

そこで一度口を閉じ、紅茶に口をつける。

どうやら倉石は、昨夜のうちにも麻里奈に例の話を、持ち出したとみえる。

半分ほっとしながら、その先が気になった。

麻里奈はカップを置き、また口を開いた。

「わたしって病院とか、葬儀場とか介護施設とかへ行くのが、すごく苦手でしょう。だから、これまでもなんだかんだ言って、逃げてきたのよね」

「健康で若い人って、だれでもそういうものよ」

当たり障《さわ》りのないことを言って、様子をうかがう。

麻里奈は、目を伏せて続けた。

「そうしたら倉石が、こう言うのよ。一人で来るのが気重だったら、古閑さんにでも付き合ってもらったらって」

そうきたか。

「でもわたし、お母さまとお会いしたことないし、ご迷惑じゃないかしら」

いちおう、そう言ってみる。

麻里奈が、肩をすくめる。

「そうよね。そもそも、会ったこともない人のお見舞いなんて、気が進まないわよね。まして、行く先が老人ホームではね」

「そうじゃないの。お見舞いに行くこと自体は、いやじゃないのよ。それより、麻里奈の考えは、どうなの。わたしが、お付き合いしますと言えば、行く気があるの」

麻里奈はうるさそうに、肩の髪を後ろにはねのけた。

眉根を寄せて言う。

「なんというか、沙帆は倉石にも義母にも、なんの義理もないわけよね。その沙帆に、そういう辛気臭いところに、無理に付き合ってもらうのは、申し訳ないと思うの。ただ、わたしとしても一度くらいは、義理の母を見舞っておかないと、寝覚めが悪いのよね」

遠回しに、弁解している。

沙帆はいいかげん、いら立った。

「麻里奈がお見舞いに行くのなら、わたしもお付き合いするわ。あしたは特に、予定がはいっていないし」

麻里奈の眉が、少し開く。

「ほんとに。沙帆が来てくれるなら、わたしも気が楽だわ。悪いわね、せっかくのお休みに」

「由梨亜ちゃんは、どうするの。一人で置いて行くわけに、いかないでしょう」

麻里奈は、予想外の指摘を受けたというように、瞬《まばた》きした。

少し考えて言う。

「そうね。由梨亜も、連れて行こうかしら」

「だったら、わたしも帆太郎を誘ってみるわ。なんだか、物見遊山《ゆさん》みたいで申し訳ないけれど、帰りにみんなで食事でもしましょうよ」

沙帆が思いつきで言うと、麻里奈は完璧《かんぺき》に眉を開いて、目を輝かせた。

「そうね、それがいいわ。しばらく、一緒に食事してないしね」

沙帆は、後ろめたさを覚えながら、話を変えた。

「それじゃ、その件はあとでまた決めるとして、原稿の方をすませましょうよ」

麻里奈は、気分を入れ替えるように息をつき、背筋を伸ばした。

「そうね。読ませてもらうわ。どうだった、今回は」

沙帆は、トートバッグから原稿を取り出して、テーブルの上を滑らせた。

「ちょっと、驚きの展開よ。まずは、読んでみて」

「どらどら」

麻里奈は紅茶を飲み、原稿をめくり始めた。

沙帆は、手帳をチェックするふりをしながら、麻里奈の様子をうかがった。

最初は、麻里奈も読み流している感じだったが、ほどなく真剣なまなざしに変わった。

ハインリヒ・フォン・クライストが、人妻のヘンリエッテ・フォーゲルと、情死を遂げたというあたりに、差しかかったのだろう。

やがて麻里奈が、さげすむように鼻を鳴らす。

おそらく、ヘンリエッテが夫に宛《あ》てて書いた、〈愛するルートヴィヒへ〉という書き出しの、遺書の部分に違いあるまい。死後は、クライストと一緒に埋葬してほしい、という例のくだりだ。

さらに、麻里奈の眉がきゅっと寄せられ、独り言が発せられる。

「まさか。嘘《うそ》でしょ」

これは、ヨハネスがホフマンに頼まれて、二人の情死の詳細を調べるために、ベルリンへ行くことになったあたりか。

麻里奈は目をきらきらさせ、食い入るように原稿を読み続ける。

十分後。

ひととおり目を通すと、麻里奈は前の方を何カ所か読み返して、原稿を置いた。怒ったような口調で、聞いてくる。

「前回、ホフマンとクライストの対話が飛び出したと思ったら、今度はヨハネスがクライストの心中現場を、視察に行くなんて。これじゃ、まるで小説だわ。本間先生の、創作じゃないの」

「まさか。本間先生も、その視察がほんとうのことかどうかは、ヨハネスに聞かなければ分からない、とおっしゃったわ」

麻里奈は、一度唇を引き締め、あらためて言った。

「そういえば、前回の二人の対話の部分、それまでのヨハネスの筆跡と同じかどうか、聞いてみてくれた」

「ええ、聞いてみたわ。先生によれば、これまでと同じヨハネスの筆跡ですって。あの報告書に、ほかの人の書いたものが混入した、という線はないようね」

麻里奈は、どっと疲れが出たという様子で、ソファの背もたれに体を沈めた。

沙帆は咳払《せきばら》いをして、話をもどした。

「情死の現場に、ホフマン自身がヨハネスと一緒に行ったり、いっそホフマン一人で行ったりして、真相を突きとめるとかいう展開になれば、小説っぽくなるんだけれど」

　本間のコメントを思い出し、それを適当に使い回して言う。

　麻里奈は、原稿に向かって顎をしゃくった。

「ヨハネスは、心中の前後のことをホテルの関係者から、ずいぶん詳しく聞き取っているわよね。これって、どの程度信憑性《しんぴょうせい》があるのかしら」

「本間先生によれば、その報告はほぼ知られていることばかりで、新しい証言はほとんどないらしいわ。クライストのことは、わたしもあまりよく知らないので、なんとも言えないけれど」

　麻里奈は、肩をすくめた。

「クライストって、ぐずぐずした男よね。好きでもない女と、それも自分勝手で独りよがりな人妻と、心中するなんて。というか、これは心中でも情死でもないわ。ヨハネスが言うとおり、ただの自殺幇助《ほうじょ》と自殺にすぎないわよ。こんなに、無責任でみっともない死に方を、ホフマンがどうして持ち上げるのか、わたしには分からない」

　沙帆は、紅茶を飲んだ。

「ホフマン自身も、同じようにユリアのことで、悩んでいたのよ。にっちもさっちもいかなくなって、自殺願望が高まっていたのだ、と思う。でも、その勇気が出なかった。それをクライストが、いともやすやすとやってのけたので、ショックを受けたのよ、きっと」

「卒論でも触れた覚えがあるけど、ホフマンは日記に何度かピストルの絵を、描き込んでいたらしいの。それを自殺願望だ、とする資料を読んだ覚えがあるわ」

「でも、結局はしなかったんでしょう」

「ええ。そこが、クライストと違うところね。ホフマンは、自分の境遇に悲観することがあっても、決して絶望はしなかったのよ」

麻里奈の口調は、どこか誇らしげだった。

ふと思い出して、沙帆は言った。

「どこで読んだか忘れたけれど、ホフマンの両親はいとこ同士じゃなかったかしら」

麻里奈が、顎を引く。

「ええ、そうだったと思う」

「そのころのドイツでは、いとこ同士の結婚が多かったのかな」

麻里奈は、首をひねった。

「それほど、珍しくなかったんじゃないの。今はどうか、知らないけど。日本だって、いとこ同士の結婚は法律上、認められているし」

「でも昔ほど、数は多くないんでしょう」

「たぶんね。ヨーロッパなんかは、国王や貴族が血縁の濃さを守るために、近親婚がけっこう多かったらしいけど」

「ただ、一般的に近親婚は遺伝的に好ましくない、といわれているわよね。ことに、親子とか兄と妹とかだと、障害の発現率が高いらしいし」

沙帆が言うと、麻里奈は腕を組んだ。

「確か、三親等までの近親婚は、法律で禁止されているのよね。たとえば、叔父と姪《めい》とかね。でも、いとこ同士は四親等だから、法的には問題ないわけよ」

「でも、遺伝的にはふつうの場合と比べて、いくらかはリスクが高いんじゃないの」

沙帆の指摘に、麻里奈がまた首をひねる。

「どうかしら。ただホフマンには、バランスの悪い体つきとか、奇矯な性格という面がある一方で、音楽や文学や絵画に突出した才能を持つ、という面もあるわけよね」

「ホフマン自身は、そうした事情を自覚していたのかしら」

「さあ、どうかな。ホフマンも、両親と同じようにいとこの女性と、婚約してるわよね。でも、それをどたんばで破棄したのは、いろいろ事情があったにしても、近親婚があまり好ましくないことを、承知していたからじゃないかしら」

「その可能性はあるわね」

沙帆が応じると、麻里奈はにわかにソファから、体を起こした。

「ところで、七回目の原稿よね、今回で。あと、どれくらい、あるのかしら」

唐突な質問だったが、それはある程度予想していた。

「本間先生はきのう、次回で終わりになるだろうって、そうおっしゃったわ」

沙帆の返事に、麻里奈の眉がぴくりと動く。

「次回で。ずいぶん、急じゃないの」

「でも、手書きの古文書を解読翻訳して、ワープロで日本語に打ち直せば、その程度の量らしいわよ」

麻里奈は、唇をすぼめた。

「これまでのリポートを、四百字詰めの原稿用紙に換算すれば、ざっと百三十枚から四十枚、というところでしょう」

さすがに、計算が速い。

「そうね。わたしも、次回を入れて百五十枚前後、と踏んでいるの」

麻里奈は腕を組み、天井を仰いだ。

「意外と少ないわね。結局あの報告書は、ホフマンがバンベルクにいた三年か四年の分、ということか」

「ただ、先生のお話ではきりのいいところで、終わっているらしいわ」

「きりのいいところって」

「それは、分からないわ」

「バンベルクを出る前に、ユリアとの決別があるはずよ。ホフマンの作家活動は、そこから本格化するんだもの」

「それじゃ、さあこれからというところで、終わるのかしら」

「そうでしょうね。まさかあと一回で、ホフマンの晩年までカバーするとは、とても思えないし」

「そうね。ちょっと残念な気もするけれど、あの報告書がもともと全体の一部分だとしたら、途中で終わってもしかたがないわね」

麻里奈は、紅茶を飲み干した。

「ところで、解読翻訳料は、どうしようか。由梨亜を連れて来てくれたら、ちゃらにするという話だったけど」

慎重に返事を考える。

「わたしとしては、いくらなんでもただ働き、というわけにはいかない、と思うの。

それで、わたしの独断だったけれど、最初に申し出た古文書一枚あたり千円、という額をあらためて、提示したのよ」

それは正確に言えば、一カ月かそこら前にお茶を飲んだとき、倉石が了承した提案だった。

麻里奈が、体を乗り出す。

「それで」

逆に沙帆は、体を引いた。

「先生は、自分の相場はあくまで一枚一万円で、一円も値引きするつもりはない、とうそぶいたわ。でも、約束は約束だから、解読翻訳料はいらない、とおっしゃったの」

麻里奈は、いかにも意外だという表情で、顎を引いた。

「ほんとに、ただ働きでいいって言うの」

ゆっくりと息を吸い、思い切って言う。

「そう。でも、かわりにあの古文書を譲るというなら、喜んで受け取るって。麻里奈の気が変わるのを、心待ちにしているみたいよ」

それを聞くと、麻里奈はまたソファにもたれた。

その勢いに、革のクッションが音を立てて、空気を吐き出す。

「あきらめの悪い先生ね。わたしの気は、変わらないわよ」

その断固とした口調に、沙帆はそっとため息をついた。

「でしょうね」

これで、かりに倉石が麻里奈に相談を持ちかけたとしても、例のパヘスのギターを手に入れる道は、閉ざされたわけだ。

紅茶を飲み干し、攻めに転じる。

「ところで、ホフマンの卒論の書き直しは、進んでいるの」

麻里奈は、少したじろいだ様子で、目を伏せた。

飲み干したはずの紅茶を、もう一度飲んでみせる。

「まだ、手をつけていないけど、近いうちに始めるつもりよ」

「めどだけでも、聞かせてほしいわ。うちの大学の紀要にも、当たってみたいし」

自分でも、意地悪な気持ちになってくるのが、よく分かる。

麻里奈は、トレーにからになったカップを二つ載せ、立ち上がった。

「いれ直してくるわね」

そう言って、ダイニングキッチンに姿を消す。

動揺を隠すためと分かったが、沙帆のほうもそれでいくらか、ほっとした。

キッチンから出て、ソファにすわり直したときには、すでにいつもの麻里奈に、もどっていた。

新しい紅茶に口をつけ、落ち着いた口調で言う。

「もう一度、ホフマンの文献を集め直すわ。古文書だけじゃ頼りないし、ドイツ語の一次資料も、昔よりずっと手に入れやすいし」

どうやら、本気になったようだ。

それならそれでいい、と沙帆は胸をなで下ろした。

40

翌日、日曜日の昼過ぎ。

古閑沙帆は、息子の帆太郎とマンションを出て、王子《おうじ》神谷駅へ向かった。曇り空で、さいわい雨は降っていないが、蒸しむしする。

倉石学のマンションも、同じ地下鉄南北線の沿線にあるので、最寄りの本駒込駅のホームで、落ち合うことになっていた。

倉石の母、玉絵がはいっている老人ホームは、京王線の柴崎にあるという。市ケ谷で、都営地下鉄新宿線に乗り換えれば、京王線乗り入れで直行することができる。先方に、午後二時に到着するように、所要時間を逆算して待ち合わせたのだ。

電車の中で、帆太郎が言いにくそうに、切り出した。

「その、老人ホームのことだけど、どうしても行かなくちゃだめ」

「どうしても、ということはないわよ。由梨亜ちゃんが行くのに、一人じゃ気詰まりだろうと思って、あなたを誘っただけだから」

「じゃ、由梨亜ちゃんが行かなければ、ぼくも行かなくていいのかな」

「それはまあ、そうよね」

答えてから、ふと気がついて帆太郎の顔を見る。

「由梨亜ちゃんと、話したの」

帆太郎は、うつむいた。

「ていうか、ゆうべラインでやりとりしてさ、あまり行きたくないよねって、そういう話になったんだ。それよか、新宿かどこかで映画でもみようって」

沙帆は笑った。

考えてみれば、中学一年生にとって老人ホームなど、縁の遠い存在でしかあるまい。

だいいち、帆太郎は玉絵と面識がないし、まして相手が認知症とあっては、挨拶《あいさつ》にも困るに違いない。

由梨亜にしても、倉石が一緒に連れて行ったという話は、聞いていない。

麻里奈が、一度も足を運んでいないとすれば、由梨亜も玉絵が入所したあとは、会っていないだろう。血がつながっているとはいえ、どうしても行きたいわけではあるまい。行きたければ、いつでも倉石に同行できるからだ。

念のため、聞いてみる。

「由梨亜ちゃんも、お父さんやお母さんにそういう話を、しているのかしら」

「うん、するって」

「あら、そう。ご両親が、行かなくてもいいということなら、反対しないわ。ただ、どうしても連れて行きたい、とおっしゃったら話は別よ。そのときは、あなたも付き合ってあげなくちゃ。由梨亜ちゃんが、かわいそうでしょう」

帆太郎は顔を上げ、こくりとうなずいた。

「いいよ。そのときは、ぼくも一緒に行くから」

倉石家の三人は、本駒込駅のホームのいちばん後ろで、待っていた。

倉石は、ベージュの麻のジャケットを着込み、麻里奈も珍しくクラシックな、濃紺のサマースーツ姿だった。地味なハンドバッグと一緒に、和菓子屋のネームがはいった、紙袋を持っている。

ふだんと違って、かなりおとなしい装《よそお》いではあるが、身についた華やかな雰囲気は、隠しようがなかった。

沙帆は、自分の服装がやぼったく思えて、少しひるんでしまった。

電車を待つあいだに、帆太郎と由梨亜をどうするかで、多少のやりとりがあった。

由梨亜はすでに昨夜のうちに、帆太郎と一緒に別行動をとりたい、と両親に了解を求めていたらしい。

当然のように、麻里奈は由梨亜を置いて行くことに、難色を示した。

ただ麻里奈自身、これまで一度も行ったことがない、という負い目があるせいか、強くは反対できないようだった。

倉石と沙帆が、いろいろと口添えをしたこともあり、麻里奈も最終的には子供たちの希望を、受け入れた。

帰りに、またどこかで合流することにして、帆太郎と由梨亜は新線新宿駅で、先に電車をおりた。

沙帆たちは、そのまま区間急行に乗り続けて、つつじヶ丘まで行った。後続の、各駅停車に乗り継いで、次の柴崎まで一駅くだる。

まだ高架になっていない、昔ながらの郊外の駅だった。駅前広場がなく、近くにバス停もないというから、けっこうひなびた駅だ。

倉石が先に立ち、沙帆と麻里奈はそのあとに、ついて行く。

老人ホームは〈響生園〉といい、駅の北口から歩いて十五分ほどの、学校の近くにあった。思ったより大きく、塀の外からでも生い茂った木立が見えて、なかなか環境のいい場所だ。

着いたのは、午後二時少し前だった。

沙帆は、こうした施設を訪れるのが初めてで、まるで勝手が分からなかった。

門の鉄柵《てっさく》は、大きくあけ放たれているものの、どことなくいかめしい印象がある。

石畳の道が、門からカーブしながら木立の中に消え、その奥に本館と思われる赤レンガの、建物の上部が見えた。

門のすぐ内側に、受付らしい広い窓口のついた、木造のオフィスがある。

その窓口で、倉石が面会の手続きをしているあいだ、沙帆と麻里奈は木立のあいだからのぞく、いかにも重厚な感じの本館を眺めた。

「ずいぶん、お金がかかっていそうな、りっぱな建物ね。今どき、総レンガ造りなんて」

麻里奈が、感心したように言う。

「居心地もよさそうだわ」

「それはそうよ。介護士のほかに、医師も常駐しているらしいし」

「入居料も、高いでしょうね」

そう言ってから、沙帆は言わなければよかった、と思った。

案の定、麻里奈が顔を寄せてきて、ささやく。

「そうなのよ。わたし、てっきり特別養護老人ホーム、いわゆる特養かと思っていたら、そうじゃないの。民間の、有料の老人ホームなんだって」

沙帆はとまどった。

「そうなの。区別が、よく分からないわ。わたし、あまり詳しくないから」

身近に、そういう経験がなかったせいもあるが、ちょっと恥ずかしかった。

麻里奈は、なおも早口でささやいた。

「特養は、いわゆる公的な施設だから、月づきの経費を払うだけで、入居時の一時金はいらないのよ。でも、民間の老人ホームは入居時にも、ほとんどの場合一時金が必要なの。へたをすると、何千万単位で」

そういえば、そんな話をどこかで読むか、耳にしたことがある。

「ごめんなさい。そんな大きな違いがあるなんて、知らなかったわ」

ちらりと、受付を見やる。

倉石は、窓口の電話を手元に引き寄せ、だれかと話をしていた。

麻里奈が続ける。

「沙帆は、ご両親を早く亡《な》くしちゃって、そういう心配をしなかったからね」

「麻里奈だって、わたしほど早くはなかったけれど、やはりご両親を亡くしちゃって、その種の施設と縁がなかったじゃないの」

沙帆が応じると、麻里奈はますます顔を寄せてきた。

「義理の母が、ここにはいるとき支払った一時金の額は、半端じゃなかったみたい。それも、倉石が出したわけじゃなくて、母親が自分で出したらしいの。もちろん、月づきの利用料も、自分の口座から引き落とされてるはずよ」

「そう。りっぱなお母さまね」

わざとそっけなく応じて、またちらりと倉石を見る。

倉石はまだ、電話で話していた。

麻里奈はかまわず、なおも話を続ける。

「亡くなった両親の遺産か、死んだ旦那《だんな》の遺産かよく知らないけど、母親にはかなりの貯金があるみたい。あとで分かったんだけどね。それだったら、うちのマンションを買うときに、少しくらい出してくれても、よかったのに。そう思わない」

またも生臭い話に、沙帆は答えあぐねた。

そのとき、手続きに時間がかかっていた倉石が、ようやく窓口を離れる気配がした。

沙帆は、わざとらしく麻里奈の肘《ひじ》を取り、明るく言った。

「ほら、手続きがすんだみたいよ」

話を中断されて、麻里奈は不機嫌そうに倉石の方に、向きを変えた。

倉石が、眉根を寄せて言う。

「ちょうど、散歩の時間にはいったばかりだから、一時間ほど待ってくれと言われてね。ここは散歩中は、面会できない規則なんだ」

麻里奈は、口をとがらせた。

「散歩の時間は、午前中じゃなかったの。前に、そう言ってたわよね」

「いつもはそうなんだが、日曜日だけは午後に変わるんだってさ。日曜日に来るのは、初めてなもんでね。確認すればよかったんだが」

麻里奈の頬が、不満げにふくらむ。

「そもそも、散歩中の面会はだめだなんて、おかしいわよ。一緒に、歩きながら話したって、いいじゃないの。一時間も待たされるのは、ごめんだわ。沙帆も、そうでしょ」

急に同意を求められて、沙帆はとまどった。

倉石が、落ち着けというように手を上げ、声を低くして言う。

「最後まで聞いてくれ。待つ必要はないんだ。今、電話で園長と交渉して、きょうだけ特別に散歩中の面会を、許可してもらったから」

しかし、麻里奈はすぐには機嫌を直さず、言い返した。

「それを早く言ってよね」

険悪な雰囲気にならぬうちに、沙帆は元気よく声を出した。

「そうと決まったら、すぐに行きましょうよ。散歩が終わらないうちに」

救われたように、倉石が笑う。

「ええ、そうしましょう。失敬しました」

沙帆も、つられて笑った。

今どき、失敬しましたなどという古い言葉を、耳にするとは思わなかった。

倉石が、木立の方を指さす。

「本館の裏手の温室に、いるらしい。回ってみよう」

麻里奈は、驚いたように両手を広げた。

「温室ですって。嘘でしょう。梅雨明け間近の、この時期に」

確かに蒸し暑く、沙帆の背中も汗ばんでいる。

「温室といっても、空調がきいているそうだから、だいじょうぶだ」

倉石はそう言って、さっさと歩き出した。

麻里奈も、沙帆に首を振って見せながら、倉石を追う。

沙帆も、あとに続いた。

木立と建物のあいだに、茶色っぽい全天候型の素材を使った通路が、ぐるりと巡らしてある。

本館は五階建てで、一階の部分だけ天井が高いようだ。たぶんエントランスホールと、パブリックスペースがあるのだろう。

建物の壁には、上部が半円形になった白い木枠の窓が、整然と並んでいる。磨《す》りガラスではないが、どの窓も黄色いカーテンが引いてあり、中が見えない。

赤と白と黄色のバランスが、妙に華やかな雰囲気をかもし出しており、沙帆が抱いていた老人ホームのイメージとは、そぐわないものがあった。

歩きながら沙帆は、買っておいたゼリーの詰め合わせを、麻里奈の紙袋に入れさせてもらい、一緒に渡してくれるように頼んだ。

裏手の木立の中に、確かに温室があった。

縦横二十メートルほどの、全面ガラス張りになった、シンプルながら大きな建造物だ。湿気か何かで、ガラスが半分以上曇っているために、中に人がいるかどうか分からない。

それでも、ところどころ透けたガラスの一部から、色とりどりの花がのぞいて見える。

出入り口は自動ドアで、倉石は麻里奈と沙帆を先に入れた。

ガラスのすぐ内側が、ぐるりと一周できる回廊になっているようだ。そのあいだに、縦の通路が三本、設けてある。

中ほどに、その三本を前後に仕切る、横向きの通路が一本。どの通路も、幅一・五メートルほどの、色の濃い固そうな木の床で、統一されている。

整然と、ブロック状に区切られた花壇は、見た目はいかにもきれいだが、咲き乱れているといった、奔放な趣はない。

41

古閑沙帆は緊張して、じっと目をこらした。

花壇の、ちょうど中央の十字形の交差部分に、倉石玉絵とおぼしき人の姿があった。

玉絵は、膝掛《ひざか》けで下半身をくるんだ格好で、車椅子《くるまいす》にすわっている。

その背後で、車椅子のグリップを握る女性の介護士が、とがめるような視線を向けてきた。

倉石学が、機先を制する身構えで、口を開く。

「お仕事中、すみません。倉石玉絵の家族の者ですが、母と少し話をしてもよろしいですか」

介護士は、ピンクの制服に身を固めた、五十歳前後の体格のいい女性だった。

左右に張り出した、頑固そうな顎《あご》をぐいと引いて、きっぱりと言う。

「当園は散歩中のご面会を、ご遠慮いただいております。居室でお待ちいただくように、お願いいたします」

戦争映画に出てくる、ベテランの軍曹のような口調だ。

車椅子の方へ向かいながら、すかさず倉石が言い返す。

「そのことですが、たった今園長先生から散歩中の面会の、許可をいただきましてね。受付のかたに、確認していただけますか」

その言葉が終わらぬうちに、介護士はポケットから携帯電話を取り出し、すばやくボタンを操作した。

耳に当てるやいなや、出てきた相手に倉石の話を伝え、事実を確認する。電話で話すあいだも終始、倉石から視線をそらさなかった。

話し終わると、足を止めた三人に向かって、切り口上で言う。

「確認いたしましたので、どうぞお話しください。ただし念のため、わたくしも立ち会わせていただきます。よろしいでしょうか」

「ええ、かまいませんよ」

倉石の受け答えは、ふだんと変わらない。

沙帆は、ほっとして肩の力を緩めた。

なんとなく、間の悪い思いをしながら、ちらりと麻里奈を見る。

麻里奈は、さりげないしぐさで沙帆に視線を返し、くるりと瞳《ひとみ》を回してみせた。介護士の対応を、いかがなものか、と言いたげなしぐさだ。

介護士はその場を一歩も動かず、車椅子のグリップを握った手を、離そうともしない。

しかし、倉石はかまわず玉絵のそばに、歩み寄った。

麻里奈が、じっとしたままでいるので、沙帆もその場にとどまる。

倉石は、玉絵に二人が見えるような位置で、足を止めた。

いつもと変わらぬ、穏やかな口調で声をかける。

「どう、具合は」

玉絵は返事をせず、じっと麻里奈を見つめている。

介護士が、口を開いた。

「このあいだ、倉石さまがご面会にいらしたあとから、急に口数が少なくなられました。お体の具合については、とくに悪い様子はございません」

ていねいな言葉遣いだが、電子音声のように感情のこもらぬ、単調な物言いだった。

その口ぶりから、倉石が玉絵の息子だということは、よく承知しているようだ。ただ、それが顔にも声音にも態度にも、いっさい表れていない。

この分では、上からショベルカーが落ちてきたとしても、驚きそうもない。

倉石は、黙って介護士にうなずき返し、ふたたび玉絵に語りかけた。

「きょうは、麻里奈を連れて来たんだ。覚えているかな。ぼくの、奥さんだけど」

冗談めかした口調だった。

麻里奈は、優雅な動きで一歩前に出ると、しおらしく頭を下げた。

「麻里奈です。ご無沙汰《ぶさた》しております。何かと行き届かなくて、申し訳ありません」

玉絵は、麻里奈に視線を据えたまま、相変わらず口を開かなかった。

ただ、沙帆には玉絵の目の色が、微妙に変わったように、感じられた。あるいは、麻里奈が息子の嫁であることを、見分けたのかもしれない。

倉石が続ける。

「それから、きょうは麻里奈のいちばん仲のいい友だちに、一緒に来てもらったんだ。古閑沙帆さん、というんだけど」

沙帆も一歩踏み出し、麻里奈と並んで立った。

同じように頭を下げ、意識して笑みを浮かべる。

「初めまして。古閑沙帆、と申します。お加減は、いかがですか」

おざなりな挨拶と分かりながら、ほかの言葉を思いつかなかった。

玉絵は、依然として麻里奈を見つめたまま、目をそらさない。

麻里奈が、居心地悪そうに肩をこわばらせ、固まる気配が伝わってくる。

倉石が、言葉を添えた。

「母さん。お二人に、ご挨拶したら」

それでも玉絵は、麻里奈に目を据えたままだった。

麻里奈が、意を決したようにさらに一歩、前に出る。

「沙帆さんとわたしから、心ばかりのものをお持ちしました。召し上がっていただけますと、うれしいのですが」

ぎこちなくそう言って、手にした紙袋をうやうやしく捧《ささ》げ持ち、玉絵の足をくるんだ膝掛けの上に、置こうとした。

すると、介護士がいきなり強い口調で、それをとがめた。

「お口にはいるものは、こちらでお預かりいたします」

麻里奈は、不意打ちを食らったように紙袋を引き、介護士を見た。

介護士が、そっけなく続ける。

「召し上がっても差し支えのないものと、控えた方がいいものがございますので、とりあえずお預かりいたします」

麻里奈はすぐさま、介護士に紙袋を差し出した。

「それでは、お預けいたします。母の口に合わない場合は、どうぞこちらのスタッフのみなさまで、お召し上がりくださいますように」

　さすがに、如才ない対応だ。

「お預かりいたします」

　介護士は三たび言い、宅配便でも扱うように紙袋を受け取って、車椅子の背後のフックに掛けた。

　沙帆は、そのあいだに玉絵の視線が動き、すっと自分の顔に移るのを意識した。

　やむなく、目で小さく挨拶を返す。

　玉絵の目は、まるでガラス玉のように無機質に光るだけで、なんの感情も伝わってこない。

　倉石が、話しかける。

「古閑さんは大学で、ドイツ語の先生をしておられるんだ。母さんも、昔ドイツ語をやってたんだろう。まだ、覚えてるかな」

　玉絵の表情は、変わらない。

　そこで沙帆は、思い切って言った。

「ゼーア・アンゲネーム（お目にかかれてうれしいです）。イッヒ・ハイセ・サホ・コガ（古閑沙帆と申します）」

すると、玉絵の目にちらりと、光が射《さ》した。

それに気づいて、沙帆はさらに続けようとした。しかし、とっさにはドイツ語が浮かばず、口ごもってしまう。

突然、玉絵の瞳に激しい炎が燃え上がり、みるみる頰が紅潮した。

膝掛けから出た左手が、そばに立つ倉石の肘を、すごい勢いでつかむ。

同時に、その口から予想もしない言葉が、ほとばしり出た。

「しゃあちゃん。どうして、こんな女を連れて来たの。すぐに、追い返して」

わけが分からず、沙帆はその場に立ちすくんだ。

倉石が、あわてて言う。

「どうしたんだ、母さん。さっき、言ったでしょう。この人は、麻里奈の仲のいい友だちで」

みなまで言わせず、玉絵は口から唾《つば》を飛ばしながら、甲高い声で叫んだ。

「あんたもあんただよ、ハト。どのつら下げて、わたしに会いに来たのさ。さっさと、お帰り」

沙帆は、言葉を失った。

玉絵が、何を言っているのか、見当もつかない。

さすがに、麻里奈もうろたえた様子で、口を出す。

「お母さん、落ち着いてください。沙帆さんは」

それをさえぎって、なおも玉絵がわめく。

「まったく、ずうずうしいったらありゃしないよ、この牝猫《めすねこ》ときたら。とっと消えておしまい、ハト」

恥ずかしさのあまり、沙帆はかっと頭に血がのぼって、あとずさりした。

倉石が、肘をつかんだ玉絵の手を、軽く叩《たた》く。

「とにかく、落ち着いて。せっかく、お見舞いに来てくださったのに、失礼なことを言ってはいけないよ」

「何が、せっかくだ。よくも、いけしゃあしゃあと」

玉絵はそこで言葉を詰まらせ、倉石の肘から手を離して、激しく咳《せ》き込んだ。

介護士が、まるでロボットのように表情を変えず、玉絵の背中を後ろからさする。

すると、玉絵の咳はたちまち止まり、肩を上下させるだけになった。

介護士は、人差し指をぴんと立てた。

「急に混乱されたようですから、ご面会はこれまでとさせていただきます。どうぞ、おはいりになった入り口から、お引き取りください」

そう宣言すると、何ごともなかったように車椅子を回転させ、三人に背を向けた。

反対側にある、もう一つの出入り口へ向かって、すごい勢いで進み始める。電動の車椅子か、と思うほどの速いスピードだった。介護士の足が、車輪に負けぬ速さで動く。

倉石は、一瞬抗議するように口を開きかけたが、運ばれながらまたわめき出した玉絵の声に、そのまま黙り込んだ。

介護士と車椅子が出て行くと、温室の中が急に冷えたような気分に襲われ、沙帆は両腕で胸を抱いた。

どっと冷や汗が出てくる。

倉石が、申し訳なさそうに、頭を下げた。

「すみません。せっかくご足労いただいたのに、不愉快な思いをさせてしまって」

沙帆が口を開く前に、麻里奈が割り込む。

「そうよ。こんな修羅場になるなんて、考えてもみなかったわ。せっかく、無理を言って付き合ってもらったのに、これってどういうことなの。沙帆をハトと呼んだり、牝猫とののしったりして、冗談にもほどがあるわよ」

沙帆は、急いで言った。

「気にしないで、麻里奈。お母さまは病気のせいで、頭が混乱していらっしゃるのよ。きっと、どなたかとわたしを混同して、動転されただけなんだわ」

麻里奈は、くるりと倉石の方に、向き直った。

「そうよ、そこが問題だわ。いったいあの人は、沙帆をだれと間違えたの。ハトって、だれのことなの」

倉石が、ぐいと唇を引き締める。

その問いよりも、麻里奈が玉絵を〈あの人〉と呼んだことに、むっとした様子だった。

沙帆は、胸を抱いた両腕に、思わず力をこめた。

倉石は、無理やりのように口元を緩めて、軽く肩をすくめた。

「ぼくにも、分からないな。きっとおふくろの、古い知り合いのだれかだろう」

麻里奈は、あとに引かない。

「それに、あなたのことをしゃあちゃん、と呼んだわね。なぜあなたが、しゃあちゃんなの。まあちゃん、と呼ぶならまだしも」

詰問《きつもん》されて、倉石の顔に困惑の色が浮かぶ。

「見当もつかないな。たぶん、若いころの知り合いと、ごっちゃになってるんだろう」

麻里奈は少しのあいだ、にらむように倉石を見つめていたが、ようやく息をついて肩を落とした。

「これだから、来たくなかったのよ。話が全然、噛《か》み合わないんだから」

遠慮のない口ぶりに、沙帆はあわてて両腕を下ろし、たしなめた。

「そんなこと、言うものじゃないわ。年をとれば、だれでも記憶が混乱するわよ。わたしは全然、気にしていないから」

麻里奈が沙帆に目を向け、いかにも申し訳ないという風情《ふぜい》で、眉根を寄せる。

「ごめんね、沙帆。せっかく、付き合ってくれたのに、醜態もいいところだわ。こんなこと、二度とお願いしないからね」

沙帆は、首を振った。

「ほんとうに、気にしないで。いずれ、わたしの義父や義母だって、同じ境遇になる可能性もあるし、こういう施設を見ることができて、よかったと思うわ」

麻里奈が、急にしゅんとする。

「そうね。沙帆もわたしも、とうに両親を亡くしてしまったし、義理の親しかいないのよね」

少しのあいだ、温室に静寂が流れる。

倉石が、あらためて口を開いた。

「とにかく、古閑さんにはおわびします。これでは、来ていただいた甲斐《かい》がなかった」

麻里奈も、うなずいた。

「ええ、ほんとにそうよ。とにかく、いつまでこんなところにいても、しかたがないわ。そろそろ、行きましょうよ。ちょっと早いけど、帆太郎くんと由梨亜と落ち合って、おいしいものでも食べない」

倉石が、同調する。

「ああ、それがいいね」

「でも、お母さまをこのままにしておいて、いいんですか。しばらくすれば、落ち着かれるかもしれませんし、あとでお部屋へ行ってみたら」

沙帆が言うと、倉石は首を振った。

「いや。きょうは、やめておきましょう。あんなふうになると、しばらくはもとにもどらないから」

麻里奈も、それに合わせる。

「そうよ。あの様子じゃ、急には無理だと思うわ。きょうは、これで引き上げましょう」

二人にそう言われると、それ以上反対する理由はない。

温室を出ると、蒸しむしする空気がまたしつこく、まとわりついてきた。つい、ブラウスの襟をつまんで、空気を入れてしまう。

通路を、門へ向かって歩きながら、麻里奈が小声で話しかけてきた。

「あの人、わたしから沙帆に目を移したとたんに、様子が変わったのよね。沙帆を、そのハトとかいうだれかさんと、見間違えたのかしら。顔が似ているとか、そういう理由で」

沙帆は、前を歩く倉石の耳を気にして、あいまいに応じた。

「さあ、どうかしら。顔立ちだけじゃなくて、髪形とか体形とか着ているものとかが、古い記憶を呼び起こすことも、あるでしょう。まさか、鳥の鳩《はと》と間違えたとは、思いたくないし」

「そうよね。鳩ってことは、ないわよねえ」

いかにも、納得がいかない様子だ。

沙帆は、ふと思いついて言った。

「そういえばお母さまは、わたしがドイツ語でご挨拶したとたんに、様子が変わられたのよね。あれが、いけなかったのかしら」

それが聞こえたらしく、倉石が首だけ振り向けた。

「だとしたら、沙帆さんをドイツ語の先生だと紹介した、ぼくが悪いことになるな」

沙帆は、麻里奈の眉がぴくりと動くのを、見逃さなかった。

二人きりのときはともかく、これまで倉石は麻里奈のいるところで、沙帆を名前で呼んだことは、一度もない。

麻里奈は、そこに微妙な空気の変化を、感じ取ったのかもしれない。

倉石が、取り繕うように言う。

「母は、大学時代にやはりドイツ語を専攻したので、麻里奈と結婚するときにはすごく、喜んでくれたんですがね」

「そうだったんですか」

沙帆は、自分でも不自然だと思うくらい、元気よく応じた。

そのことは、初めて倉石と二人きりで話をしたとき、聞かされた覚えがある。

倉石は続けた。

「結局、母は卒業したあとドイツ語から、離れてしまいましたがね。そのかわり、ドイツ語の翻訳の仕事をしていたおやじと、一緒に暮らすことになったわけですが」

その話も、聞かされた。

麻里奈が口を開く。

「大学を出て、ドイツ語と縁を切ったという意味では、わたしも同じよね」

それを聞いて、沙帆はすかさず口を挟んだ。

「でも、麻里奈はホフマンをもう一度やり直そう、という気になったでしょう。その意味では、お母さまを超えてるんじゃないの」

麻里奈は、口元に複雑な笑みを浮かべた。

「実際に成果を上げるまでは、偉そうなことは言えないわ」

ようやく、門にたどり着く。

倉石が受付に挨拶して、三人は門を出た。

42

歩くうちに、曇り空がしだいに明るくなり、日が射し始める。

湿気が、少し収まったように思えたが、かわりに暑さが増した。

倉石学が言う。

「駅前で、一休みしましょうか。確か、甲州街道と駅とのあいだの道に、喫茶店みたいなのがあった、と思うけど」

麻里奈もうなずいた。

「ええ、あったわね。居酒屋の隣でしょ」

「そう、そこだ」

古関沙帆は、倉石のあとについて行くのが精一杯で、まったく見た覚えがなかった。

甲州街道を越え、駅へ向かってしばらく歩くと、曲がり角の少し手前の右側に、その店があった。

長いカウンターと、大きな木のテーブル席がいくつか並んだ、けっこう広い店だった。喫茶店というより、軽食が食べられる食堂のような、カジュアルな雰囲気だ。

四人掛けのテーブルに、腰を落ち着ける。三人とも、アイスコーヒーを頼んだ。

麻里奈が、ため息をついて言う。

「だけど、由梨亜たちを連れて来なくて、ほんとによかった。とてもじゃないけど、あんな修羅場を子供たちには、見せられないもの」

沙帆も実際、同じ気持ちだった。

たとえ認知症の相手とはいえ、実の母親が人前でののしられるところを、もし帆太郎に見られたらと思うと、冷や汗が出る。帆太郎はもちろん、由梨亜もショックを受けただろう。

倉石は、むずかしい顔をした。

「まったく、最悪の展開になってしまって、申し訳なかった。いつもは、あんなにひどくないんだが」

やむをえず、沙帆も口を開く。

「しかたがないでしょう。認知症でなくたって、だれでもついかっとなることは、ありますから」

「でも、ふつうの場合はかっとなる原因が、分かるわよね。あの人の場合は、わけが分からないんだから」

麻里奈が言い、倉石が軽く眉根《まゆね》を寄せる。

自分の母親を、〈あの人〉呼ばわりされることが、よほどいやとみえる。

倉石は、沙帆に目を向けた。

「沙帆さんには、申し訳ないことをしてしまった。こうなると分かっていたら、ご一緒していただくことはなかったのに、すみませんでした」

そう言って、小さく頭を下げる。

「いえ、別になんとも思っていませんから」

沙帆が応じるのを聞きながら、今度は麻里奈が眉をひそめる。

倉石が、沙帆を名前で呼んだのは、この日二度目だ。しかも、前回と違ってうっかりではなく、意識してそう呼んだふしがあった。

麻里奈に、母親を〈あの人〉と呼ばれた、お返しのようにも思われて、沙帆はやり切れない気持ちになった。

麻里奈が、話を蒸し返す。

「ところで、なぜあの人はあなたのことを、しゃあちゃんなんて呼んだのかしら。心当たりはないの」

とがった声に、倉石は固い表情をして、首を振った。

「さっき言ったとおりだ。だれかと間違えたんだろうが、ぼくにはまったく心当たりがないな」

「しゃあちゃん、なんて愛称があるかしら。名字とか名前で、頭に〈しゃ〉がつく人なんて、いないわよね」

おととい、倉石からその話を聞かされたとき、沙帆も同じことを言った。

あえて、別の例を挙げる。

「たとえば、お釈迦《しゃか》さまの〈しゃ〉とか。あと、シェークスピアの日本語表記で、沙《しゃ》翁《おう》というのもあったわね。沙翁の沙は、わたしの名前の沙と同じだけれど、あちらは〈しゃ〉でしょう」

倉石も、腕を組んで言った。

「東洲斎写楽も、あえていえば、しゃあちゃんだろう」

三人とも笑った。

真顔にもどって、麻里奈が続ける。

「もう一つ、沙帆をハトって呼んだのは、どういうことかしら」

沙帆は、首をひねった。

「分からないわ。漢字を当てればピジョン、つまり鳩ということになるけれど、そんな名前があるかしら」

倉石も同じように、首をひねる。

「それはまあ、なくもないだろうけどね」

麻里奈は、椅子の背にもたれて、腕を組んだ。

「その、ハトさんという人に、お母さんはすごく、敵意を抱いているみたいね」

今度は、〈あの人〉ではなく、お母さんと呼んだ。

さすがに、倉石が示した不快感に配慮した、とみえる。

倉石は、それに気づかないような顔をしたが、口調を和らげて言った。

「おふくろは、少なくともぼくに物心がついてからは、だれかを憎んだりとか、悪口を言ったりすることは、なかったと思う。あんなふうにののしるほど、敵意を抱く相手がいたとは、信じられないな」

「どちらにしても、きのうきょうの記憶ではない、と思います。あまり、気になさらない方が、いいんじゃありませんか」

沙帆が言うと、倉石はすなおにうなずいた。

「そうですね。まともに相手をしても、くたびれるだけだし」

腕時計を見た麻里奈が、携帯電話を取って椅子を立つ。

「ちょっと早いけど、由梨亜に電話してみるわ。待ち合わせの場所を、決めないと」

そう言い残して、出入り口へ向かった。

その後ろ姿を、倉石がじっと見送る。

ガラス越しに、麻里奈が電話をかけ始めると、沙帆の方に向き直った。

あらためて、頭を下げる。

「きょうは、不愉快な思いをさせてしまって、すみませんでした」

たび重なるわび言葉に、かえってわずらわしさを覚えた。

「ほんとうに、気になさらないでください。ご病気だということは、よく分かっていますから」

倉石が、上目遣いをする。

「おふくろが前にも、わたしのことをしゃあちゃんと呼んだり、キスをせがんだりしたことは、麻里奈に話してないんです。分かっていただける、と思うけど」

「はい」

短く応じて、沙帆は目をそらした。

倉石と共有する秘密が、いつの間にかどんどん増えてしまい、気が重くなるばかりだった。

倉石は、まるでそれに気づかない様子で、話を続ける。

「しゃあちゃんもハトも、わたしが生まれる前に、おふくろが知っていた人間、ということになるでしょう。ただ、今のような状態では、おふくろの口からは何も、聞けそうにない。もちろん、これからホームへ行くたびに、それとなく探ってはみますがね」

沙帆は、倉石に目をもどした。

「そうしたお話は、ご自分だけの胸にしまっておかれた方が、いいと思います」

倉石が、意外なことを聞くというように、顎を引く。

「やはり、ご迷惑ですか」

「迷惑というより、ちょっと筋が違うような気がします。むしろ、麻里奈さんの方にきちんと、お話しすべきではないでしょうか」

倉石が、何か言い返そうとしたとき、出入り口のドアがあいた。

倉石は振り向き、麻里奈がもどって来たのに気づくと、そのまま口をつぐんだ。

そばに来た麻里奈が、微妙な空気を敏感に察したように、二人を見比べる。

沙帆は、わざと陽気に言った。

「まさか二人は、映画館にいたんじゃないでしょうね。電話が鳴ったりしたら、とんでもない迷惑よ」

すると、麻里奈はすぐにその話に、飛びついた。

「そうなのよ。ただ今電話に出られません、とメッセージが聞こえたの。少し待ってたら、由梨亜の方からかけ直してきたわけ。せっかく、いいところだったのにって、ぶうぶう言うのよ」

「それで、どうしたの」

「とりあえず新宿の伊勢丹で、五時に落ち合うことにしたわ」

腕時計を見ると、まだ三時過ぎだった。

倉石が言う。

「それじゃ、われわれもとりあえず新宿へもどって、五時まで時間をつぶそうか」

麻里奈は、屈託のない顔で応じた。

「そうね。久しぶりに沙帆も一緒に、伊勢丹で買い物でもしましょうよ」

なんとか、気まずい雰囲気を逃れることができて、沙帆はほっとした。

それにしても、なぜ玉絵は初めて会った自分のことを、ハトなどと呼んだのだろう。

43

七月最後の金曜日。

古閑沙帆は三時少し前に、本間鋭太のアパートに着いた。
二、三日前に梅雨明け宣言があり、この日は太陽がじりじり照りつける、夏らしい天気になった。日傘は、じゃまになるので持ち歩かず、大きめのストローハットで、暑さをしのいでいる。

洋室に上がって、本間が来るのを待つ。

いつもは、壁の時計が三時を指すか指さないうちに、廊下にあわただしい足音が響くのだが、この日は珍しく定時を五分回っても、本間は姿を現さない。奥からは、ギターの音もピアノの音も、聞こえてこなかった。

もしかして、外出しているのだろうか、と不安になる。

だとすれば、施錠《せじょう》もせずに家をあけるのは、いくらなんでも不用心だ。たとえ、近所のコンビニへ行くだけでも、玄関の鍵《かぎ》くらいはかけて行ってほしい。

心配になり、沙帆は洋室の引き戸をあけて、廊下の奥をのぞいた。

どこからか、小さな機械がうなるような、かすかな作動音が聞こえる。家の中からなのか、それとも外から流れてくる音なのか、すぐには判断がつかなかった。

思い切って、奥に呼びかける。

「先生。本間先生」

返事がなかった。

沙帆は途方に暮れて、その場に立ち尽くした。すると、機械の作動音がやんで、あたりが急にしんとした。

続いて、奥の方からなんの音とも分からぬ音が、廊下伝いに聞こえてきた。

どうやら、本間は家の中にいるようだ。沙帆の声は、機械の作動音に消されて、耳に届かなかったのかもしれない。

突然、廊下の角に本間の姿が現れたので、沙帆はぎくりとして引き戸に肘をぶつけた。

こちらへやって来ながら、本間が親指で背後を示して言う。

「何をしとるのかね、そんなとこで。トイレなら、この奥だぞ」

沙帆はあわてて、頭を下げた。

「すみません。いつも時間どおりなのに、先生がお見えにならないので、ちょっと心配になって」

そう言いながら、部屋の中にあとずさりしてもどり、道をあける。

本間は部屋にはいり、ソファにぴょんと飛び乗った。

白地に、赤と緑と黄色の線が錯綜《さくそう》した、ちぢみの半袖《はんそで》シャツを着ている。そこに、紫色のサスペンダーで吊《つ》った白い半ズボン、といういかにも本間らしいいでたちだ。

この珍妙な格好で、四時からの倉石由梨亜のレッスンに、臨むつもりだろうか。

本間が、けろりとして言う。

「ワープロのインクが、なくなってしまってな。インクリボンを替えていたので、遅刻してしまったわけさ」

沙帆は笑った。

「遅刻だなんて、おおげさすぎます」

向かいの長椅子に、腰をおろす。

本間は、打ち出したばかりと思われる翻訳原稿と、預けてあったオリジナルの古文書の束を、テーブルに置いた。

「これが、きみから預かった古文書と、最終回の原稿だ」

本間はそう言い、サスペンダーを親指で持ち上げて、ぱちんと鳴らした。

「はい。長いあいだ、ありがとうございました」

次で最終回になる、と先週予告されたばかりだから、覚悟はできていた。

しかし、実際にそう宣言されてみると、わけもなく寂しさが込み上げる。来週から、ここへせっせとかようことも、なくなるのだ。

本間は咳払《せきばら》いをして、おもむろに続けた。

「前回も言ったが、話の流れとしてはきりのいいところで、終わっておる。文章の途中で、途切れてはいるがね」

「ここで、読ませていただいても、よろしいですか。このあと、由梨亜ちゃんのレッスンが終わったら、一緒に帰ろうと思いますので」

沙帆が言うと、本間はきゅっと眉根を寄せて、情けない顔をした。

「その由梨亜くんだが、きょうは来られないそうだ。さっき電話で、そう言ってきた」

予想外のことに、沙帆は驚いた。

「どうしたんですか。風邪でも引いたのかしら」

「理由は聞かなかった。声は普通だったし、病気ではないようだ。学校の都合か、家庭の事情だろう」

それを聞いて、急に不安になる。

日曜日に、倉石学と麻里奈夫婦に付き合って、老人ホーム〈響生園〉に倉石の母親、玉絵を見舞った。

そのあと、新宿で帆太郎、由梨亜の二人と落ち合い、五人で寿司を食べた。

ふだんどおりに振る舞ったつもりだが、やはり老人ホームで玉絵に罵倒《ばとう》されたショックが、あとを引いていたらしい。自然に口数が少なくなり、それが倉石や麻里奈にも伝染したかたちで、あまり盛り上がらない食事に終わった。

帆太郎も由梨亜も、おそらく親たちのぎこちなさに、気づいたに違いない。

沙帆は、帰りの地下鉄で帆太郎と二人きりになると、玉絵の認知症がかなり進んでいたことや、そのためにまともな話ができなかったことを、さらりと説明した。自分が、玉絵に別のだれかと間違えられて、妙な名前で呼ばれたり、罵倒されたりしたことは、黙っていた。

それで帆太郎も、寿司屋でのぎくしゃくした雰囲気の理由を、なんとなく察したようだった。

由梨亜も、帆太郎と同じように不自然な空気を、感じ取ったはずだ。

倉石と麻里奈も、何かと言い繕ったに違いないが、感受性の豊かな由梨亜が納得したかどうかは、怪しいものだ。

本間が、にわかに黙り込んだ沙帆の顔を、のぞき込んでくる。

「ここで読んでくれて、かまわんぞ。わしはまだ、ほかの原稿の仕事が残っているので、ちょっと失礼する。読み終わったら、声をかけてくれ」

そう言って、またぴょんとソファから飛びおりた。

あわてて、本間を呼び止める。

「すみません、先生。倉石さんから、お預かりしたものがあります」

沙帆は立ち上がり、トートバッグから封筒を取り出して、本間に差し出した。

「先週倉石さんが、例のパヘスのギターのサイズを計測した、寸法図だそうです。完成したら、先生にもコピーを差し上げると、そうおっしゃってましたでしょう」

「おう、そうだった。礼を言っておいてくれたまえ」

本間は封筒を受け取り、掲げて拝むしぐさをした。

「分かりました。ごゆっくり、どうぞ」

本間を送り出して、また腰を下ろす。

沙帆は、原稿を手に取り上げて、読み始めた。

44

【E・T・A・ホフマンに関する報告書・八】

——年が明けてから(一八一二年)、ETAがまた日記をつけ始めたことは、あなたから聞かされた。むろん、あなたはその日記を以前と同じように、盗み読みしておられるだろう。

それにしても、あなたのETAに対する接し方は、あまりに寛大すぎる。日記を取り上げた、と聞いたときはあなたのがまんも限界に達した、と納得したものだ。ETAもさすがに懲《こ》りたごとく、半年以上日記を中断していたそうではないか。

ところが、年があらたまったとたんに、ふたたび日記を書き始めた。

しかも、あなたによれば臆面《おくめん》もなく、〈Ktch〉の暗号名を使ってユリアのことを、書き続けているという。

それも、その頻度がますます増えているとは、なんたることか。

あなたは、もはや日記を盗み読みするだけで、満足している場合ではない。以前はわたしも、日記を取り上げたことに苦言を呈したが、今度こそ即刻取り上げるべきだと思う。そして、また書き始めるようなら、また取り上げるのだ。そのうちにあきらめて、書かなくなるだろう。

そんなことをすると、ETAは日記を隠して書くようになる、と心配されようか。

その結果、盗み読みすることができなくなって、ETAが何を考えているか分からず、より不安な立場におかれる。だから今のままでいいと、そうおっしゃるかもしれない。

それなら、これ以上は何も申しあげますまい。

そのかわり、わたしはこれまでのような遠慮を捨て、あからさまに彼の行状を報告することにする。

日記に、どのように書きつけたかは知らぬが、ユリアのことを頭から振り払おうと、ETAがそれなりに努力をしていることは、わたしも認めよう。

ただし、その努力のしかたが、これまた独りよがりにすぎないし、自分勝手な振舞いにしかなっていない。

年明け早々、ETAは例の〈薔薇《ば》亭《ら》〉で、ナネット・ノイヘルという若い娘と、お近づきになった。

ご存じあるまいが、この娘は五年ほど前にバンベルクで子役デビューし、その後ヴュルツブルクでも子役として、名を売った実績がある。

その後、バンベルクにもどって来たナネットは、今やユリアと同じ年ごろの美しい娘になり、子役から一人前の女優に成長した。

ETAはこのナネットと、〈薔薇亭〉などで酒を飲みながら、談笑することしきりだ。

そういうときは、ことのほか機嫌がよい。彼によれば、ナネットと一緒にいると、つかの間ユリアのことを、忘れられるのだそうだ。

そのためか、ETAはナネットのことを〈避雷針〉、と呼んでいる。何を意味するかは、あなたもお分かりだろう。それだけ、ユリアへの思いが強い証拠でもある。

ときどき、ETAは指でピストルの形をこしらえて、こめかみに当てるしぐさをする。

それは自殺、ないしはユリアと情死する願望を、ほのめかしているのかもしれない。

昨年十二月、わたしをベルリンに送り込み、クライストの情死事件を調査させてから、そのことが頭を離れないらしい。

そんな事態に及んだら、あなただけでなくわれわれすべてにとって、重大な損失になるだろう。世間的にも、大きなスキャンダルに発展することは、免れない。それはETA自身にも、よく分かっているはずだ。

そうならないように、ちゃんと目を光らせておく必要がある。

さて一月二十日に、ETAが日記に書き込んだ不可解な記述を、あなたはわざわざ書き写して、わたしにその意味を尋ねてきた。

それについて、お答えしよう。

あの書き込みは、ただギリシャ文字でドイツ語を記しただけで、ギリシャ語そのものではない。ドイツ語に置き換えると、綴《つづ》りに不整合な部分もあるが、こうなる。

Sie weiß alles oder vielme[h]r a[h]ndet.

（彼女はすべてを知っているか、少なくともうすうすは感じているはずだ）

これは自分の気持ちが、ユリアに通じているかどうかを自問した、ETA自身の独白とみてよい。

——（続く）

［本間・訳注］

参考までに、後年（一八三七年三月十五日付）ユリアがこの間の事情について、従兄《いとこ》のフリードリヒ・シュパイア博士に書き送った、手紙の一節を訳出しておく。

——三年のあいだ、わたしは毎日のように、彼と会っていました。ただ、彼が初めてわたしへの愛を口にしたのは、別れる間際《まぎわ》のことでした。でもわたしは、少しも驚きませんでした。自分でも気づかなかったのですが、わたしはとっくに彼の愛をこの身に、感じていたのです――

この手紙は、ホフマンが死んでからおよそ十五年ののちに、書かれたものである。たとえかみ合わなかったにせよ、二人の気持ちが呼応していたことを物語る、貴重な証言といってよい。

またユリアは、次のようにも書いている。

――ホフマンは、たびたび自分の日記を持って来ては、わたしに見せました。胸の内にたぎる熱い思いを他人に読まれぬよう、暗号のような文字で書き綴ってありました。それを、彼独特のひとを魅了するあの語り口で、説明してくれたのです――

もし、ここに書かれたことが事実だとすれば、ユリアはホフマンの気持ちをうすうすどころか、よく承知していたことになる。

ホフマンは、妻のミーシャが読んでも分からないように、ユリアに対する思いをいろいろな暗号や、略号を使って書いた。それを、当のユリアに読ませるというのは、ありそうにもないことだ。

おそらく、差し支えのないところだけ見せたか、あるいは真実とほど遠い説明でごまかしたかの、どちらかだろう。

——ところで、一月二十四日はETAの三十六歳の、誕生日だった。

その夜、ETAはユリアと誕生祝いをしようと、わたしとともにマルク家を訪れた。

しかるに、気配を察していたのか母親のマルク夫人は、ユリアを抜かりなく劇場へ送り出しており、ETAとわたしは夫人のおしゃべりに、付き合わされるはめになった。

そのあとで、頭にきたETAはわたしの腕をつかみ、〈薔薇亭〉に引きずって行った。そして、いつものように朝まで痛飲しながら、夫人に対する怒りや不満をあるだけ、ぶちまけた。夫人からすれば、ETAの方がよほどうとましい存在なのだが、そんなことはおかまいなしだ。

ふつう、誕生日は自宅で妻と祝うものだし、わたしもETAにそのように、忠告した。結局のところ、そうしなかったETAに罰が——（以下欠落）

［本間・訳注］以後数カ月にわたり、報告書には欠落がある。

――八日（一八一二年八月八日であろう）に、グレーペルが旅先からバンベルクへ、もどって来た。

ミーシャよ。

いずれ、あなたも会う機会があろうから、あらかじめ申し上げておく。

ヨハン・ゲアハルト・グレーペルは、四カ月半ほど前の三月下旬に、ハンブルクから初めてここバンベルクに、やって来た。彼は金持ちの商人の息子で、一目見れば鼻持ちならぬ俗物、と分かる男だ。

ＥＴＡとわたしは、マルク家でマルク夫人からその男に、引き合わされた。

グレーペルは、酒癖が悪い。

それだけではない。ユリアに対する、無遠慮な視線や狎《な》れたしぐさから、女に関して並なみならぬ経験を持つ、かなりの放蕩《ほうとう》者と見当がついた。

そのおりの、グレーペルへの接し方や口ぶりで、わたしはマルク夫人がユリアを、この男に嫁がせるつもりだ、と直感した。

あとで、シュパイア博士と〈薔薇亭〉で飲んだとき、彼も夫人がその心づもりでいると思う、と言った。

それを聞いて、ETAはたとえ強がりにせよ、鼻で笑った。

マルク家の財政状態は、あまりかんばしくない。したがって、金持ちのグレーペルがユリアと結婚してくれたら、マルク夫人は大いに助かるだろう。

客観的にみて、夫人がそれを望んでいるのは、確かなことだ。

わたしは、グレーペルがユリアにふさわしい男だとは、少しも思っていない。

しかし、相手がだれにせよユリアが結婚してしまえば、ETAの熱病もさすがに冷めるだろう、という期待もあった。

遠く離れた北の港町ハンブルクに、夫人がどのようなつてを持っていたのか、わたしは知らない。

そのような遠方から、これといった用もなしに金持ちの商人が、バンベルクを訪れることなど、まずないだろう。だれかが、二つの家のなかだちをしたことは、間違いないと思われる。

聞くところでは、バンベルクの元行政長官、シュテファン・フォン・シュテンゲル男爵《だんしゃく》の取り持ちだ、という噂《うわさ》もある。

どちらにせよグレーペルは、そのとき一週間足らず滞在しただけで、四月の頭にはバンベルクを去った。

実のところ、ユリアはこのとき実質的に、グレーペルと結婚の約束をした、と考えていいと思う。

それからしばらくして、ETAはユリアのしぐさが妙に色っぽくなった、とこぼした。

おそらく、手の早いグレーペルによって、すでに女にされてしまったに違いない、というのだ。

二人が内々に婚約したとすれば、それは大いにありうることだろう。

そのことで、ETAはひどく傷ついたはずだが、珍しく落ち込んだり荒れたりする様子は、ほとんどなかった。

ユリアが、手の届かないところへ行ってしまうことで、あきらめがつくと考えたのかもしれない。ユリアへのレッスンも、以前と変わらず続けている。

ETAは実際に、自分の気持ちにけじめをつけたのだ、とも考えられる。

グレーペルは、その後ハンブルクにもどったのか、あるいは仕事でどこかへ旅行していたのか、四カ月ほど姿を見せなかったのだが、とにかくまたバンベルクにやって来たわけだ。

そして二日後の八月十日、グレーペルとユリアの婚約が、正式に公表された。

その夜、ETAはわたしを〈薔薇亭〉に誘い、しみじみと語った。

「これですべて終わったよ、きみ。ユリアは、あのとんでもないぐうたらと、結婚するんだ。ぼくのあらゆる詩的、音楽的人生は消え去ったね。ぼくは、自分はかくあらねばならぬ、とみずから考える人間にふさわしい、決断をしなければならない。いずれにしても、きょうは人生最悪の日だよ」

それでも、ETAは相変わらずマルク家に行って、ユリアのレッスンを続けた。

ある茶会で、二人はETAが作詞作曲した二重唱曲を、あきれるほどの情感を込めて、一緒に歌った。

あとでETAは、にやにやしながら言った。

「見たかね、ヨハネス。ぼくは、ユリアと親しく二重唱を歌うあいだ、あの豚野郎がはた目にも分かるほど、ひどい嫉妬《しっと》の色を浮かべるのを目にして、実に溜飲《りゅういん》がさがる思いだったよ」――（続く）

［本間・訳注］

このときのことを、その茶会に出ていたフリードリヒ・クンツは、一八三六年に発表した回想録の〈ホフマン伝〉の中で、こんなふうに書いている。

彼が興味を示していた、ある女性（ユリアのことだ）と二重唱を歌い始めるなり、その場にいた客たちは必死になって、笑いをこらえたものだ。彼がその女性に投げかける、まるで天使を見るように陶然としたまなざし、ほうけたように半開きにしたしまりのない口元は、客たちの失笑を買わずにはいられなかった——

実のところ、微苦笑くらいは誘ったかもしれないが、失笑を買ったというのは、言いすぎだろう。回想とはいえ、クンツがホフマンをそのような目で見たとすれば、まさに品性が疑われるエピソードだ。

——それから、ほぼ一カ月後の九月六日に、例のポンマースフェルデンでの事件が、起きたわけだ。

あのときのピクニックには、マルク夫人とユリアにその弟妹、シュパイア博士を初めとする縁戚《えんせき》、グレーペル、クンツ夫妻、そしてＥＴＡとあなたも、参加していた。

わたしたちは、馬車を連ねて暗いうちにバンベルクを発《た》ち、四時間かけてポンマースフェルデンに着いた。

午前中から昼過ぎまで、ヴァイセンシュタイン城の中を歩き回り、廊下や居室に飾られた古今東西の名画を、じっくり楽しんだものだった。――（続く）

［本間・訳注］

古都バンベルクは、南ドイツに位置するバイエルン州の、北部にある。バンベルクおよびその周辺は、第二次大戦中連合軍の空襲を受けなかったため、今でも中世の面影をよく残している。

ポンマースフェルデンは、そのバンベルクから南へ二十キロほどくだった、小さな町である。ここに十八世紀の初頭、バンベルクの司教領主、ロタール・フランツ・フォン・シェーンボルン伯爵が、現存するヴァイセンシュタイン城を、造営した。

ホフマンらがピクニックを楽しんだのは、この城の中の広大な庭のどこかだったはずだ。

ヴァイセンシュタイン城は、バロック建築の粋をこらした豪壮な城館で、三層に作られた階段の壁面には、ファン・ダイクやブリューゲルなど珍しい古今の名画が、ずらりと並ぶ。

いささか話がそれるが、ここにはホフマンに強い影響を与えた、と考えられるある人物が関わっている。とかく見過ごされがちなので、その人物について述べておきたい。

この城を一七九三年、ルートヴィヒ・ティークとその盟友、ヴィルヘルム・H・ヴァケンローダーが、一緒に訪れた。二人とも一七七三年生まれで、ホフマンより三歳年長だった。

ヴァケンローダーは、それより前にもそのあとにも、一人だけでこの城を何度か、訪れた形跡がある。よほど、城内に展示された美術品の数かずに、魅了されたようだ。

またこのとき、二人はバンベルクの大聖堂で行なわれた、カトリックの荘厳《そうごん》な儀式に初めて接し、強烈な印象を受けたといわれる。

ホフマンはワルシャワ時代（一八〇四〜〇七年）に、エドゥアルト・ヒツィヒと知り合い、ティーク、ノヴァーリスら浪漫派作家の作品に、親しむきっかけを得た。

ただ、ヴァケンローダーについてはそれ以前、第一次ベルリン時代（一七九八〜

九九年）からポーゼン、プロック時代（一八〇〇〜〇三年）のあいだに、いち早く『芸術を愛する一修道僧の真情の披瀝《ひれき》』（一七九七年）、なかんずくその一編〈音楽家ヨゼフ・ベルクリンガーの注目すべき音楽生活〉を読んだ、と推測される。

またホフマンは、同書の姉妹編『芸術の友らのための芸術についての幻想』（一七九九年）に収載された、〈ヨゼフ・ベルクリンガーの数編の音楽論稿〉にも、目を通したはずだ。

そう推測される、もっともな理由がある。

まず、初めて活字になったホフマンの習作が、『都に住む友人宛《あて》の一修道僧の書簡』（一八〇三年）という、どことなく似かよったタイトルだったこと。

これは〈デル・フライミュティゲ〉という、音楽関係の雑誌の論文に応募して、当選掲載されたものである。フリードリヒ・シラーの、『メッシーナの花嫁』に古代ギリシャの合唱曲を使う、という演出の是非を論じるのがテーマだった。

このときホフマンは、司法官という自分の立場をおもんぱかってか、〈ギゼッポ・ドリ〉なる筆名で応募している。

これで分かるように、〈題名〉および〈音楽論〉という二つの類似性から、ホフマンがヴァケンローダーを読んでいたことは、まず間違いないように思われる。

だとすれば、ホフマンが生んだ狂える音楽家ヨハネス・クライスラーに、ヴァケンローダーが創造した音楽の使徒、ヨゼフ・ベルクリンガーの面影を見いだすのは、むしろ容易なことといってよい。

ただ、その後小説にせよ評論にせよ、日記にせよ手紙にせよ、ホフマン自身が書いたものの中で、ヴァケンローダーの人となりや作品に言及するのを、本間は一度も目にした覚えがない。ティークには、しばしば作中で敬意を払いつつ触れているのに、ヴァケンローダーを黙殺したかにみえるのは、いささか理解に苦しむものがある。

ちなみに、ヴァケンローダーも実生活では法曹の道へ進み、一七九四年に司法官試験に合格したあと、ベルリン大審院の司法官試補になった。つまり、偶然とはいえ仕事の上でも、ホフマンの先輩に当たることになるわけだ。

ただ、ヴァケンローダーはホフマンほど、強靭《きょうじん》な自我意識を持ち合わせておらず、現実生活との折り合いをつけられなかったらしい。

結局、一七九八年に神経熱を病み、二十四歳の若さで夭折《ようせつ》した。

――そのあと、わたしたちは外の芝生にシートを敷いて、食事を始めた。ユリアとグレーペルの、婚約祝いも兼ねたピクニックだったから、みんなしたたかに酒を飲んだ。

グレーペルは、これみよがしにユリアにしなだれかかり、下品なことをささやきかけた。それは、明らかにETAに見せつけるための、露骨な行為だった。あなたは、そのときクンツ夫人と話をしていて、気づかなかったかもしれない。

ETAは、いらだちと不快の表情を隠そうともせず、場所柄もわきまえぬグレーペルの振る舞いを、にらみつけていた。

事件が起きたのは、あなたが化粧室に行くために席を離れて、城館へ向かったあとのことだった。したがって、そこでいったいどんな醜態が展開されたか、詳しくはご存じないだろう。

あるいは、すでにあのクンツがおもしろおかしく、あなたにお話ししたかもしれない。

しかし、冷静な目でいっさいを目撃したわたしから、見たとおりに報告させていただくのが、もっとも適切かつ公正であろうと思う。

あなたが席を立ったあと、グレーペルの酔態にしらけたその場を取りなそうと、マルク夫人が中庭を散歩しましょう、と提案した。

一同がそれに賛成し、わたしたちは芝生の上を移動して、城館の中庭へ向かった。

そのとき、ぐでんぐでんに酔ったグレーペルは、まっすぐに歩けなかった。あっちへふらふら、こっちへふらふらと、ひどい千鳥足になっていた。ユリアは、婚約者を支えようとして、腕を取った。グレーペルは、足がからまったためにバランスを失い、ユリアにだらしなくもたれかかった。ユリアには、酔ったグレーペルを受け止める力がなく、二人とも大きくよろめいた。

ＥＴＡが、急いでユリアを支えようと、腕を差し出した。クンツとわたしも、グレーペルの体を抱きとめようと、そばに駆け寄った。しかしすでに遅く、ユリアとグレーペルはもつれ合ったまま、芝生の上に倒れてしまった。ユリアは、からみついたグレーペルの腕をほどき、母親の手を借りてなんとか立ち上がった。

大の字なりに、芝生の上に伸びてしまったグレーペルを見て、どうしたらよいか分からぬ様子で、しきりに両手をもみしだいている。

ＥＴＡは、髪の毛が逆立つほど怒りの表情を浮かべ、グレーペルを指さしてどなった。

「さあ、よくよく、ごらんあれ。犬畜生にも劣る、このろくでなしのざまを！　みんな、こいつと同じくらい飲んだのに、だれもこんな醜態はさらさなかった。まったく、俗物にふさわしい、恥さらしじゃないか!」

確かに、ETAもクンツも、そしてわたしもかなり飲んではいたが、グレーペルほどではなかった。グレーペルの酔い方は、常軌を逸していた。

とはいえ、ETAはユリアの目の前で、当のユリアと結婚するべき男を、口を極めて罵倒したのだ。

ユリアは真っ青になり、ものも言わずにETAを見つめた。

そこにいる男たちは、急いでグレーペルを抱え起こし、城館の休憩室へ運んで行った。

ユリアと母親も、そのあとを追った。

わたしは、ETAのことが心配だったので、その場に残った。そこへあなたが、化粧室からもどって来たのだ。

あなたは、何が起きたのか分からず、当惑してわたしを見つめた。しかし、グレーペルが運ばれるのを見ていたから、何かよくない出来事があったことは、想像がついたようだった。

そう、その場にあなたがいなかったのは、不幸中の幸いというべきだろう。

ともかく、ETAは自分が口にした罵詈《ばり》雑言《ぞうごん》で、ユリアはもちろん、マルク家の人びとをどれだけ傷つけたか、すぐに悟ったに違いない。少しのあいだ、黙ってそこに立ち尽くしていたが、やがてETAは決然と芝生を蹴《け》って、その場を離れた。

あなたもわたしも、急いでETAのあとを追った。もはや、マルク家やほかの人たちと一緒に、帰路につくわけにはいかなかったのだ。

帰宅したあと、ETAからいきさつを聞かされたあなたは、すぐに詫《わ》びの手紙を書くように、強く言ったそうだね。

その結果、ETAは言われたとおりマルク夫人に、詫び状を書いた。そして投函《とうかん》する前に、それをわたしに読ませてくれた。

手紙には、こう書いてあった。

自分でも説明のつかない、昨日の衝撃的な事件における振る舞いは、まったくもって酒のせいではなく、完全に頭がおかしくなったためでした。そのせいで、ポンマースフェルデンにおける最後の三十分というものは、悪夢のように小生の頭から去りません。

……昨日の狂乱からくる、小生の大きな心の苦痛をお分かりいただくのは、とうていｌ無理なことでしょう。自分自身への罰として、小生はあなたやご家族のお許しが出るまで、お目にかかるのを控えることにいたします。小生が、どれほどあなたのお慈悲を求めているか、そしてあなたに不快感を与える意図など、みじんもなかったことをお分かりいただけたら、と切に願っております。また、小生をこれほどまでみじめにさせた愚行のせいで、あなたの心に小生への反感が生じていないように、心より祈る次第です。さらにまた、小生の昨日の醜態がただ単に、狂気のなせるわざであったことを、残念ながらご存じないご家族のみなさんに、よろしくお取りなしくださいますよう、心より切望いたしております。

わたしに言わせれば、ETAの振る舞いは酒のせいではないし、まして狂気のせいでもない。

まさにあれは、本心から出た言葉だった。

そしてそれは、ユリアとマルク夫人を含めて、あそこに居合わせた人びとすべてに、分かっていたことなのである。——(続く)

［本間・訳注］

この事件について、クンツは前述の同じ回想録の中で、ポンマースフェルデン事件におけるユリアの反応を、次のように書いている。

（ホフマンがグレーペルをののしったあと）だれもが、この信じがたい罵詈雑言に驚き、あきれた。ユリアはホフマンを、軽蔑《けいべつ》のまなざしで見据えた。マルク夫人は、怒りのあまり口を極めて、ホフマンの非礼をなじった。

しかしユリアは、やはり前掲のシュパイア博士に宛てた手紙の中で、クンツにこう反論している。

クンツが書いているように、母が口を極めてホフマンをなじったかどうか、わたしは覚えていません。母はもともと、そうした振る舞いに出る人ではないのですが、あるいは取り乱して何か言ったかもしれません。ただ、少なくともわたしが、ホフマンを軽蔑のまなざしで見た、というのは事実ではありません。わたしは、彼の気持ちが理解できました。彼の、わたしに対する愛がつのるあまり、あのような痛罵となって表れたのだ、と思います。わたしは、その気持ちが十分かったのですが、あのいやな人(むろんグレーペルのことだ)とまた顔を合わせるのが不安で、控室で妹や弟と泣いていました——

ただユリアは、なぜそのような男と結婚したのか、明らかにしていない。この手紙で見るかぎり、グレーペルとの結婚がユリアにとって、不本意なものであったことは、明らかだろう。

おそらく、母親が直面している財政的困窮を考慮して、結婚を決意したものと思われる。

ところで、同じ手紙の中でユリアは、「グレーペルと婚約したのは四月」と書いている。

ヨハネスの読みは、当たっていたのである。

——事件のあと、ETAはユリアの声楽のレッスンを打ち切られ、さらにはマルク家への出入りを、禁止された。

マルク夫人の怒りは、大きかったようだ。

しかしそれも長くは続かず、ほどなくETAはふたたびマルク家に、足を運ぶようになった。おそらく、ユリアのとりなしがあったため、とみられる。

考えてみると、たとえ短期間にせよこの禁足措置は、あなたにとってもETAにとってても、よいことだったのだ。この、決定的な事件がきっかけとなって、ETAのユリアに対する偏愛も、あきらめがついたのではないか、と思う。

むろん、ユリアへの思いが消えたわけではないが、どのようにしてもこの状況が変わらないことは——（以下欠落）

［本間・訳注］

わたしに託された手稿は、以上をもって中断する。

この年、一八一二年の状況を簡単に補足しておこう。

ポンマースフェルデン事件の、半年ほど前の二月下旬、バンベルク劇場の支配人ホルバインは、ヴュルツブルク劇場に移籍してしまった。

そのため、ホフマンも助監督の職を失い、音楽の個人教授や音楽評論などで、生活を支えるはめになっていた。

しかし、当然それだけでは食べて行けず、十一月下旬には「食うために古上着を売る」（日記）、といった状況にまで追い込まれる。

事件から三カ月後の十二月三日、ユリアはグレーペルと結婚式を挙げ、同月二十日にはバンベルクを出て、ハンブルクへ去った。

ホフマン自身も、ミーシャともども式に招待されたから、思い残すことはなかっただろう。

なお、年が明けて一八一三年の春先には、ライプツィヒとドレスデンを本拠とする、オペラ一座の座長ヨゼフ・ゼコンダから、ホフマンに音楽監督の口がかかる。

それと前後して、シュパイア博士からユリアの懐妊を知らされたこともあり、ホフマンはゼコンダの申し入れを、受ける決心をしたようだ。

蛇足ながら、ユリアは一八一九年に、グレーペルがたぶん不摂生のせいで死んだあと、籍を抜いて一度バンベルクにもどる。しかし二一年に、いとこの医学博士ルイス・マルクと再婚して、アロルゼンに住居を定めた。

その後幸せな生涯を送り、六十七歳になる直前の一八六三年三月、ホフマンの死よりおよそ四十一年後に、亡《な》くなっている。

当時、プロイセンでは乳幼児の死亡率が高く、生まれたばかりの女児の平均余命は、二十九年そこそこだった。五歳を過ぎれば、急激に延びて余命四十年を超えるが、それでも現代と比較すれば、とても長いとはいえない。

だとすれば、ユリアはそれなりの長寿を保ったわけで、さらに八十歳近くまで生きたミーシャは、それをはるかに上回ることになる。

45

古閑沙帆は、原稿をテーブルに置いて、深く息をついた。

本間鋭太が言ったとおり、報告はホフマンがユリアと決別するという、きりのいいところで終わっている。

とはいえ、ホフマンはこのとき三十六歳で、死ぬまでにまだ十年ある。

しかも、作家として華ばなしく活躍するのは、その最後の十年間だけなのだ。それまでの十年ほどは、音楽家として身を立てようと悪戦苦闘する、試行錯誤の期間にすぎなかった。

沙帆が読んだ、数少ない評伝などによれば、ホフマンは一貫して作曲を本分とし、文筆の仕事はあくまでも生活の糧《かて》、と考えていたらしい。まして、戯画などは気晴らしの余技に、すぎなかっただろう。

ヨハネスが記録した、八回にわたる克明な報告書からは、バンベルクの子女への音楽教育、いくつかの音楽評論、劇場用音楽の作曲等をのぞいて、さしたる音楽的成果を挙げた形跡はない。また、音楽小説や音楽随想の数も多いとはいえず、文学的にも雌伏の期間という印象を、免れない。

ともかく、ホフマンのいまだ開かざる才能の一端を、ちらりとのぞかせたままここで終わられては、挨拶《あいさつ》に困る。

さりながら、もともとの手稿がここで途切れているとすれば、苦情を言おうにも尻《しり》を持ち込む先がない。

沙帆は、腕時計と壁の時計を、見比べた。

三時四十三分だった。途中で、何度も読み返しながら目を通したので、けっこう時間がたっている。

奥に、声をかけようかと思ったとき、廊下に足音が聞こえた。すぐにそれと分かる歩き方だ。

引き戸が開き、本間がはいって来る。

沙帆が腰を上げる暇もなく、本間はぴょんとソファに飛び乗った。

「読み終わったかね」

「はい。目を通させていただきました。長いあいだ、ありがとうございました。これで終わりかと思うと、すごく残念な気がします」

　正直に言うと、本間は鼻をこすった。

「ちょうどいいところで、終わっとるじゃろう」

　久しぶりに、〈じゃろう〉を聞いた気がする。

　沙帆は、ちょっと答えあぐねた。

「区切りがいい、という意味ではおっしゃるとおりですが、ホフマンの本領はこれからというところですよね。せっかく、二階に上げてもらったのに、はしごをはずされてしまった感じです」

　本間はもぞもぞと、すわり直した。

「そう言われても、手稿そのものがそこで途切れとるんだから、しかたあるまいて」

　そのとおりだが、なんとなく釈然としないものがある。

　いくら考えても、しかたがないと思い直して、沙帆は話を変えた。

「それで、懸案の解読料および翻訳料のことですが、由梨亜ちゃんを連れて来ただけで、そっくりちゃらにするというのは、やはり心苦しい気がします」

　本間はソファの背にもたれ、思慮深い目で沙帆を見返した。

「心苦しい、とね。それはきみがか、それとも倉石夫婦がか」

「倉石さんたちもそうですし、わたしも同じ気持ちです」

本間は、顎《あご》の先を掻《か》いた。

「こないだも言ったが、その手稿とわしのパヘスを交換しないか、という提案はどうなったかね」

ちょっとたじろぐ。

「そのお話は、まだ麻里奈さんにしていません。もちろん、倉石さんには異存がないと思いますが、麻里奈さんはうんと言わないでしょう」

「だろうな。なんといっても、寺本風鶏の娘だからな」

またまた、寺本風鶏の名前が出た。

本間にとって、よほど付き合いにくい相手だったらしい。逆に、寺本の側から見れば本間は、気の合わない人物だったに違いない。

「ところで、倉石くんはあのギターの由来について、何か言ってなかったかね」

話の風向きが少し変わり、沙帆はいくらかほっとした。

「先週も、おっしゃっていましたけれど、ラベルがなくても本物のパヘスに違いない、と判断されたようです。たとえ偽物《にせもの》だとしても、あれだけの音が出るなら、問題はない。自分にとっては、ヨハネスの手稿よりはるかに価値がある、ということでした」

本間は、満足げにうなずいた。

「そりゃ、そうだろう」

そう言ってから、妙に小ずるい目で沙帆を眺め、あとを続ける。

「たとえば、こういう条件では、どうかね。つまり、倉石くんじゃなくて由梨亜くんに、あのパヘスを進呈する、ということでは」

沙帆は虚をつかれ、本間を見返した。

「かわりに、この手稿をゆずってほしい、ということですか」

「さよう。それなら麻里奈くんも、いやとは言わんだろう」

少し考える。

「でも、麻里奈さんは由梨亜ちゃんが、先生からギターのレッスンを受けていることを、知らないんです。もし、それを知ったらきっと頭に血がのぼって、手稿どころの騒ぎではなくなる、と思います」

本間は天井を見上げ、顋をなで回した。

「なるほど」

一度黙り込んで、しばらく考える。

あらためて、口を開いた。

「となると、もはや奥の手を出すしか、道はないようだな」

独り言のように言うのを、沙帆は聞きとがめた。

「奥の手、とおっしゃいますと」

本間はそれに耳を貸さず、沙帆に目をもどして言った。

「ところで、今回解読した原稿の内容について、感想を聞かせてもらおうか」

突然話が変わったので、沙帆はとまどった。

しかたなく、息を整えて応じる。

「ええと、そうですね。まず、今回のお原稿は、先生の訳注がずいぶん多い、という印象を受けました」

「そのとおりだ。補足しないと、理解の及ばぬ部分があるのでな。これまで、ヨハネスの報告には、ユリアが何を考えているかについて、ほとんど記述がなかった。それを補う意味でも、後年彼女が書いた手紙による回想を、付け加えてみたわけだ」

「はい。わたしが目を通した、吉田六郎のホフマン伝にもユリアの手紙が、かなり長く紹介されていましたね」

「さよう。今回の報告にある、ポンマースフェルデン事件については、クンツの回想記に書かれた記述が、ほとんど唯一《ゆいいつ》の目撃証言といわれていた。ヨハネスの報告は、その証言がおおむね真実に近いことを、裏付けるものだ。しかし、クンツの回想記を読んだユリアは、従兄のシュパイア博士に宛《あ》てて手紙を書き、事実関係の間違いを指摘して、クンツに反論した。それをクンツに突きつけて、訂正してもらうように頼んだわけだが、その後シュパイアが死んだために、結局は中途半端に終わってしまった」

「クンツは、ホフマンが生きているあいだは、仲よくつきあっていたのに、死んだあとはユリアとの関係を、揶揄《やゆ》の対象にしてしまったんですね」

沙帆が言うと、本間は指を振り立てた。

「まさに、そのとおりだよ、きみ。グレーペルと同じく、クンツもただの商売人だったのさ」

それから、ぱたりと膝《ひざ》に手をおろして、苦笑する。

「もっとも、ホフマンとてクンツのことを、心からの友人とは思っていなかったから、おあいこだがね」

虚をつかれる。

「先生も、やはり、そうお考えなのですか」

「そうとも。クンツが酔っ払って、調子っぱずれの鼻歌でも歌おうものなら、いきなりグラスの水を引っかけた、というからな」

沙帆は背筋を伸ばした。

「ほんとうですか」

「ほんとうさ。ホフマンは、たとえ鼻歌でも正しい調子に乗っていないと、ただの雑音とみなすんじゃ。なんといっても、歴とした音楽家だからな、ホフマンは」

つい、笑ってしまう。

本間が笑わないので、沙帆は急いで話をもどした。

「あの、先ほど、奥の手を出すしか道がない、とかおっしゃいましたね。この手稿を、麻里奈さんが手放す気になるような、いいお考えがあるのですか」

本間は居住まいを正し、両手の指先をきちんとそろえて、唇に当てた。

「わしの先祖は、江戸時代にオランダ語を学びながら、浅草の天文台で働いていた。天文方兼書物奉行を務める、高橋作左衛門《さくざえもん》景保《かげやす》のもとでな」

「は」

沙帆は、あまりにも唐突に話題が変わったので、あっけにとられた。

高橋作左衛門景保、という名前には聞き覚えがあるが、あまりにも場違いに聞こえる。

本間は、沙帆のとまどいにもかまわず、話を続けた。

「わしの五代前の先祖は、本間ドウサイという蘭学者だったんだ。ドウは道路の道、サイは書斎の斎と書く」

「本間、道斎ですか」

「さよう。天明五年生まれだ。西暦でいえば、一七八五年に生まれて、天保十一年、一八四〇年に五十六歳で、死んだ。数え年だがな」

話が、どの方向へ進むのか分からず、困惑する。

「はい。そうすると、ホフマンよりいくらか若い同時代人、ということになりますね」

とりあえずそう返すと、本間はさもうれしげにうなずいた。

「そう、そのとおりじゃ。ところで、きみはフランツ・フォン・ズィーボルトを、知っとるかね」

突然の質問に、面食らう。

「はい。ええと、シーボルトなら、知っていますが」

「シーボルトは、日本での俗称だよ、きみ。彼はドイツ人だから、ズィーボルトと発音しなければいかん。まあ、固いことを言っても始まらんから、ジーボルトでもいいことにしよう」

ヴェーバーといいズィーボルトといい、いかにも本間らしいこだわりに、笑いをかみ殺す。

「分かりました。そのジーボルトが、どうしたのですか」

「きみは知らんかもしれんが、江戸時代は長崎の出島にオランダ商館というのがあって、幕府と外国との唯一の交渉窓口に、なっていた」

「それくらいは、承知しています。大学時代に、江戸時代の海外交渉史を、選択しましたから」

少し口がとがったらしく、本間はおかしそうに笑った。

「おう、それなら、話が早い。では、オランダ商館長が四年に一度、江戸へ参府して将軍に拝謁《はいえつ》したことも、知っとるだろうな」

「はい」

「ジーボルトは文政九年三月四日、つまり一八二六年の四月十日だが、商館長のステユルレルに随行して、江戸にやって来た」

すごい記憶力だ。

「とおっしゃると、ホフマンが死んでほぼ四年後、ということですね」

沙帆が口を挟むと、本間はうれしそうにソファの上で、足をばたばたさせた。

「そう、そのとおりじゃ。そのとき、ジーボルトに同行したのが助手の、ビュルガーという薬剤師だ」

記憶をたどる。

そういえば、ジーボルトの『江戸参府紀行』に、ハインリヒ・ビュルガーの名前が、しばしば出てきた。

確か、ジーボルトはこの参府旅行の途上、助手のビュルガーの手を借りて、さまざまな標本採集を行なった、と書いてあった。

「シーボルトの、というかジーボルトの、参府紀行の本でビュルガーの名前を、見た記憶があります」

沙帆が応じると、本間は意にかなったようにうなずき、先を続けた。

「ハイネは知っとるだろうな」

話があちこち飛ぶので、頭が混乱してしまう。

「はい。あまり、忠実な読者とはいえませんが」

「昭和十四年に、改造文庫にはいったハイネの『告白・回想』、という本がある。ハイネはその中で、一八四二年ごろパリのオテル・ド・フランスに友人を訪ねたとき、オランダ人のビュルゲル博士を紹介された、と書いている。ビュルゲルとはビュルガーのことで、オランダ人はドイツ人の間違いだ。ハイネは、当時ビュルガーがジーボルトを助けて、日本に関する大著を出したことを、承知していた」

沙帆は驚いた。

あのハインリヒ・ハイネが、ジーボルトやビュルガーの業績を承知していた、とは知らなかった。

本間が続ける。

「また、ハイネは『ベルリンだより』という書簡集の、第一信や第三信でホフマンのことに、触れておる。ホフマンの作品を、高く評価しとるんだよ、ハイネは」

それも知らなかった。

「ハイネとホフマンは、面識があったのですか。ハイネはホフマンより、二十歳くらい年下だったと思いますが、ほぼ同時代の人ですよね」

「面識があったかどうかは知らんが、ハイネがベルリンのカフェあたりで、ホフマンを見かけたことはある、と思う」

興味深いエピソードだが、話がどこへ向かっているのか、見当がつかない。

沙帆の困惑を察したように、本間が早口に続ける。

「話はまた飛ぶが、ホフマンの父親が離婚するとき、次男のカール・フィリップを引き取ったことは、知っとるだろうな」

「ええと、存じません。ホフマンが、母親に引き取られたことは、承知していますが」

「長男の、ヨハン・ルートヴィヒが夭折したので、父親は次男のカールを連れて行った、というわけだ。ところが、資料によってはヨハンとカールを、混同しておるものもある」

「どんなふうに、ですか」

沙帆の問いに、本間は一度ぐいと唇を引き締め、おもむろに応じた。

「そもそもホフマン自身が、取り違えているらしいのだ。たとえば、こういうエピソードがある」

本間の話はこうだ。

長兄のヨハンはホフマンより八歳、次兄のカールは三歳年長だった。両親が離婚したとき、ホフマンはまだ二歳だったから、兄たちの記憶はないに等しい。ヨハンは、幼いころ病死していたし、カールとはまったく行き来がなかった。したがって、ホフマンにしてみれば、兄弟などいないも同然だった。

ところが、一八二六年の暮れか一七年の初めに、軍服に似た服を着た十七、八歳の若者が、突然ベルリンのホフマンの住まいを、訪ねて来た。

そして開口一番、こう宣言した。

「わたしは、あなたのお兄さんの息子、つまり甥《おい》のフェルディナントです」

ホフマンは驚きながら、フェルディナントと称するその若者に、兄の消息を問いただした。

フェルディナントは、しおらしくハンカチを目に当て、暗い声で言った。

「父はあわれにも、六週間前に亡くなりました」

この〈父〉は、ふつうに考えればカールを指すだろう。しかしホフマンが、長兄の早逝《そうせい》を知らなかったとすれば、ヨハンのことと思った可能性がある。

その出会いのあと、フェルディナントは今度は手紙で、ホフマンに無心してきた。

血縁を証明するためか、ずいぶん前にホフマンがどこかで、戯《たわむ》れに賭博《とばく》の賭《か》け札に描いた、自画像が同封してあった。

ホフマンは、多少の金をフェルディナントに送り、今後も援助する意志があることも、伝えた。ただし、フェルディナントがこれまで、ちゃんと働いてきたことを証明する、なんらかの書類を持参するように、と付け加えた。

その後フェルディナントは、二度とホフマンの前に現われなかった。

それから半年ほどたって、ホフマンは思い出したように、長兄ヨハンに宛てて長い手紙を書いた。まだ生きている、と考えたらしい。

しかし、ヨハンの住所など知る由《よし》もないし、手紙は最後まで書かれることなく、むろん投函もされなかった。

結局のところ、ただの気休めにすぎなかったのだろう。

本間はそう結論して、あとを続けた。

「ただし吉田六郎は、ヨハンが夭折していることからして、この手紙を次兄のカール宛に書いたもの、と解釈するのが合理的だ、と判断したようじゃ。〈ホフマン伝〉の中でも、カール宛の手紙とはっきり書いている」

本間が口を閉じたので、沙帆はすばやく割り込んだ。

「ちなみに、例のハンス・フォン・ミュラーは、その投函されなかった書簡の下書きを、ホフマンの書簡集に入れているのですか」

「もちろん、入れている。頭書の宛て先も、ヨハン・ルートヴィヒのままでな」

「でも、その時点でミュラーはヨハンが夭折したことを、承知していたはずですよね。カール宛の間違いではないか、と注釈をつけたりしてないのですか」

「しとらんよ。ミュラーは、そこでホフマンの思い違いを正せば、逆に事実をまげることになる、と考えたに違いあるまい」

なるほど、と思う。

ミュラーの判断は、正しかっただろう。

ホフマンは、それまで長兄の夭折を知らずにおり、フェルディナントをその遺児と思った、と解釈できる。

ミュラーは、その誤解をあえて修正せずに、そのまま残したわけだ。

本間は、さらに続けた。

「いずれにしても、これは正体不明の男による単純な詐欺《さぎ》事件、ということになるな。まあ、小銭くらいですんだから、よかったようなものだが」

話を聞いているうちに、ホフマンの兄弟の消息に、興味がわいてくる。

「念のためお尋ねしますが、ほかの人のホフマン伝ではそのあたりを、どう書いているのでしょうか」

沙帆の問いに、本間はすわり直した。

「それは、いい質問じゃ。ザフランスキーのホフマン伝によると、長兄のヨハンはどうしようもないぐうたらで、禁治産の宣告を受けて矯正施設に送られた、とある」

これには、面食らってしまう。

「ヨハンは夭折した、という説と全然違いますね」

「それとは逆に、次男のカールは生まれてまもなく死んだ、とある。どこから引いたか知らんが、従来とはまったく異なる新説だ」

ますます混乱する。

「ほかにもあるのですか」

「アメリカの独文学者、ヒューイット＝セイヤーのホフマン伝にも、多少の記述がある。セイヤーによると、ホフマンが書いた手紙は次兄のカール宛で、しかも日付は一日違いの七月十一日、となっておる。さらにその手紙は、シレジアに住むカールから直近に届いた便りへの、返信として書かれたものだというのだ。こちらもまた、出典を明らかにしておらん」

本間はそう言いながら、芝居がかったしぐさで両手を広げた。

「専門家のあいだでも、諸説があるわけですね」

「さよう。つまり、ホフマンの兄弟の消息については、まだ定説がないわけじゃよ。たとえば、長兄のヨハン・ルートヴィヒが実は死んでおらず、それどころかホフマンより長生きした、という可能性もゼロではないだろう」

何を言い出すのかと思い、ぽかんと本間の顔を見返す。

本間はかまわず、話を進めた。

「ここにもう一人、ヨハン・ヨゼフ・ホフマン、という人物がいる。一八〇五年、ヴュルツブルクの生まれで、一八七八年まで長生きした」

「その人も、ホフマンの一族なのですか」

沙帆の問いを、本間が手で押しとどめる。

「まあ、待ちたまえ。ヨハン・ヨゼフは、生まれつき美声の持ち主だったから、声楽家を目指していた。そのあたりは、ホフマンと共通したところがある。ホフマンも、ユリアに歌を教えたり、一緒に二重唱を歌ったりしているからな」

本間が、何を言おうとしているのかと、沙帆は興味をそそられた。

「それで、そのホフマンはちゃんとした声楽家に、なったのですか」

「いや、ならなかった。ヨハン・ヨゼフは一八三〇年の七月十七日、当時オランダ領にあったアントウェルペン、英語でいうアントワープのさるホテルで、ある人物と知り合ったのさ」

沙帆は、本間のもって回った話の展開に、少しいらいらした。

それをぐっとこらえ、辛抱強く先を促す。

「だれと知り合ったのですか」

本間はかまわず、好き勝手に続けた。

「ヨハン・ヨゼフは、そこの食堂で一人の男が客に囲まれて、日本や極東のことを自慢げに話す場面に、出くわした。その男のドイツ語を聞いて、ヨハン・ヨゼフは自分と同じ南ドイツ、バイエルンの出身ではないかと思った。そこで、話が一段落するのを待ってそばに行き、男にこう尋ねた。『失礼ながら、極東からおもどりになったばかりと拝察しますが、もしかしてジーボルト博士をご存じありませんか』とね。ジーボルトは、自分と同じヴュルツブルク生まれだから、ヨハン・ヨゼフもその名前と評判だけは、よく知っておったわけだ」

すかさず、沙帆は口を挟んだ。

「するとその人物は、自分こそそのジーボルトである、と答えたんじゃありませんか」

それを聞くなり、本間はソファの肘掛《ひじか》けをどんと叩《たた》き、目を大きく見開いた。

「なんだってきみ、ひとの話の先回りをするんだ。せっかく、驚かしてやろうと思ったのに」

まるで、万馬券を鼻の差で取りそこねた、落ち目の競馬ファンさながらに、歯がみをする。

あまりの過剰な反応に、沙帆はあわてて頭を下げた。

「すみません、よけいなことを言ってしまって。わたしもつい、待ち切れなくなったものですから」

本間は、ものも言わずにソファを蹴り立ち、部屋を飛び出して行った。廊下が荒あらしく、踏み鳴らされる。

沙帆は途方に暮れ、長椅子《ながいす》から立ち上がった。

どうしたらいいか、一瞬思考が停止してしまう。

様子を見に行くべきだろうか。いや、まさか子供でもあるまいし、あとを追ってなだめるのも、はばかられる。

少しのあいだ、あれこれと迷った。そのあげく、ここは一度おとなしく退散して、また出直して来た方がよさそうだ、と判断する。

そう肚《はら》を決めて、戸口に向かおうとした。

そのとたん、開け放しになった引き戸の外から、またも廊下を踏み鳴らす足音が、聞こえた。

本間が、引き返して来たようだ。

沙帆はその場で、気をつけをした。

本間は部屋にはいり、引き戸をがたぴしと音高く閉めて、ソファにぴょんともどった。

「しゃべりすぎて、喉《のど》が渇いた。水を飲んできた」

弁解がましく言い捨て、初めて気がついたというように、沙帆を見上げる。

「何をしとるんだ。そんなとこに突っ立ってないで、すわりたまえ」

そう言われて、気をつけをしたままの自分に気づき、沙帆はあわてて腰をおろした。

本間は、たった今取り乱したことなど忘れたように、指を立てて言った。

「年齢的にみて、ヨハン・ヨゼフ・ホフマンは、ヨハン・ルートヴィヒ・ホフマンの息子だ、という仮定も成り立つだろう」

沙帆は、あまりに突飛な仮定に、のけぞった。

「それは、つまり、ヨハン・ヨゼフが、E・T・A・ホフマンの甥だ、ということですか」

また、先回りをしたことに気づいて、ひやりとする。

しかし今度は本間も、すなおにうなずいた。

「そういうことになるな。親のヨハンが、息子にもヨハンとつける例は、別に珍しくないからな。というより、むしろそれが親子であることを、裏付ける証拠かもしれん」

そもそも、ホフマンに甥がいたなどという話は、読んだことも聞いたこともない。

「ですが、ヨハンはドイツの男子の中でも、すごくありふれた名前だと思います。英語でいえば、ジョンですし」

恐るおそる言うと、本間はしぶしぶという感じで、うなずいた。

「だから、あくまで仮定ということに、しておこう。話を進めると、こういう展開が考えられるだろう。ホフマンが死んだあと、妻のミーシャはヨハネスの報告書を、持て余してしまった。しかたなく、それを半分ずつに分けて、二人の別々の人物に託した。そのうちの前半部分が、ポンマースフェルデン事件を含む、ホフマンのバンベルク時代を扱った、今回の手稿というわけだ」

沙帆は、テーブルに載った古文書を、じっと見つめた。

「この手稿が、ミーシャからだれかの手に託され、それがさらに別の人の手に渡って、最終的にマドリードの古書店に、収まった。それが、たまたま倉石さんの目に留まって、今ここにあるというわけですか」

本間の口元に、わが意を得たりと言いたげな、心地よい笑みが浮かぶ。

「まさに、そのとおりじゃ」

「それで、残りの後半部分はどうなった、とお考えですか」

「ミーシャはそれを、甥のヨハン・ヨゼフに預けた、と考えられる」

「なぜですか。単に、血がつながっているから、ですか」

「それもあるが、内容的に甥の興味を引くのでは、とミーシャが考えたのじゃろう」

じゃろうと言われて、沙帆は首をひねった。

「よく分かりませんが」

「声楽家として、身を立てようとする以前の学生時代、ヨハン・ヨゼフは言語学を勉強しておった。なかでも、ジャワとか中国とか日本とか、東洋の言語に関心を寄せていたらしい。ついでながら、残された手稿の後半部分には、日本に関連する記述がちらりと出てくるのさ」

沙帆は、ぽかんとした。

「ヨハネスの報告書の中に、日本のことが書かれている、と」

「いかにも。ホフマンは、ベルンハルト・ヴァレンという、ドイツ人、ラテン名でベルンハルドゥス・ヴァレニウスなる学者が、一六四九年にアムステルダムで出版した『日本伝聞記』、という地理書を読んどるんだよ。日本でも一九七五年に、邦訳が出ているがね」

思わず、本間の顔を見直す。

「どうして、先生はそのようなことを、ご存じなのですか」

急《せ》き込んで聞くと、本間はそうした沙帆の反応を楽しむように、含み笑いをした。

「実をいえば、わしこそがその残り半分の報告書の手稿を、持っとるんじゃよ」

46

驚きのあまり、絶句する。

古閑沙帆は、テーブルの上の古文書に、目を落とした。この報告書に続きがあり、しかもそれを本間鋭太が持っている、というのか。

そんなことが、ありうるだろうか。

本間に目をもどし、生唾《なまつば》をのんで言う。

「わたしには、どうもお話の趣旨がよく分からないのですが、その残り半分の報告書を先生がお持ちになっている、ということでしょうか」

本間は得意げに、ふんと鼻を鳴らした。

「そうは聞こえなかったかね」

「聞こえましたが、急には信じられなくて」

「無理もないて。わしも、きみが最初にここへやって来て、この古文書をどんとそこに置いたときには、自分の目が信じられなかったからな」

沙帆は、そのときの本間の反応を、まざまざと思い出した。

手稿の束を見るやいなや、本間の顔がにわかに厳しく引き締まり、目の玉が飛び出しそうな表情になったのだ。それは、まだ中身も見ないうちだったから、沙帆も不審に思った記憶がある。

もし本間が、実際に報告書の続きを持っているのなら、沙帆が持ち込んだ古文書を見るなり、その瓜《うり》二つのたたずまいに気づいて、驚愕《きょうがく》するのは当然だろう。

試しに、聞いてみる。

「その、ホフマンに関する報告書の後半部分は、今先生のお手元にあるのですか」

「むろんだ」

本間は言下に答え、ぐいと唇を引き締めた。

沙帆は、また生唾をのんだ。

ここまでくれば、引き下がるわけにいかない。

「お差し支えなければ、拝見させていただけませんか」

思い切って言うと、本間はみじろぎもせず、沙帆を見返した。

それから、わざとらしく深呼吸して背を起こし、ソファから飛びおりる。

背後の、部屋の隅にあるサイドボードに行き、観音開きの扉をあけた。

最初に、古文書解読の依頼に来たとき、本間はそこから『カロ風幻想作品集』の、ドイツ語の初版本四巻をうやうやしく持ち出し、見せてくれたのだ。

その初版本が並んだ、すぐ下の棚から渋茶色の和紙にくるまれた、古めかしい包みを取り出す。

そこに、そんなものが置いてあったとは、思いもしなかった。

本間は、それをだいじに捧《ささ》げるようにして、テーブルに運んで来た。

ソファにすわり直し、慎重な手つきで包みの紐《ひも》をほどく。

二重になった、じょうぶそうな和紙と油紙を広げると、隣に並んだ例の古文書と同じような、別の文書の束がそこに現れた。

興奮を抑えて、いちばん上の一葉を、のぞき見る。

倉石の古文書とそっくりの、読みにくい手書きの亀甲文字《かめのこ》がびっしりと、隙間《すきま》なく並んでいた。

上体を引き、あらためて全体を見比べる。

われ知らず、ため息が出た。

二つの古文書の束は、紙質もインクもまったく同一のように見える。

精査するまでもなく、それらがもと一つの古文書だったことは、疑う余地がなさそうだった。

沙帆は本間を見て、わざと明るく言った。

「先生は相変わらず、おひとが悪いですね。お預けした報告書の続きが、すぐそばにしまってあることを、ずっと隠していらっしゃったなんて」

本間が、ことさら苦虫を噛《か》みつぶしたような、渋い顔をする。

「隠していたわけではない。ただ、黙っていただけのことさ」

「同じことじゃありませんか。そのために、先生は解読翻訳料のかわりに、この報告書の前半部をよこせ、とおっしゃったのですね」

遠慮なく言うと、本間はいかにも心外だという様子で、目を三角にした。

「きみ、言葉に気をつけたまえ。わしは、よこせなどという下品な表現を、遣った覚えはないぞ」

沙帆はすわり直し、咳払《せきばら》いをした。

「すみません、言いすぎました。でも、わたしも先生とはそこそこに、長いお付き合いになります。こんな重大なことを、今まで黙っていらっしゃったなんて、いくらなんでも水くさい、と思います」

本間は、沙帆の見幕にたじろいだように、両手を立てて壁を作った。

「まあまあ、待ちたまえ。この報告書の前半部が、きみ自身の所有に属するものなら、わしも最初から話していただろう。しかし、かりにも倉石夫婦の所有物となれば、そう気安く、相談を持ちかけるわけにはいかん。だからこそ、それとなく小出しに、意向を打診した次第だ。倉石麻里奈は案の定、わしの話に耳を貸そうともしなかった。いくら彼女が、熱烈なホフマンの信奉者だとしても、このような貴重な研究資料を、素人《しろうと》の手元に置いておくことは、宝の持ち腐れになる。かりにわしが、ホフマン伝を書き起こすことになった場合は、資料提供者に倉石学夫妻の名を明記するのに、やぶさかではない。それは約束してもいい」

早口にまくし立てたので、唇の両脇《りょうわき》に唾がたまる。

本間はそれを、手の甲でぬぐった。

沙帆は、大きく息を吸ってゆっくりと吐き、気持ちを落ち着けた。

口調をあらためて言う。

「そのお話は、あとでゆっくりさせていただきます。それより、先生がこの報告書の後半部を、どうやって入手されるにいたったのか、聞かせていただけませんか。わたしには、奇跡としか思えませんが」

本間も、興奮を鎮《しず》めるようにすわり直し、ソファに深ぶかと背を預けた。

おもむろに、口を開く。

「さっき持ち出した、わしの先祖の本間道斎のことに、話をもどそう」

「はい。江戸時代の、蘭学者だった人ですね」

本間道斎は、天文方兼書物奉行の高橋作左衛門の下で、働いていたという話だった。

「さよう。この報告書は、その道斎から代々受け継がれて、わしの手に残されたものだ」

沙帆は言葉が出ず、黙って生唾をのんだ。

本間は、一呼吸置いて続けた。

「将軍拝謁のため、江戸に参府したオランダ商館長の一行は、日本橋石町《こくちょう》の長崎屋、という旅館に泊まるのが、しきたりになっていた。知っとるだろうね」

「はい」

「一行は、原則として宿から外出することを、固く禁じられていた。また、一般の日本人と接触することも、許されなかった。ただし、特定の蘭癖《らんぺき》大名や蘭学者、奥医師などは宿を訪ねて、彼らと話をすることができた。だから参府のたびに、杉田玄白《げんぱく》や土生玄碩《はぶげんせき》、大槻玄沢《おおつきげんたく》、宇田川榕庵《うだがわようあん》といった医者や学者が、長崎屋に出向いてオランダ人から、西洋の最新の医療技術や科学知識を、入手したわけだ」

「そのあたりは、わたしも大学で勉強しました」

沙帆が応じると、本間は満足げにうなずいた。

「それなら、話が早い。さっき言ったとおり、一八二六年の四月にジーボルトは、助手のビュルガーとともに、オランダ商館長のステュルレルに随行して、江戸へ参府した。そして江戸滞在中の五月半ば、天文方の高橋作左衛門が長崎屋で、ジーボルトと何度目かの面会を、果たしたわけだ」

そこで一度、言葉を切る。

また、唇の端にたまった唾をぬぐい、あとを続けた。

「そのおり、作左衛門はジーボルトから貴重な資料、クルーゼンシュテルンの地理書を、手に入れた。ただし、それと引き換えにご禁制の、日本の詳細な測量地図を進呈する、と約束したのだ。そして後日、伊能忠敬が作成した日本地図の写しを、約束どおりジーボルトに、送り届けてしまったのさ。のちに、それがお上にばれてお縄になり、結局獄死するわけだがな」

学生時代に学んだ、そうした事件のいきさつもなんとなく、頭に残っている。

「わたしが習ったかぎりでは、ジーボルトが日本を離れる直前、台風のために長崎の湾内で、帰国船が座礁《ざしょう》したと記憶しています。それで、船を持ち上げるために長崎奉行所が、積み荷を陸へもどして調べたところ、中からご禁制の地図やら何やらが、たくさん出てきた。それでジーボルトが、取り調べを受けるはめになった、と」

本間は、唇を引き締めただけで、何も言わなかった。

しかたなく、付け加える。

「要するに、台風で船が座礁さえしなければ、ジーボルトも作左衛門も、罪に問われないですんだ、ということですよね」

すると本間は、気取ったしぐさで立てた指を左右に動かし、ちちちと舌を鳴らした。

「ひところ、それが通説とされていた時期もあったが、今ではそうでないらしいことが、分かってきたんじゃ」

じゃ、ときた。

急いで、別の記憶をたどる。

「それでは、やはり間宮林蔵《まみやりんぞう》が作左衛門とジーボルトの関係を、幕府に密告したのがきっかけだった、ということですか」

そうしたいきさつがあったことも、なんとなく頭の中に残っていた。

本間は、また唇を引き結んで、首をひねった。

「まあ、密告と断じていいかどうかは、むずかしいところだがな。確かに、林蔵は作左衛門と、あまりうまが合わなかったらしい。しかし、少なくとも密告しようという、明確な意図があったかどうかは、にわかに判断できんよ」

「蝦夷地《えぞち》探検のあと、林蔵は幕府の隠密《おんみつ》御用を務めていた、といわれていますよね」

「それも、確かにそうだと断定することは、むずかしいだろう」

林蔵のことを、あまり悪くは考えたくないようだ。

本間は咳払いをして、そのまま話を続けた。

「いわゆる、林蔵の密告とは、こういうことだ。一八二八年、元号でいえば文政十一年の春だが、ジーボルトが長崎から作左衛門へ、小包を送った。その中に、林蔵に渡してほしい、という当人宛《あて》の手紙と贈り物の更紗《さらさ》が、同封されていた。ばか正直な作左衛門は、深くも考えずにそれらをそのまま、林蔵に渡してしまったのさ。林蔵は、外国人からの私信や贈り物は、固いご法度と承知していた。それで、封を開きもせずに、勘定奉行の村垣淡路守《あわじのかみ》に、引き渡した。そうすれば、作左衛門に災いが及ぶことは、むろん認識していたはずだ。林蔵にも、ジーボルトと親しい作左衛門を、ねたむ気持ちがあったのかもしれん。ともかく、そのためにジーボルトと作左衛門のあいだに、内密の親しい交流があったことが、お上に分かってしまったわけだ」

「それで作左衛門は捕縛され、取り調べを受けるはめになった、というわけですね」

「さよう。作左衛門の家を捜索したところ、ジーボルトにもらった書物やら何やら、ご禁制の品がいろいろと出てきた。となれば、ジーボルトも引き換えに作左衛門から、何かもらったに違いない。そこで、長崎にいるジーボルトについても、出島にある居宅や保管庫などに、捜索の手がはいった次第だ」

本間は一度口を閉じ、もぞもぞとすわり直した。

「ここでも、日本地図をはじめ禁制品が、次つぎに発見された。これが、ジーボルト事件発覚の、おおまかな流れだ。座礁した、帰国船の荷揚げがきっかけになった、というのは俗説にすぎんよ」

つい耳を傾けてしまった沙帆は、そこでやっとわれに返った。

「あの、ジーボルト事件については、よく分かりました。でも、そこにご先祖の本間道斎が、どのようにからんでいるのか、さっぱり見当がつきませんが」

それを聞くと、本間は居心地が悪そうに、またすわり直した。

この日は何かにつけて、落ち着きがないように見える。

「ジーボルト事件について、いろいろと不正確な情報が流れているから、きみのモウをヒラいてやろう、と思ったのさ」

モウをヒラくが、啓蒙《けいもう》のことと気がつくまでに、三秒ほどかかった。

「おかげさまで、ジーボルト事件に関するかぎり、蒙を啓《ひら》かれました。でも、そろそろ本間道斎のお話をうかがわないと、日が暮れてしまいます」

「心配したもうな。夏の日は長いからな」

そう言い捨てて、本間はおもむろに続けた。

「本間道斎は、高橋作左衛門に随伴して二度か三度、長崎屋に行ったと考えられる。そのおり、作左衛門とジーボルトが話をしているあいだ、たぶん道斎も助手のビュルガーと、話をする機会があっただろう。道斎が行くたびに、ビュルガーはジーボルトがほしがりそうな、日本の植物や昆虫の標本などを、持って来させたに違いない。道斎も、ビュルガーからオランダ語を教わったりして、互いに利するところがあったはずだ」

同意を求めるように、沙帆の顔を見つめる。

「はい。よく分かります」

合いの手を入れると、本間は頰を緩めて続けた。

「このビュルガーは、ジーボルトが例の事件で日本を追放されたあと、その後任として出島に、残ることになった。彼は天保五年、つまり一八三四年の五月まで、オランダ商館長の日誌に、名をとどめておる。つまりジーボルトより、五年ほども長く日本に滞在したわけだ」

最後はソファに深くもたれ、天井を見ながら独り言のように言って、一度口を閉じる。

そのすきに、沙帆は言った。

「ビュルガーの、ジーボルトの業績に対する貢献度は、かなり高かったようですね。あのハイネも、ビュルガーとジーボルトの密接な関係を、知っていたくらいですから」

「さよう。ジーボルトの大業は、ビュルガーともう一人、ホフマンがいなかったら、なし遂げられなかっただろう」

「ホフマンといいますと、アントワープでジーボルトと知り合ったという、ヨハン・ヨゼフ・ホフマンのことですか」

先刻、本間の口からその名が出たことを、思い出す。

大胆にも、本間はその人物をE・T・A・ホフマンの兄、ヨハン・ルートヴィヒ・ホフマンの息子に、擬したのだ。

「そう、そのJJじゃ」

言い放つ本間に、沙帆は笑いを嚙み殺した。

いつものように、ドイツ語にこだわるならJJは、〈ヨットヨット〉のはずだ。しかし、今度ばかりは本間も英語式に、〈ジェージェー〉と発音した。それがわけもなく、おかしかった。

気がつかぬふりをして、沙帆は聞き返した。

「そのホフマンも、ジーボルトのお手伝いをしたのですか」

「した、どころではない。ジーボルトと出会って数日後、ホフマンは声楽家への野望をなげうって、助手になることを決めたのさ。時はあたかも、一八三〇年七月二十三日のことだ。声楽は役に立たなかったが、描画を含むホフマンのいろいろな才能は、ジーボルトの仕事を大いに助けることになった」

沙帆は顎を引いた。

「描画といいますと、そちらの方のホフマンにも、絵の才能があったのですか」

「あった。ジーボルトの指示で、その著作に挿絵を描いたくらいだからな」

「だとすれば、ヨハン・ヨゼフ・ホフマンはもともとのホフマンと、ますます似てくるわけですね」

あらためて確認すると、本間は得意げにうなずいた。

「そういうことだ。となれば、わしがJJをETAと血のつながった人物、と推定するのも無理はない、と思わんかね」

47

古閑沙帆は、つい腕を組んでしまった。

本間鋭太の言うことには、それなりの説得力がある。

情況証拠といえばそれまでだが、そこまで類似点があからさまになると、まんざら荒唐無稽《こうとうむけい》な仮説ではない、という気もしてくる。

本間がじっと、胸のあたりを見つめているのに気づき、あわてて組んだ腕を解く。

「ええと、それでヨハン・ヨゼフ・ホフマンは、ジーボルトの原稿に図や絵をつけて、著作執筆のお手伝いをしたわけですね」

本間は、目を上げた。

「それだけではない。JJは、ジーボルトが使っていた広東人《カントン》の助手、コウツィンツァン（Kô-Tsing- Tsang）に中国語を習った」

またまた、面食らう。

「コウツィンツァン、といいますと」

「日本語読みすれば、カクセイショウだ。カクマツジャク（郭沫若）のカク、成田山の成る、それに文章の章と書く」

「すみません。カクマツジャクって、なんでしょうか」

聞き返すと、本間はきゅっと眉根《まゆね》を寄せた。

「知らなければいい。とにかくカクは、吉原遊郭のカクだ。ただし、〈まだれ〉のない方だぞ」

頭の中で、〈廓〉と〈郭〉が行ったり来たりする。

ようやく、郭成章という字が浮かんだ。

「はい、郭成章ですね。その人から中国語を習って、どうしたのですか」

「それでまず、漢字を覚えたのさ。JJは、そこから百尺竿頭《かんとう》に一歩を進めて、日本語の研究に取り組んだわけだ。そしてたちまち、かたことにとどまったジーボルトを尻目《しりめ》に、日本語に精通するにいたった」

沙帆はそれを聞いて、文字どおり目をぱちくりさせた。

「ほんとうですか。ヨハン・ヨゼフ・ホフマンはそれまでに、日本に来たことがあったのですか」

「いや。JJは、あとにも先にも、日本に来たことがない」

これには、驚かされる。

沙帆が言葉を失っていると、本間は一人でうなずいて続けた。

「さよう。JJは、一度も日本へ来ることなしに、日本語を自家薬籠中《やくろうちゅう》のものにした、というわけさ」

それが事実なら、そのJ・J・ホフマンはどうやって、日本語を身につけたのだろう。実のところ、首をひねりたくなることばかりだ。

「それなら、日本語力はジーボルトと、たいして変わらなかったのでは」

恐るおそる言うと、本間は手旗信号でも送るように、腕を振り回した。

「とんでもない。JJの日本語力はジーボルトより、はるかに上じゃ。JJは、キリシタン時代の日本語文典、たとえばロドリゲスの著作などを読んで、独学したに違いない。その後、一八五五年にはライデン大学で、初代の日本語教授になった。そればかりではないぞ。一八六二年に、日本の侍がオランダに留学した際には、留学生の榎本武揚や西周《にしあまね》、赤松大三郎などと交流して、連中にオランダ語を教えた。同時に、自分の日本語をさらに、磨いたわけだ。しまいには、みずから『日本語文典』という語学書まで、刊行しておる。一八六八年のことで、これには英語版もあるくらいだ」

滔々《とうとう》たるその熱弁に、沙帆はあっけにとられた。

ＪＪことヨハン・ヨゼフ・ホフマンは、単に日本語が堪能《たんのう》だったにとどまらず、文典を書くまで精通していた、というのか。

本間の言が事実だとすれば、Ｊ・Ｊ・ホフマンは語学の達人であり、ジーボルトの研究を助けるほど筆が立ち、さらに声楽と画筆をよくする、博学多才の人物といえる。

話を聞くかぎり、正真正銘のＥ・Ｔ・Ａ・ホフマンの甥か、少なくとも血族の一人ではないか、という気さえしてくる。

本間は、なおも続けた。

「ジーボルトが、大部にわたる『日本』を書くにあたって、資料に使った日本語文献の翻訳や、日本語そのものに関する記述は、ほぼホフマンが担当したと考えられる。つまり、さっきも言ったとおりジーボルトの業績は、ビュルガーとホフマンの協力があって、初めて成り立ったことになるわけだ」

なるほど、そのとおりかもしれない。

ハインリヒ・ビュルガーもJ・J・ホフマンも、ジーボルトの令名の陰に隠れて、専門の研究者以外にその名を知る者は、ほとんどいないだろう。

しかし、本間が指摘するように、二人がいたからこそジーボルトは、日本に関するあの綿密にして、膨大な体系を構築することができた、といっていいのではないか。

それはともかく、E・T・A・ホフマンに関する報告書に端を発して、ジーボルトにまで論が及ぶことになるとは、想像もしなかった。

ひどく喉が渇いたが、話を中断するわけにもいかず、またまた生唾をのむ。

とはいえ、いたずらに感心ばかりしている場合ではない。

沙帆は話を変えた。

「先ほど先生は、E・T・A・ホフマンがヴァレニウスの、『日本伝聞記』を読んだとかいうお話を、されていましたよね」

「うむ。少なくとも、そこの報告書の後半には、そういう記述がある。『日本伝聞記』はもと、ラテン語で発表されたものだが、ドイツ語でも出版されている。どちらにせよ、ETAは両方の言語に通じていたから、読んだとしても不思議はなかろう」

「そうしますと、JJと同様ETA自身も、日本に関心を抱いていた、ということになりますね」

沙帆が、同じように略称で二人を呼ぶと、本間はうれしそうに足をばたばたさせた。

「そうなるじゃろう。それもまた、ETAとJJが叔父、甥の関係だったという、血筋を感じさせる有力な証拠になる、と思わんかね」

沙帆は、作り笑いをした。

「はい、なると思います」

一応そう答えてから、肝腎なことに切り込む。

「そのことと、この報告書が本間道斎の手に渡ったことと、どんな結びつきがあるとお考えですか」

本間はもぞもぞと体を動かし、もったいをつけて言った。

「J・J・ホフマンは、ミーシャから託されたヨハネスの報告書を読んで、叔父のE・T・A・ホフマンも自分と同じく、日本に関心を抱いていたことを知った」

そう断定して、ぐいと唇を引き結ぶ。

いよいよ、J・J・ホフマンはE・T・A・ホフマンの甥、という前提で話を進めるつもりらしい。

話を中断させないために、沙帆はあえて異を唱えるのを、控えることにした。

本間が続ける。

「ジーボルトは、後任として日本に残ったビュルガーに、オランダから手紙や書類、資料などをいろいろと送りつけて、指示を出したに違いない。おそらく、JJがジーボルトに代わって、そのめんどうな作業を担当した、と考えてよかろう」

「はい」

素直に拝聴する。

「そうした作業を続けるうちに、JJはビュルガー宛の荷物の中に、ミーシャに託された報告書の後半を、同梱《どうこん》してしまったんじゃ」

同梱してしまったんじゃ。

沙帆は、ほとんどぽかんとして、本間を見返した。

本間は、またも居心地悪そうに、鼻をこすってすわり直した。

話に水を差すといけないと思い、沙帆は急いでおうむ返しに言った。

「同梱してしまったのですね。はい、分かりました」

その反応が、あまりに素直すぎたとみえて、本間がむっとした顔になる。

「論理が飛躍しすぎておる、と内心思ったようじゃな」

「いえいえ。ジーボルトの指示が、あまり複雑多岐にわたりすぎて、身近にあったものを手当たりしだい、梱包した可能性は大いにある、と思います」

少しのあいだ、本間は疑わしげに沙帆を見つめていたが、ふと思い出したように言う。

「キッチンのポットに、湯がはいっとる。お茶を二つ、持って来てくれ。きみも、喉が渇いただろう」

ほっとしたせいか、沙帆は肩の力が緩むのを、意識した。

「分かりました」

半分救われた気持ちで、廊下へ逃げ出す。

キッチンへ行き、お茶の用意をしながら考えた。

たとえ偶然にしろ、報告書の後半が本間の家に、代々伝わっていたという話に、嘘《うそ》はないと思う。

江戸時代に、本間道斎などという蘭学者がいたとは、聞いたこともない。

しかし、本間にそんな作り話をすべき理由は、何もないはずだ。まさか、家系図を見せてほしいなどと、頼むわけにもいくまい。

お茶を運んで、洋室へもどる。

さっそく喉を潤《うるお》して、本間は話を続けた。

「この説が、いささか強引なことは、わしも認める。一八三〇年に、JJがアントワープでジーボルトと知り合って、仕事を手伝うようになったころには、ビュルガーはまだ日本にいた。JJとしては、生前名を知られた作家だった叔父のETAが、多少なりとも日本に関心を抱いていたことを、ビュルガーに知らせたいと考えたとしても、不自然ではあるまい」

「ありません」

言下に応じたものの、わきの下がこそばゆくなる。

本間は、かまわず続けた。

「JJから、ヨハネスの報告書を受け取ったビュルガーは、その中にヴァレニウスの『日本伝聞記』を、ETAが読んだという記載があるのを、発見した。そこでその報告書を、参府以来親しくなった本間道斎に、送ろうと考えたわけだ。つまり、ドイツの著名な作家の中にも、日本に関心を持つ者がいることを、知らせたかったんじゃろう」

じゃろう、と聞いても沙帆は、異を唱えなかった。

水を差すようなことだけは、口にしてはならないと肝に銘じる。

沙帆の顔色をうかがいながら、本間はあとを続けた。

「ビュルガーは、長崎からそれを江戸の道斎に、送りつけた。道斎は、その古文書を本間家の家宝として、末代まで伝えたというわけさ」

どうだと言わぬばかりに、力強くうなずいてみせる。

仮説の上に、さらに仮説を組み上げる本間の論理に、無理があるのは確かだった。

奇矯な振る舞いには慣れているが、こうした強引な論理の構築の仕方には、本間らしからぬものがある。

あるいは、ホフマンへの傾倒が過ぎるあまり、歯車が狂ったのだろうか。

本間が、不満そうに眉根を寄せる。

「黙っているところを見ると、納得しとらんようだな、きみ」

読まれてしまったようだ。

沙帆は、明るく応じた。

「ですが、たとえ一パーセントでも可能性があるかぎり、荒唐無稽な仮説とはいえないでしょう。それなりの説得力はある、と思います」

本間は、いぜんとしてすっきりしない顔つきで、肘掛けにぱたりと腕を落とした。

「わしの推論のほかに、その報告書の後半部がうちに伝わったことを、合理的に説明するストーリーがある、と思うかね」

少し考える。

「少なくとも、時代的な整合性やご先祖の人間関係からして、先生の仮説が十分成立しうることは、疑いがないと思います。逆に言えば、それ以外の可能性は考えられない、といっていいでしょう」

最大限に譲歩すると、本間はそのとおりと言わぬばかりに、胸を張った。

それから、にわかにしょぼんとして、ソファの中に身をうずめる。

沙帆は口をつぐんだまま、本間の様子をうかがった。

ため息をつき、低い声で言う。

「正直に、白状しよう。実は、ＪＪがＥＴＡの甥だという説は、成立しないんじゃ」

沙帆が黙っていると、本間は元気なく続けた。

「確かに、ＪＪはジーボルトと同様、バイエルン地方のバンベルクに近い、ヴュルツブルクで生まれた。ただし、父親の名はアダム・ホフマン、母親はマーガレットという。息子の名前は、名付け親だった粉屋のハーネスなる男にちなんで、ヨハン・ヨゼフとされた。まるでＥＴＡとは、縁のない出自なんじゃよ」

面目なさそうに、鼻の下をこする。

やはりそうか。

そう思いつつ、本間のいかにもしおれた様子に、少し哀れを催した。

「父親のアダム・ホフマンは、どんな仕事をしていた人ですか」

「裁判所で働いておった」

驚いて、背筋を伸ばす。

「でしたら、やはり同じ血筋かもしれませんね。ETAの家系はもともと、法律家が多かったようですし」

本間は、むずかしい顔をして少し考え、気の進まない様子で言った。

「裁判所といっても、判事や弁護士ではない。ただの事務方だったんじゃ」

この日はやけに、じゃ、じゃが多い。元気を失った証拠のようだ。

つっかい棒をはずされた感じで、沙帆は長椅子の背にもたれ直した。

「偶然かもしれませんが、確かにJJの才能、というか資質には、ETAと共通するものが、いくつもありますよね」

つい、慰めるような口調になってしまい、本間はますます渋い顔をした。

「それは、少し脇へどけておいて、もっと現実性のある話をしよう。まあ、この報告書とは直接関係ない、といえば関係ない話だがな」

「うかがいます。間接的にでも、関わりがあることでしたら」

できるだけ、興味がありそうに見えるように、体を乗り出す。

本間は、もったいぶって湯飲みを取り上げ、またお茶を飲んだ。

「本間道斎とほぼ同じ世代に、ホンマ・ゲンチョウ、ホンマ・ゲンシュンという、二人の医者がいた」

「ゲンチョウ、ゲンシュン。二人とも、同じ本間姓ですか」

「さよう。ゲンチョウは、玄関の玄に、調子がいいの調。ゲンシュンは同じ玄に、俊敏の俊と書く」

「本間玄調、玄俊ですね。専門は、なんですか」

「おもに外科だ。玄調の養父は、本間ドウイといって、やはり医者だった。玄俊の方は、あいにく明らかではないが、やはりドウイの一族だろう。ドウイは道斎の道に、偉いの偉と書く」

「本間道偉、ですか。それなら本間道斎と、一字違いじゃありませんか。お医者さまと蘭学者は近いですし、それこそ道斎のご一族なのでは」

「かもしれんが、家系図が残っておらんから、なんともいえん」

事が自分の先祖に関わると、さすがに慎重になるようだ。

「それで、本間玄調と玄俊がまたジーボルトと、何か関係があったのですか」

「まあ、そういうことじゃ。二人が道偉に出した手紙に、そのことが書いてある」

「その手紙を、お持ちなのですか」

ためしに聞くと、本間は苦笑した。

「持っとらんよ。静嘉堂《せいかどう》文庫に収蔵された、小宮山楓軒叢書《こみやまふうけんそうしょ》の中にはいっておる」

静嘉堂文庫も小宮山楓軒も、名前を聞いたことがあるだけだ。

「どのようなお手紙なのですか」

本間が、いたずらっぽい目をした。

「ちと長くなるが、聞きたいかね」

間違っても、興味がなさそうに見えないように、もっともらしくうなずく。

「ぜひ、うかがわせてください」

本間はお茶を飲み干し、ソファの上であぐらをかいた。

「玄調も玄俊も、あの華岡青洲《はなおかせいしゅう》の弟子だったんじゃ。華岡青洲は、知っとるだろう」

「はい。江戸時代に、外科手術で初めて麻酔を導入した、お医者さまですよね」

「そのとおりじゃ。二人は、文政十年三月二十五日に、華岡青洲の門人になった。それから、ほどなく修業の旅に出て、七月一日に長崎に赴いた。西暦でいえば、一八二七年のことだ。玄調は文化元年、つまり一八〇四年の生まれだから、例のＪＪより一歳年長、という勘定になる」

また J・J・ホフマンが、顔を出した。

「すると、数えで二十四歳ですね」

「さよう。ETAの死後、五年たっていた。蘭領東インドが、ジーボルトのバタビア帰還を決める、直前のことだ」

「でも、例の事件やら何やらで、ジーボルトが日本を離れるのは二年後、一八二九年の暮れですよね」

「そうだ。玄調と玄俊は、長崎に一カ月ほど滞在するつもりだ、と道偉への手紙に書いておる。にもかかわらず、実際には二カ月近くも、腰を落ち着けることになった」

沙帆は口を開こうとして、思いとどまった。

また話を先取りして、機嫌を損ねたくない。

本間が続ける。

「そのあいだに二人は、ジーボルトの門下にはいるために、大通辞で蘭方医の吉雄耕《よしおこう》牛《ぎゅう》の息子、権之助《ごんのすけ》に弟子入りした。当時、いきなりジーボルトの門人になることは、できなかったのでな。それで、すでに門人になっていた吉雄権之助に、ひとまず弟子入りしたわけだ」

「つまり玄調も玄俊も、短期間とはいえジーボルトに学んだ、ということですね」

「そうだ。しかし、道偉に宛《あ》てた手紙によれば、玄調は長崎の名医を列挙しながら、ジーボルトの名だけは挙げておらん。二人とも、ジーボルトはもっぱらオクリカンクリ、カロメルを使うが、たいした効能はなかった、と書いておる」

「それって、どんな薬ですか」

「オクリカンクリは、ザリガニの胃の中にできる、石灰の塊のことらしい。眼病や利尿に効く、といわれていた。カロメルは塩化水銀で、下剤や利尿剤に使われる。それらが、いずれもたいして効かない、と言っとるわけさ」

つい、笑ってしまう。

「二人にかかると、ジーボルトもかたなしですね」

「ただ、〈そこひ〉の手術だけはたいしたものだ、とほめておる。あとは、異国から来た医者というだけで、ジーボルトは初学者のようにみえる、とさんざんな評価だった。二人にとっては、華岡青洲の方がよほど腕がいい、ということだったようだ」

沙帆は笑顔を消し、ことさらまじめな顔をこしらえた。

「ご先祖の本間道斎が、本間道偉や玄調の血縁者かどうかは別として、ジーボルトといろいろな面で、関わりがあったことは、確かなように思えますね。だとすれば、JJを通じてE・T・A・ホフマンと、関わりがあったと推定することも、それほど不合理ではない、という気がします」

それを聞いて、本間が大喜びするとは思わなかったが、まったく表情を緩めようとしないので、沙帆もさすがに拍子抜けがした。

本間は、肘掛けに肘をついて体を乗り出し、まじめな口調で言った。

「由来はともかく、ホフマンに関する報告書の後半部分が、このとおりわしの手元にあることは、まぎれもない事実じゃ。それを知ったら、倉石麻里奈が報告書の続きを読みたくなる、とは思わんかね」

沙帆はお茶を飲み干し、背筋を伸ばして言った。

「なると思います。少なくとも、わたしは読みたいです」

本間は、指を立てた。

「報告書の後半部を、ざっと解読した草稿が、手元にある。それを翻訳清書して、順に麻里奈くんに提供することは、不可能ではない。ただし、そのためには条件がある」

一呼吸おいて、にっと笑う。

「むろん、分かっとるだろうがね」


（下巻に続く）

古野まほろ著

新任巡査（上・下）

上原頼音《ライト》、22歳。職業、今日から警察官。新任巡査の目を通して警察組織と、組織で働く人間の哀感を描いた究極のお仕事ミステリ。

古野まほろ著

新任刑事（上・下）

時効完成目前の警察官殺しの女を、若き新任刑事が追う。強行刑事のリアルを知悉した元刑事の著者にのみ描ける本格警察ミステリ。

松嶋智左著

女副署長

全ての署員が容疑対象！　所轄署内で警部補の刺殺体、副署長の捜査を阻む壁とは。元女性白バイ隊員の著者が警察官の矜持を描く！

松嶋智左著

女副署長　緊急配備

シングルマザーの警官、介護を抱える警官、定年間近の駐在員。凶悪事件を巡り、名もなき警官たちのそれぞれの「勲章」を熱く刻む。

松嶋智左著

女副署長　祭礼

スキャンダルの内偵、不審な転落死、捜査一課長の目、夏祭りの単独捜査。警察官の矜持を描く人気警察小説シリーズ、衝撃の完結。

髙橋秀実著

「弱くても勝てます」
―開成高校野球部のセオリー―
ミズノスポーツライター賞優秀賞受賞

独創的な監督と下手でも生真面目に野球に取り組む、超進学校の選手たち。思わず爆笑、読んで納得の傑作ノンフィクション！

東川篤哉著
かがやき荘西荻探偵局
謎解きときどきぐだぐだ酒宴(男不要!!)。西荻窪のシェアハウスで暮らす金欠アラサー女子三人組の推理が心地よいミステリー。

帚木蓬生著
国銅(上・下)
大仏の造営のために命をかけた男たち。歴史に名は残さず、しかし懸命に生きた人びとを、熱き想いで刻みつけた、天平ロマン。

帚木蓬生著
白い夏の墓標
アメリカ留学中の細菌学者の死の謎は真夏のパリから残雪のピレネーへ、そして二十数年前の仙台へ遡る……抒情と戦慄のサスペンス。

帚木蓬生著
三たびの海峡
吉川英治文学新人賞受賞
三たびに亙って〝海峡〟を越えた男の生涯と、日韓近代史の深部に埋もれていた悲劇を誠実に重ねて描く。山本賞作家の長編小説。

帚木蓬生著
水神(上・下)
新田次郎文学賞受賞
筑後川に堰を作り稲田を潤したい。水涸れ村の五庄屋は、その大事業に命を懸けた。故郷の大地に捧げられた、熱涙溢れる時代長篇。

伊与原新著
月まで三キロ
新田次郎文学賞受賞
わたしもまだ、やり直せるだろうか——。ままならない人生を月や雪が温かく照らし出す。科学の知が背中を押してくれる感涙の6編。

島田荘司著

写楽 閉じた国の幻（上・下）

「写楽」とは誰か――。美術史上最大の「迷宮事件」を、構想20年のロジックが打ち破る！ 現実を超越する、究極のミステリ小説。

島田荘司著

鳥居の密室
―世界にただひとりのサンタクロース―

京都・錦小路通で、名探偵御手洗潔が見抜いた天使と悪魔の犯罪。完全に施錠された家で起きた殺人と怪現象の意味する真実とは。

篠田節子著

肖像彫刻家

超リアルな肖像が巻きおこすのは、おかしな現象と、欲と金の人間模様。人生の裏表をからりとしたユーモアで笑い飛ばす長編。

望月諒子著

蟻の棲み家

売春をしていた二人の女性が殺された。三人目の殺害予告をした犯人からは、「身代金」が要求され……木部美智子の謎解きが始まる。

佐々木譲著

警官の血（上・下）

初代・清二の断ち切られた志。二代・民雄を蝕み続けた任務。そして、三代・和也が拓く新たな道。ミステリ史に輝く、大河警察小説。

佐々木譲著

警官の条件

覚醒剤流通ルート解明を焦る若き警部・安城和也の犯した失策。追放された〝悪徳警官〟加賀谷、異例の復職。『警官の血』沸騰の続篇。

隆慶一郎著　影武者徳川家康（上・中・下）

家康は関ヶ原で暗殺された！　余儀なく家康として生きた男と権力に憑かれた秀忠の、風魔衆、裏柳生を交えた凄絶な暗闘が始まった。

隆慶一郎著　吉原御免状

裏柳生の忍者群が狙う「神君御免状」の謎とは。色里に跳梁する闇の軍団に、青年剣士松永誠一郎の剣が舞う、大型剣豪作家初の長編。

隆慶一郎著　かくれさと苦界行《くがいこう》

徳川家康から与えられた「神君御免状」をめぐる争いに勝った松永誠一郎に、一度は敗れた裏柳生の総帥・柳生義仙の邪剣が再び迫る。

隆慶一郎著　死ぬことと見つけたり（上・下）

武士道とは死ぬことと見つけたり――常住坐臥、死と隣合せに生きる葉隠武士たち。鍋島藩の威信をかけ、老中松平信綱の策謀に挑む！

伊東潤著　維新と戦った男　大鳥圭介

われ、薩長主導の明治に恭順せず――。江戸から五稜郭まで戦い抜いた異色の幕臣大鳥圭介の戦いを通して、時代の大転換を描く。

伊東潤著　城をひとつ　―戦国北条奇略伝―

城をひとつ、お取りすればよろしいか――。城攻めの軍師ここにあり！　謎めいた謀将一族を歴史小説の名手が初めて描き出す傑作。

夏目漱石著

文鳥・夢十夜

文鳥の死に、著者の孤独な心象をにじませた名作「文鳥」、夢に現われた無意識の世界を綴り、暗く無気味な雰囲気の漂う、「夢十夜」等。

夏目漱石著

硝子戸の中

漱石山房から眺めた外界の様子は？　終日書斎の硝子戸の中に坐し、頭の動くまま気分の変るままに、静かに人生と社会を語る随想集。

夏目漱石著

二百十日・野分

俗な世相を痛烈に批判し、非人情の世界から人情の世界への転機を示す「二百十日」、その思想をさらに深く発展させた「野分」を収録。

夏目漱石著

坑夫

恋愛事件のために出奔し、自棄になって坑夫になる決心をした青年が実際に銅山で見たものは……漱石文学のルポルタージュ的異色作。

夏目漱石著

吾輩は猫である

明治の俗物紳士たちの語る珍談・奇譚、小事件の数かずを、迷いこんで飼われている猫の眼から風刺的に描いた漱石最初の長編小説。

夏目漱石著

倫敦塔《ロンドンとう》・幻影《まぼろし》の盾《たて》

謎に満ちた塔の歴史に取材し、妖しい幻想を繰りひろげる「倫敦塔」、英国留学中の紀行文「カーライル博物館」など、初期の7編を収録。

森鷗外著

雁（がん）

望まれて高利貸しの妾になったおとなしい女お玉と大学生岡田のはかない出会いの中に、女の自我のめざめとその挫折を描き出す名作。

森鷗外著

青年

作家志望の小泉純一を主人公に、有名な作家、友人たち、美しい未亡人との交渉を通して、一人の青年の内面が成長していく過程を追う。

森鷗外著

ヰタ・セクスアリス

哲学者金井湛なる人物の性の歴史。六歳の時に見た絵草紙に始まり、悩み多き青年期を経ていく過程を冷静な科学者の目で淡々と記す。

森鷗外著

阿部一族・舞姫

許されぬ殉死に端を発する阿部一族の悲劇を通して、権威への反抗と自己救済をテーマとした歴史小説の傑作「阿部一族」など10編。

森鷗外著

山椒大夫《さんしょうだゆう》・高瀬舟

人買いによって引き離された母と姉弟の受難を描いて、犠牲の意味を問う「山椒大夫」、安楽死の問題を見つめた「高瀬舟」等全12編。

山本周五郎著

ひとごろし

藩一番の臆病者といわれた若侍が、奇想天外な方法で果した上意討ち！　他に〝無償の奉仕〟を描く「裏の木戸はあいている」等9編。

山本周五郎著

松風の門

幼い頃、剣術の仕合で誤って幼君の右眼を失明させてしまった家臣の峻烈な生きざまを描いた「松風の門」。ほかに「釣忍」など12編。

山本周五郎著

深川安楽亭

抜け荷の拠点、深川安楽亭に屯する無頼者たちが、恋人の身請金を盗み出した奉公人に示す命がけの善意――表題作など12編を収録。

山本周五郎著

ちいさこべ

江戸の大火ですべてを失いながら、みなしご達の面倒まで引き受けて再建に奮闘する大工の若棟梁の心意気を描いた表題作など4編。

山本周五郎著

日本婦道記

厳しい武家の定めの中で、愛する人のために生き抜いた女性たちの清々しいまでの強靭さと、凛然たる美しさや哀しさが溢れる31編。

山本周五郎著

五瓣の椿

連続する不審死。胸には銀の釵が打ち込まれ、傍らには赤い椿の花びら。おしのの復讐は完遂するのか。ミステリー仕立ての傑作長編。

山本周五郎著

柳橋物語・むかしも今も

幼い恋を信じた女を襲う悲運「柳橋物語」。愚直な男が摑んだ幸せ「むかしも今も」。男女それぞれの一途な愛の行方を描く傑作二編。

池波正太郎著

雲霧仁左衛門（前・後）

神出鬼没、変幻自在の怪盗・雲霧。政争渦巻く八代将軍・吉宗の時代、狙いをつけた金蔵をめざして、西へ東へ盗賊一味の影が走る。

池波正太郎著

江戸切絵図散歩

切絵図とは現在の東京区分地図。浅草生まれの著者が、切絵図から浮かぶ江戸の名残を練達の文と得意の絵筆で伝えるユニークな本。

池波正太郎著

さむらい劇場

八代将軍吉宗の頃、旗本の三男に生れながら、妾腹の子ゆえに父親にも疎まれて育った榎平八郎。意地と度胸で一人前に成長していく姿。

池波正太郎著

おとこの秘図（上・中・下）

江戸中期、変転する時代を若き血をたぎらせて生きぬいた旗本・徳山五兵衛――逆境をはねのけ、したたかに歩んだ男の波瀾の絵巻。

池波正太郎著

剣客商売①　剣客商売

白髪頭の粋な小男・秋山小兵衛と巌のように逞しい息子・大治郎の名コンビが、剣に命を賭けて江戸の悪事を斬る。シリーズ第一作。

池波正太郎著

剣客商売②　辻斬り

闇の幕が裂け、鋭い太刀風が秋山小兵衛に襲いかかる。正体は何者か？　辻斬りを追跡する表題作など全7編収録のシリーズ第二作。

鏡《きょう》影《えい》劇《げき》場《じょう》 上巻

新潮文庫 お-35-10

令和五年三月一日発行

著者 逢《おう》坂《さか》剛《ごう》

発行者 佐藤隆信

発行所 株式会社 新潮社

郵便番号 一六二―八七一一
東京都新宿区矢来町七一
電話 編集部(〇三)三二六六―五四四〇
読者係(〇三)三二六六―五一一一
https://www.shinchosha.co.jp

価格はカバーに表示してあります。

乱丁・落丁本は、ご面倒ですが小社読者係宛ご送付ください。送料小社負担にてお取替えいたします。

印刷・錦明印刷株式会社 製本・錦明印刷株式会社

ISBN978-4-10-119520-9 C0193